窑坐丛谈

新文学论说集

解志熙 著

生活·讀書·新知 三联书店

Copyright © 2020 by SDX Joint Publishing Company.
All Rights Reserved.

本作品版权由生活·读书·新知三联书店所有。
未经许可，不得翻印。

图书在版编目（CIP）数据

寄堂丛谈：新文学论说集/解志熙著．—北京：
生活·读书·新知三联书店，2020.11
ISBN 978-7-108-06935-1

Ⅰ.①寄⋯ Ⅱ.①解⋯ Ⅲ.①新文学（五四）－文学研究－文集
Ⅳ.① I206.6-53

中国版本图书馆 CIP 数据核字（2020）第 150289 号

责任编辑	曾　诚
装帧设计	薛　宇
责任校对	龚黔兰
责任印制	宋　家
出版发行	生活·讀書·新知 三联书店
	（北京市东城区美术馆东街 22 号 100010）
网　　址	www.sdxjpc.com
经　　销	新华书店
印　　刷	北京隆昌伟业印刷有限公司
版　　次	2020 年 11 月北京第 1 版
	2020 年 11 月北京第 1 次印刷
开　　本	635 毫米 × 965 毫米　1/16　印张 28.25
字　　数	352 千字
印　　数	0,001-4,000 册
定　　价	69.00 元

（印装查询：01064002715；邮购查询：01084010542）

我们准备着深深地领受
那些奇异的意想不到的奇迹
在漫长的岁月里忽然有
彗星的出现，狂风乍起

我们的生命在这一瞬间
仿佛在第一次的拥抱里
过去的悲欢忽然在眼前
凝结成屹然不动的形体

遥远
昨夜
自南宁
中书冯
玉先生
西行等
第二首八句
志岁也
群艺照
育音

目 录

蒙冤的"大哥"及其他
　　——《狂人日记》的偏颇与新文化的问题 ················ 1
"毛戴"的影射问题
　　——《章秋柳：都市与革命的双重变奏》之疑义 ········ 19
疑义相与析："毛戴"到底是什么意思？ ····················· 24
茅盾创作的"莫须有"之过
　　——关于《子夜》和《春蚕》的通信 ·················· 27
一卷难忘唯此书
　　——《创业史》第一部叙事的真善美问题 ·············· 51
经典的回味
　　——《平凡的世界》的几种读法 ······················ 95
乡土中国的文学纪传
　　——《望春风》漫谈 ································ 113
夏夜读书记
　　——青年作家作品阅读札记二题 ···················· 129
小说之大说
　　——在"青年作家工作坊"的发言 ··················· 134

承担生命　执着文学
　　——冯至的创作与学术纪略 …………………… 140
　　附：冯至诗文选刊 ……………………………… 146
意外的收获
　　——刘梦苇诗作拾遗记 ………………………… 150
童真与世故的对立
　　——丰子恺散文二篇解说 ……………………… 160
《几个小意见》及其他
　　——老舍的一篇佚文和抗战文艺的几则史料 … 165
何其芳佚文三篇辑校 ………………………………… 171
何其芳的变与不变
　　——关于三篇佚文的辑校附记 ………………… 185
艺文有奇传，只怕想当然
　　——《宋淇传奇》的吴兴华章订误 …………… 195
"采薇阁"外也论诗
　　——朱英诞的迷盲与现代派诗的问题 ………… 207
　　附：关于"叶维之"——答陈建军 …………… 260
《"蝗灾"》及其他
　　——穆旦散文译文拾遗 ………………………… 264
任慧眼不如多用心
　　——关于读诗的通信 …………………………… 273
新诗律问题的再商略
　　——十二封谈诗书札 …………………………… 279

永远的塔
　　——《黄土地札记》序 300
独立高原自咏思
　　——《闲适小品》序 308
农谚的宝库　务农的指南
　　——《四季观风云》序 314
最关情处是故乡
　　——《捞柴》序 320
探寻"中国特色的新诗"
　　——马正锋博士论文序 324

严肃认真地为人与为学
　　——在冯至110年诞辰纪念会上的发言 330
博学于文　行己有耻
　　——杨绛、钱锺书先生的两封信及其他 334
为了告别的纪念
　　——《陈涌纪念文集》与一种文艺运动的终结 352
难得是认真
　　——悼念赵明先生 388
进退辩证法
　　——挽孙中田先生 394
"观人于微而知其著"
　　——我所见到的王富仁先生 396

真正的问题不在"西式论文"的形式……………………400
探寻文学行为的意义
　　——基于文献的文学研究和文学批评……………404
虚荣时代的学术守望
　　——《文学评论》创刊六十周年随感………………412
清华园里谈读书
　　——洪子诚、解志熙对谈……………………………416
书信背后有故事
　　——评龚明德的民国文人书信研究…………………437

后　记…………………………………………………………447

蒙冤的"大哥"及其他
——《狂人日记》的偏颇与新文化的问题

一

去年是《狂人日记》发表一百年，今年又是五四运动一百年。于是五四和鲁迅又成了学术热点。这里且说说个人阅读《狂人日记》过程中的若干问题和感想，聊为谈助吧。

"文革"后期我在家乡读中学，语文课本里就有《狂人日记》。那时适值"批林批孔"运动开展得轰轰烈烈，老师对《狂人日记》的教学，自然与批孔老二、反儒家结合起来，强调了这篇课文的反孔反儒意义。那时我年纪还小，囫囵吞枣地接受，实在不能理解《狂人日记》的微言大义，尤其是对家族制度的激烈攻击，让我很纳闷——家当真坏到不可饶恕吗？

1978年上了大学，读的正是中文系，上现代文学课，鲁迅自然是大头，给我们讲现代文学的又是鲁迅研究专家支克坚先生。其时，新启蒙主义思潮崛起，支先生对鲁迅和《狂人日记》的解读，也很强调其反封建的思想启蒙意义。应该说，支先生对鲁迅其他小说的启蒙主义解说，我都很赞成，可是，他对《狂人日记》反封建意义之强调，虽然也只是把鲁迅的自我解说重复一遍，我却不大能够认同——不仅《狂人日记》对家族制度与仁义礼教的攻击，与我的大家庭生活经验不相容，且用"吃人"二字指斥中国几千年的历史与文明，更让我觉得过甚其词、异常粗暴啊。可是，因为鲁迅是一个大人物，我只能"腹诽"却不能公开质疑他。

后来读硕士接着读博士，所学还是现代文学，而读书渐多，视野渐开，比较中西的历史与文学，终于明白：大名鼎鼎的《狂人日记》诚然是一篇文学史的名作，却还算不上一篇真正成熟的文学经典，其艺术上的写实与象征未能融合无间，其所表达的思想则显然有偏颇，而《狂人日记》的思想偏颇，其实也正典型地代表了五四新文化运动人士的普遍问题。

二

《狂人日记》发表不久，年轻的《新潮》社员傅斯年就盛赞其艺术道——

> 就文章而论，唐俟君的《狂人日记》用写实笔法，达寄托的（Symbolism）旨趣，诚然是中国近来第一篇好小说。[1]

所谓"用写实笔法，达寄托的（Symbolism）旨趣"，也就是现实主义与象征主义之融合。这是很准确的艺术判断，此后学界很长时期对《狂人日记》的艺术认识反而模糊了。直到新时期之初严家炎先生才再次确认《狂人日记》的创作方法是现实主义与象征主义之并用——

> 在《狂人日记》中并用着两种创作方法：实写人物，用的是现实主义；虚写寓意，用的是象征主义。作品的思想性，主

---

[1] 记者（傅斯年）：《〈新青年〉杂志》，《新潮》第1卷第2期，1919年2月1日出刊。

要通过象征主义方法来体现。但不同于一般象征主义作品的是,《狂人日记》中的象征主义方法不是独立的,它只是依附于现实主义而存在,如同影子依附于形体而存在一样。

....

《狂人日记》确实就是"冲破一切传统思想和手法"的作品。从思想上说,它可以说是一篇新的《人权宣言》。从艺术方法上说,鲁迅在这里不但自觉地运用了近代现实主义,而且还第一次把现实主义与象征主义结合起来,从而达到一种新的艺术境地,完成了某种单一的创作方法所决难完成的任务。这正表现了鲁迅文学思想上的开阔闳放、不拘一格、善于吸收和勇于创新。[1]

应该说,自《狂人日记》问世以来,人们对它的艺术成就都是高度肯定的,但鲁迅自己却不这样高看。大概是在1919年4月间吧,《新潮》编者傅斯年致函鲁迅征求对《新潮》的意见,并赞扬《狂人日记》艺术很好,鲁迅乃于4月16日复信傅斯年,坦诚地自评道——

《狂人日记》很幼稚,而且太偪促,照艺术上说,是不应该的。来信说好,大约是夜间飞禽都归巢睡觉,所以单见蝙蝠能干了。[2]

对鲁迅的这个自我批评,鲁迅研究界当然是熟悉的,却几乎一致认为鲁迅所谓"《狂人日记》很幼稚"的说法,乃是他的自谦,所以就此忽略过去。这其实是不完全妥当的。

---

[1] 严家炎:《论〈狂人日记〉的创作方法》,《北京大学学报》1982年第1期,1982年3月2日出刊。

[2] 鲁迅:《对于〈新潮〉一部分的意见》,《新潮》第1卷第5期,1919年5月1日出刊。

《狂人日记》虽然是鲁迅的第一篇白话小说，但鲁迅写作它的时候已经人到中年，此前的思想艺术准备也相当充分了，所以刻画狂人疑神疑鬼的精神状态及其对他人与外物的敏感都非常到位，至今仍非寻常作家所可企及。所以，鲁迅自谓"《狂人日记》很幼稚"，的确有自谦的成分。但窃以为，鲁迅这样说也并非纯属自谦——如果把"很幼稚"理解成"不成熟"或者"生硬"，则确然有之。然则，《狂人日记》在艺术上的"不成熟"或"生硬"之处究竟何在呢？那应该是其"写实笔法"并未能恰当地"达寄托的（Symbolism）旨趣"，也即没有能够很好地把现实主义与象征主义融合为一体。严家炎先生说，"在《狂人日记》中并用着两种创作方法：实写人物，用的是现实主义；虚写寓意，用的是象征主义。作品的思想性，主要通过象征主义方法来体现"。这个分析是准确的，但问题是，实写人物的现实主义和虚写寓意的象征主义是脱节的，前者足够写实，后者委实太虚，从前者的写实里并不能自然而然地生发出后者的象征寄托，甚至可以说，人物的写实越真实，主题的象征寄托就越发虚。于是，主题的象征寄托就成了生硬附加的微言大义。如此生硬附加的象征寄托，不过是影射而已。

这就是《狂人日记》的"不成熟"或"生硬"之所在，而之所以如此者，鲁迅自己坦言是因为创作"太仓促，照艺术上说，是不应该的"。这也是实情。如所周知，鲁迅原本并无创作《狂人日记》的初衷，这篇惊人之作的问世乃是被钱玄同催逼出来的。按，钱玄同参与《新青年》编辑工作后，便加紧与周氏兄弟联系，1918年2月以来常去鲁迅那里催稿——"我常常到绍兴会馆去催促，于是他的《狂人日记》小说居然做成而登在第四卷第五号里了。"[1]"书被催成墨未匀"，鲁迅明知"仓促"而作"照艺术上说，是不应该的"，

---

[1] 钱玄同：《我对于周豫才君之追忆与略评》，《师大月刊》第30期，1936年10月30日出刊。

可面对善于催稿的钱玄同和急需创作的《新青年》，情实难却，只得匆忙赶写，致使"写实笔法"与"寄托的（Symbolism）旨趣"未能融合无间。这样的艺术缺憾，后人当然应该谅解，但无须否认。

三

进而言之，纵使鲁迅创作《狂人日记》的时候能够从容书写，也未必就能改变其中对家族生活的具体描写和"意在暴露家族制度和礼教的弊害"这个宏大主题之间的"偪促"关系。

"意在暴露家族制度和礼教的弊害"[1]，是鲁迅自己设定的要在《狂人日记》里寄托的主题。这个寓意的主题很快就得到新文化界的高度认同和赞誉。如《狂人日记》发表不久，反孔反儒的急先锋吴虞就撰写评论，礼赞《狂人日记》揭发"吃人的礼教"的重大意义——

> 我读《新青年》里鲁迅君的《狂人日记》，不觉得发生了许多感想。我们中国人，最妙是一面会吃人，一面又能够讲礼教。吃人与礼教，本来是极相矛盾的事，然而他们在当时历史上，却认为并行不悖的，这真正是奇怪了。
>
> 《狂人日记》内说："我翻开历史一查，这历史每叶上都写着'仁义道德'几个字。仔细看了半夜，才从字缝里看出字来，满本都写着两个字，是'吃人'。"我觉得他这日记，把吃人的内容，和仁义道德的表面，看得清清楚楚。那些戴着礼教假面具吃人的滑头伎俩，都被他把黑幕揭破了。[2]

---

[1] 鲁迅：《〈中国新文学大系〉小说二集序》，《鲁迅全集》第6卷，人民文学出版社，1981年，第239页。
[2] 吴虞：《吃人与礼教》，《新青年》第6卷第6号，1919年11月1日出刊。

从此,"礼教吃人"的揭露和"救救孩子"的呐喊,就被公认为《狂人日记》的主题,诚如严家炎先生所说,《狂人日记》几乎成了小说版的新文化"人权宣言"。理论版的新文化"人权宣言",则非周作人的《人的文学》莫属。按,《狂人日记》发表在1918年5月15日出刊的《新青年》第4卷第5号,《人的文学》发表在1918年12月15日出刊的《新青年》第5卷第6号。《人的文学》显然呼应着《狂人日记》,慨叹中国还需从头"辟人荒"——

> 中国讲到这类问题,却须从头做起,人的问题,从来未经解决,女人小儿更不必说了。如今第一步先从人说起,生了四千余年,现在却还讲人的意义,从新要发见"人",去"辟人荒",也是可笑的事。但老了再学,总比不学该胜一筹罢。我们希望从文学上起首,提倡一点人道主义思想,便是这个意思。[1]

由此,周氏兄弟桴鼓相应,推动了五四新文化运动的"人的解放"热潮。这个"人的解放"的新人学之主旨,乃是强调个人主义的人间本位,它显然适应了中国社会从传统向现代转型的思想要求,所以一代代新青年欣然接受。这当然是好事,但可惜的是,周氏兄弟的新人学观念完全否定了中国的历史文化思想传统,几千年人文化成的文明中国竟被贬斥为"吃人"或"非人"的人外世界。如此偏激之论不仅轻佻自贱,而且也不合中国的历史实际。

其实,中国并不缺乏人文主义或人道主义的传统,毋宁说,自春秋战国之际儒道墨诸家相继崛起之后,作为人的道德理性之自觉的人文主义就成为中国文化之主流,并从社会的中上阶层逐渐普及于普通的农家里巷。当然,中国的人文主义传统是应该现代化的。

---

[1] 周作人:《人的文学》,《新青年》第5卷第6号,1918年12月15日出刊。

同时，中国的历史固然难免"吃人"之祸，但那些毕竟是一些特例，公正地说，与世界上的任何国家民族如西方之血淋淋的历史相比，中国历史在总体上毋宁说更近人道些。要说中国文化的缺点，则可能因为中国长期以来一直是个自成一体的内聚性的土地—农业社会，所以中国的人文主义思想传统作为调节此种社会关系的意识形态制度安排，就比较倾向于强调家庭和社会的安定，而较为抑制个人主义。这种缺点在现代的世界格局下自然亟须补充也是可以补充的。同样，以"仁义"为核心的中国人文主义传统，其实也是有助于个人主义的新人学之健全的。

可是，急于以其新人学观念推动中国社会改造的鲁迅，顾不得周全和公正，甚至为了取得轰动的效应而不惜过甚其词、矫枉过正。《狂人日记》发表后也果然获得了惊人的效果，傅斯年和吴虞迅即发表的读后感，就是明证。可是作者的意图如此高调出之，也就注定了《狂人日记》书写的分裂——所谓"吃人历史"的全然判断和"救救孩子"的热情呐喊，根本不可能在写实主义的书写里得到自然而然的表达，而不得不硬行借助象征来寄托其微言大义。

几乎可以肯定，鲁迅如果从其个人的家庭生活经验出发"写实"地写，他是不大可能构拟出《狂人日记》那样一个"封建"大家庭里"人吃人"悲剧的，毋宁说，越是在所谓"封建"的大家庭里，父慈子孝、兄友弟恭的人情礼教，就越是最正常不过、最为常见的事情。事实上，鲁迅自己就是这样的孝子仁兄之典范——在祖父犯事、父亲病危及其过世之后，作为长子长孙的鲁迅自觉承担起长兄如父的职责，克尽兄弟友于的爱心，努力赡养母亲、抚育两个弟弟，为此，他甚至不惜放弃学业、提前就职，直至帮助两个弟弟成家立业，又一同搬家到北京，三兄弟共同生活、奉养老母。这是截至创作《狂人日记》时鲁迅自身的大家庭生活经历，足以确证家族制度和礼教并非父子兄弟相残的"吃人"样，较诸欧洲上层阶级嫡长子继承制之无情剥夺弟妹权利、逼迫他们从军殖民或离家当女教师当修女，可要人道得多了。

事实上，富于人情的家族制度和崇尚仁义的人文教化，乃是中国农业社会的常态与常情，尤其在"封建"大家庭里，即使嫡长兄与庶母弟之间也不乏爱护有加、兄弟情深的故事。即如老作家金克木（笔名辛竹）的自传体长篇小说《旧巢痕》，就描写了一个旧式大家庭从辛亥到五四的遭遇和变迁：革命后的第二年，曾当过县官的老父亲撒手归天了，留下了包括一个尚在襁褓中的小儿子在内的大家庭；长子竭尽心力维持着大家庭的排场和旧家庭的礼数；小儿子则是收房丫头所生，与同父异母的大哥相差近四十岁。这位小儿子后来成了一个新文化人（也即金克木的化身），他作为故事的叙述者，在多年后回忆当年大家庭的往事时，既如实地写出了旧家庭、旧礼教的一些不合理之处，也情不自禁地回想起大家庭其乐融融之景和兄弟手足之情。其中最感人的是外出的大哥回家处理家务之余，亲自带小弟弟外出宴客学规矩一节，和他离家前夕亲自教小弟弟念书一节。前者是为了小弟弟不失官宦人家的礼数，后者是为了小弟弟不断书香世家的传统。这些在激进的新小说家笔下备受讥嘲的东西，在《旧巢痕》里却被描绘得极富人情和美感。金克木这部自传体小说对旧文化的失落和旧家庭的解体，怀抱着一种悲欣交集的矛盾情怀，为其无可奈何的没落唱出了深情的挽歌。

从新文化的价值立场来看，作为旧文化巢穴的家族制度是处处不合理的，极其缺乏人道的。这种持续了近一个世纪的非难固然有助于文化上的破旧立新，但作为一种历史认识就未必公平了。早在20世纪30年代冯友兰先生即指出："我们不能离开历史上的一件事情或制度的环境，而去抽象地批评其事情或制度的好坏。有许多事情或制度，若只就其本身看似乎是不合理的。但若把它与它的环境连起来看，则就知其所以如此，是不无理由的了。例如大家庭制度，很有人说它是不合理,以为从前的人何以如此的愚;但我们若把大家庭制度与农业经济社会合起来看,就可以看出大家庭制度之所以成立,是不无理由的。"[1]这并不意味着冯先生反对变革,相反的,他充分认识到制度——包括文化制度和道德观念——有其经济的根源,因而不可避免地要随经济的变革而变革;但同时他也提醒人们任何变革都有得有失,而失去的未必就全是不值得珍惜的,得到的就一定会是好东西——"例如我们旧日的宗法制度,显然是跟着农业经济而有的。在农业经济中,人跟着地。宗族世居其地,世耕其田,其情谊自然亲了。及到工业经济的社会,人离地散而之四方,所谓宗族,亲戚,有终身不见面的,其情谊自然疏了,大家庭自然不能维持了。"[2]就此而言,真正令《旧巢痕》的主人公恋恋不舍的,乃是曾经维系过那个大家庭的富于人道与爱之关怀的伦理亲情。虽然伦理亲情是旧文化的核心,而新文化人大抵以古今异势而严判新旧,但时代有古今而人情不相远,即使是不同时代、不同阶级的人,在伦理亲情上也未必就没有相通的诉求,仁义礼教的价值正在于此。

　　对此,我自己也不无切身体会。余生也晚,农村社会早已没有了封建大家庭,旧礼教也似乎被批得体无完肤了,但实际上家族制度和礼教在我的家乡仍然存在,并且隐然成为维持农村社会基本秩序的真正力量。我自己就出生在一个普通的却很讲礼法的农家,从小跟长辈学"礼节",从小就被教导为人要"仁义",从小就接受着为人子要讲"孝道"的言传身教……有时实在感到束缚和压抑。所以1978年考入大学并且就读中文系的我,自然很快就接受了新文

---

[1] 冯友兰:《秦汉历史哲学》,转引自《三松堂自序》,生活·读书·新知三联书店,1984年,第240—241页。
[2] 冯友兰:《秦汉历史哲学》,转引自《三松堂自序》,第238页。

化和新文学反封建礼教、反家族制度的立场,知道了个人自由和权利的可贵。然而,我也不止一次地心感不安,因为我发现在农村生产力落后、经济不发达、国家又不给予社会保障的背景下,倒是幸亏有封建礼教和家族制度的残余,尤其是我的哥哥坚定不移地恪守"孝悌"之教,毫无怨言地牺牲自己的前途留在农村家中,毫不犹豫地挑起了长子的重任,尽心尽力侍奉老人、抚养弟妹,我才得以解除后顾之忧去念了一所大学又一所大学。这不也多少证明了封建礼教、家族制度不全是坏事,倒颇有些好处吗?至少我自己无法否认沾了它的光,我的"个人奋斗"就得到了整个家庭尤其是哥哥的衷心支持。老实说,越到后来我的这种感觉越强烈,不但从理智上肯认仁义礼教、家族制度在农村社会仍然有其存在的价值,而且由于自己后来长期旅食都市,发现城里人对门而居竟然觌面不识,甚至老死不相往来,反倒觉得宗法制度和仁义礼教的传统更富人情味,恰与新文化人控诉的惨无人道的"吃人"相反。

　　回头再看《狂人日记》,鲁迅既然无法写出一个正常的"封建"大家庭里父兄子弟之间如何"人吃人"的悲剧,于是便虚拟了一个"迫害狂"患者的日记来影射寄意。应该承认,鲁迅的现代医学和病态心理学的知识,在艺术上帮了他的大忙,所以作品刻画"狂人"的迫害狂心理和敏感乖张的言行,非常生动真实——他总是疑神疑鬼地自以为一切人与物都对他不怀好意,赵家的狗看他两眼,让他非常害怕;吃一碗蒸鱼,也让他疑心是吃了人肉;他疑心死去的妹子被大哥吃了,自己也可能在无意中吃了妹子的肉……如此等等,诚然是"迫害狂"患者病态心理的真实写照,但也正因为这是一个"迫害狂"患者的日记,正常的读者未必会信以为真。于是,鲁迅便有意识地在其中加上一些莫测高深的富于文化批判精神的微言大义,引导读者超越"写实"去理解"吃人"的宏大寓意。如那个常被引用的著名段落——

> 凡事总须研究,才会明白。古来时常吃人,我也还记得,可是不甚清楚。我翻开历史一查,这历史没有年代,歪歪斜斜的每叶上都写着"仁义道德"几个字。我横竖睡不着,仔细看了半夜,才从字缝里看出字来,满本都写着两个字是"吃人"!

这个生硬附加上去的微言大义,旨在引导读者超越"迫害狂"的真实描写而向高远处生发深刻批判性的想象与义愤。与此同时,为了启发读者想象所谓封建大家庭里如何"骨肉相残",鲁迅也让狂人对其长兄如父的大哥,进行了诛心的猜想和"莫须有"的揭露——

> 我说"老五,对大哥说,我闷得慌,想到园里走走。"老五不答应,走了;停一会,可就来开了门。
> 我也不动,研究他们如何摆布我;知道他们一定不肯放松。果然!我大哥引了一个老头子,慢慢走来;他满眼凶光,怕我看出,只是低头向着地,从眼镜横边暗暗看我。大哥说,"今天你仿佛很好。"我说"是的。"大哥说,"今天请何先生来,给你诊一诊。"我说"可以!"其实我岂不知道这老头子是刽子手扮的!无非借了看脉这名目,揣一揣肥瘠:因这功劳,也分一片肉吃。我也不怕;虽然不吃人,胆子却比他们还壮。伸出两个拳头,看他如何下手。老头子坐着,闭了眼睛,摸了好一会,呆了好一会;便张开他鬼眼睛说,"不要乱想。静静的养几天,就好了。"
> 不要乱想,静静的养!养肥了,他们是自然可以多吃;我有什么好处,怎么会"好了"?他们这群人,又想吃人,又是鬼鬼祟祟,想法子遮掩,不敢直捷下手,真要令我笑死。我忍不住,便放声大笑起来,十分快活。自己晓得这笑声里面,有的是义勇和正气。老头子和大哥,都失了色,被我这勇气正气

镇压住了。

  但是我有勇气，他们便越想吃我，沾光一点这勇气。老头子跨出门，走不多远，便低声对大哥说道，"赶紧吃罢！"大哥点点头。原来也有你！这一件大发见，虽似意外，也在意中：合伙吃我的人，便是我的哥哥！

  吃人的是我哥哥！

  我是吃人的人的兄弟！

  我自己被人吃了，可仍然是吃人的人的兄弟！

  在这个"迫害狂"弟弟的癫狂想象里，作为封建家长的大哥成了一个阴险的吃人狂魔。当然，一个心智健全的读者应该都能看出，大哥对患病的弟弟其实是关爱的，他精心照顾弟弟，尽一切可能为其延医治病，最后也终于使弟弟恢复健康，"赴某地候补矣"！可是，一代代的新文学读者，却一直相信鲁迅笔下的狂人对其大哥的黑暗想象不仅是想象，而且是"莫须有"的真实。于是，带着"吃人"之罪的大哥从此沉冤海底。显然，鲁迅正是借助象征主义的蒙混寄托，有意引导读者的恶意想象，不假思索地接受狂人的指斥，从而与读者共谋塑造了一个吃人的封建大哥形象，达成了对封建家族制度和礼教弊害的凌厉攻击。直到现在，绝大多数新文学研究者还是这么看"封建"大哥的。看来，新人学恶意构陷人罪的杀人力道的确经久不息！于此，不妨借用《狂人日记》的一句名言来反问一下："从来如此，便对么？"

四

  的确，《狂人日记》以"吃人"来盖棺论定旧文化、旧礼教、旧家庭以至于几千年的中国历史，出语惊人的刻深，但不免有过甚其词、简单归罪之嫌。这反而会启人疑窦，不禁要生"纣虽不善，不如是之甚也"的疑问。就此而言，《狂人日记》倒是求深反浅、弄巧成拙了。

仿佛意识到《狂人日记》的偏颇，鲁迅后来又写了另一篇小说《弟兄》。《弟兄》和《狂人日记》都以一对兄弟的关系作为主题的载体，但两者所表达的文化态度显然有别。与《狂人日记》的"吃人""救人"的象征寓意不同，《弟兄》在平实的写实中揭示出耐人寻味的文化—道德困境。《弟兄》中的兄长张沛君在弟弟病后，下意识地生出自私之念，确是深刻的心理真实，但从作品的整体描写来看，他对弟弟的手足之情和恪守传统礼教的真诚，也同样是不容置疑的真实。看得出来，鲁迅创作《弟兄》的旨趣，已不再是为了揭露旧礼教的虚伪，而旨在具体地展示新旧文化冲突时代的人们面对两种不同的人生价值或行为模式而难以协调的苦闷：一方面是传统的孝悌友于之教，它旨在维护大家庭的整体利益与和谐；另一方面则是现代的个人利益观念——一个靠工薪养家糊口的机关职员是不能不考虑个人利害得失的。夹在这二者之间的张沛君是无法长期避免矛盾的，因为他是一个既不很新又不全旧的"中间人物"，所以他既不能彻底抑制自己的个人主义意念，又不能也不愿舍弃家族主义的礼教人情，如此一来人生选择的困惑和价值分裂的苦恼也就在所难免，只在早晚间耳；而弟弟突如其来的病，则恰如其时地触发了张沛君的心理危机。虽然弟弟的病只是虚惊一场，却实实在在地惊醒了张沛君先生兄弟友于的好梦，令他对自己的"心病"有了真切的自觉。应该说，这样的心病或者说文化情结在那个时代并非罕见，倒是典型的文化症候，至少鲁迅本人就有类似的经历和体验。尽管鲁迅在《狂人日记》中控诉礼教吃人并对传统大家庭内的兄弟关系做了严酷的揭露，但实际生活中的鲁迅其实是极重兄弟手足之情、笃守孝悌友于之教的。鲁迅自己大概也没有想到，当他和自己的二弟周作人都转型成为倡导"人的文学"的新文化人之后，原本

"兄弟怡怡"的哥俩却因为彼此的个性和利害难以调和而无可挽回地失和了。兄弟失和无疑是鲁迅终身的隐痛,而写于兄弟失和之后的小说《弟兄》显然凝聚着鲁迅个人的生活体验。但鲁迅并没有因为兄弟失和,就简单地把《弟兄》这篇小说写成对旧伦理的控诉状和新道德的宣言书,更没有借机宣泄自己的憾恨或分辨兄弟间的是非,而是用既略带微讽又不无同情的笔触,感同身受地揭示出身为兄长的张沛君在人生选择上的两难和道德操守上的困惑。张沛君的这些矛盾的反应都是富有人性的真实的——倘若兄弟俩只追求各自的利益,兄弟友于之情也就未必存在了。就此而言,鲁迅写《弟兄》真可谓"别有一番滋味在心头"。

学界长期忽视的一个重要事实是,鲁迅在《狂人日记》和《灯下漫笔》等小说杂文中对中国历史文化传统"吃人"的偏颇指控,并不代表他对中国历史文化的真实认知,他的严厉批判更多的是出于文化—社会改革策略的考虑:由于旧文化、旧传统的力量在新文化初期仍很强大而且顽固,所以革新者为了打开新路,一开始不能不有意识地对旧文化、旧社会采取严厉的甚至全然否定的激烈态度;至于这种态度对旧文化、旧社会是否公正,并且是否完全表达了他们对旧文化、旧社会的真实感受,他们是无暇顾及、即使顾及也在所不惜的。此中隐衷,鲁迅曾向他深为信任的日本友人内山完造吐露过。据内山完造回忆,当他在《活中国的姿态》的漫谈中说了一些中国的优点的时候,鲁迅坦诚地对他说:"老板,你的漫谈太偏于写中国的优点了,那是不行的。那么样,不但会滋长中国人的自负的根性,还要使革命后退,所以是不行的。老板哪,我反对。"[1]由此可见,鲁迅对旧文化的严厉批判和彻底否定,其实并未

---

[1] 内山完造:《鲁迅先生》,《海外回响——国际友人忆鲁迅》,河北教育出版社,2000年,第116页。

反映他对旧文化的真实感受，他之所以采取断然否定的严厉态度，乃是为了推动中国变革而不得不然的矫枉过正之举。对此，夏济安的《鲁迅作品的黑暗面》里有一段话极富洞见："他（鲁迅）对当时争论的问题所采取的极端态度，和他的积极鼓吹进步、科学与开明风气，都是众所周知的。但这并不构成他的整个人格，也不能代表他的天才；除非我们把他对他所厌恨的事物之好奇，和一份秘密的渴望与爱慕之情也算进。"[1]这话发人深省。事实上，鲁迅在私下的言谈里对中国的历史文化传统包括民族性倒是不无肯定的。即如当内山完造的《活中国的姿态》被译成中文并改名为《一个日本人的中国观》即将在中国出版的时候，鲁迅在1936年3月4日致译者尤炳圻的私信里，这样比较了中日两国的历史和国民性——

> 日本国民性，的确很好，但最大的天惠，是未受蒙古之侵入；我们生于大陆，早营农业，遂历受游牧民族之害，历史上满是血痕，却竟支撑以至今日，其实是伟大的。但我们还要揭发自己的缺点，这是意在复兴，在改善……内山氏的书，是别一种目的，他所举种种，在未曾揭出之前，我们自己是不觉得的，所以有趣，但倘以此自足，却有害。[2]

令人惊讶的是，鲁迅在这封私信里充分肯定了中国的历史和国民性"其实是伟大的"，这无疑是发自衷心的也合乎历史实际的肯认。并且，鲁迅在30年代也曾公开肯认——

> 我们从古以来，就有埋头苦干的人，有拼命硬干的人，有为

---

[1] 夏济安：《鲁迅作品的黑暗面》，《夏济安选集》，辽宁教育出版社，2001年，第22页。
[2] 鲁迅：致尤炳圻，《鲁迅全集》第13卷，人民文学出版社，1981年，第682—683页。

民请命的人，有舍身求法的人……虽是等于为帝王将相作家谱的所谓"正史"，也往往掩不住他们的光耀，这就是中国的脊梁。[1]

可惜的是，如此肯定中国历史文化传统的话，鲁迅确乎言说不多，他说的更多而且影响更大的，则是诸如《狂人日记》等"不惮以最坏的恶意来推测中国人的"[2]的小说与杂文。

诚然，鲁迅的激烈言说在现当代中国产生了广泛深远的积极影响，但消极影响也无须讳言：当鲁迅借狂人对中国历史文化传统的全盘否定被视为无可怀疑的历史真实之后，后起者竞相效仿此种"深刻的片面"之论，终于蜕变为批判论者装饰其"深刻"的修辞皮毛，却使中国的历史文化传统蒙冤至今；而鲁迅所一再鼓吹的个人主义新人学——所谓"惟有此我，本属自由"[3]"朕归于我，而人始自有己"[4]的个人，带着"先该敢说，敢笑，敢哭，敢怒，敢骂，敢打"[5]的革命勇气，成为从事"辟人荒"创世胜业的"新人类"云云，但如此这般的个人主义"新人学"其实是缺乏道德灵魂的，而必定会趋于"朕归于我""我即真理"之极端，张狂到纵情任性甚至丧心病狂之境，催生出周作人之类"赤精的利己主义"者[6]，和专革他人之命、践踏他人自由的革命—自由投机主义者。诸如此类自私的个人主义者和自是的革命—自由投机主义者，在现当代中国是层

---

[1] 鲁迅：《中国人失掉自信力了吗》，《鲁迅全集》第6卷，人民文学出版社，1981年，第118页。
[2] 鲁迅：《记念刘和珍君》，《鲁迅全集》第3卷，人民文学出版社，1981年，第277页。
[3] 鲁迅：《文化偏至论》，《鲁迅全集》第1卷，人民文学出版社，1981年，第51页。
[4] 鲁迅：《破恶声论》，《鲁迅全集》第8卷，人民文学出版社，1981年，第14页。
[5] 鲁迅：《忽然想到（五至六）》，《鲁迅全集》第3卷，人民文学出版社，1981年，第43页。
[6] 冯雪峰：《厌恶》，《乡风与市风》，作家书屋，1948年，第129页。顺便说一下，近年钱理群所谓"精致的利己主义"之说颇为流行，但人们多不知钱说是从冯雪峰所谓"赤精的利己主义"变化而来。

出不穷的。由此反省一下，作为新文化"人权宣言"的《狂人日记》及相关杂文，是不是有些自迷于"人的自觉"却"人而不仁"呢?!

事实上，周氏兄弟大力倡导的"任个人"的"新人学"也确实产生了流弊。到了抗战时期，作为五四过来人的朱自清先生检讨五四，对新文化运动蛮横地贬斥仁义道德、热狂地放任个人的"新人学"观念之偏颇有非常痛切的反省——

> 五四运动以来，攻击礼教成为一般的努力，儒家也被波及。礼教果然渐渐失势，个人主义抬头。但是这种个人主义和西方资本主义的社会的个人主义似乎不大相同。结果只发展了任性和玩世两种情形，而缺少严肃的态度。这显然是不健全的。近些年抗战的力量虽然压倒了个人主义，但是现在式的中年人和青年人间，任性和玩世两种影响还多少潜伏着。时代和国家所需要的严肃，这些影响非根绝不可。还有，这二十年来，行为的标准很纷歧；取巧的人或用新标准，或用旧标准，但实际的标准只是"自私"一个。自私也是于时代和国家有害的。[1]

应该说，朱自清对五四新人学流弊的反省是切中要害、极富历史感和思想深度的。可叹的是，五四和周氏兄弟的崇拜者们至今仍对五四所标榜的新人学之偏颇缺乏反省，于是新时期以来再次高涨的新人学思潮也就仍然故我地沿着"任个人"的惯性向下滑行了。

当然，好的个人主义是现代人和现代社会所需要的，但个人主义却并不必然都是好的，那种只知"任个人"的"立人"之道，只会助长任性、玩世、自私、狂妄的个人，只能离"人国"愈来愈远。

---

[1] 朱自清：《生活方法论——评冯友兰〈新世训〉》，《朱自清全集》第3卷，江苏教育出版社，1996年，第44—45页。

健全的个人必须且首先要把别人也当作人来尊重。就此而言,"己欲立而立人,己欲达而达人""己所不欲勿施于人"的儒家仁学思想,确是值得我们珍惜的精神遗产。

2019 年 4 月 22 日草成于清华园之聊寄堂

附记: 2019 年 4 月,上海社会科学院《探索与争鸣》杂志拟于第 5 期推出"世纪回旋:百年五四的文学省思"一组圆桌笔谈,以表达对五四新文化运动百年的纪念,编者殷勤征稿于予,固辞不获,于是勉强写了这篇《蒙冤的"大哥"及其他——〈狂人日记〉的偏颇与新文化的问题》,不料字数却超出了定数,刊物发表时有所删节,此处是全文,文字略有订正。

"毛戴"的影射问题
——《章秋柳：都市与革命的双重变奏》之疑义

前天收到刚出版的《上海文化》杂志2007年第5期，翻开目录，有一篇题作《章秋柳：都市与革命的双重变奏》，作者是香港科技大学人文学院的陈建华先生，一位很有水平的学者，文章的题目又很吸引人，所以我就先翻到陈先生的这篇大作，读了下去。

文章很长，但很精彩。通过对茅盾《蚀》三部曲的最后一部《追求》的女主人公章秋柳的分析，陈先生至少提出了两个令人耳目一新的创见。一是认为茅盾当年的"内在紧张在《追求》中的章秋柳身上得到激情的迸发而达到世纪末式的辉煌，而他的现代主义的美学探索亦臻至极致"。我觉得这个创见完全成立。长期以来，我们比较熟悉的是自然主义的、革命写实主义的茅盾，虽然也知道早年的他曾经对"新浪漫主义"颇感兴趣，却很少想到后来的茅盾会在其革命叙事中激情迸发"而达到世纪末式的辉煌，而他的现代主义的美学探索亦臻至极致"，如今陈先生敏锐地发现了这一点，并有相当精细深入的分析，如对《追求》中的革命与颓废的复杂纠结之剖析，就相当精彩而令人信服。

文章的另一创见，是认为茅盾"尽管行将就范，臣服于'历史必然'的铁律"，却仍然意犹未尽，在《追求》中借章秋柳的形象曲折地表达了不"跟着魔鬼跑"即对左倾政治"盲动主义"的质疑，而被质疑的左倾"盲动主义"代表人物，则"不仅是指瞿秋白，恐怕也包括毛泽东"，作者并进而推断说茅盾写《追求》乃将他对"大革命"失败的反思"转化为意蕴丰富的文学形象及某种文化姿态"，那姿态"毋宁是像章秋柳拒绝（跟）曹志方去当'土匪'一样，乃是一种人性的姿态，即不主张激进流血"云云。这一创见，即推定茅盾写《追求》乃曲折地将政治反思的矛头不仅指向瞿秋白，而且指向毛泽东，真可谓石破天惊之论。不过，让我惊叹的并不是陈先生这个创见的政治意味，让我更为憧憬的乃是这个创见的美学意义——如果能够从《追求》中找到茅盾质疑毛泽东左倾政治盲动主义的痕迹，从而把这位大作家从令人厌憎的革命暴力恐怖和极左政治黑幕中释放和洗刷出来，那岂非美事一桩？所以，我并不反对陈先生的第二个创见，甚至乐观其成。

然而读完全文，我遗憾地发现，陈先生的第二个创见虽然充满了丰富多彩的想象与推论，而至关重要的文本根据却相当薄弱，甚至不无误读、曲解之嫌。

按，被陈先生指称为形象地表达了茅盾不仅对瞿秋白，更可能对毛泽东的左倾"盲动主义"之质疑的，乃是《追求》中描写章秋柳的噩梦般心理的一段文字。为免读者翻检之劳，这里谨依陈建华先生文章所引，复录原文如下——

> 她无可奈何的阖了眼，一些红色的飘动的圆圈便从眼角里浮出来，接着又是王诗陶的惨苦的面容，端端正正的坐在每一个红圈上。然而这又变了，在霍霍地闪动以后，就出奇的像放大似的渐渐成了一个狞相。呀！这就是东方明的咬紧牙齿的狞相！红圈依旧托在下面，宛然像是颈间的一道血线。章女士惊悸地睁开眼来……
>
> 她恨恨的想，用力咬她的嘴唇，皱紧了眉头。现在的情绪，矛盾纷乱到极端，连自己也不知道是怎么一回事。虽然她痛切

地自责太怯弱，但是血淋淋的红圈子始终挂在她眼前，她的光滑的皮肤始终近于所谓"毛戴"，她赤着脚乱走了几步，又机械的躺在床里，对天花板瞪眼。她努力企图转换思想的方向，搜索出许多不相干的事来排遣，但是思绪的连环终于又崛（倔）强地走回到老路上，她几乎疑惑自己的神经是起了变态，在对她的自由意志造反。……因为这是高热度的同情，所以不能挥去血淋淋的红圈子，所以那样惊悸，所以流入于怯弱么？

在援引了上述文字之后，陈先生便抓住其中的一个意象和一个词语大做文章。那个意象即是章秋柳挥之不去的"血淋淋的红圈子"。陈先生指出这"显然是一个具政治含义的象征指符，自然会使人联想到革命志士的鲜血或国民党的血腥屠刀"。这也是人们惯常的理解。"然而"，陈先生觉得这不够，他以为"对'红圈子'这一意象的丰富内蕴稍做推敲，也何尝不是指使茅盾痛心疾首的'左'倾'盲动主义'？章秋柳所表现的恐惧折射出茅盾在写作《追求》当中的鲜活感受，也即对于1928年继续发展的'盲动主义'的反应，这不仅是指瞿秋白，恐怕也包括毛泽东"。如此把茅盾质疑的矛头指向毛泽东，这或者不失为一说，但根据何在呢？陈先生紧接着提出了他的别出心裁的推论——

在三部曲里，《追求》最富于政治性，而对章秋柳的艺术表现也直接牵连到50年代的政治实际。值得注意的是，上述刻画章秋柳的大段引文在1954年的修订本中被完全删去了。这"红圈子"的噩梦段落为三部曲与"革命"的直接联系提供了重要见证，即不光是对"过去"的反思，也是对"当下"的批评。而且对于理解章秋柳这一人物身上所体现的都市与革命的双重主题的剧烈冲突，也极其重要。

这一段被删掉,或许也与那个带引号的"毛戴"有关,指的是什么,令人费解。在茅盾《回忆录》中并不讳言1927年对于"工农运动过火"的反应:"当时农运'过火'之说早已传布,我们也知道党中央有两种意见,一种是陈独秀的,一种是瞿秋白支持的毛泽东的,而且还听说这两种意见反映了当时在武汉的国际代表之间的不同态度。"茅盾的反应是一面"感到由衷的欣喜",一面也"存有疑虑,譬如把农民家中供的祖宗牌位砸了,强迫妇女剪发,游斗处决北伐军军官的家属等。尤其对后者,我们议论较多,认为我们现在手中还没有军队,万一这些军官反到蒋介石那边去了,局势就很困难"。所谓"'过火'之说早已传播",指的是毛泽东在1926年主持湖南农民运动,便声言"有土皆豪,无绅不劣"。至1927年3月发表《湖南农民运动调查报告》,力主"矫枉必须过正",驳斥"过火"论。结果"疑惑"变成现实,发生何健、夏斗寅、许克祥等叛变,遂演成"反共清党"之局。这就是《动摇》所描写的,尽管茅盾对反动派口诛笔伐,但以情色的讽喻描绘了农民运动的"过火"行动,如上文言及的癞头农民瓜分地主小寡妇,即为一例。

茅盾也许真有政治上的先见之明,但此处且不管它,现在我所关心的问题只是:上述茅盾的文学文字是否真在以情色的描绘来讽喻毛泽东的左倾"盲动主义",如他指导下的农民运动的"过火"行动呢?陈先生的分析多为推测之论,依他的推论,上述《追求》那段文字中唯一能够与毛泽东挂上钩的乃是"那个带引号的'毛戴'",尽管他说这个词语"指的是什么,令人费解",却又在未提任何有力证据的情况下,理所当然地将"毛戴"视为对毛泽东的影射——陈先生虽然没有直接用"影射"二字,但他的下文显然无疑地将"毛戴"和"毛泽东"关联了起来,力图引导读者相信茅盾确在借此讽喻毛泽东。这就不仅是望文生义、穿凿附会，而且实在有点成见在胸、急不择言了——即使"毛"真是指毛泽东，那么"戴"指何人，也总该有个解释吧？可他却那么不管不顾地把"毛戴"一股脑儿戴到毛泽东头上。这在学理和学德上是有缺憾的。

事实上，"毛戴"指的是什么，并不像陈先生夸张的那么"费解"。从《追求》的具体语境中就不难判断出茅盾写"她的光滑的皮肤始终近于所谓'毛戴'"，其实是说章秋柳的皮肤光滑漂亮如模特，也即是说"毛戴"乃model（模特）的一种音译而已。当然，model的这种音译，在今天已经难见，所以对一般读者来说确乎有些"费解"或难解。可是，陈建华先生出于国际著名学者之门，外语尤其是英语很好，治学又擅长考辨外来语汇概念在现代中国之演变，如在他的这篇大作中说到《追求》中被戏称为"迭克推多"的曹志方时，就特意在"迭克推多"后加按语说："英语dictator，即'专制君主'。"所以，"毛戴"也者，对学养深厚、外语很好且擅长解词的陈先生来说，不是问题正在情理之中，而竟然成了问题、生了误解，反倒让人难以理解了——坦率地说，令我纳闷的并不是陈建华先生对"毛戴"的离奇解释，而是如此离奇的解释怎么会出现在他的笔下？是智者千虑的偶然一失，抑或还有别的原因呢？我不能妄加推测，也不想吹毛求疵。我只想就事论事地辨正一点：《追求》中的"所谓'毛戴'"肯定是指模特而非影射毛泽东，所以陈先生要完成他的论证，还得从文本中别寻证据。

2007 年 10 月 9 日于清华园

疑义相与析："毛戴"到底是什么意思？

拙文《"毛戴"的影射问题》是对陈建华先生的《章秋柳：都市与革命的双重变奏》一文的一点商榷。文章寄给《上海文化》时，我曾经提请编者，"方便时，刊布前请贵刊知会陈建华先生，请他哂正——或许我误解了他也未可知"（2007年10月11日晚致编者函）。过了一个多月，未见陈建华先生的回应，我便接受编者的建议先发表了拙文。

今天终于接到了编者转来的陈建华先生的答辩文章《"毛戴"即"模特"？——答解志熙君"说文解字之疑义"》。陈先生在答辩中承认我的批评——说他的文章"显然无疑地将'毛戴'和'毛泽东'关联了起来，力图引导读者相信茅盾确在借此讽喻毛泽东"——"这样的一种理解也无不可"。这使我如释重负，总算没有误解他的意思。尽管陈先生强调自己的观点"更多的是怀疑"，所以下笔不免"踌躇"，但其实他在明知根据不足的情况下并不迟疑地将影射的"怀疑"引向了毛泽东，而又运用着很不可靠的"情色的讽喻"的阐释方法——从"她的光滑的皮肤始终近于所谓'毛戴'"这样一句描写女性体肤的话里，抓住一个比较"费解"的词"毛戴"，居然大胆地假设这是在影射毛泽东，这正是陈先生的"情色的讽喻"的阐释方法之表现，而也正是我那篇小文所要质疑的问题。对此，陈先生现在的答辩并不足以解除我过去的疑虑。现在的我仍然认为他的这种解读是一种没有根据的曲解和显然过度的阐释。

至于说"毛戴"即 model，乃是我在文末顺手提出的一个替代性的解释。其实我对 model 并无专门研究。拜读了陈先生对 model 翻译史的梳理，我很受教益，并愿意坦率地承认，拙文说"'毛戴'肯定是指模特而非影射毛泽东"，虽然后面的"非"未必非，但前一个"肯定"显然武断，对我的武断给陈先生的伤害，我深感抱歉。而说来可笑的是，我的武断倒也在无形中受了陈先生的"情色的讽喻"阐释思路的启发，并且陈先生说"毛戴"一词"令人费解"，也使我误以为他已经翻检过中文辞书、确证"毛戴"在中文中无解，于是我对"毛戴"的解释也便只从外来语词的音译角度考虑，以至于武断地做出了那样想当然的误断。

有错就应该纠正，不论是我的还是陈先生的。说"毛戴"即 model，毕竟是我的武断，陈先生不能替我负责任，而我确乎有责任按陈先生的要求给出几个例证。然而，现在却已经没有这样做的必要了。这并不是我要推脱责任、掩饰错误，而是我发现"毛戴"这个词另有其解。

其实，陈先生和我都忽视了"毛戴"这个词古已有之，意即"寒毛竖立"，一般用来形容人的恐惧震惊，如唐段成式《酉阳杂俎·盗侠》："先溜至檐，空一足，欹身承其溜焉，睹者无不毛戴。"并且我们也都忽视了茅盾不止一次用过这个词，如《三人行》："惠简直狂笑了，笑声是那样磔磔地令人毛戴。"这古今两例"毛戴"都是令人惊恐之极而不禁寒毛竖立之意。此外，这个词也用以形容人的愤怒，如鲁迅《中国地质略论》："其他幻形旅人，变相侦探，更不知其几许……然吾知之，恒为毛戴血涌，吾不知何祥也。"以上的解释及词例，都不是我的发明，而采自《汉语大词典》第 6 卷第 1006 页。应该说，这个词不大常用，但茅盾既然在别处用过，则他在《追求》中写章秋柳"她的光滑的皮肤始终近于所谓'毛戴'"，大概也不出"寒毛竖立"之意。至于章秋柳之"毛戴"到底是出于惊恐还是愤怒,从上下文看似乎都可以成立,或者兼而有之吧。

倘若此解成立,则无论章秋柳像不像 model,她的"毛戴"都与毛泽东无关。当然,如果真能证明章秋柳的"毛戴"与毛泽东有关系,那也"没有关系",我关心的只是词义解释的准确与否,反对的乃是没有根据的影射索隐。

很感谢陈先生的反批评以及他提前示知的雅量,使我能够及早地纠正自己的错误,也很高兴在彼此质疑中逐渐弄清"毛戴"的意思。所谓"疑义相与析",毕竟不算浪费。而检讨起来,我的自以为是的武断和陈先生的没有根据的曲解,似乎都证明现代文学研究确实需要一点"古典化"的治学态度——比如在阅读现代文学作品过程中,碰到不大常见、不好理解的词如"毛戴"之类,也不妨像古典文学研究者那样去翻检一下辞书,如果实在查不出、弄不懂则不妨存疑,而切忌望文生义、穿凿附会的解释。倘如此,则我和陈先生都可以少犯错误、少走弯路了。我之所以提倡现代文学研究的"古典化",正是有感于说文解字之难,自觉功夫不够,常犯轻率的错误,所以我非常愿意接受陈先生的教言:为学之道长而宽,还是以脚踏实地、多下些功夫为好。

2008 年 3 月 4 日于清华园

茅盾创作的"莫须有"之过
——关于《子夜》和《春蚕》的通信

发件人：苏心
发送时间：2018-01-25　23:29
收件人：解志熙

解老师：

　　您好！我是选修您本学期"中国现代文学文献学"课程的学生苏心（中文系17硕，现当代文学专业），这是我的课程作业《茅盾〈子夜〉创作行为考论》，请您查收。

　　整篇文章基本是按照课堂报告时的思路展开的：围绕茅盾的《子夜》创作活动，考察其在《子夜》构思期与瞿秋白的互动行为，以及1954年重印时的修改问题等，试图由此把握您在《关于〈春蚕〉评价的通信》里所提示的，茅盾创作《子夜》时的"社会科学的理性分析与艺术敏感的感性把握之互动的过程"，并进而探讨20世纪30年代初茅盾的思想状态：他对中国社会的认识、对革命的看法等。

　　就像在课堂报告时说的那样，这篇文章是对自己两年前幼稚的学年论文的推进。受您课程和文章的启发，这次重读茅盾，至少在两个方面有了更加深入的认识。一是瞿秋白对茅盾《子夜》创作的影响方面。在大的写作方向上，瞿秋白促使茅盾做了两方面的改动：第一，修改小说结尾吴、赵两大集团的和解结局；第二，使茅盾再次缩小原定的写作计划，"只写都市而不再正面写农村"。先谈后者。虽然茅盾最终决定只写都市，但他不忍割舍已经写好了的正面描写中国乡镇的第四章，"以致成为全书中的游离部分"。第四章的双桥镇故事，在我看来，其写作资源可以说是源自《动摇》中的县城故事的。也就是说，茅盾早期小说创作的技巧、经验、模式等，通过潜在的写作惯性，出现在了茅盾的《子夜》当中。与放弃正面描写中国农村相对，茅盾在《子夜》的结局上，完全接受了瞿秋白的修改意见（这可谓瞿秋白对《子夜》的最大贡献吧）。1931年2月的《提要》版结局，吴、赵两派于牯岭"握手言和""无聊纵淫"的具有"幻灭"色彩的和解结局，并不能如茅盾的创作自述中所说的那样，有力地回应托派。至少在茅盾与瞿秋白就《子夜》大纲展开讨论前，茅盾对《子夜》在现实的中国社会性质论战中的实践意义，并不清楚。就像《关于〈春蚕〉评价的通信》论及茅盾与社会性质论战和托派的关系：无论是尹捷提及的有日本学者认为茅盾与托派的观点相似，还是老师您出于茅盾的"问题意识"，认为他与托派不一样——实际上，两种观点都有道理，因为正是通过《子夜》的结局改编问题，我们看到了茅盾的思想从近似或同情托派到回应托派的变化，而瞿秋白在此的作用不可忽视。

　　第二个方面的认识，是关于茅盾的"小资产阶级"概念的。通过比对茅盾与毛泽东的"小资产阶级"概念，我发现：有趣的是，尽管茅盾曾与毛泽东同住、共事，并且毛泽东的《中国社会各阶级的分析》正是在茅盾任其秘书期间再次修订和发表的，但却不像我们一般会由此而猜想的那样，也即认为毛泽东对中国社会各阶级的分析，可能为茅盾所吸收，并进而成为其《子夜》创作的理论资源。事实与此相反，茅盾对中国社会的认识颇为不同，尤其是其"小资产阶级"概念，比毛泽东宽泛得多。《中国社会各阶级的分析》里称小资产阶级有一万万五千万，而茅盾在《从牯岭到东京》中则说"几乎全国十分之六，是属于小资产阶级的中国"，计其数则有两万万四千万，也就是说，被毛泽东划为中产阶级（如东西洋留学生、大学校专门学校教授学生、小律师等）和半无产阶级（如半自耕农、半益农、手工业工人、店员等），在茅盾这里，大都被纳入了"小资产阶级"的范围。对小资产阶级的不同理解，构成了茅盾对中国革命和中国社会的不同看法的关键所在，也在一定程度上影响了《子夜》的创作，使它呈现出复杂的文本面貌，进而成为我们观照左翼文学复杂性的一个窗口。就文本而言，《子夜》的创作固然受到了瞿秋白、中国社会性质论战等的影响，在新的社会分析视野下展开，但茅盾也并未放弃之前的立场：他仍然希望争取小资产阶级进入革命，其创作也就自然是照顾"小资产阶级市民"读者的。在此，尽管与《蚀》相比，小资产阶级知识分子的生活已经不再占据茅盾小说创作的中心，但作为暗线的小资产阶级书写，仍然在《子夜》中占据重要地位——这一谋篇，多半出于上述茅盾"争取小资产阶级市民读者"的主张。也正是在此，《子夜》体现着茅盾的创作由"镜子"转向"斧头"的努力，茅盾所曾要申诉的小资产阶级"被压迫的痛苦"，不再是《子夜》的核心，相反，"批判和改造小资产阶级"在《子夜》中得到了强调。

总而言之，《子夜》从创作过程到文本本身都真是够复杂的，茅盾所吸收的新的理论视野，和其以往的思想与经验都交织在其中了。以上简要总结了这段时间阅读和思考茅盾的收获，请老师多批评；如果可以的话，希望能在接下来继续修改、完善这篇文章。

文献校录这方面，我负责的是阿湛的小说集《栖凫村》，还在录入、校对和整理，也顺便和老师确认一下，这份校录作业也是要在一月内交给您吗？

从本科三年级时在李广益老师的"中国现代文学作品选读"课

上，读到您的一些文章，再到这学期来清华、坐在老师的课堂里听课学习，学生或间接或直接地从您这学到了许多东西，受益匪浅。谢谢老师！

顺颂教祺！

学生苏心上
2018 年 1 月 25 日

发件人：解志熙
发送时间：2018-01-26　9:45
收件人：苏心

苏心：

　　我收到了你的作业，并且仔细看过了，觉得你很有问题意识，读书仔细，写作认真，所论大都言之成理，我很高兴你的进步，相信你继续努力，必有所成。同时也觉得你的有些看法，比较简单化，还有可商榷可补正之处，这里顺便说说。

　　一是你怀疑茅盾关于写《子夜》的目的之一是要回答社会性质论战中托派观点的说法，你的文章认为——

> 问题在于，对当时的中国社会性质论战，茅盾的态度和立场，是否真的如他回忆所言的这般明确和坚定。因为，倘若茅盾真的对这场论战足够关注，明确地意识到要用《子夜》来回应托派和资产阶级学者，"中国民族资产阶级的前途是非常暗淡的"，就不会设置一个"和解"的托派式结局。实际上，《子夜》对中国社会性质论战的回应，正是在吴荪甫破产的悲剧结局上才得到了最明显的呈现——但这一论战意义却是经由瞿秋

白的建议,而非茅盾本人的构思,才进入到《子夜》文本之中的。也就是说,《提要》版结局恰恰反映了茅盾对中国的实际情况(社会性质问题)缺乏足够的认识,而对此具有充分理论思考的瞿秋白,则纠正了茅盾的理论缺陷所带来的创作偏差。(附注:在《再来补充几句》一文中,茅盾对中国社会性质论战的情况作了简单概括:"当时参加论战者,大致提出了这样三个论点:一、中国社会依然是半封建半殖民地的性质;打倒国民党法西斯政权[它是代表了帝国主义、大地主、官僚买办资产阶级的利益的],是当前革命的任务;工人、农民是革命的主力;革命领导权必须掌握在共产党手中,这是革命派。二、认为中国已经走上资本主义道路,反帝、反封建的任务应由中国资产阶级来担任,这是托派。三、认为中国的民族资产阶级可以在既反对共产党所领导的民族、民主革命运动,也反对官僚买办资产阶级的夹缝中取得生存与发展,从而建立欧美式的资产阶级政权。这是当时一些自称为进步的资产阶级学者的论点。"茅盾:《再来补充几句》,1977年10月9日,《茅盾全集》第3卷,北京:人民文学出版社,1984年,第562页。)

类似你的这种质疑,也多见于近些年的茅盾研究中,这其实是误解,这种误解不能理解茅盾对中国资产阶级的认识有一个逐渐深化的过程,并且对有组织的革命文学活动中作家们如茅盾和瞿秋白之间的互动行为缺乏理解。

其实,正如你文章里引述的那样,在创作构思之初,茅盾自己的写作提要里的计划是,结尾要这样写——

五、长沙陷落,促成了此两派之团结,共谋抵抗无产革命。然两面都心情阴暗。此复归妥协一致抗赤的资本家在牯岭御碑亭，遥望山下：夕阳反映，其红如血，原野尽赤。韩孟翔怃然有间，忽然高吟曰："夕阳无限好，只是近黄昏！"大家骤闻此语，冷汗直淋。（总结构之发展）

六、最后一章，在亢奋中仍有没落的心情，故资产阶级之两派于握手言和后，终觉心情无聊赖，乃互交易其情人而纵淫（吴与赵在庐山相会）。（提要最后补充六点）

这是茅盾作为一个左翼作家和马克思主义者，对现代中国社会的资产阶级之观察。在他当时的观察中，工业资本家和金融资本家虽然有矛盾，但都属于同一个阶级，他们纵使有矛盾，可在面临工农革命的威胁时，是会妥协和解、共同对敌的，而即便他们握手言和、共谋抵抗无产阶级革命，仍然不能改变其没落的命运，所以茅盾才有"最后一章，在亢奋中仍有没落的心情，故资产阶级之两派于握手言和后，终觉心情无聊赖，乃互交易其情人而纵淫"的结尾设计。这种观察和观点，显然是批判所谓中国已是资本主义社会、只能等待资本主义的进一步发展、然后再开展社会主义革命的托派论调（取消革命论），只是当时的茅盾对买办金融资本与民族工业资本的区分还不够精密，但他的观点与"认为中国已经走上资本主义道路，反帝、反封建的任务应由中国资产阶级来担任"的托派观点还是迥然有别的。我不知道你和其他一些学者为什么会把茅盾的这种观点简单归之于"托派"论调。

随后，茅盾在写作中得益于瞿秋白的提示，进一步修改了自己的观点和情节设计，那便是区分了买办金融资本和民族工业资本，并以后者的失败作结。这体现了茅盾的从善如流，力图更准确也更有力地回击托派——在这一点上茅盾和瞿秋白的目标是一致的，只是瞿秋白的社会分析，比茅盾更精密而已，并且瞿秋白也是很有文学才思的人，所以茅盾欣然接受了瞿秋白的观点并改变了作品的情节设计，这有何不妥呢？我们怎么能抓住茅盾最初的不很完善的观点和他稍后接受了瞿秋白的建议所做的改动，就认为茅盾本来没有回击托派的意思，只是被迫接受了瞿秋白的建议，因而前后矛盾？在这里，我们必须认识到，左翼的文学活动，是一种革命的组织行为，茅盾和瞿秋白之间交换意见、提高认识，从而完善观点和更改情节，在茅盾是很愉快的事，因为他在瞿秋白的启发下完善了对中国社会的分析，使《子夜》能够更坚实更有力地回击托派的取消主义主张啊。我们应该承认，茅盾虽然在大革命失败后有所迷惘，但那是对鱼龙混杂的大革命及当时的所谓革命者的失望，茅盾并没有因此否定革命，他只是在思考革命应该怎样才能更坚实地进行、更好地改造中国社会，并且，茅盾虽然是作家，但他没有一般资产阶级作家之所谓"坚持创作的个人主体性和独立性"的矫情论调，他是把《子夜》的创作看作革命者的有组织行为，因此他并不计较和固执什么创作的"个人主体性"，而从善如流地接受了瞿秋白的观点。今天的研究者——包括你——乃是自觉不自觉地按照"创作是作家的个人自由行为"的资产阶级观点来看问题的，所以就觉得难以理解茅盾的文学行为了。其实，从"革命文艺是一种集体组织行为"的角度来看，就很容易理解茅盾与瞿秋白的互动行为。茅盾并不觉得瞿秋白干涉了他的创作自由，倒是感谢瞿秋白的精密分析纠正了他的一些模糊认识，使他对中国社会的性质和资产阶级的命运，有了更清楚的认识。并且，对瞿秋白的文学才华，茅盾也是佩服的，所以心悦诚服地接受了他的一些建议，但此时的茅盾已是一个成熟的现实主义作家，对自己缺乏切身经验和难以就近观察的现象，他是不愿贸然下笔的，所以他也没有全盘接受瞿秋白的建议。如他在《〈子夜〉写作的前前后后》里所说的，"但是，关于农民暴动和红军活动，我没有按照他的意见继续写下去，因为我发觉，仅仅根据这方面的一些耳食的材料，是写不好的，而当时我又不可能实地去体验这些生活，与其写成概念化的东西，不如割爱。于是我就把原定的计划再次缩小，又重新改写了分章大纲，这一次是只写都市而不再正面写农村了。但已写好的第四章不忍割舍，还是保留了下来，以致成为全书中的游离部分"。足见此时的茅盾不愿为了主题的正确就向壁虚构自己不熟悉的生活。

二是关于"小资产阶级"的问题，你似乎也有误解。我们必须注意，在20世纪二三十年代中国左翼的社会分析视野里，"小资产阶级"是个很大很含混的概念，茅盾使用这个概念包含极广，毛泽东使用这个概念的涵盖范围也不小，足见他们都重视中国社会里很广大的小资产阶级问题。但是你的文章却认为——

> 茅盾所曾要申诉的小资产阶级"被压迫的痛苦"，不再是《子夜》的核心，相反，"批判和改造小资产阶级"在《子夜》中得到了强调。茅盾在小说写作中，使用了讽刺笔法来刻画小资产阶级青年们——如其对"五卅纪念示威运动"事件（第九章）的叙述。面对巡捕的威胁和混乱的人群，张素素与吴芝生"脸色全变"，失去了游行前的激动、雄心和勇气，"跟跟跄跄地"钻进大三元酒家"暂时躲避"。谁料"却引起食欲来了"。

你因此认为茅盾在写《子夜》时改变了他早年在《从牯岭到东京》里同情小资产阶级的观点。其实不是这样，我们看你引的《从牯岭到东京》里的两段原文——

> 所以现在为"新文艺"——或是勇敢点说，"革命文艺"的前途计，第一要务在使他从青年学生中间出来，走入小资产阶级群众，在这小资产阶级群众中植立了脚跟。而要达到此点，应该先把题材转移到小商人、中小农等等的生活。（《从牯岭到东京》七）

> 我相信我们的新文艺需要一个广大的读者对象,我们不得不从青年学生推广到小资产阶级的市民,我们要声诉他们的痛苦,我们要激动他们的情热。(《从牯岭到东京》八)

在这里可以看得很清楚,茅盾是特意把"青年学生"从小资产阶级的概念里提出来、分离出来,认为新文学不应该止步于对青年学生这一小撮"小资产阶级之苦闷"的表现,而应该"推广到小资产阶级的市民"等更广大的下层小资产阶级。这里包含了20年代中后期的茅盾对一小撮特殊的小资产阶级——"青年学生"的不满,这些"小资产阶级"曾经是新文学最关注的对象,但茅盾很早就不以为然,我们看他早年对创造社的批评,就是因此而发的。那时的茅盾已是中共中央的"秘书",比单纯强调知识青年个性解放的创造社作家更富有社会革命意识。到了写作《子夜》的时候,茅盾用讽刺的笔法描写的"小资产阶级"主要是青年学生,并且是寄存在地主资产阶级家庭的公子小姐和少奶奶们,如你指出的张素素与吴芝生,以至于范博文、林佩瑶等,他们不过是地主资本家的公子小姐和少奶奶们,他们寄食在地主资产阶级的家庭里,衣食无忧,崇尚个性解放,好追逐摩登的时髦,某些时候甚至也会赶革命的时髦,但一碰到实际斗争的考验,就"失去了游行前的激动、雄心和勇气",而退缩到他们家庭的客厅、沙龙里去了。对这些空谈革命而害怕实际革命的人,甚至连个性解放都不敢大胆追求的人(如林佩瑶),茅盾有所讽刺和揶揄,这没有什么不妥啊!我们怎么能因为茅盾对这一小撮特殊的"小资产阶级"的批判,就断言他改变了对更广大的小资产阶级——小商人、市民、农民(自耕农、半自耕农)的同情和关注呢?我们看茅盾在写《子夜》的同时所写的《林家铺子》和"农村三部曲"等,不都是非常同情地书写这些很接地气的"小资产阶级"的痛苦和悲愤吗?所以,我们看问题想事情,要具体问题具体分析，不要只执着于概念——如果我们只纠缠在"小资产阶级"的概念上并且不自觉地按后来的所指来理解它，而不做具体的历史分析，则犯刻舟求剑、胶柱鼓瑟之病的是我们自己，而不是左翼作家茅盾，茅盾的思想和视野比我们宏通得多，绝不会不加分析地一概拒斥和否定"小资产阶级"的。

关于阿湛小说的校录，不着急的，你慢慢做吧。

我要去医院看牙了，就说到这里，只供你参考，不必拘泥的。

解志熙 1 月 26 日上午

发件人：苏心
发送时间：2018-01-26　19:43
收件人：解志熙

解老师：

首先，谢谢您的回复和意见！实际上，您说的这两点，正是我在写作时遇到困难、滞塞不通的地方——就像是思维上有那么一两个弯转不过来一样。看了老师的意见，原先在写作上感到扭结的两个关键点，被清理、打开了。

第一，在写作中，我自己也有些疑惑：茅盾原先的大纲结尾似乎也同样可以回应托派和资产阶级学者——但若承认这一点，那么瞿秋白对结尾的修改应该摆在何种位置上进行评价，就成了一个问题。而我在之前的写作中，未能非常清楚地认识到这个问题，并把这个问题深入想下去，所以现在看来，的确是做了武断的判断的。（这里恐怕也得补上我在思考和写作时，草率忽视掉了的一段材料："《子夜》通过吴荪甫一伙终于买办化，强烈地驳斥了后二派的谬论。在这一点上，《子夜》的写作意图和实践，算是比较接近的。"［茅盾:《再来补充几句》]而我在写作时,并没能抓住这条材料深入想下去。)老师说,"从'革命文艺是一种集体组织行为'的角度来看,就很容易理解茅盾与瞿秋白的互动行为。茅盾并不觉得瞿秋白干涉了他的创作自由,倒是感谢瞿秋白的精密分析纠正了他的一些模糊认识,使他对中国的社会的性质和资产阶级的命运,有了更清楚的认识",这是更严谨的看法。(记得您在课堂报告点评时,就说过茅盾的创作属于"有组织的集体行为",但我那时其实并未能理解您的点评背后的意思。看了您给我的邮件,这下才明白了。)

第二,关于"小资产阶级"的问题。我在写作中觉得自己在文章第三部分的前半篇幅讨论茅盾的小资产阶级概念和后半篇幅对《子夜》的文本分析之间,并不完全契合,以致论述不能成为一个整体。也是像您说的那样,我在写论文时反复细读《从牯岭到东京》,却愈发觉得,茅盾在对革命文艺的讨论中,不是强调小资产阶级青年,甚至也不是强调小资产阶级市民们,而是更强调革命文艺需对小商人、中小农等等有作用。现在想来,自己似乎在《子夜》吴公馆里的那些小资产阶级知识青年,和《从牯岭到东京》所呈现的茅盾对"小资产阶级"的看法之间,构建了太强的联系(也就在写作时曲解了茅盾的原意);事实上,《从牯岭到东京》中茅盾对革命文艺的见解,或许在《林家铺子》和"农村三部曲"等创作中有更好的展现——如此看来,"农村三部曲"和《林家铺子》可能比《子夜》更重要,更能展现茅盾创作的转型?

总的说来,出现上述两方面的误解,还是因为自己没有完全放下自己思想中的"先见",切实地从材料出发,去处理问题。(也有对这些问题的阅读和思考还不够充裕的原因吧。)经老师一番指点,学生又一次感受到,想做好学术,需有开阔的视野、实事求是的阅读、思考和写作,得严肃且严谨。暂时还不能至,但是心向往之,学生会继续努力。

今天跟随学校的寒假调研支队外出，正在从北京赴银川的火车上，一路穿山、过隧道，信号时好时坏。仓促回信，请老师见谅。在园子里生活已近半年，这时却坐在火车里、要奔赴一个叫"红寺堡"的乡镇：虽然将去观看、经验一个与学院不同的、陌生的环境，但心里却总是想，也期待自己能把现实中广袤的乡土大地，与曾经读过的书、想过的问题联系在一起。那些伟大心灵的所思所想，那些波澜壮阔的革命历史，等等——这些事物，将我们的当下与过往接续在一起，催人奋进。（希望老师能包容学生这些幼稚的想法和感慨。）

顺颂时祺！

学生苏心上
1 月 26 日晚于火车中

发件人：解志熙
发送时间：2018-01-27　13:26
收件人：苏心

苏心：

你说，"现在想来，自己似乎在《子夜》吴公馆里的那些小资产阶级知识青年，和《从牯岭到东京》所呈现的茅盾对'小资产阶级'的看法之间，构建了太强的联系（也就在写作上曲解了茅盾的原意）；事实上，《从牯岭到东京》中茅盾对革命文艺的见解，或许在《林家铺子》和'农村三部曲'等创作中有更好的展现——如此看来，'农村三部曲'和《林家铺子》可能比《子夜》更重要，更能展现茅盾创作的转型？"这个反省说到了问题的所在。你先前在文章里把《子夜》吴公馆里的那一小撮特殊的小资产阶级知识青年和《从牯岭到东京》所呈现的茅盾对更广大的"小资产阶级"之关注；画上了等号、构建了太强的联系，忽视了茅盾所要构建的"革命文学"的最大关注面，恰恰是代表中国社会基本面的市民（包括小商人）和农民（自耕农和半自耕农）的疾苦和要求。在这里，你其实不自觉地启用了当代被狭隘化的"小资产阶级"（特指知识阶层）概念，而没有注意到茅盾的小资产阶级的概念有大小两种用法。在 20 世纪二三十年代，社会分析的概念还不很清晰，诸如知识阶层、市民阶层和农民，都曾经被归入"小资产阶级"的范畴，到四五十年代，"小资产阶级"的概念才变小了，特指"知识阶层"。至于你说"'农村三部曲'和《林家铺子》可能比《子夜》更重要，更能展现茅盾创作的转型？"这观点我比较赞成，当然那并非说《子夜》不重要，但相比较而言，资产阶级以及工人在现代中国毕竟很少，不像农民以及市民那样数量庞大，所以后来才会成为中国革命的重大课题。此所以 30 年代的茅盾在思想上和创作上都特别关注农民和市民的问题。

  我曾经说过，茅盾即使只有《春蚕》和《林家铺子》两篇小说，也足以在中国现代小说史上占有不可替代的地位，但近三十年来，学界对这两篇小说，尤其是对《春蚕》的评价，可谓异议蜂起。所以，我们在分析和评价茅盾 30 年代反映农民和市民的小说时，要注意破除一些新的理论教条。盖自 20 世纪 80 年代中期以降，文学界在反思革命文学及后来"文革"时期的极"左"文学之问题时，走向了一个新的极端，那就是片面强调创作的生活经验论和创作的非功利性、强调所谓"形象思维"而一概拒斥"理论思维"或理性认识，这些论调变成了新时期以至于后新时期的"艺术正确"的新教条。一些学界先进由此追究现代革命文学，便把茅盾的小说创作视为"政治功利主义"和"主题先行"的坏典型、坏先例，极尽嘲讽否定之能事。这些先进时髦的批评，特别利用了老作家吴组缃写于1953 年的一篇文章《谈〈春蚕〉——兼谈茅盾的创作方法及其艺术特点》(刊于《中国现代文学研究丛刊》1984年第4期)。

吴组缃先生也曾是30年代的左翼文学新秀,并且在创作上受到过茅盾的启发,但比较而言,他更推崇鲁迅那种基于经验的客观书写、不暴露倾向性的小说艺术。加上吴组缃在1953年写这篇文章时,也受到当时批评小农的资本主义自发思想的思潮之影响,所以把《春蚕》里的老通宝看成是"自发的资本主义投机分子",觉得与老农民的保守性不符,因此他批评茅盾的创作存在着"主题正确"而"生活经验不足"以至于犯了"主题先行"之病——

> 一般地说,文艺作品的创作过程有两种情况。一种是先有生活,从生活中择取题材,加以分析研究,提高加工,而后获得主题。即由感性到理性,然后又回到感性中表现出来。……一般现实主义是如此。……另一种是象茅盾先生这样先有主题思想,而后再去找生活,找题材。这是由理性到感性,而后表现出来。也可以说是先有理论,而后去找生活。……茅盾的方法显然是贯彻了文艺为政治服务的原则,是从政治原则出发的。
> ……而茅盾的这些作品,比起他要表达出来的主题思想来,他的生活是显得十分不足的。

具体点说,吴组缃认为老通宝养蚕的投机行为,"不合一般蚕农思想的常理,与老通宝整个一套保守思想既不相称,也不相容,所以是架空的,不真实的",如此等等。吴组缃的这篇文章在1984年发表(其实正式发表出来已到了1985年,文章里边批评"茅盾的方法显然是贯彻了文艺为政治服务的原则,是从政治原则出发的",这话我估计是该文的整理者方锡德老师的发挥,方老师是我的老师兄,他告诉我此文是他整理发表的,我觉得1953年的吴组缃先生是不会那么直接质疑"文艺为政治服务"的原则的),发表后正赶上所谓文学研究的新思维新思潮澎湃之时,所以此文很快就作为左翼老作家的"反戈一击",被新新不已的一代又一代研究者大肆引用和发挥,于是茅盾也就变成了为政治观念和政治功利而文学的坏典型,是主题先行、理性裹挟感性的坏典范,遭到学界先进人士的纷纷讥嘲。

我对此是不以为然的,这倒不是说我特别要为茅盾的政治功利主义辩护,而是窃以为:一则吴组缃先生对创作活动中生活经验与主题思想、感性与理性的先后区分,很机械、很刻板,其实文学创作中的感性经验与理性思考,是很难区分先后的,它们是一个复杂的互动互生的过程,并且孰先孰后也不是什么问题,重要的是只要写出好作品就行,中外文学史上"经验先行"或"主题先行",都曾经产生过不少好作品,何必是此而非彼?由于20世纪七八十年代之交"形象思维"论的流行,成了此后文学批评的思维定式,一些学者和批评家简单地以为好的文学创作乃是纯然感性的"形象思维"之结晶,完全抹杀了理性分析在创作中的作用,更无视理性和感性在创作构思中的交错互动。其实,正如茅盾所指出的那样,"在作家的构思过程中,逻辑思维和形象思维并不是自觉地分阶段进行而是不自觉地交错进行的"(《漫谈文艺创作》)。这可以说是茅盾的夫子自道,他成熟期的创作如《子夜》《林家铺子》和"农村三部曲"就是这样的出色收获。而鲁迅的《狂人日记》《药》《孔乙己》《祝福》《阿Q正传》等杰作,又何尝不是这样!二则,吴组缃先生批评《春蚕》中老通宝养蚕自救行为不真实,那其实是他局限于个人生活经验的误解,实际上老通宝不惜借贷养蚕,乃是一个不甘失败和没落的中农不得已的冒险自救之举,保守的老农在面临生死存亡之际,也不会一味保守到束手待毙的地步,他们当然会想方设法冒险自救的,我读《春蚕》对老通宝的心情能够感同身受,觉得很是真切动人。仿佛早就料到后来会有吴组缃那样的质疑,茅盾在1945年发表的《我怎样写〈春蚕〉》一文里详细说明自己对太湖区域农民确实别有所见——

太湖区域（或者扬子江三角洲）的农村文化水准相当高。文盲的数目，当然还是很多的。但即使是一个文盲，他的眼界却比较开阔，容易接受新的事物。通常的看法总以为这一带的农民比较懒，爱舒服，而人秉性柔弱。但我的看法却不然。蚕忙、农忙的时期，水旱年成，这一带农民的战斗精神和组织力，谁看了能不佩服？（我写过一篇《速写》，讲到他们如何有组织地和旱魃斗争的，这完全是事实。）抗战初年，上海报上登过一段小新闻，讲到北方某地农民看到了一个日本俘虏就大为惊奇，说："原来鬼子的面目和我们的一模一样！"可是在我们家乡一带的农民们便不会发生这样的惊异，他们早就熟知"东洋人"（不叫鬼子了）是何等样的面目，何等样的人。一九三〇年顷，这一带的农民运动曾经有过一个时期的高潮。农民的觉悟已颇可惊人。诚然，在军阀部队"吃粮"的，很少这一带的农民，向来以为他们"秉性柔弱"的偏见，大概由此造成。可是，根本的原因还是在于这一带的工业能吸收他们。事实早已证明，为了自己的利益，他们是能够斗争，而且斗争得颇为顽强的。

这是我对于我们家乡一带农民的看法。根据这一理解，我写出了《春蚕》中那些角色的性格。

后来我看到余连祥先生发表在《中国现代文学研究丛刊》2009年第4期上的文章《稍叶——吴组缃先生不了解的一种蚕乡习俗》，该文以充分的事实和史料驳正了吴组缃先生基于自己的生活经验和艺术经验的误解。所以，当我和自己的研究生尹捷在2009年的8—9月间围绕《春蚕》的评价问题交换意见时，我特意向他推荐了余连祥先生的文章，特别提醒尹捷说："吴组缃正是从生活的不真实质疑《春蚕》艺术的不真实，所以余连祥也就从生活的真实证明《春蚕》艺术的真实。我觉得这没有什么错呀！"并在后续通信中批评了那种硬要在感性和理性、生活经验和主题思想之间强分先后以定作品好坏的机械论调道——

> 写作《子夜》和"农村三部曲"的茅盾不仅在社会分析能力上显著地提高了，而且在艺术的感觉与表现上也明显地成熟了，他既吸取了社会科学的营养，也吸取了此前艺术失败的教训，所以在创作《子夜》和"农村三部曲"时，比较好地把社会分析与艺术把握结合了起来，其创造过程应该说是一个社会科学的理性分析与艺术敏感的感性把握之互动的过程，或者说循环生发的过程，所以我们既不能简单地在这里面区分是"主题先行"还是"感受先行"——这样的区分可能吗、有意义吗？也不能拿他后来对自己作品的自我总结反过来说他是主题先行。更何况有谁能够证明一个比较感性的小说家在他的创作中就毫无理性参与呢，或者一个比较有理论素养的小说家就一定没有感性经验因而其作品必然是概念化的呢？由于 80 年代初所谓"形象思维"热，于是人们得出了另一个简单化的新教条，那就是创作是纯感性的，甚至是无意识的，任何理论理性都要不得。其实，古今中外的文学史足以证明，无意识可以产生好作品，有意识也可以产生好作品，甚至主题先行也不一定妨碍产生好作品。归根结底最终出来好作品就好。而我认为《子夜》《春蚕》和《林家铺子》不仅是茅盾本人的好作品，也是现代文学史上难得的好作品，而它们的好，既显然因为它们对中国社会的表现有社会分析的宏大视野，也因为它们在艺术上比同时的京派海派都要大气而且厚实。

可直到最近，还有人继续以"主题先行"批评茅盾，如宋剑华老师（他是我的老朋友，他最近和学生联名发表的一篇文章《启蒙无效与革命有理——鲁迅〈故乡〉与茅盾〈春蚕〉的乡土叙事比较》，刊于《海南师范大学学报》2016年第1期），还坚执这样的说法——

> 早在1953年，吴组缃就曾质疑《春蚕》"稍叶养蚕"失实，认为其"无中生有"。后余连祥发文，征引大量县志等史料证明"稍叶"的可能性以反驳吴组缃之观点。更由此引发清华大学解志熙与其学生尹捷就此问题的对话。其实，学人完全不必作茧自缚。正所谓"不能把被描绘出来的世界同从事描绘的世界混为一谈"。《春蚕》是一部主题先行的作品，这个结论素来被学界所接受。茅盾自己也曾毫不避讳地直言："《春蚕》构思的过程大约是这样的：先是看到了帝国主义的经济侵略以及国内政治的混乱造成了那时的农村破产……从这一认识出发，算是《春蚕》的主题已经有了，其次便是处理人物，构造故事。"作者立意先行，主观地虚构出一幅逐渐解体的乡景画卷，就是为了使乡民觉醒后走向反帝、反压迫的道路。

如上所说，"主题先行"还是"经验先行"本来就不是个问题，问题倒是宋剑华先生"作茧自缚"地坚持"主题先行"是政治功利主义的表现，批评茅盾"立意先行，主观地虚构"，断言《春蚕》是一部主题先行的作品，这个结论素来被学界所接受"，并引用了茅盾1945年谈《春蚕》创作的文章为据，好像言之凿凿。不待说，学人当然不必作茧自缚，但窃以为也不必成见在胸。其实，关于《春蚕》主题先行的批评，乃是后来一些学人的偏见，未必符合《春蚕》的实际。我们检点宋剑华老师所引茅盾1945年发表的创作谈《我怎样写〈春蚕〉》之原文，首先强调的就是创作必须先有相应的生活经验为基础，然后缕述自己所经验和观察到的养蚕情况，自谓"养蚕离不了桑叶，我对于桑的知识却由来已久"，其所谓"知识"指的即是切身经验和观察积累，最后才归结说了下述一段话，完整的表述是这样的——

> 总结起来说，《春蚕》构思的过程大约是这样的：先是看到了帝国主义的经济侵略以及国内政治的混乱造成了那时的农村破产，而在这中间的浙江蚕丝业的破产和以育蚕为主要生产的农民的贫困，则又有其特殊原因——就是中国"厂"经在纽约和里昂受了日本丝的压迫而陷于破产（日本丝的外销是受本国政府扶助津贴的，中国丝不但没有受到扶助津贴，且受苛杂捐税之困），丝厂主和茧商（二者是一体的）为要苟延残喘便加倍剥削蚕农，以为补偿，事实上，在春蚕上簇的时候，茧商们的托拉斯组织已经定下了茧价，注定了蚕农的亏本，而在中间又有"叶行"（它和茧行也常常是一体）操纵叶价，加重剥削，结果是春蚕愈熟，蚕农愈困顿。从这一认识出发，算是《春蚕》的主题已经有了，其次便是处理人物，构造故事。

茅盾在此不是明明说自己先经验到了、先看到了养蚕的种种具体情况，包括童年的生活经验和近年的社会观察，也就是先有经验和观察，然后才提炼出一种认识，也就是有了主题思想吗？当然，在这过程中，马克思主义的社会科学修养引导着茅盾的创作构思，使他能够穿透生活的表象看清其背后的社会经济矛盾，这有什么不妥吗？怎么能如此断章取义地把茅盾的创作谈变成他"主题先行"的证词呢？新时期以来一些自以为是的批评家强加给茅盾的"莫须有"之过，宋剑华老师却不加假思索地接受了，并做出了更大的推展：在20世纪八九十年代的论者眼里，茅盾是"主题先行"的为政治服务的坏典型，鲁迅则是坚持"现实主义"的经验感受先行的好典型，可是到了宋剑华老师这里，鲁迅、茅盾一锅端，前者是启蒙的功利主义者，后者是革命的功利主义者，"两者的思想言说恰恰说明了中国现代文学强烈的功利性色彩，文学是为社会变革服务的想象性表达"。好在宋剑华老师没有简单到全然否定文学功利主义，在文末还勉强为之说了一点好话，算是曲终奏雅吧。是的，作家创作有一些社会功利的考虑，并不一定是坏事，也未必就写不出好作品。就是最低级的功利主义——像巴尔扎克和陀思妥耶夫斯基有时为赚稿费而写作，不也写出了伟大的作品吗！更无论中国现代文学的"感时忧国"精神，也是一种功利主义，它对现代中国文学到底是好事还是坏事，似乎无须辞费了。即使被学界捧为"非功利"创作之典范的自由主义作家沈从文，也并非没有功利之心，套用宋剑华老师的话，沈从文也是一个力求通过人的"生命力启蒙"或"爱欲启蒙"来促进"人的重造""民族的重造"和"国家的重造"的"启蒙功利主义者"啊！

所以，"主题先行"也罢，"功利主义"也罢，都不足为病，只要写出好作品，而茅盾的《春蚕》的确是现代文学史上难得的好作品，今日的一些学界先进可能因为茅盾的政治功利主义和社会分析的旨趣而不喜欢《春蚕》，那是他们的"无意识的创作美学"掩护下的意识形态偏见，他们不知道当年的一个非左翼的高级读者却特别肯定《春蚕》。我记得在这学期的课堂上曾对你们说过，作为自由主义文人领袖的胡适，居然在其主编的《独立评论》第124期的"编后记"里（1934年10月28日出刊）特别郑重其事地表彰茅盾说——

> 近年新出的小说，《春蚕》是最动人的第一流作品，我们在这里附带介绍给不曾读过此书的读者。

胡适是一个严肃负责的自由主义者，那时也关怀着中国农村和农民的问题,并且作为出生在安徽的江南人士,他对农民养蚕的苦辛也是了解和同情的,所以他既没有挑剔《春蚕》的真实性,也毫不怀疑《春蚕》的艺术感染力,而推崇备至地称誉为"最动人的第一流作品"。这是一个思想评价,也是一个艺术评价。以胡适的生活经验、社会视野和艺术感受力,如果他发觉《春蚕》的描写不合实际而只是"主题先行"的意识形态宣传之作,他会给予《春蚕》那么高的好评吗?并且就我所知,30年代的胡适再没有表彰过第二个描写农村的作家作品,包括对他的爱徒沈从文写湘西的小说,也未见有什么好评。事实上,抗战全面爆发前夕的胡适反倒批评过沈从文及其所代表的京派作家的文学趣味。更耐人寻味的是,就在表扬《春蚕》的同时,胡适还特别提携了一个在北大旁听课程、努力于乡土社会写实的年轻作家申尚贤,而申尚贤的乡土小说创作取向也恰与茅盾接近——申尚贤的笔名就叫"寿生",他取这个笔名很可能受到茅盾的名作《林家铺子》里的伙计寿生之启发。那么多研究茅盾和胡适的人,似乎都没有注意到胡适对《春蚕》的好评。这其实是很值得学界注意的——像胡适这样一个自由派的领袖,为什么会赞扬左翼作家茅盾的《春蚕》而非沈从文的《边城》等乡土抒情诗小说?这里面究竟有什么道理,今日的那些学界先进似乎应该好好想一想。

顺便说一下,你们要去的"红寺堡",是贫穷的宁夏西海固地区的移民安置地之一,那里离我的家乡——陇东的环县不远,我往年回家的时候曾经不止一次路过那里,记得还在那里的街边小店里,吃过美味的羊肉汤揪面片和荞麦饸饹面,非常好吃啊,你们也可以尝一尝。

拉拉杂杂谈来,不觉冗长如此,就说到这里吧。

祝一路顺利,你人在旅途,不用回信的。

解志熙 1 月 27 日午间

发件人：苏心
发送时间：2018-01-31 02:03
收件人：解志熙

解老师：

您好！从27日上午抵达红寺堡以后，一直忙于支队活动：了解当地情况、和村镇干部交流、入户观察与调研等。直到现在才回复您的邮件，很抱歉。

看了您的邮件，又去学习了一遍您信中提到的三篇文章。的确，如您所言，"主题先行"还是"经验先行"的问题，可能并不重要；就茅盾的《子夜》、"农村三部曲"等创作活动而言，实际上是个"主题"与"经验"不断互动、相互促进的过程。记住这一点，我们对茅盾乃至左翼文学，或许方能做出一个不失于偏颇的、比较中道的评价。

吴组缃先生在文章中说，"(《春蚕》等）七篇中绝大多数都是由《子夜》的题材中分割出来，单独成篇的"，并认为，"这一系列的作品，主题是同一的，或者说是彼此密切关联着的，因为它们是从一个整体中分割出来的"。但不妨从"主题"与"经验"的互动出发，换个角度，由下而上，来看待茅盾在30年代初期创作的这批作品之间的关系，即它们都是1931年10月后，茅盾在思考较为成熟的情况下，创作完成的一批作品，从不同维度触碰着中国30年代初的社会图景（尽管这与茅盾最初想要达到的城市—农村交响曲，也即真正的全景式呈现，有很大距离）——而非将它们机械地认作是从某个已经先行确定了的整体中分割出来的篇章。

茅盾及左翼文学的政治功利性和社会分析视野，都具有强烈的现实社会关怀，自然有其独特意义。并且，我相信，好的文学是关涉我们的社会与生活的。也正是在此意义上，左翼文学以其独特的历史地位，仍然能为我们提供理解当下现实的经验与路径。关于茅盾的《子夜》、"农村三部曲"、《林家铺子》等及其相关研究评价,学生回头会重新梳理一遍,结合老师的论述,再完善一下自己的认识和思考。

还想简单说说自己在红寺堡的见闻。第一,红寺堡的葡萄酒产业近年的发展经历和状况,可以说,是茅盾在《春蚕》中所揭示的资本主义市场逻辑,在今日之发展、之体现。第二,面对村镇干部的具体言说,以及生活状态各不相同的回/汉居民(移民)——在个体经验面前,我觉得,自己所学的那些知识、读过的那些书,在某种意义上"失效"了。基层治理是我此前几乎未曾接触过的领域,它处于多重张力之中,极为复杂、难以厘清。在这几天的短暂接触中,我尚不能真正了解乡镇干部们(就像《动摇》中的革命知识分子并没有了解他们所处的镇子那样),也不能提取出清晰的乡镇治理与运行逻辑。实际上,我并不能在这短期实践中给这片土地带来什么,或是对基层工作的难处提出解决之道;来到这里,更大的收获恐怕在于,我又一次深切地反观了自己和自己的城市与校园生活。行前正巧在读张贤亮的小说《绿化树》,其中写章永璘想起马缨花,说道:"知识分子对人和生活的那种虽然纤细,却是柔弱的与不切实际的态度,是无法适应如狂飙般的历史进程的。在以后的一生中,我都常常抱着感激的心情,来回忆她在潜移默化间灌输给我的如旷野的风的气质。"在红寺堡住了、看了几天,算是对这句话有切身体会了。

查了一下地图,原来红寺堡离老师的家乡这么近。这几天牛羊肉倒是常吃,但揪面片和荞麦饸饹面还未尝过,明天试试。很喜欢这里的八宝茶。

最后,学生负责校录的《栖凫村》还未完成,一定在2月内做完交给老师,请老师见谅。

顺颂时祺!

学生苏心上

2018年1月31日凌晨

附记： 这是我与研究生苏心的几封通信，由她的课程作业说到茅盾创作的评价问题。匆匆走笔，达意而已，未能细检文献。这里附上王佐良先生在抗战时期为向盟军及外国友人介绍中国情况的英文宣传册系列 *Pamphlets on China and Things Chinese* 而写的 "Trends in Chinese Literature Today"（《今日中国文学之趋向》，1946 年 4 月发表，后由其子王立译为中文，译文刊于《国际汉学》2016 年第 3 期）一文里对茅盾的评论，供读者参考——

少了些激情，但多了些痛苦，而且也许具有更持久的文学价值的，是茅盾的作品。它们都是广阔的、经过精心构思的，在同类作品范围内属第一流的。他在《春蚕》里演绎出旧中国的农业系统的崩溃，在《子夜》里讲出了面对外国竞争的中国新产业的无用。《子夜》不但是最雄心勃勃式的，也是由新文学创作的最长的作品，其篇幅长达 500 多页小字。然而，革命对他来说是一个痛苦的现实，从他著名的三部曲的标题《幻灭》《动摇》《追求》就足以看出他写作的主题。使他成为暴风雨般 20 世纪 30 年代早期无可指摘又直言不讳的阐述者的，是他坚定不移的现实主义。这种现实主义，因为带有巴尔扎克（Honoré de Balzac, 1799—1850）式的气派而更为有力。他也是新文学中第一个小说家，知道如何把孤立的事件编织成一个合情合理的情节。因此他从不会是乏味的，而且他的一些作品已被改编成中国电影。他大量地使用讽刺，也许正是这个原因，他的许多角色才缺乏立体感，而更具有讽刺漫画的特征。他笔下的女人们，像屠格涅夫（Ivan Sergeevich Turgenev, 1818—1883）笔下的一样，无不是比男人们更栩栩如生、更丰满的人物。

茅盾在许多方面背离了因循守旧的中国式散文风格。大多数的中国作家，即使是很新派的，都充满感性，追求辞藻华丽的段落的效果。从这个意义上来说，茅盾甚至没有风格可言。他的语言是朴素的，甚至是单调的。他甚至没有浮华的装饰和花哨的东西来表达。他只是用一种有力的、直接的方式来叙事。

一卷难忘唯此书
——《创业史》第一部叙事的真善美问题

此情可待成追忆：我的《创业史》阅读记略

《创业史》的确是我在文学上的初爱，自少年时代读过，从此念念不忘，后来多次重读，仍然爱好如初，真可谓"一卷难忘唯此书"也。这里，就先说说我的《创业史》阅读史吧。

我是1972年初读《创业史》的。那时的我还是一个十一岁的乡村少年，刚读小学四年级。记得那年的正月里，我的大堂姐夫陪堂姐回娘家（他是60年代初的回乡知青，家住县城附近，也是一个文学爱好者），听说我这个小弟弟喜欢看小说，就顺便给我带来了他当年购读的《创业史》第一部。那是中国青年出版社1960年的初版本，比我出生还早一年，书是青绿的封面，特别清新可爱，至今记忆犹新。我得到书急不可待地读起来，读后喜欢得很，觉得作者真是神了，把乡村社会的三教九流人物写得那样活灵活现，就像我们村里的人一样真切和亲切，而未完的故事更让我翘首以待，心心念念地惦记着第二部。1974年3月到县城上初中，第一次到中学的图书馆借书，就向老师要"《创业史》第二部"，老师说没有，让我非常失望。1978年3月到兰州上大学，第一次去图书馆借书，仍是问"有没有《创业史》第二部"，同样失望了。稍后才知道，《创业史》的第二部尚未出版，难怪我一直借不到啊。

1979年初得知山东师大中文系正在编纂《中国当代文学研究资料·柳青专集》的消息，我也立即订购了一本，年末拿到书一看，最引人注目的当然是严家炎先生的《谈〈创业史〉中梁三老汉的形象》等三篇批评文章。严先生对柳青成功塑造梁三老汉形象的好评，我自然很是佩服，可是他批评柳青在梁生宝形象塑造上的"失误"，却让年轻的我很不以为然，甚至感到"很受伤"，因而很同情柳青的反批评文章《提出几个问题来讨论》。直到1986年我做了严先生的学生，有一次聊天，听他说起柳青的激烈反应原是出于误会——柳青误以为严先生后面有"大人物"如周扬等人的"背景"，其文章可能是按周扬派的"授意"来向他发难的，后来知道严先生只是一个直抒己见的青年学者，并无什么背景，柳青也就释然了。

90年代以后，不时看到一些学者用时髦的政治正确和艺术正确观点"重评"这部小说，宣判它在政治上的"失误"和艺术上的"落后"，我很是惊讶和纳闷，没想到文学批评已先进到如此应时当令的地步。新世纪之初，有一次撰文讨论现当代小说中的新旧文化情结问题，不免想到《创业史》里的相关内容。于是重读一遍，仍深为感动，毫不怀疑它的真善美，所以在那篇并非专论《创业史》的文章里，还是情不自禁地发了这样一段不合时宜的议论——

> 以柳青的《创业史》为例，这部曾让少年时代的我极为倾心的巨著，如今我仍对它所表达的创业激情深感敬重，不过那不是我在这里所要探讨的问题，在此想到它是因为该书有两类小细节让我铭感至今。一是蛤蟆滩互助合作的领头人梁生宝对其"落后"的继父梁三老汉始终不渝的孝道——听到乡长批评继父落后，梁生宝激动地声明："谁说俺爹的坏话，我心里疼嘛。……我经常对俺爹态度好。"秋收后，第一次有了余粮和

余钱的梁生宝坚持旁的什么都不忙,首要的是给一辈子都没有穿过全套新棉衣的继父圆了这个新梦。一是幼年的梁生宝好强怜弱的德行和临财不苟的骨气——他给一个富农看果园,有一次主家不在,梁生宝出于同情,自作主张卖给一个过路的病人几个桃子,待主家回来后,他说明情由,一毫不苟地把钱如数交给主家。作者柳青用激赏的笔调写到,前一行为让梁三老汉"感动得落泪了。人活在世上最贵重的是什么呢?还不是人的尊严嘛!"后一行为则使富农主家惊叹道:"啊呀!这小子!你长大做啥呀?"尽管柳青以为这些言行只表明梁生宝自小"学好"——"学做旧式的好人",而他则立意要把梁生宝塑造成一个"新式的好人"。但理念上的分辨显然未能压抑情感上的共鸣,所以柳青还是不由自主地把他笔下的梁生宝写成了"新式的好人"和"旧式的好人"的综合。而从某种意义上说,"新式的好人"梁生宝不也是"旧式的好人"梁生宝的继续和扩大么?因此人们尽管可以事后诸葛亮般地断言他必然失败,但那又何损于好人梁生宝呢?如果我们今天重评《创业史》这类小说,而只满足于从政治行情上贬斥它,那除了表明我们在政治上和学术上已势利到根本不配评论这样的小说之外,恐怕再说明不了什么。[1]

这段话里的感慨议论,乃是针对时人过于功利地追随时代变革作翻案文章、一刀切地否定50年代的农业合作化运动和热情反映当年这一重大制度创新的文学作品《创业史》而发。只是当日文章另有论题,这点感慨议论也就未及详说。不过,我的这点感慨议论所

---

[1] 解志熙:《"别有一番滋味在心头"——新小说中的旧文化情结片论》,《鲁迅研究月刊》2002年第10期。

暗含的再反思，似乎还是被此后的学界注意到了——新世纪以来再论《创业史》的文章有不少都引用了上述这段话，近来学界对《创业史》的评价渐多同情与肯定。看到这些，我是颇觉欣慰的。

最近再读《创业史》，我的感动丝毫不减当年，并且不无新的体会。虽说"三十年河东三十年河西"的风水谈很流行，可是也别忘了"此一时彼一时也"的古训，所以"今是而昨非"的趋时批评亦未必中肯。而回顾八九十年代对《创业史》的重评，都依据新时期的农村政策来否定 50 年代互助合作的合理性，从而断言《创业史》的"生活故事"缺乏真实性，但这些否定论者几乎无人能全然否定《创业史》的艺术成就。看得出来，新时期批评家今是而昨非的判断仍沿袭了过去的政治批评习惯，意在表现自己的先进入时，并无诚意深究作品的实际，也无心追究自己的艺术感受。其实，很难设想一部作品所描写的"生活故事"纯属虚假，而其艺术表现却可以给人真善美之感——如此与内容完全无关的艺术成功是可能的吗？

这样看来，《创业史》的故事和叙事的真善美，似乎仍有可以申诉和肯认的余地。

且真且善的制度创新：从互助组到合作社的创业故事

"创业"当然是光荣的事业，所以也难怪有些人的创业想象会浪漫到"想当然"的地步。比如，最近看凤凰网的新闻，总先看到一段加载的"英雄创业"游戏广告，其动画人物孔武雄壮，解说词也极为慷慨激昂："开局是个农民，只有一条狗""靠双手打造工具""辛勤劳作，开荒辟土""建设属于自己的村落""成为大地主"；这动画的另一版本更夸张地宣示："一开始你就只有五个农民""加上一把斧头""耕种建房、采矿生产""筑起城墙，开创王朝""南征北伐,不断的开拓疆土"。两个版本里的创业者形象都是中国脸孔而西人装扮,看来更像是身强力壮、创业有方的鲁滨孙,场景建筑和地理风光也都是西洋式的。显然,只有被帝国主义—殖民主义虐坏了脑子的人,才会有如此"豪情满怀"的创业想象。

其实,创业是很艰难的事,尤其在近现代中国的农村,农民的创业更难,能"成为大地主"的人是少之又少的。追溯起来,中国长期以来一直是一个内陆农业大国。当春秋战国之际,铁器的发明和牛耕的推广,使土地的开发利用成为最具效益的生产活动,中国由此进入农业文明,与此相适应的是中央直接统辖地方的郡县制,因为有效地打破了地理阻隔,有利于互通有无,大大节约了社会成本,所以也一直通行于中国。如此这般延续了两千多年的中国,与其说是所谓"封建社会",还不如说是地道的"土地社会"。正因为如此,中国社会的大问题、大矛盾也就往往因土地而起——人口日增而土地有限,土地兼并加剧,无地之民多起来,社会矛盾就难免了。如明清两大帝国的败亡,其内在原因都是人口滋盛而土地日蹙,产生了大量贫民、饥民和流民,他们没有土地、没有饭吃,到了饥荒之年,更难以糊口,不造反才怪呢!到了近现代,中国人口滋甚,土地问题成为最大的"内忧",导致阶级矛盾尖锐化,贫弱的中国又没能力和武力去通过海外"殖民扩张""开疆拓土"来解决土地问题,反而迭遭帝国主义—殖民主义的"外患"之来袭,老中国因此陷入风雨飘摇之中。中国共产党正是抓住了至关重要的"土地"问题,真正实行了"耕者有其田"的土地革命,才重建了中国的社会政治经济秩序,但它能够领导人民在传统的农业生产—生活方式的基础上顺利走向现代化吗?还是不得不重蹈土地兼并、贫富分化的历史覆辙?这是摆在新中国面前的严峻问题。

这也正是《创业史》所要考问的"创业"难题。柳青在"题叙"里就提醒读者,这是一部描写"社会主义革命的头几年里"农村社会种种"矛盾"逐渐走向"统一"的"生活故事"。[1]这是一个非常简括而又意味深长的提示。显然，这个"生活故事"的核心乃是"生产方式"或"经济制度"的变革。其缘起是，新中国成立之初，广大的贫苦农民虽然有幸分得了土地，可是人多地少，不但大多数人无法致富，而且许多人很快就面临着无力生产、生活困难的困局。情况甚至严峻到一些人不得不卖掉刚分得的土地。正是为了解救这种危局，新政府动员一些仁义先进的农民带头组织穷帮穷的生产互助组、进而向合作社方向发展，在这过程中他们遇到种种问题、面对重重矛盾，而终于在新政府的支持下走出困境，使新中国农村社会的"矛盾"实现了"统一"，那便是农村互助合作运动的蓬勃发展并且取得了显著的社会效益。从当时中国农村的实际和农民的需求来说，"生产方式"和"经济制度"的这种变革是合理正当的创举和善举，它不仅受到贫苦农民的欢迎和支持，并且也是符合现代化的规模经营之创举。即使从当今西方的新制度经济学和发展经济学来看，20世纪50年代中国农村的互助合作，也是那时的中国农村可以找到的有效解决大多数贫苦农民生产—生活问题的"制度创新"或"制度安排"，而并非当今一些论者所谓执政党不顾民意强行推行的政治经济"乌托邦"。

与当今的合作化否定论者之观点恰恰相反，新中国成立之初执政党在农村全面实行土地改革之后，一开始也没有急于在农村推行经济的集体化，毋宁说他们也希望耕者有其田的广大农民能够自给自足、休养生息。可是，一个困扰了中国上千年的老问题很快就有重新复发的势头——贫富分化、土地兼并的现象再次威胁着中国农村的发展。并且，任由分散的小农经济按自给自足、"自由竞争"的

---

[1]《创业史》第一部，中国青年出版社，1960年初版，第36页。按，以下引用该书均据此版。

自然法则运行，也不可能"自然而然"发展出现代化的规模经济。正因为如此，新中国农村很快就面临着何去何从的大问题——要么重蹈旧中国的覆辙，要么另寻出路、进行现代化的制度创新。柳青在《创业史》里聚焦于两种不同的"创业"路径之比较，满怀着关注农村前途和农民命运的"问题意识"。但柳青也并不像当今的合作化否定论者所批评的那样简单褒贬两种创业路径，而是对二者都给予有同情的理解，至于他的倾向性固然与他的政治信仰有关，但归根结底乃是他深入反思中国农村问题的历史教训和现实困境后所做出的比较选择，而并非简单地"服从政治"，其真实性、真诚性和合理性都无可置疑。

作为长期扎根农村的作家，柳青自然明白，即使在旧社会的农村，一些贫苦农民勤苦劳作、勤俭持家，再加上一点好运气，是可以发家致富的，至少可以在一定程度上改变自己的生活处境。并且，作为中共党员的柳青虽然也秉持着阶级观点，但他同样也很清楚，在传统的中国乡土社会里，阶级不是固定不变的，而具有可上可下的流动性，"题叙"以及随后的章节就很生动地写出了这种流动性，让读者看到"也有一些幸运儿，后来发达起来，创立起家业，盖起了庄稼院"。[1]比如老梁家和老郭家原本都是流落到蛤蟆滩的穷人，后来也都幸运地渐渐向上升了。其中，凭着勤劳和诚信而使家庭生活渐渐有了起色的是梁三的父亲。更幸运的是老郭家的三兄弟，他们跟着父亲老郭移住到蛤蟆滩，起初租不到足够的稻田，只能给人家打零工，真是穷得叮当响。可是后来有一家地主衰落了，其败家子弟把渠岸边的大片好田地卖给了家住县城的国民党骑兵师师长韩占奎，这给了郭家以机会。因为"土匪出身的军阀家庭对于经营田产既是外行，又没兴趣，不乐意和许多佃户来往。韩公馆派人到下

---

[1]《创业史》第一部，第3页。

堡村寻找一个可以独家承租的务实佃户，郭世富弟兄三人被选中了。于是乎，不几年，郭世富就买下马，拴起车，成了大庄稼院了"。[1] 可是，传统的小农经济也相当脆弱，碰到灾病和祸乱往往难以抵御而不得不铩羽而落。梁家的创业半途而废就是为此。本来，梁三子承父业，已是有房子有租田收入稳定的好佃户，倘若继续顺水顺风，他是可能上升为中农的，他的堂哥梁大不就成了中农吗？"但是梁三的命运不济，接连着死了两回牛，后来连媳妇也死于产后风。他不仅再租不到地了，就连他爹和他千辛万苦盖起的那三间房，也拆得卖了木料和砖瓦了，自己仍然孤独地住在他爷留下的草棚里。"[2] 民国十八年（1929年）捡到一对逃荒的母子而重建家庭，让人到中年的梁三重振创业的豪气，但命运仍是不济。梁三老汉把希望寄托在继子梁生宝身上。梁生宝身强力壮也很有主意，创业翻身的劲头更足，可是他碰到的地主吕二细鬼更会算计，根本不给他机会，加上被拉壮丁、出逃荒山野岭，梁生宝的发家梦也破灭了。

　　研究者不应忽视，在土改运动之后，新中国进入了和平发展的年月，新政权承认农民的土地所有权、一度允许土地自由买卖，于是传统的升降变迁再次开始了。正如柳青在《创业史》中所描写的那样，此时"天下农民一家人"的口号用不着了，贫富的差距和阶级的分化再次出现，似乎成了不可抗拒的规律：一些在土改中曾经惶惶不可终日的富农和富裕中农，拿到土地证后终于吃了定心丸、重新抖起来了，比如富农姚士杰就开始积极倒卖粮食、放高利贷，并且带着报复的快意打压贫下中农的互助组，因为互助组阻遏了他的剥削，所以他甚至借"互助"之名，把梁生宝互助组的栓栓收纳到自己门下，一边玩弄着栓栓的媳妇，一边暗暗向互助组示威；富

---

[1]《创业史》第一部，第93页。
[2]《创业史》第一部，第5页。

裕中农郭世富则大兴土木，建起了二层楼屋，却坚决拒绝给贫苦农民借贷粮食度春荒，他甚至向还不起的贫苦农民讨要积欠，逼迫他们出卖刚刚获得的土地。

正是在这种放任自流的情况下，刚刚获得了土地的贫下中民，很快就走上了分化之途。一些人家有劳力、畜力，所以积极发家致富，如下堡乡五村的代表主任郭振山。郭振山在旧社会就是一个能干有魄力的佃户，只是运气不好、没有发家的机会，解放后他积极参加土改，成了下堡乡五村的第一个共产党员、村农会代表主任，这身份使他分得了蛤蟆滩上最好的土地，从此再也没有什么能阻止他发家致富了，他和弟弟铆足了劲儿，并且投资了镇里的私营砖厂。不难想象，以郭振山的精明强干，过不了几年他就会置地盖房、成为蛤蟆滩的富裕庄稼主了；梁大老汉及其儿子梁生禄也往上升了，他家已买下瘸子李三的地，日子过得蒸蒸日上。但是，与这些蒸蒸日上的人家相比，更多贫苦农民的日子则很快陷于困境：他们在土改中虽然分得了救命的土地，可是生产能力很弱，不是缺人力就是缺畜力，只是凭借政府提倡组织的互助组，生产才得以勉强进行，解放初的日子仍然过得紧紧巴巴，一到青黄不接或是碰上灾病的时候，就难以抵御。解放的头二年他们靠政府提倡的"活跃借贷"勉强糊口，可是到了1953年土地权确立之后，富裕户再也不愿意提供"活跃借贷"，加上人人都忙着自家的活计，缺乏组织约束力的互助组就渐渐趋于解体。于是，不少生活困难、经营无法的贫困户，就面临着再次失去土地、重新返贫的危机。就像《创业史》里的老农民王瞎子对人民政府的抱怨那样，"既不能分给每户足够自耕自吃的地，又清算了从前给他租地的财东，他王瞎子一家人该怎么过活呢？"[1] 任老四家、欢欢家、高增福家等，都面临着这样的困境

---

[1] 《创业史》第一部，第337页。

和危险。柳青满怀同情地描写了他们的遭遇,如高增福"倒霉透了"的生活和生产困境——

> 高增福的倒霉劲儿,看来没个尽头。六岁时候,他爹给地主铡草,切掉了四个指头,丧失了生产的技能,尽靠讨饭把福娃子拉扯大。福娃子会在渠岸上割草,就给人家干活,长工生活一直熬到土地改革。一九五〇年冬天,长工高二分到六亩稻地。一九五一年春天,人民政府发给他耕畜贷款,他买了头小牛,开始了创立家业的奋斗。谁料想刚刚一年,女人因为难产猛地一死,又把他掼倒了。三年期限的耕畜贷款还分文未还,贫农高增福已经把耕牛卖掉,埋葬了女人。他只好和另外三户贫农伙使一头牛,一户一条牛腿地对付着种地。他带着女人丢下的四岁娃子才才,过着一半男人一半女人的生活。现在,他正当着女人,在富农邻居姚士杰的碾子上轧玉米糁糁哩。
>
> ……………
>
> 孙水嘴走后,高增福在碾房里一边推碾子,一边无限感慨地思量:
>
> "郭主任专心发家罗,对工作,心淡罗。我这互助组畜力困难,想吸收两户中农,投他的大面子给人家说说,他嘴里空答应,到底还是没说。他把从乡上应回来的啥工作,都推给孙水嘴办,他和振海闷头干活!水嘴积极,不是为人民,保险又谋着啥好事哩。你看他在黄堡兴盛德字号当过伙计的那身街溜子气吧!唉,谁能给郭主任提醒提醒就好哩。可惜!可惜!郭主任是有能耐的好庄稼人啊!……"[1]

---

[1]《创业史》第一部,第111—114页。

这样的贫富分化、阶级升降，在传统的中国社会体制（包括国民党统治时期）下，就像周而复始的自然规律一样"正常"；而当今一些热衷传统地主—士绅统治秩序的新儒家信徒和新自由主义政治经济学的信徒们，也都觉得农村社会的这种分化升降乃是乡土中国的千年"正道"，并且符合自由主义学说之"自由"，所以他们不仅认为贫富分化、阶级升降不足为病，甚至进而肯认单靠这种低水平的自然经济，就可以"开出"一片现代经济的新天地来。

　　可是，新政府不会接受乡土中国的命运轮回，因为这是人民群众尤其是广大农民支持下建立的"人民共和国"，执政党不能眼看着刚刚翻身解放的农民再次陷入贫富分化、阶级升降的命运轮回，也明白新的"人民共和国"倘若只沿着小农经济自给自足的"老黄历"原地踏步，那是不可能"自然而然"地走向工业化和现代化的，他们充分认识到农村和农业必须进行生产方式的现代性变革，才会有现代的出路并推动整个国家实现现代化。同样的，广大的贫苦农民业已在革命战争年代和新中国成立之初的土改—互助运动中经受了考验、锻炼和教育，因此在新中国成立之初，各地都涌现出不少虽然身为穷棒子却具有新思想的先进农民，他们再也不愿像鲁迅笔下的闰土那样默默接受被剥削、被压迫的命运轮回，而企图在新政府的支持下改革传统的生产方式、进行集体创业的尝试——尝试一种可以发挥群体合作优势和规模经营效益并且有利于运用现代耕作技术的生产方式，这既是集体自救也是集体创业。50年代的农业合作化运动就是这样被逼出来的一种生产方式的创举，一种经济制度的创新。互助组和合作社是这项制度创新的两个阶段，《创业史》对此做出了循序渐进、真诚恳切的叙写。

　　互助组运动在抗战时期的解放区就开展了。作为年轻的解放区作家，柳青曾创作了表现解放区互助组运动的长篇小说《种谷记》。在全国解放后的新区，互助组运动继续推广，与"活跃借贷"等新政策一起发挥了稳定农村局面的作用。然而进入 1953 年，农村互助组的发展却遇到了很大困难，甚至面临着解体的危险。这一是因为互助组本来就是一种临时的救急—救济措施，所谓能和则合、不和则离，缺乏制度的约束和稳固的向心力。二是因为 1953 年重新确立了土地产权，农村的富农、富裕中农吃了定心丸，他们拥有充足的生产资料和能力来发展自己，贫苦农民则有可能成为他们再次施加剥削的对象，所以富农、富裕中农不仅不愿与贫下中农"互助"，甚至连"活跃借贷"也不愿再负担了。至于一些在土改中获益而发展起来的新中农如郭振山等，也都忙着个人的发家致富，对互助合作运动漠不关心。在这种情况下，一度有声有色的互助组就突然失去了发展的后劲。郭振山领导的互助组其实是他精心选择的，其中并无多少人需要他的帮助，他乐得与兄弟一起忙着自己发家致富，真正穷帮穷的互助组是梁生宝和高增福领导的两个组。可是，高增福由于自己的拖累大并且他的组织能力也有限，不能有效解决贫困户的生产—生活问题，甚至于连自家的问题也束手无策，加上富农姚士杰的诱骗和郭振山的不施援手，高增福的互助组被迫解体了。只有梁生宝的互助组坚持下来，虽然其间也有富农姚士杰的破坏、父亲梁三的拖后腿、堂兄梁生禄的阳奉阴违，以至王瞎子的退组等，但梁生宝不为所动，他带领互助组进山搞副业，切实地解决了劳苦群众的困难，新稻种的合理密植也获得显著的成功，后来又接受了高增福等新成员，进一步发展壮大，靠集体的力量和规模效益，打了一个漂亮的生产翻身仗，水到渠成地成立了灯塔合作社，这个合乎农村实际、效益显著的制度创举，从此稳稳地在蛤蟆滩站住了脚跟。

看得出来，互助—合作制度对农民的吸引力，其实并非因为它在政治意识形态上的"先进性"，归根结底是因为它在生产经营上有效地帮助贫苦农民走出了困境。农民都是很实际的人，他们不会拿着救命的土地去为政治的光荣冒险,他们之所以加入梁生宝领导的互助组、合作社,当然基于他们对新政府的信任,但更出于他们对自己身边的互助合作领导人日积月累的信任。梁生宝也确实值得他们信赖,他怜贫惜弱、公道善良,他的牺牲精神和组织能力,是他们眼见为实的事情,所以贫雇农群众发自衷心地拥护他。就连并不贫困的好中农冯有义也深深被梁生宝所吸引,始终支持他。当梁生宝救助受伤的栓栓,并安慰他不能上工的时候自己割的毛竹就算他割的,冯有义看在眼里、感动在心——

> 生宝的精神,感动得好心人冯有义瞪起眼睛看他。这个四十多岁的厚敦敦的庄稼人,是个完全可以自己耕作的普通中农。他入这个互助组,只是喜爱生宝这个人。他把入生宝互助组,当做一种对新事物的有意义的试验。要是失败了,他也不后悔。生宝的每一次自我牺牲精神,都使有义在互助组更加坚定,对互助组更加热心。[1]

像梁生宝这样怜贫惜弱的好人,在旧中国农村就不乏其人,新中国的政治更进一步激发了此类人物的成长,而正因为在他身上集中了传统的"好人"和新式的"好人"的优秀品质,他的互助组才格外吸引了下堡村最多也最穷的一批群众,诚所谓人多力量大,并且由于统一安排耕作,也有利于新的农业技术的推广,加上人民政府派来了技术员韩培生,帮助互助组推行良种化肥和新的耕作技术。结果是,这些最贫穷的农户终于靠团结互助在生产上打了一个漂亮的翻身仗,农副业的经济效益都很显著,他们从此在蛤蟆滩可以挺直腰杆做人了——

---

[1] 《创业史》第一部,第555—556页。

生宝互助组密植的水稻,每亩平均产量六百二十五斤,接近单干户产量的一倍。组长梁生宝有一亩九分九厘试验田,亩产九百九十七斤半,差二斤半,就是整整一千斤了。这八户组员里头,有五户是年年要吃活跃借贷粮的穷鬼,现在他们全组自报向国家出售余粮五十石,合一万二千斤哩。这是活生生的事实——它不长嘴巴,自己会说话的。梁生宝、高增福、冯有万、任老四、欢喜、冯有义、郭锁,以及为了熬好名声争取将来能当干部而好好"表现"了半年的白占魁,现在都站在大伙面前,大伙可以看见![1]

由此,贫苦农民在精神上也获得了翻身。合作社的成功使先前的贫困户成了蛤蟆滩以至全区最受人瞩目的光荣人物,平生第一次获得了做人的尊严。就连最穷的穷棒子任老四,过去一直被人瞧不起,如今也挺直腰杆、扬眉吐气。当他看到富农姚士杰不愿交余粮的时候,忍无可忍地跳起来要打姚士杰。这在过去是不可想象的事。当然,任老四被人拦住了,他也不是真要打姚士杰,而是借机出口恶气罢了。如此今非昔比的精神状态,让人刮目相看——

任老四卷起袖口,往前挤。大伙把他挡住。显然,老四太过火了。不过人们知道:他想借这个机会,为姚士杰从娘家那边引诱素芳熬月子的事,出口气。大伙惊奇:啊呀!刚刚开始不缺粮了,任老四就变得这样厉害罗![2]

任老四的底气来自已有效运作的农业合作制度——有组织起来的

---

[1]《创业史》第一部,第755—756页。
[2]《创业史》第一部,第763页。

穷哥们的支持和人民政府做靠山，任老四再也不怕富人的气焰。这个细节有力地证明，贫苦农民一旦有了地有了粮有了组织，就增添了为人的底气，完全可以挺直腰杆做人、显示出不可轻侮的人性尊严。

这也正是我至今阅读《创业史》仍然深受感动的原因——它以真实生动的叙事和深入人心的描写，表明互助合作作为新中国农村最重要的生产方式和经济制度，确是那时农村实际情况逼出来的穷帮穷的制度创新，既是一项顺应贫苦农民的迫切要求、能够解决其生产经营困难的制度善举，更是一项有利于发挥人多力量大的比较优势并且更便于发挥现代的规模经营效益和更适应新技术推广的制度创举，所以它在50年代的发展比较顺利而且富有成效。

自然，这样一项制度创新也不可能一帆风顺，后来的"大跃进"和"一大二公"的公社化以至于大食堂等，都显然冒进了，由此招致了部分地区的严重饥荒，这些都是无可讳言的事实。幸好到了60年代初调整为"三级所有，队为基础，是现阶段人民公社的根本制度"，这是比较切合农村实际因而也便于施行的制度安排，所以一直延续到"文革"的结束。在这十多年中，农村借助集体经济的优势，大力开展农田水利等基本建设和新的农业技术的推广，粮食产量稳步提高，农村经济的发展速度并不低，不仅使成倍增长的农村人口基本得以温饱，而且养活了大量的城市人口，从而保持了国家的稳定——在"文革"最激荡的年月，正是有赖于农村的稳定供给，整个国家才免于混乱的灾难；同时，农村教育和卫生也获得了空前的改善，干群关系也比较顺畅——在严厉的政治规训中受压抑的乃是干部而非群众，几乎没有干部敢以"官"凌人。而最重要的是，合作化的农业为新中国的工业建设做出了重大的奉献和贡献——国家通过粮食统购政策和工农业产品的剪刀差，不断将农业的积累转移到工业部门，这其实是用国家资本主义的统一计划经济体制从农业调配资源和资金来支持工业的发展。

就这样，从50年代到70年代中期，新中国终于在"一穷二白"的基础上建成了比较完整的现代经济体系，但这套经济体制以及与之配套的政治体制的一切积极势能也到此发挥殆尽，不可避免地走向物极必反的极端和绝境，尤其是集体主义的经济效能已近于失效、极端的政治意识形态控制则让人再难忍受，于是逼出了70年代末的改革开放，中国由此迈入了新时期，这是一个走向务实的改良主义和趋于市场经济的新时期。当年的改革，当然是对十七年和"文革"时期的问题之改革，但也必须认识到，改革同时也是以十七年和"文革"时期的成就为基础的，没有那些成绩为基础，改革与开放从何做起？可是，新时期的历史反思却带动了今是而昨非的思想逆转。于是五六十年代的农业合作化运动被斥为纯属执政党意识形态的乌托邦实践，而非因应当时农村实际情况和中国现代化要求而发动的生产方式—经济制度的革命。在这些论者眼中，80年代家庭承包制的有效性似乎无可怀疑地证明农户单干承包在50年代也会同样有效；他们觉得只要一任小农经济的自然发展就能够拯救中国农村并使其自然地走向现代化，合作化完全是多此一举的扰民之妄举。连带而及的，是以《创业史》为代表的反映农村互助合作运动的小说也面临着被否定的命运。虽然没人能完全否认《创业史》的艺术成就，但新时期学界先进都事后诸葛亮地断言：由于《创业史》为一种错误的政治经济路线唱赞歌，所以它当然是一部令人遗憾的失败之作。新批评家们毫无耐心和诚意去做实事求是的历史分析，他们的今是而昨非的批评其实不过沿袭了与时俱进的政治批评习惯，甚至只是一种政治姿态的表演而已。如此新批评，除了见风使舵的政治势利还有什么？

其实，这世界上并不存在永远正确的经济政策和制度安排，一切都必须因时因地因人制宜，并且任何经济政策都是有利有弊的，只能权衡利弊、择要而行，因而时过境迁、与时更新也是必然的事。此诚所谓"此一时也彼一时也",所以既不可一成不变,也不必今是而昨非。从更大的历史视野来看,新中国前三十年所要解决的问题,就是为国家的现代化奠定一个坚实的现代经济基础,而当时的困境是"一穷二白""人多地少""缺乏资金",为此就必须发挥人多力量大的比较优势和可以在国家强力体制下统一规划经济、集中调配资源的优势,所以前三十年的工农业政策都趋于集中统一,并且重在发展生产和提高积累以便扩大再生产,而对国民生活消费和用于消费的副业、轻工业的发展则相当节制和约束,这势必招致人们的不满,因此执政党便启动一系列意识形态措施,诸如斗私批修、反对资本主义和小农自发倾向,提倡大公无私的集体主义和勤俭节约,等等,极力以严格的政治意识形态控制,压制住自由—自发思想的干扰。正是在这样的意识形态制度配合下,新的共和国才得以集中力量、集中资源,在较短时期内比较顺利地完成了创建新中国经济基础的大业。就此而言,50年代的合作化和六七十年代"队为基础"的公社化体制,以及与之相配合的集体主义—社会主义的意识形态配置,都是有助于推动国家经济现代化的制度安排,它们也确实为新中国的经济发展做出了重大贡献,没有这些,新中国的资本积累和经济起步是不可设想的。但如此过于集中统一的制度安排,其积极效能也不可能维持很久,到了20世纪70年代中期,过于集中统一的积弊已非常明显,所以才促动了新时期的改革开放和思想解放。新时期以来的四十年,中国经济的总体趋势就是逐渐松绑开放、积极转型为市场经济。到目前为止,这个转型做得也相当成功,而其成功的前提就是它有前三十年的基础,同时没有完全放任"看不见的手"来支配一切,党国体制仍然坚持对市场经济的推动、引导和平衡。正因为如此,新时期以来的改革开放才没有完全陷入"原始竞争的市场丛林",也没有被西方的强势资本所吞没。即就农村而言,前三十年合作化—公社化的积累,其实为后来家庭承包制责任制的推行提供了条件——前三十年的艰苦奋斗和集体积累，农田水利建设和农业科技的推广，显著改善了农村的生产条件，所以广大农民在新时期获得生产经营自主权后，才有能力有条件从事个体生产并且普遍增产增收，却没有导致严重的贫富分化。回头看50年代初，单干的农民并不都具备这些条件，任由小农经济"自然"发展、"自由"竞争，只会导致再次的贫富分化和社会关系的恶化，那样一来，新中国经济的发展充其量也就是印度那样的水平，只能是少数富人的现代化和大多数人的贫困。还应注意的是，新时期的中国仍保留了此前合作社—人民公社的土地公有制，农民只有生产经营权而无土地所有权，这为新时期进一步的工业化、城市化大大节约了社会交易成本，使中国比其他发展中国家的工业化和城市化更为顺畅。而并非偶然的是，新时期农村经济的繁荣也只有短短数年，随着大家庭的分家，各户可支配的土地减少，大多数农家只够勉强维持温饱，却没有能力进一步发家致富。于是出现了大量进城的农民工，广大的中国农民成为工业发展的后备军，而他们与其他发展中国家的那些失去土地、进城求生的农民之不同，就在于中国还为他们保留着一块最后的可供耕作救命的土地。而新时期的中国的工业，已成长到可以不再靠剥夺农业而突飞猛进的阶段，并可以反哺农业了。

  要之，20世纪50年代的合作化及后来的公社化，实乃中国农村乃至整个中国经济走向现代化的一段必由之路，这条路当然有得有失，但得大于失。我们对其得失利弊自然可以总结反思，但也不必妄自菲薄、今是而昨非。此所以柳青的《创业史》是值得敬重的经典而非可以任意贬斥的伪典。何况纵使梁生宝的集体创业半途而废，那又何损于仁义为公的好人梁生宝呢！当今的一些流行论调如新儒家鼓吹的地主—乡绅神话和新自由主义鼓吹的个人—市场神话，不过是书呆子的痴人说梦而已，既解决不了也解释不了当年中国农村的实际问题。至于当今一些先进批评家觉得柳青在《创业史》中所倾情书写的一切并非真实的存在，而纯属作者的虚构——如其是这样，那岂不正好符合文学是"作家自由想象的艺术结晶"的纯文学观念吗？然则又有何妨呢！

体贴入微的心性深度：《创业史》与"人的文学"之转进

自20世纪80年代以来，在新启蒙主义和新自由主义的文学史视野里，"人的文学"被确认为20世纪中国文学唯一正确的方向，解放区文学和十七年的文学则因为是"阶级—政治话语"，而统统被斥逐于"人的文学"之外。为什么努力表现工农兵群众的解放区—十七年文学，算不上"人的文学"？而只有那些把劳动人民写得非常愚昧落后、缺乏人性自觉的文学如鲁迅的小说，和致力于表现"财主底儿女们"如何追求个性解放的文学如巴金的小说、路翎的小说、曹禺的戏剧，以及把乡下人写成无不善良美丽风流的快活林男女的沈从文小说，才是符合新启蒙主义—新自由主义"人的文学"之标准的典范作品？仔细想想，这其实反映了重新鼓胀起来的知识阶级的理想和偏见——那些被他们好评为"人的文学"之典范的作品，恰恰凸显了知识分子的自我肯定和美学趣味。比如，把农民等下层群众写得愚昧落后不觉悟，不正好彰显了知识分子作为"启蒙者"的先进性和重要性吗！追求个性解放的"财主底儿女们"之苦闷，不也是同样出身财主家的作家们及作为小资的学院批评家自身之"苦闷"吗！所以这"苦闷"也就被肯认为很有"人的价值"和"人的文学"之价值了。至于沈从文笔下善良美丽风流的乡村快活林男女，其实也是按照知识分子的性趣味塑造的，就连所谓革命启蒙主义作家路翎笔下的一些有"个性"的劳动妇女，如"饥饿的郭素娥"的个性解放之冲动，其实也是按照知识分子的性趣味塑造的——郭素娥不就是"卡门"的中国乡村版吗?所以她才深受一些革命启蒙主义批评家的青睐。可是在解放区—十七年的文学里,工农兵群众不仅不再那么落后不觉悟,倒是在革命政党的教育鼓动下成了革命和建设的主力军,其间并没有给知识分子及其喜好的"启蒙主义"主张留下权威的位置和发挥的余地;沈从文笔下那些善良美丽风流而无须革命的乡村快活林男女,当然也不再可能出现于解放区—十七年文学中了,路翎所推崇的郭素娥则显然被解放区的白毛女所替代。不待说,新启蒙主义和新自由主义知识分子偏好的"人的文学"在解放区—十七年文学中是如此失落,这自然让他们倍感乏味和失望了,所以解放区—十七年文学被新时期的学界主流打入"非人的文学"之冷宫,也就势所难免了。看来,知识分子一旦掌握了话语权,也很容易抬举自己的趣味和偏向啊!而他们的趣味和偏向显然限制了"人的文学"之视野。

撇开知识阶级的趣味、傲慢与偏见,就不难发现,解放区—十七年文学仍走在"人的文学"之路上,并大大拓展了"人的文学"的外延、深化了"人的文学"的内涵。这拓展和深化是伴随着时代的进步而来的——随着中国革命的胜利和人民群众的解放,"人的解放"不再是抽象的口号而具体落实到普通老百姓的生活中去了。《白毛女》《王贵与李香香》《小二黑结婚》等就是解放区"人的文学"的新典范,而作为"十七年文学"杰作的《创业史》,则无疑是"人的文学"在当代中国文学史上的丰碑。当然,柳青乃是接着而非照着"人的文学"传统而作的,所以《创业史》对"人的文学"的传统是既有所继承也有所拓展的。

比如说吧,在《创业史》中也写到落后农民如王瞎子,他看起来与鲁迅笔下的落后不觉悟的农民闰土、阿Q等是同一类人。但柳青是接着而非照着鲁迅写的。鲁迅特别强调的是农民精神上的贫困与愚昧,将批判的锋芒指向封建思想观念之毒害,以此突出"人的启蒙"的重要性和优先性——作为新文化先驱的鲁迅自上而下地审视农民，显然有一种恨铁不成钢的优越感，无形中暴露出启蒙知识分子在观察国民性问题上的"唯心论"趋向。柳青当然意识到封建思想影响的严重性，但没有把它强调到仿佛生物遗传那样不可抗之地步。长期在农村深入生活的柳青明白，王瞎子的落后保守其实是统治阶级强力压迫和规训的结果。柳青是带着同情之心来描写他的落后性的，而先进农民梁生宝对王瞎子也是谅解的，他一直把王瞎子当长辈来尊重，并无轻侮之念。这与现代启蒙作家一味贬斥农民落后之态度，可谓迥然有别。

其实，在旧中国农村，大多数受压迫受剥削的贫苦农民，都仍然保持着"人穷志不短"的人格自尊、不甘被剥削压迫的反抗心，即使个人无力反抗强权也至少是有腹诽，并不像鲁迅等启蒙作家所描写的那样，一例落后不觉悟到没有任何人性的自觉和自尊，如闰土那样纯属令人绝望的"沉默的国民的魂灵"，或者像阿Q那样完全满足于自欺欺人的精神胜利法。倘若中国的国民性或者说中国农民的人性只是这样的状况，那所谓启蒙就根本无从做起也不会有多大效果，则中国的改造和革命也就毫无希望了——鲁迅等启蒙者就是带着这样的"绝望"显示了自己的深刻。说来，启蒙知识分子的这种深刻到绝望的国民性批判，与他们所反对的新儒家如梁漱溟所谓"农民好静不好动"的观感，倒颇为近似，都是深刻而唯心的皮相之见。按，梁漱溟从事乡村建设多年而成效不大，1938年初他到延安曾就农民问题与毛泽东展开过一场讨论而未定是非。新中国成立之初，经历了土改运动的梁漱溟曾有这样的回忆和反省——

> 记得1938年1月访问延安时，毛主席问我作乡村运动曾感到有什么问题和困难。我开口一句便说：最困难的就是农民好

静不好动。毛主席没容我讲下去，就说：你错了！农民是要动的；他哪里要静？我的话自有所为而发，例如：农民对新事物之不感兴趣，不大接受，许多事情办成之后，农民念道它的好处不置，而当其开始时总是怕麻烦，态度消极。对他的话，当时不甚了解，却亦引起注意。其后读到《湖南农民运动考察报告》，乃知其所谓。此次参加西南土地改革就更懂得了。在湖南和四川这种地方，农民茹苦郁塞于封建势力种种压迫之下，确乎是要动的。北方情形不尽相同，似不能以彼例此。但我颇有省觉于当初我们未能抓住农民真痛真痒所在；抓住他的痛痒而启发之，他还是要动的。说农民好静不好动，还是隔膜；彼此还不是一个心。群众运动的入门诀窍，似要在变自己为群众。在任何问题上，先不要有自己的意思，除非群众已经看你是他们的人之一。[1]

事实上，中国的贫苦农民大都不甘屈从不公的命运，始终怀抱着公正的念想、反抗的精神（当然程度和方式是有差别的，并不是每个人的反抗性都很鲜明）和打拼的意志，努力改变自己的命运，而绝非都像逆来顺受的闰土或自欺欺人的阿Q那样缺乏正常的人性反应。

正是有鉴于此，柳青对农民人性的描写逆转了启蒙作家的定式，更富同情的体贴也更多中肯的肯定。比如解放前的郭振山还是个年轻农民，不仅身强力壮而且意志坚强，只是命运不济，未能发家，但他不甘人后、勇敢反抗的精神，让他成了蛤蟆滩上贫苦农民的领袖——

---

[1] 梁漱溟：《两年来我有了哪些转变？》，《梁漱溟全集》第6卷，山东人民出版社，2005年第2版，第889页。

解放前，姚士杰在蛤蟆滩为王的年头，郭振山也不怕他。人们把姚士杰使用的那条渠叫做霸王渠。无论什么时候，只要姓姚的稻地要水，他就理直气壮把穷佃户正灌的水口堵了，也没人敢吭气。那年夏天，高大的郭振山和强壮的姚士杰，在渠岸草地上扭打起来了。郭振山扭着姚士杰的领口，姚士杰抓着郭振山的布衫，两个人过了汤河，进了下堡村大庙里头当时的国民党乡公所说理。郭振山的这份大胆，把他变成穷佃户们崇拜的英雄，因为他满足了他们藏在内心不敢表达的愿望。[1]

同样坚强不屈的是梁三和高增福。性格倔强的梁三不幸中年丧妻，家道中落，对生活一度灰心丧气，可是当他与逃难来的寡母子遇合而重组家庭，再次燃起对生活的希望和豪气。在婚礼仪式上看到寡妇的眼泪、听到她体谅的话语，让中年汉子梁三不禁怜爱交集，情不自禁地生出"一股男性的豪壮气概"，决心挑战命运、重建家业。梁三的性格无疑表现了旧中国大多数农民的人性之真实，他们大都自尊而且坚韧、正直而且仁义，渴望并且也努力地改变生活的现状和不公的命运，其人性与精神并不比任何先进国的国民卑弱。反观五四新文学先驱及后来启蒙左翼作家日益刻深的国民性批判与改造之论，固然用心良好，但无不居高临下、精神至上而不免成为陈义过高、脱离实际的知识话语，与农民的真正痛痒关系不大。

中国农民的真正痛痒何在？缺"地"是也。所以抓住了土地问题，就抓住了中国最广大的贫雇农的切肤之痛和最大关切，他们就会动起来，积极改变自己的命运也积极改造社会的现状。共产党正是敢于抓住这个问题，以极大的勇气和魄力开展了土地革命，有力

---

[1]《创业史》第一部，第118页。

调动了广大农民参加革命、从根本上改造了中国社会的经济结构，建立了人民的新中国。分得了土地、翻身解放的贫雇农，其个人的地位今非昔比，人性的尊严和做人的气概也随之显著提升。事实上，在解放前纵使勇敢如郭振山的个人反抗，也未能改变他的命运，可是解放后的土改运动却使他成为全下堡村最杰出的人物——"郭振山在稻地中间的路上走过去，踩得土地都在颤抖。他是蛤蟆滩第一个要紧人。他的热烈的言词和大胆的行动，反映着穷佃户们的渴望土地和生产条件的意志。"[1]两度创业失败的梁三老汉，在分得土地之后，也终于有条件再度创业了，他热切地渴望着重振家业、风风光光地做人。年轻的农村姑娘如改霞等，也可以大胆追求个人的自由恋爱和自主婚姻了。这一切都表明，中国的土地革命不仅是一场阶级革命，也是促进人的解放和人性振兴的革命。这后一点，却被新时期的学术界批评界忽视了。

当然，贫雇农分得土地，也只是他们翻身解放、改变命运的第一步。由于地少人多，加上生产能力和条件的不足，单个的贫雇农要在生产上打翻身仗，其实是很难的，返贫卖地的事情也就难免了，并且分散的小农经济也不可能为中国的现代化提供基础。正是这种情况才迫使新中国工农业生产在相当长一个阶段，不得不以集体的集中经营为主，农业合作社就是因此而建立起来的。如此彻底地改变千百年来的个体生产经营传统，这自然不是个小事情，许多农民——包括贫雇农都想不通，尤其是一些比较有生产能力的农户，就更不情愿了。在蛤蟆滩，最有生产能力的贫雇农就是郭振山家和梁生宝家了。郭振山是下堡村土改运动的积极分子，他分得了村里最好的土地，家里也有劳力独自经营，所以对互助组和合作社并不热心而是敷衍应付，虽然他是村里的第一个党员和代表主任。高增

---

[1]《创业史》第一部，第96页。

福的互助组快垮了，找郭振山帮助，郭振山却让他失望了。柳青这样描写高增福对郭振山的感受和对自身困境的忧愁——

> 他感觉到自己前途茫茫，往后的光景难混了。……郭振山的言词，他说话的神气和他的笑，却表现出他现在已经变富了，不再能体会困难户的心情。他再不能象解放初期，特别是土改初期发动贫雇农的时候那样，对穷苦人说些热烈的同情话了。这个在村里威望极高的共产党员的变化，给可怜的高增福精神上增添了负担。他担心，象目前的境况，他很难保住他分到的六亩稻地。说什么呢？缺口粮，上稻地的肥料还不知在什么地方。耕畜贷款还在黄堡镇人民银行营业所的账上写着哩，以后的贷款还轮到他吗？他想着，要是他家住在下河沿，入了梁生宝的互助组，他也许不会有这一层忧愁。[1]

所以，在农村开展互助合作，其实也意味着对农民心性的考验和改造，以及对其人际关系的改善。不难想见，让小生产者的农民克服千百年来的小农意识，转向集体合作生产并承担共同经营的风险，那自然是很艰难的事，连共产党员郭振山都不免自私自利而裹足不前，何况他人？在这过程中，梁生宝的继父梁三老汉的遭遇及其改变，就是很有意趣的例证。

本来，在分得土地后，梁三老汉家是条件不错的，一则没什么债务和拖累，二则父子两个都是种庄稼的好手，还愁不发家吗？可是，能干的梁生宝却放弃了个人发家致富的"正事"，整天忙着互助合作的公事，这让梁三老汉很看不过，老汉还因此受人当众嘲弄，成了乡亲们眼中的笑柄，梁三老汉只能默默忍受。再看看村代表主

---

[1]《创业史》第一部，第121页。

任郭振山忙着自己的家业，梁三老汉就更看不过梁生宝的作为了，经常跟生宝怄气。应该说，梁三老汉的这些反应其实都是人之常情，反映了千百年来农民的习惯心态，也反映了他因为家贫而不被尊重的社会地位。但也正因为梁三老汉是梁生宝的继父，他的命运也就无法分割地与生宝及其互助组息息相关，他于是就成了生宝互助组的默默关心者，他的思想和心态也不由自主地随之而渐渐改变。

人是可变的，即使像梁三老汉这样保守的老农民，也不像现代启蒙作家所写的那样一味保守落后，亦非如新儒家梁漱溟所谓停滞在一成不变的静止状态。诚如严家炎先生所指出的，"在有些反映互助合作运动的作品中，老一代贫农形象常常只被强调了保守、顽固的一面"，但梁三老汉不是这样，柳青带着深厚的同情和理解写出了他的转变过程，深入地"探索了肉体上和精神上能有一块'死肉疙瘩'的梁三老汉，毫不放松地抓住他潜藏的哪怕是些微的社会主义积极性，准确地加以表现"[1]。虽然梁三老汉和梁生宝是继父子，但二人其实父子情深，所以尽管梁三老汉起初不赞成梁生宝办互助组，他却不可能对互助组的成败漠不关心，并且梁三老汉也是一个善良仁义的老农民，他其实是担心仁义的生宝能力不够、帮不了别人反而耽误了自己。正因为如此，梁三老汉情不自禁地担忧着儿子的艰难，气愤着郭振山对互助组的冷漠，焦虑着退组者的坏影响，也暗暗为互助组的进展而欣慰。在这过程中梁三老汉的态度渐渐变了，他暗自承认生宝不惜牺牲自己、带领贫雇农一块打拼努力，确是比自己的个人发家致富更有出息、更有魄力的善举，他也看到了新政府的干部如王书记、卢支书对生宝互助组的积极支持，知道生宝不是一个人在孤军奋战，所以也渐渐放下心来——"他的劳动者的善良，他的受过压迫的心灵，他的被剥削过的痛苦记忆，以及解放三年多来共产党所做的好事，促

---

[1] 严家炎：《谈〈创业史〉中梁三老汉的形象》，《文学评论》1961年第3期。

使他本能地相信卢支书这番风趣的议论。……他知道,他自己在精神上和王书记、卢支书、生宝他们挨近着哩"。[1]最后,互助组生产大丰收、合作社顺利成立,作为生宝继父的梁三老汉也成了受人尊重的人。他穿着妻儿为他添置的新棉衣走在黄堡镇大街上,第一次受到乡邻们的尊敬、第一次感受到为人的尊严。这是很让人感动的人的文学情景。严家炎先生当年的文章准确分析了梁三老汉的心性变化和互助合作的成功给他带来的人格尊严——

> 从"题叙"到"结局",梁三老汉作为老一代贫苦农民的代表,经历了恰好成为鲜明对照的两个时代、两种生活的巨大变化。这是新旧两个世界——不仅是客观世界也包括主观世界——的巨大变化!只要回想一下作品开头两章中所写到的老汉那种生活贫困、地位屈辱、情绪抵触的状况,再对比一下结尾时老汉穿起整套新棉衣,在黄堡集上受人尊敬地、以"生活主人的神气""庄严地走过庄稼人群"这种情景,谁能不为之深深激动。[2]

回头再看《创业史》的主角梁生宝,作品虽然并未全部完成,这个人物的性格仍在发展中,但可以肯定,第一部中的梁生宝已是一个有血有肉、生动感人的形象。他的感人之处,既与他作为一个自尊、仁义、厚道的农民的优秀品质相关,也与他作为一个优秀的基层党员的先进思想有关,而这两个方面其实是紧密相关的——前者正是后者的基础,后者则是前者的发展。过去的评论比较多地集中于后一方面的主导作用,而相当忽视前一方面的基础意义。这基

---

[1] 《创业史》第一部,第291页。
[2] 严家炎:《谈〈创业史〉中梁三老汉的形象》,《文学评论》1961年第3期。

础其实来源于渗透到乡村农家的中国传统文化尤其是儒家人文主义的良好影响，这影响不分阶级而普遍传播，贫雇农的优秀子弟也会深受濡染，所以在中国的乡村从来就不乏自幼就学做仁义的"好人"的孩子。事实上，即使在所谓"文革"动荡时期，儒家人文主义的优良传统仍然支撑和维护着乡村社会的基本秩序——说一句不客气的话，我的农村大家庭就是一个耕读传家、仁义是尚的家族，我自幼也被乡邻称赞为"仁义"的孩子，再看作家王安忆的中篇小说《小鲍庄》所写的那个在"文革"中仍然不失为"仁义"的村落，其中最感人的人物正是仁义的小孩捞渣，更无论新中国成立之初的中国乡村，当然并不乏梁生宝那样自尊而仁义的青少年了。正因为如此，我少年的时候初读《创业史》而最感共鸣、最铭感难忘的，即是梁生宝自幼就临财不苟的骨气和怜贫惜弱的仁义，以及他深藏心头的对继父的孝心。待到上大学重读《创业史》，当然不难理解，努力做"新式的好人"的梁生宝，其实也是曾经努力学做"旧式的好人"的梁生宝之继续和扩大。事实上，当梁生宝还是个小青年的时候，他的仁义正直的为人，就赢得了穷乡亲的高度信任，以至于老佃户任老三临死的时候，苦苦等待着在外躲避兵役的宝娃子而不能瞑目，直到宝娃子赶回来，任老三郑重地把独子欢喜托付给他——"他捉住生宝的手以后，重新慢悠悠地说：'宝娃，我把欢娃托付给你，你关照他。你教他，他，学你的……为人……'"[1]正缘于仁义的心性，梁生宝在土改后虽然最有能力发家致富，却不忍见条件不好的穷邻居生产无方、生活困难，于是一本仁义之心、响应新政府号召，舍弃个人发家致富之念，殚心竭虑地领导穷棒子们互助合作，处处体现出对人的善意、关怀和尊重。而关怀人民群众的新政府乃是梁生宝背后的精神支持力量，如他对任老四所说——

―――――――

[1]《创业史》第一部，第455页。

"整个共产党和人民政府在我背后哩!"生宝非常激动地大声嚷说,"是我傲吗?四叔!我梁生宝有啥了不起?梁三老汉他儿。你忘了我是共产党员吗?实话说,要不是党和政府的话,我梁生宝和俺爸种上十来亩稻地,畅畅过日子,过几年狠狠地剥削你任老四!叫你给我家做活!何必为互助组跑来跑去呢!老四叔,甭老拿旧眼光看新事情吧!你还是和我们一块实行计划吧!……"[1]

对贫苦人的关怀,在梁生宝与栓栓素芳夫妇的关系上得到了感人的表现。由于王瞎子的压抑,栓栓朴厚而愚笨,空有一身好力气,生产能力弱,日子过得紧巴,梁生宝同情栓栓,吸收他入自己的互助组,带着他进深山割茅竹搞副业。笨拙的栓栓受伤了,梁生宝赶快施救并且把自己割的茅竹给误工的栓栓。可是梁生宝的仁义厚道,换来的却是王瞎子逼迫栓栓退组。更让人同情和无奈的是栓栓的妻子素芳。素芳原是黄堡镇上的一个漂亮女子,因受母亲的熏陶而早解风情,少女时代就被人引诱怀孕,只能下嫁蛤蟆滩的穷庄稼汉栓栓为妻,却又"被瞎眼公公唆使着,栓栓已经把她打得丧失了性气。她没有勇气。……什么希望也没有了"。[2]让她重新生出希望的是年轻的邻居梁生宝,她情不自禁地爱上生宝,找生宝示爱,要和他做相好,却遭到正直不苟的生宝之拒绝。后来素芳到富农姚士杰家里帮佣,被老奸巨猾的姚士杰奸污玩弄。其时正是栓栓在山里受伤的时候。作品于此对栓栓和生宝有这样的描写——

生宝心里深深地为他背着的这个人过于老实而难受。栓栓,像一头牛一样闷头做活儿,他永远也不知道疲劳,好像只是为

---

[1] 《创业史》第一部,第705页。
[2] 《创业史》第一部,第493页。

了做活,才生下他来。他的善良使任何人对他都没有意见。……这种善良使生宝一遇到栓栓媳妇素芳向他投送秋波,他心里就厌恶透了她。生宝绝不是那样没心肝的禽兽,把一个人的善良,当做和这个人的媳妇明来暗往的有利条件。正相反,他把帮助这个软弱邻居,当做自己理所当然的义务。他只可惜王瞎子太没眼,竟然常常教儿子戒备堂堂男子梁生宝……

…………

在栓栓的脚跳脓的那些痛苦的黑夜,在山外,正是姚士杰在蛤蟆滩四合院东厢房,和栓栓的媳妇素芳睡觉的时候。而生宝在荒野的苦菜滩的茅棚里,侍候着栓栓,给他按时吃青霉素片,烧开水喝,安慰他,给他讲生宝记得的社会发展史,一方面教育他,另一方面分散他的注意力,减轻他疼痛的感觉。[1]

当然,梁生宝对素芳也不是不同情,他自然也明白恋爱自由、婚姻自主的新政策,但梁生宝不是脱离实际的个性解放论者,他生活在农村,深知拆散一个既成的农民家庭是既不仁义也不人道的事情,何况帮了素芳解放却会伤害同样可怜的栓栓,更何况还有顽固的王瞎子,谁干预他的家事,他都会以死相抗的,那会让整个事情向最坏的方向发展。所以厚道稳重的梁生宝只能不跟这位顽固的老人计较,而劝导素芳耐心等待,等待王瞎子的早死,好在他也活不长了——"可怜的素芳和栓栓,吃尽他的亏了。他要是早些用了他的棺材,俺下河沿的众邻居,有办法叫栓栓和素芳变成恩爱夫妻咯!"[2]——这是梁生宝和乡亲们的衷心期待。

---

[1]《创业史》第一部,第549—556页。
[2]《创业史》第一部,第577—578页。

不妨对照着看看富农姚士杰老奸巨猾地玩弄素芳之后的残忍心态吧——

> 就这样，什么人也没感觉四合院有什么事情发生。就这样，姚士杰把不幸的素芳，在人不知鬼不觉中，一步比一步更深地拉进又一次悲剧里了。姚士杰也看出：新的社会风气使妻侄女心中不安，有罪心理使她对堂姑父越来越缺乏热情，甚至有点骇怕这种非法关系，似乎有点不得已应付他的样子了。但这有什么要紧，姚士杰断定：依靠素芳自己被毁损了的心性、意志和力量，她逃不脱他的玩弄……姚士杰想：素芳暂时还没有劳动者从劳动中培养起来的那种高贵自尊，他还可以把她当破坏生宝互助组的工具。他并不关心素芳这一生的前途怎样。难道栓栓家庭好坏，能影响他姚士杰的庄稼不爱长吗？难道能影响他姚士杰的大红马不爱吃草吗？怪事！[1]

虽然并不是所有的地主富农都"为富不仁"，但像姚士杰这样"为富不仁"者在中国的农村和城市也确实并非个别的存在，所以人的解放也必须与反剥削反压迫的革命相结合。如此两相比较，更可见出梁生宝乃是旧式的"好人"和新式的"好人"的综合体，而他待人的仁义心性和尊重人的生动事例表明，不论是渗透于乡村农家的儒家仁义为公的精神传统，还是社会主义的新思想，其实都包含着对人的关怀和尊重，所谓人的解放观念并非启蒙主义和自由主义所独有，而真正把人的解放从观念落实为社会实践的，乃正是中国的革命和革命后的新中国建设事业。就此而言，《创业史》的互助合作叙事的确是"人的文学"的转进和拓展。

---

[1] 《创业史》第一部，第678—679页。

抒情的写实主义：《创业史》的艺术成就

　　新时期以来对《创业史》的新论，一般都不否认其艺术成就，但也不乏挑剔其"现代性"或"当代性"不足之论。比如有些人就觉得陈忠实的《白鹿原》较之柳青的《创业史》可谓青出于蓝胜于蓝，很惋惜《创业史》的叙事技巧不够新、心理描写缺乏人性的复杂性和解析深度，写男女性爱纠葛也不够开放，叙事和语言缺乏神来之笔，等等。的确，《白鹿原》的第一句话"白嘉轩后来引以为豪壮的是一生里娶过七房女人"就气势不凡，这个人物其实是从《创业史》里那个面对孤儿寡妇陡然升起"一股男性的豪壮气概"的佃户梁三变来的，可变为地主的白嘉轩却又是一个正直守礼的有道士绅。同样的，《白鹿原》里的女奴田小娥及其情人黑娃，显然是从《创业史》里的婢女彩霞及其情人郭锁变形而来（田小娥身上也综合了《创业史》里被富农引诱的素芳之因子），但田小娥在陈忠实笔下却蜕变成一个颠倒众生的人间尤物。这些神来之笔多么富于文化和人性的深度啊！并且，柳青的想象力也远不如新时期作家的想落天外，如女作家严歌苓的长篇小说《第九个寡妇》，把一个村女王葡萄写得如"地母"一样伟大博爱又像自由女神一样庄严神圣还像神女一样开放不羁，这想象多美而且多么富于反思革命如何摧残人性的自由主义思想深度啊！相比之下，柳青似乎逊色多了。

　　的确，柳青无疑是一个很"拘泥"的写实主义作家。他的书写谨守乡土中国及其子民们的生活和人性的真实性，绝不放纵想象，也不猎奇斗艳。而纵使柳青是一个持守阶级论的作家，他也没有因此就刻意贬低笔下的地富人物，《创业史》中所写的地主富农也都是地地道道的关中土财主，如所谓"杨大剥皮"和"吕二细鬼"也者，顾名思义，都是以剥削和克扣佃农"著称"的土老财；作品中当然也写了比较有文化有道德的地主富农，如雇用宝娃子看果园的那位富农，看他那么激赏宝娃子临财不苟、仁义善良的德行、发自衷心地惊叹："啊呀！这小子！你长大做啥呀？"这显然是一个古道热肠、心性厚道的好富农，足见柳青并没有因为他是个富农就刻意贬低他的人格，读者甚至看不到他有什么剥削劣迹。自然，在《创业史》中也有霸道好色的地富如富农姚士杰，但他的霸道也只是在浇水时强势占先等，他的好色也只是仗着财势先是与好吃懒做的白占魁的风骚婆娘翠娥有一手、后来偷偷欺侮老实的栓栓的妻子素芳，并且，精明的姚士杰也很顾家，对自己的老娘和老婆都很尊重和爱护，所以他还是一个具有人性之常的富农。至于柳青倾心描写的贫雇农们——从干部到群众，也都无不是面朝黄土背朝天的本色庄稼人；并且，《创业史》虽然叙写两种创业的斗争，却没有后来的《艳阳天》《金光大道》里面激烈的阶级冲突，而是严守着寻常的"生活故事"之分际来叙述两种创业的暗暗竞争。至其对关中地理、风俗、习惯和生活细节等，也都是如实而且朴实的叙写，既没有匪夷所思的神迹展演，也没有离奇的魔幻想象。

可是，柳青也绝非一味拘守"乡土气"的作家。事实上，在解放区和50年代的作家中，柳青无疑是文学修养最好的一位，他不仅非常熟悉鲁迅、高尔基和肖洛霍夫等革命作家，而且对俄、法经典现实主义文学也知根知底，并且对文学理论的重要问题也有独立思考，显现出很高的美学理论素养。而最值得注意的是，柳青在艺术上也是个特别有心的人，他虽然不屑于猎奇逐异，但也绝不会故步自封，从《种谷记》到《创业史》的艺术进展是很显著的。

在《种谷记》出版后的座谈会上，李健吾的发言就在赞赏中含有批评："我看这本书很觉费力。……到现在才看完，开始没有觉得它有小说的兴趣，所以不是一口气看完的。但读完以后，倒觉得味道很好。……作者一笔不苟，现实主义充满在这本书中，写得很踏实，可看出作者很会写文章。……我觉得作者是用功写的，表面上看起来好像很笨，很老实，很稳，像巴尔扎克的小说一样。"冯雪峰则指出："这部小说的价值，是在于它把当时共产党抗日根据地陕北的一个村庄的面貌，介绍给我们，介绍得非常精确和非常详细。……譬如写人物，王克俭不用说了，一切都是照这个人物原来赋有的样子，不加改易地加以十分周到的分析和描写的；就是王加扶，这个农会主任，也是照他原来的样子，不会有什么'增加'。其他的人物，也都一样。总之，这书中的人，以及事，我觉得都是不曾被典型化的人，以及事。这些人和这些事，使我们觉得不但真实，并且真实到非常精确的地步。"叶以群则认为："作者对作品中的人物是熟悉的，只是因为调查而来的真实材料太多，着笔时难以割舍。因此，反为素材所拘，而致重点不够突出，全体看起来，就觉得缺乏热情，缺乏高潮，没有蓬勃的力量了。这一点，与其说像巴尔扎克，不如说像左拉。"[1]这些评论都肯定了柳青在创作中对真实性的可贵追求，但同时也都指出了作者被素材的真实性所拘束，真实到精确琐碎的地步，而在艺术上不够典型化、缺乏感情的投入，使艺术的现实主义流于自然主义之缺点。而造成这种艺术缺点的根本原因，乃是因为其时年轻的柳青作为一个知识分子下到农村担任基层干部，自己深感孤独苦闷，与农民还很隔膜，他还是一个旁观者而没有真正投入进去。

新中国成立后，柳青不仅是一个更为成熟的作家，而且也是一个优秀的农村干部——他自请下放到长安县担任负责农业互助合作的县委副书记，他每天奔走在各个乡村，完全与农民和农村干部打成一片，成为新中国农村创业的积极领导者和热情参与者，他对当时中国农村的社会实际和贫雇农的要求非常了解，所以能设身处地地为他们着想、努力帮助他们在生产经营上翻身，长安县的几个互

---

[1] 《〈种谷记〉座谈会》，《小说》第3卷第4期，1950年1月出刊。

助组与合作社的成功,都倾注了他的热情与心血。柳青由此积累起来的生活经验乃是切身的生命体验、由此投入的感情是发自衷心的热情关怀。这使他在创作《创业史》时,不仅具备了他人难以比拟的丰厚生活经验,而且情不自禁地投入了深厚的感情。正是这样的生活基础与感情基础,让柳青克服了《种谷记》的自然主义写实之缺点,而赋予了《创业史》以厚重充沛的抒情写实主义的艺术风貌,给人焕然一新的美感。

抒情的写实主义,在《创业史》的第一部里有多方面的出色表现,成就非同一般。

柳青首先面对的艺术难题是如何给他所要描写的乡村生活安排一个恰当的叙事结构。本来,乡村生活既纷繁复杂而又散乱琐碎,一般情况下少有可观可讲的故事,并且因为是和平建设时期的乡村生活,更缺乏戏剧性或传奇性的故事。事实上,正由于乡村生活的琐碎散漫、缺乏戏剧性的"故事",所以从鲁迅到沙汀以至丁玲的乡村中国叙事,读起来都有些沉闷之感。《创业史》刚出版时,也有评论以柳青没有写出"激烈的阶级冲突"为憾,殊不知那时的乡村生活本身就没有"激烈的阶级冲突",稍后出版的陈登科的《风雷》和浩然的《艳阳天》倒是颇富戏剧性的故事以至"激烈的阶级斗争",但那是"千万不要忘记阶级斗争"背景下的产物。深谙农村实际的柳青明白,在土改运动过后致力于生产建设的新中国农村,激烈的阶级斗争显然过去了,并且农村人彼此都是乡里乡亲,纵使有矛盾也只是暗暗较劲儿,而尽可能避免显而易见的斗争形态,所以柳青在《创业史》里不无调侃地描写村代表主任郭振山在土改运动过去后怅然若失、流氓无产者白占魁对不再"搞运动"颇感失落。当然,柳青也看得很分明:互助合作作为一种新的生产—生活方式,其萌生和发展虽然是和平进行的,却不可能躲开传统的生产—生活方式之质疑与抵制——在新旧两种不同的"创业"方式也即两种不同生产—生活方式之间必然有暗暗的较劲。这"暗暗的较劲"几乎勾连着农村社会各阶层的各色人等、涉及农村社会生活的方方面面,诚所谓暗潮涌动、涉及深广而又波澜不惊、浑若无事——不脱乡村社会生活之"平静无大事"的常态。柳青敏锐地意识到,如此等等的"暗暗较劲",既使朴素的乡村生活有"故事"可讲,也使"故事"富于社会的意义、人性的深度和生活的趣味。正因为如此,柳青在《创业史》的创作中便紧紧地抓住乡村社会各阶层人物围绕互助合作运动而频发的"暗暗的较劲",使之成为这部"生活故事"的主导叙事脉络,从而赋予全书整体性的叙事结构和有张有弛的叙事节奏。全书的叙事因此纲举目张而张弛有序——开卷的"题叙"气势不凡,发凡起例,埋下了两种"创业"之比较与较劲的头绪,也预示着后来的暗暗较劲之焦点,随后各章的叙事则分头叙说、有机地穿插交织成有序的序列,显得有条不紊而又起伏有致、生动有趣而又把控有度。如此精心选择"暗暗的较劲"作为叙事焦点来结构全书,恰当把控故事讲述的情感幅度和艺术想象的情理限度,这是很难得的艺术成就。并且,长期扎根农村拉近了柳青与农民的情感距离,他对贫雇农充满感情和关爱,即使对地主富农也带着有同情的理解,同样把他们当作可以理解的人来写,而非"非人"的"敌人"来刻意贬斥,此所以《创业史》的叙事不是冷峻的客观描写,而是带着体贴入微的感情温度,具有耐人寻味的情理深度。这使它在艺术上不仅超越了作者此前的《种谷记》纪实性写实的"客观性",而且比鲁迅、沙汀和丁玲的乡村叙事更生动有味、感情饱满,也避免了后来陈登科的《风雷》、浩然的《艳阳天》刻意强化矛盾冲突的造作感。

同时,柳青充分认识到,互助合作作为一种新的生产—生活方式之开展,必然深刻地触发和推动农民的精神和心理发生变化,所以他的《创业史》的创作抱负就是要"着重表现这一革命中社会的、思想的和心理的变化过程"（见该书"出版说明"）。这个抱负获得了显著的成功——《创业史》在刻画乡村人物时把社会分析与心理分析融为一体，既超越了既往的现代乡土文学缺乏心理分析的感性书写之印象性，也校正了现代海派小说抽去了社会性的变态心理分析之猎奇性，而发展出一种富有社会性的心理分析，对农村各种人物的描写颇富心理—情感的深度，自然中肯，毫无勉强之感，达到了很高的艺术水准。在这方面，柳青显然创造性地借鉴了他所熟悉的俄罗斯现实主义文学大师如托尔斯泰等人所擅长的"心灵辩证法"，特别注重揭示农村各阶层人物在生产—生活方式变革中"社会的、思想的和心理的变化过程"，这是一种兼顾人的社会性和个人性的心理描写，其丰富的蕴含，比诸醉心弗洛伊德的海派小说之纯生物学—人本性的心理分析，无疑更富社会的意味也更合人情之常。

《创业史》对梁三老汉的心理刻画是很有名的，此处就另举两个例子吧。

例如对"落后农民"王瞎子的"落后心理"之分析，就相当深入地揭示出统治阶级利用私有财产神圣不可侵犯的"王法"压迫农民，同时也利用了农民"人穷志不短、偷盗最没脸"的人格自尊，恩威并用，把青年农民王二规训成了一个死心塌地谨守"王法"的良民——

> 光绪二十六年，渭河边王家堡子的年轻长工王二，偷了财东的庄稼，被送到华阴知县衙门去了。差人们在大堂前，当着多少长袍短褂的体面人，在大白天褪下他的庄稼人老粗布裤子，仪式隆重地数着数，用板子打他赤裸难看的屁股……泪流满面的长工王二，用哽咽的声音保证：只要他在世上活着，他永辈子也不会白拿财东家的一根禾柴了。他被"恩宽"了……羞愧难当的小伙子啊，多少日子不好意思在村里露面，好像地老鼠

一样,不敢见人。肉体上的创伤很快地好了,精神上的创伤是不是要延续到生命的终结呢?……小伙子王二还是背起行李卷,含泪辞别了哥嫂,开始了流浪生活。他留言说:他将在关中道随便什么他中意的地方,落脚做庄稼,重新做人,当皇上的忠实愚民。光绪二十八年正月十九,王二路经蛤蟆滩,果真不走了,成了梁三他爹的邻居和好朋友了。……

在清朝已经被损毁了灵魂,可怜老汉眼睛失明以后,才有了充分时间检查他一生的得失了。他感谢皇上的代表——知县老爷那八十大板。他自认一生是"问心无愧"的,对得起一切皇上、统治者和财东。他没有吝惜过体力,没有拖欠过官粮租税,没有窃取过财东家的一个庄稼穗子。没有!直杠王二的行为"经得天地,见得鬼神"!……

不识字的前清老汉,喜欢经常对民国年出生的庄稼人,讲解"天官赐福"四个字的深刻含意。这是庄稼人过年常贴的对联的门楣,但粗心的庄稼人贴只管贴,并不仔细琢磨它的精神实质。年轻时受过刺激的王二直杠,把这四个字,当做天经地义。他认为:老天和官家是无上权威,人都应当听任天官的安排,不可以违拗。家产和子女,都是老天和官家的赏赐,庄稼人只须老老实实做活儿就对了,不可强求。"小心招祸!啊!"[1]

正是这种规训而来的心理定式,使王瞎子从心里佩服和尊敬富人,整天想着如何巴结富农姚士杰,终于逼迫儿子儿媳傍上姚士杰,无形中毁坏了儿子儿媳的生活,却对穷人的互助生产很不信任,总担心儿子栓栓跟着梁生宝吃了亏,对梁生宝充满了猜忌心理。柳青对青年农民王二变成王瞎子的精神蜕变过程之刻画、对王瞎子保守

---

[1]《创业史》第一部,第401—404页。

心理之揭示,比鲁迅对老辈保守农民的描写更切近生活真实。尤其是对王瞎子矛盾人格的辩证分析,真是切中肯綮的准确、耐人寻味的深刻——他顽固谨守"王法"却又怀抱着坚定不移"重新做人"的自尊,绝不像阿Q那样自轻自贱。如此精彩的揭示来源于经济—阶级分析与人性—心理分析的深度融合。

再如当一些人因为怕失去刚得到的副业收益而想退出互助组的时候,兵痞二流子白占魁却主动找上门来要求加入互助组。这让梁生宝迎拒两难,不免引起他的一番心理波动——

> "人当然不是好庄稼人。有点二流子气,不是勤俭节约的过日子人。婆娘也是一路子货喀!可是,白占魁力气是有,大伙逼住他干,是能做活的人。他不是不能做活。再说,现时是劳动生产的社会风气,他大约看见'流'下去没前途吧!看样子,听口音,这回是下了决心!二次土改等不上了,下决心好好劳动过日子……"生宝在推独轮车过黄堡大桥的时候,这样自思自量,并且独自笑着。
>
> 过了桥,在马路上顺着一行白杨树影,推独轮车向西走着,生宝继续思量:
>
> "这个家伙说话蛮占理,把我说得没话支应。互助组是有改造二流子的任务嘛。有这话!我记得清清楚楚,有这话!说这是互助组对社会负担的义务,说要主动地吸收二流子入组,互助组不能不要他们。说要是大伙都不要,都怕麻烦,那么,社会上的这么些人,谁又来改造他们呢?看情形,我还是应该收下这个家伙……哎呀!我走到哪里去了?"
>
> 生宝思量着,在岔道口忘了拐弯,向峪口镇走去了。折转回来,拐过弯,他在田间小路上推独轮车向北走着,又思量起来。

"这个家伙比王瞎子怎样呢?不比王瞎子没办法嘛!实在!他有好吃懒做的一方面,也有胆大敢干新事情的一方面。我互助组把白占魁有办法治没办法治呢?有办法治他!有万、欢喜、老四,现在又有了增福!一个鬼刮不起妖风,要一群鬼才能刮起妖风!不敢收白占魁,太没共产党员的气魄!难道退出去两户,我就胆小怕事成这样了吗?……"

生宝想着想着,身上来了股子劲,脚步使劲了。

"鬼!不敢收你白占魁,还想改造全社会吗?收!坚决收!收下你,郭锁也寻不下对象合伙买牛了。我互助组退了两户,收了两户。毫毛也没动了一根。八户还是八户!就是这主意!"[1]

面对一个二流子的入组要求,梁生宝有所犹豫是很自然的事,这体现出他为人持重、慎重从事的性格,而最终又决定吸收白占魁入组,则不仅显示出一个年轻的互助合作带头人敢于任事的气魄,而且展现出一个优秀共产党员敢于在新社会里改造人的理想主义精神。

令人叹赏的还有《创业史》的文学语言。这是一种生动刚健而又温润有情的文学语言。生动刚健的一面来自对西北农民性格的体会及对其生活语言的采撷,如口吻毕肖的对话,叙说风俗的语言,都很生动传神;温润有情的一面则表现为夹叙夹议的叙述语言,往往携带着情感的温度和抒情的情调,那情调或慷慨抒叙或温情节制,恰当地配合着叙事的具体情境。这两个方面各司其职、糅合交织。前一面的典型文例,如"题叙"以陕西饥饿史上有名的民国十八年大饥荒起笔,引出了中年丧妻的关中汉子梁三与逃难而来的生宝母子的遇合——

---

[1]《创业史》第一部,第714—715页。

两只瘦骨嶙峋的长手,亲昵地抚摸着站在她身前寸步不离娘的宝娃的头,王氏妇人的眼光,带着善良、贤惠和坚定的神情,落在梁三刮过不久的有了皱痕的脸上。

"我说,宝娃他叔!这是饿死人的年头嘛,你何必这么破费呢?只要你日后待我娃好,有这婚书,没这婚书,都一样嘛。千苦万苦,只为我娃……长大……成人……"

她哽咽了,说不成声了。她用干瘪的手扯住袖口揩眼泪了。

所有的人都凄然低下了头,不忍心看她悲惨的样子。

一股男性的豪壮气概,这时从梁三心中涌了上来。在这两个寡母幼子面前,他突然觉得自己是世界上一个强有力的人物。

"咱娃!"梁三斩钉截铁地大声改正,"往后再甭'你娃''我娃'的了!他要叫我爹,不能叫我叔!就是这话!……"

…………

……常常要等梁三带回来粮食,女人才能做饭;但是她不嫌他穷,她喜欢他心眼好,怜爱孩子,并且倔强得脖子铁硬,不肯在艰难中服软。这对后婚的夫妻既不吵嘴,也不憋气。他们操劳着,忍耐着,把希望寄托在将来。邻居老任家有人曾经在晚饭后,溜到那草棚屋的土墙外边,从那小小的挡着枯树枝的后窗偷听过:除了梁三疲劳的叹息,就是两口子谈论为了他们的老年和为了宝娃,说什么他们也得创家立业。……[1]

这样的叙述语言刚柔相济,恰如其分表现了一对半路相逢、相依为命的农民夫妇的忠厚性情和坚韧性格。后一面的典型文例,如梁生宝要带领互助组的成员到深山割茅竹了,"知父莫若子",他明

---

[1] 《创业史》第一部,第13—15页。

白继父虽然和自己闹别扭,但心里其实关心着自己和互助组,如今继父听了卢支书的话、思想转弯了,他更要在行前和爹爹说说话,让老人放心——

　　生宝要进马棚去看看爹。妈拉住他的夹袄袖子。
　　"你甭去。"
　　"怎?"
　　"他难受。你要离家一个月,他替你担一份心。他嘱咐俺:等你回来告诉你,甭惊动他。他说:他独独在马棚里睡到天明,你已经不在家了。他说,他看见你要走,心里说不出的滋味。你就甭惹他难受吧!你忙你的事情去,俺娘俩招呼了他哩!"
　　多么令人心动的父子感情啊!生宝不听妈的话,他一定要进去看看他爹。他要对老人说些孝敬的话,说些有政治思想意义的话,使老人不要替他担心。
　　生宝强走进马棚,秀兰在马棚门口看着。
　　老人睡在小炕上,脸朝着泥墙。生宝走近小炕边,轻轻叫了两声:"爹!爹!"
　　老人不做声。
　　"爹!爹!"生宝又叫,轻轻推了推。
　　老人扭过皱纹脸来,睁开眼睛。灵活的眼神表明:他并没睡觉。
　　"领得进山证哩?"
　　"领得哩。"
　　"啥啥都预备好哩?"
　　"都预备好哩。"
　　"那么你去,我不阻挡你。你活你的大人,我胆小庄稼人不挡路。但愿你把人手,都欢溜溜地领出山来,谢天谢地。就是这话!"

"爹!你起来,我想和你说几句家务话哩。"

"和你妈说去。我心里头烦,听不进去。就是这话!"

生宝知道他爹的执拗性子,放弃了谈话的意图,心情很愉快地退了出来。[1]

父子俩的交心话虽然言语不多、彼此却心领神会,这既符合梁三和梁生宝父子相知甚深、不在话多的缄默性格,同时也点染出父子间相互关情而又欲说还休的深情。应该说,上述两方面的语言特点交相为用,贯穿了《创业史》全书,使作品的叙事既内含着感情的温度又别具节制内敛的含蓄之美,体现出温柔敦厚的民族性格和情理并茂的美学风貌。

不少评论家和学者早已注意到《创业史》把人物的感情以至心理活动自然而然融入叙述语言的特点。当年的日本学者也很关注《创业史》的这种语言特点,姑称之为"直接语法",他们为此写信向柳青讨教。柳青于1963年10月9日回信坦承自己这样使用语言的缘由——

> 先生们所说的"直接语法",我以为仍然是属于采取人物的角度描写行动和场景的一种表现手法。不过,有点不同的是,人物的思维、感觉和感情,我除了用文学语言反映人物自己的思想和感情以外,常常把人物自己的口语直接写出来了。人物见到的、想到的和体验到的事物,在中国的现实主义的古典小说中,多用人物的对话(包括内心独白)的生活语言间接引用

---

[1] 《创业史》第一部,第397—398页。

的表现手法；在西方的现实主义小说中，多用文学语言的场景描写和心理分析的表现手法。愚见以为：从头至尾的对话和内心独白的生活语言不免给读者语法单一的感觉。对话、场景描写和心理分析配合起来，显然使读者感觉到语言变化多一些；但文学语言的场景描写和心理分析如果太多、太长，又不免减少了动的情态，给读者太慢的感觉。我这回试用了这样一种手法：叙述和描写一方面不放弃用作者的文学语言反映人物的思想和人物的感情；另一方面接受口语传神的中国传统，直接引用人物的口语。这就是全书中每个章节里常见到的：人物的内心独白不加引号，与文学语言的叙述和描写连接在一起，构成整段文字，给读者的感觉好像不是通过作者的文字发出来的思想和感情，而是从人物直接发出来的思想和感情。先生们把这叫做"直接语法"或"直接表达感情的语法"，我想是可以的。我以前写的小说没有用过这种表现手法，也是事实。[1]

这其实不仅是一种语言特点，而且是整个《创业史》的艺术特点：全书的写人和叙事，自然而然地融入了人物的感情和心理活动，加上作者从具体情境生发而出的抒情议论，共同构成了一种可以称之为"抒情的写实主义"的叙事风范，它与中国古典小说和西方近代现实主义小说的主客分立叙事传统迥然有别，鲜明地标志着写实主义在当代中国文学中的新拓展。

> 为"社会史视野下的中国现当代文学——以柳青为中心"读书会写，2017年11月初稿，2018年1月修订

---

[1] 《柳青先生给东京日本人民文学研究会的一封信》，《长安学术》第十辑，高等教育出版社，2017年8月出刊。

经典的回味
——《平凡的世界》的几种读法

一

多年来，我在旅途中常常会碰到这样的事：当邻座的旅友们——不少人显然是来自乡村的新大学生或早已就业的老大学生——知道我是从事语文教学的大学老师时，往往会情不自禁地向我述说他们对路遥小说《人生》《平凡的世界》的热爱，然后便急切地问我是否喜欢路遥的作品。我当然毫不迟疑地说喜欢，并会对他们说："我也来自农村，我的家乡离陕北很近啊，我哥哥和我就像《平凡的世界》里的孙少安、孙少平兄弟一样，彼此的出身、年龄、经历以至于性格气质都很相似的。我哥哥的坚韧可比孙少安，正是由于他对家庭责任的自觉担当，我才能解除后顾之忧，念了一所又一所大学，比孙少平可幸运多了！"事实上，许多普通读者也都是从孙氏兄弟或高加林身上看到各自的影子，因而才对路遥的作品倍感亲切。

应该说，改革开放与恢复高考，的确给众多的乡村知识青年提供了改变自己命运也改变中国命运的好机会。这同时也推动了当代文学格局的改变：一批又一批来自乡村而又回归基层工作的大中专学生加入了文学写作的队伍，少数人后来成为专业作家，更多的人则长期在基层工作之余从事文学写作，抒写着他们个人成长的酸甜苦辣也抒写着中国社会变迁的得失利弊,这些朴素的作品也因此成为既关联着个人命运也关怀着家国命运的"当代成长文学",从而与那些集中在少数几个大都市里的先锋复消遣的时髦文学潮流形成了鲜明的对照。可惜的是,当代批评的"话语权"操纵在一些自高自大的批评家手里,他们对这些出自基层作者的"成长文学"不屑一顾,甚至连深受广大读者喜爱的路遥作品也嫌其"土气",觉得他的作品不够"先锋"、缺乏"形而上的深度",于是在当代评论和一般文学史著述中也就不得好评以至被摒弃不予置评。这不能不说是批评的傲慢与势利。其实,从"劳者歌其事""诗道真性情"的经典文学观来看,这些出自基层作者业余抒写的"成长纪事"才是真纯的好文学。[1]

这是 2015 年 7 月初我给一位友人的创作集所写序言的开头两段。那时的我完全没有想到,清华校长会在不久后把路遥的长篇小说《平凡的世界》作为送给 2015 级新生的礼物,后来知道了这件事,我也不无担心——毕竟时隔二十多年,社会和文学的变化如此巨大,在极其不同的背景下成长起来的新一代学子,能否理解路遥所倾心抒写的人生经验与人间情怀呢?

事实证明,我的担心是多余的。现在,厚厚一册《清华大学 2015 级新生〈平凡的世界〉读后感汇编》就摆在我的案头,品读同学们的一篇篇发自衷心的读后感,我也由衷地为路遥作品获得新一代读者的理解而感到欣慰。这印证了一个永恒的文学原理:一部文学杰作必定是由于它对生活经验和情感体验的独特抒写而取胜,但

---

〔1〕 解志熙:《情至真处文自工——〈那时那刻的守望〉序》,《那时那刻的守望》,河南大学出版社,2015 年。

这独特性不会局限读者的理解,因为人情人性是相通的,不同时代和地域的读者自会从中感悟到生活、人性和文学的普遍意义。

作为一部文学经典,《平凡的世界》的魅力正在于它蕴含着非常丰富的人生、人性和社会的内容,值得人们反复回味,这也就意味着对它的解读不可能是单一的,读者其实可以有多种多样的理解。这里,就说说我重读《平凡的世界》之后的几点感想,供同学们参考。

二

对《平凡的世界》最常见的读法,当是把它视为一本励志之作。这种读法是很有道理的。因为《平凡的世界》最吸引人之处,即是它非常真切地写出了乡村知识青年艰苦卓绝的个人奋斗史,而这一点显然具有普遍的"励志"意义——我猜想,清华校长把它赠给大学新生读,很可能就是看中了这部小说可以作为当下年轻学子们的"励志"书吧。对此,我也深有同感。事实上,我自己就是从那时的中国乡村走出来的"知识青年"之一,并且我的家乡陇东庆阳地区,和路遥所写的陕北延安地区,虽然分属陕甘,但两地距离是很近的(其实我的家乡庆阳在康熙八年之前就归属于陕西行省),在革命年代两地也同属于陕甘宁边区,其间的地理条件、生活样式、风俗习惯以及方言土语几乎别无二致,所以我读此书的叙事更是感同身受。

说到乡村知青,现在的年轻读者很少注意到,在十年"文革"时期的中国有一个很矛盾的现象:一方面是国家取消高考,阻断了广大知识青年的上进之路,而另一方面则是中小学教育的空前普及,大大惠及了农家子弟,农村由此积累了大量受过中小学教育的回乡知青,当然,同时还有一批又一批的城市知识青年到农村插队落户,被称为"插队知青"。这两部分"知青",后来事实上成了三十年来的"新时期"中国社会的顶梁柱。这里单说所谓"回乡知青"。"回乡知青"的优秀分子大多具有两方面的精神特性。其一，作为农家的优秀子弟，他们普遍秉持着来自乡土社会的质朴踏实、善良仁义、自尊好强、富有责任心等优秀品格，这其实是来自父老相传的儒家里仁传统和来自革命精神传统的合和熏陶，所以他们总是像柳青的《创业史》里的好人梁生宝一样，从小就自觉不自觉地很"学好"[1]——学做好人、学做仁义善良、自尊尊人、与人为善、助人为乐的好人。此处顺便纠正一个流行的误解：在近三十年关于十年动乱的"文革"叙述中，那时的中国似乎是权力横行、民不聊生、斗争整人、不事生产、一塌糊涂，其实不尽然，至少在那时的乡村社会，来自儒家文化的老传教和来自革命文化的新传统之结合，仍然有效地维系着乡土中国的社会、人际和家庭关系的基本秩序和基本公正。所以作家王安忆作为一个插队知青，后来在其叙写乡村生活的著名中篇小说《小鲍庄》里，真实地写出一批仁义善良的乡村父老和乡村干部形象，而其中最动人的是十岁的小孩捞渣，他自幼就仁义善良、怜贫惜弱，当他为救一个孤寡老人牺牲后，来自官方的评价是把他树立为优秀的"革命少年"典范，而乡村父老则众口一词地称赞他是个"仁义"的孩子。其实这两种评价并不矛盾，原因就在于即使在十年"文革"的岁月里，乡土社会仍然自觉不自觉地把来自儒家的仁义老传教和来自革命的助人为善为乐的新传统结合为一体。乡村知青普遍葆有的自尊自强而又仁义善良的品格，归根结底就来自这老传教与新传统的合和哺育。其二，这些乡村青年在

---

[1] 我曾在一文中指出，尽管柳青以为少年梁生宝怜贫惜弱、临财不苟的言行"只表明梁生宝自小'学好'——'学做旧式的好人'，而他则立意要把梁生宝塑造成一个'新式的好人'。但理念上的分辨显然未能压抑情感上的共鸣，所以柳青还是不由自主地把他笔下的梁生宝写成了'新式的好人'和'旧式的好人'的综合。而从某种意义上说，'新式的好人'梁生宝不也是'旧式的好人'梁生宝的继续和扩大吗？"。——解志熙：《"别有一番滋味在心头"——新小说中的旧文化情结片论》，《鲁迅研究月刊》2002 年第 10 期。

村队、乡镇和县城一步步接受文化教育,既学到了文化知识,也扩大了社会视野,并具有一定的社会批判意识,尤其对城乡的差别体会深刻,他们因此特别向往乡村之外的世界,尽管他们在毕业后不得不回乡,但对外面世界的向往、改变自身以至家庭命运的念想特别强烈,成为不可压抑的生活追求和人生动力,其坚韧和强劲是城市知青不可比拟的。只要合适的时代来临,乡村知青通过个人奋斗改变个人命运以至家庭命运的冲劲和拼劲,就会喷薄而出、不可遏止。而上述两方面特点的结合,则既会使他们的个人奋斗格外地强劲和坚韧,又会让他们在个人奋斗中保持仁义与道德的底线,从而显现出特别的光彩。

《平凡的世界》里的乡村知识青年个人奋斗故事的独特魅力正在于此,而孙少安、孙少平兄弟则是其中的典型人物。这兄弟俩出自贫寒的农家,但这个贫寒之家却有着良好的家风,仁孝、正直、厚道、有骨气,也渴望家庭能在文化上翻身,所以他们的父亲孙玉厚竭尽全力支持其两个儿子和小女儿上学。哥哥孙少安十三岁高小毕业后,因为顾念到家庭的困难,自动放弃了上中学,回家帮助父母支持家计,而正因为有他的自我牺牲和坚定支持,弟弟孙少平才得以完成中学学业。孙少平当然也深知家庭的艰难、父兄的不易,所以特别珍惜这难得的进城上学的机会,不仅完成了学业,而且开阔了视野,为了拯救家庭,他也更渴望走出家乡,到外面的世界闯一闯,争取更好的发展前途。算来,孙少安应该是在"文革"前夕读完高小的——在那时的偏远乡村,到公社读完高小的人,也算是少有的"读过书见过世面的人";孙少平则是"文革"后期在县城那样的"大地方"读完中学的,视野更宽,心劲也更大。总之,作为乡村"知青"的两兄弟既继承了良好的农家传教又具有一定的文化知识,两者的结合使他们特别有心劲,渴望成为"有出息"的人,这为他们后来的个人奋斗奠定了思想基础。

当然，由于两人在年龄上的差异和在家庭里位置的不同，孙家哥儿俩的性格和奋斗目标也有所不同。作为长子的孙少安，更早承受生活的压力，担负的责任也更大，这促使他早熟，所以他十三岁就自动停学回家，挑起了家庭的重担，小小年纪就成了家里的"主事人"。他勤劳、正直、谦虚，做事有头脑，使自己很快在乡村出了头，被选为生产队长，成了大队支书田福堂的潜在竞争者。务实和理性是孙少安的性格特点，他当然也有年轻人的感情和理想，但这一切都被务实的理性所支配，为此他付出了很大的个人代价，做出了感情上的牺牲，但他知道他必须这样做，他和他的家庭才不致出麻烦。所以，孙少安不得不忍痛割断与田润叶的爱情，而果断地选择与外乡女子贺秀莲结婚。在生产队的事务上，孙少安也谨慎地不与支书田福堂直接对抗，可瞅准了时机，他也会大胆地在自己的生产队里秘密试行包产到户。而一旦认清了世事、看准了社会的方向，孙少安便成了石圪节乡第一个"吃螃蟹的人"——他开办了自己的小砖厂，后来又承包了乡里的大砖厂，终于实现了发家致富的梦想。但孙少安的人生理想始终局限于在乡里出人头地，对弟弟孙少平走出乡土的追求则不能理解。孙少平是次子和弟弟，承担的家庭责任要比哥哥轻些，而得益于父兄的支持，他能到县里上完中学，上学期间还曾经到地区那样的"大地方"参加文化活动，算是见过了"大世面"。这样的社会视野和知识基础，使孙少平比哥哥有更高更远的追求，而不再满足于在乡土社会里出人头地。向往外面世界的"闯劲"和不满足于衣食无忧的精神追求，是孙少平的性格特点，所以他不愿在哥哥的砖厂帮忙，而宁愿外出去打工；父兄对家庭责任的承担，也使他免除了后顾之忧，可以有更大的自由去追求个人的理想和发展。于是他抓住一切可能的机遇，成功地一步走出了乡土——先是在原西地区当打工仔，然后果断地把户口迁移到地区附近的乡村，最终瞅准机会到煤矿当了工人。煤矿工人虽然是危险的职业，但在20世纪80年代仍是让乡民们羡慕不已的"国家人"。像孙少平这样毫无背景的乡村知青能走到这一步，既是他个人艰苦奋斗的结果，也得益于社会体制的松绑，他在这一过程中的打拼之苦辛和成功之喜悦，不是一般城里人能想象的。并且孙少平的追求也不限于一己的安乐——即使在打工和当矿工的艰苦生活中，他也始终没有放弃好读书和爱思考的习惯。这种超越一般矿工的精神气质，也必将有助于孙少平今后的进一步发展，而不会终身只是一名默默无闻的普通矿工。

的确，政治经济体制的松绑、改革开放进程的推进，给中国社会带来了新的生机，而有知识、有心劲、有毅力因而也有所准备的乡村知青，正是在这一进程中纷纷脱颖而出，通过艰苦的个人奋斗，既改变了个人和家庭的命运，也推动了社会和国家的发展。就此而言，以孙少安和孙少平兄弟的故事为主线的《平凡的世界》，可说是一部改革开放时代的新个人主义叙事。而特别值得一提的是，《平凡的世界》也显示出乡村知识青年的个人奋斗，难能可贵地超越了城市人惯有的那种原始野蛮的生存竞争和自私为我的利己主义，而仍然葆有仁义爱人、与人为善的为人宗旨。哥哥孙少安开砖场发家了，但仍然孝顺父母而且怜贫惜弱，尽力给村民们提供挣钱的机会，即使为此蒙受损失，也在所不惜；他后来开大砖厂挣了大钱，也绝无土豪为富不仁的做派，夫妻俩积极捐资、用心修建了村里的小学。弟弟孙少平在求学与打工的过程中曾经备受煎熬，甚至受到过伤害，但他并没有因此而不择手段、报复社会、投机钻营，而始终保持着仁义正直的为人底线。孙少平有"高贵"的女友，他也读过《红与黑》，却绝不愿像于连那样利用女友来发展自己；他的同学郝红梅伤害过他，但当他发现郝红梅迫于贫穷而偷窃，被供销社抓住后，立即出手营救她，并让供销社的人发誓绝不暴露郝红梅的过失；看到一个打工的农村少女被人欺侮，他愤而辞职，并拿出自己的血汗钱送那个女孩回家；当矿上的师傅遇难后，他自动地挑起了责任，成了那对孤儿寡母的保护人。孙家兄弟做这些事，并不自认为有什么了不起，因为那来自他们自幼所受农家的仁义传教和革命传统的熏陶，他们虽然曾经贫穷，但在他们心中人的尊严、正直和仁义比富贵利达更为重要，而当他们略有发展之后，也会尽可能地帮助别人。所以他们作为崛起于新时代的个人奋斗者，并没有丢弃做人的基本原则，这表明他们是比一些城里人更健康也更健全的个人主义者。

　　此处也想顺便指出一个误解：按当代中国思想文化界的通常看法，乡土社会、家族观念、孝道伦理往往阻碍个人的发展。其实不尽然，一则在传统伦理中，父慈子孝的传统是相对待的，单方面的苛求不可能持久；二则个人在对家族父母兄弟尽责的同时，他也会在自己的发展上得到整个家庭的倾心支援，所以中国的个人奋斗者通常不会像西方人那样孤立无援。比如，孙玉厚就是一个慈爱尽职的父亲，所以他的儿女对他都很感恩，绝无怨言。为了不拖累长子孙少安的光景，孙玉厚甚至坚决地与长子长媳分了家，而当长子夫妇扩大砖厂失败、血本无归之时，他却立即与二儿子孙少平商量，拿出其孝敬自己的一千元钱，支持长子恢复生产。这些描写都说明家族与传统并不必然地阻遏个人的发展。自然，乡村知识青年及其父母，也并不截然更不必然地对恶的个人主义具有免疫力，所以在近年居然有来自农村的研究生，为了小小私愤而不惜谋害自己的同学，而其父母竟然找各种借口为儿子伤天害理的行为辩护，甚至反过来要求受害者的父母原谅。这与孙家父子的情形真不啻天壤之别。看来，时代和人性确实在变，但是否变得更好了，那可真是"人在做、天在看"，所以也许只有天知道了。

　　同时，《平凡的世界》也可以作为改革开放的文学纪事来读。中国改革开放的新时期是怎样到来的？我曾在另一个场合简略地指出新中国在改革开放前后的政经变迁史："这个新共和国在一贫二白、百废待举的起点上起步,且面临着严峻紧张的国际环境,所以几乎'必然'地走上集体化—国家资本化之路并采取了'抓革命、促生产'的急进手段,'只争朝夕'地在短短二十年间完成了现代资本的'原始积累'、为落后的中国奠定了坚实的现代经济基础;然而到了20世纪70年代,这个新共和国的积极势能都发挥殆尽,尤其是集体主义的经济效能已近于失效、极端的政治意识形态控制则让人再难忍受,于是逼出了20世纪70年代末的解放思想、改革开放之转型,中国由此迈入了所谓的新时期,这是一个走向务实的改良主义和渐趋开明的新时期。"[1]正是为了支持新中国的工业建设、国防建设和城市的发展,国家利用集体主义的农业合作化和革命意识形态的政经管控制度,长期牺牲了农村和农民的利益,但这一套制度的有效性到了20世纪70年代后期再也难以维持,所以,改弦易辙的改革浪潮便首先从农村开启,极大地激发了农民的积极性,很快恢复了农村社会的活力,于是改革的浪潮进而扩展到城市和工业等领域……路遥作为一个出身农村、心怀家国的作家,敏锐地意识到改革对中国的重大意义,因此他密切观察着改革的逐步开展,深入思考着改革的得失利弊,进而将全部的观察、思考和热情倾注到《平凡的世界》中,其视野之宏大、观察之细致、投入之热情和艺术之苦心,几乎是生死以之,再无哪个当代作家可以与之比拟。功夫不负有心人,《平凡的世界》因此成为不平凡的文学杰作,允称迄今最全面和正面叙写改革进程的当代文学巨著。一方面,路遥在《平凡的世界》中努力追踪改革启动前后十年间(1975—1985)的历史进程,既显示出极富广度和纵深的历史洞察力,也表现出善于掌控宏大叙事的文学才力。全书第一部叙写的是"文革"末期中国农村的

---

[1] 参阅解志熙:《与革命相向而行——〈丁玲传〉及革命文艺的现代性序论》,《文艺争鸣》2014年第8期。

困境——集体主义生产方式差不多走到绝境,"抓革命、促生产"的管控已成强弩之末,农村社会的凋敝和农民生活的贫困到了天怒人怨的地步。这也就预示着改革的必然到来,所以第二部便有了家庭承包责任制的推行以及先富起来的农民办小企业的新气象。随后的第三部则展现了改革从乡村向城市的扩展。看得出来,路遥对改革进程的把握相当准确,对叙事节奏的掌控也颇为恰切,把纷繁复杂的改革进程纳入井然有序的叙事序列,由小到大、由浅入深地逐步展开。透过路遥极富感情魅力的笔触,读者感同身受地体会到改革确实是民心所向、大势所趋,因而极大地调动了人民的积极性,带来了经济的繁荣和生活的自由,由此改变了千千万万中国人民的命运,也使整个中国社会充满活力、欣欣向荣。不过,路遥并不是一个单纯唱赞歌的作家,在他的诚实的笔下也流露出对伴随改革而来的负面问题之隐忧,诸如正统的政经体制撤退之后,农民固然获得了生产和生活的自由,但农村社会的管理体制却陷于近乎真空和无序的状态,宗族势力、迷信活动乘机而起,造成了不少本不该有的问题;人们的生活水平确实普遍提高了,但小农经济的潜能其实是有限的,新的贫富不均现象,尤其是社会不公、道德迷失以及腐败也跟着出现了;在人人忙着发家致富之时,乡村社会的公共资源与公用建设如教育、医疗、水利等,则陷入倒退以至崩溃的局面……这些隐忧事实上构成了《平凡的世界》改革叙事的另一方面,显示出路遥可贵的清醒思考,但在以往对《平凡的世界》的解读中,这方面的内容常常被忽视。

此外,我觉得《平凡的世界》还可以作为乡村社会风俗变迁的文学写照来读。风俗是人类社群生活的重要形式,积淀着丰富的人性与文化内容。所以,丰富的风俗描写往往是长篇小说中最有意味的元素。在《平凡的世界》的宏大叙事中,时时插入细腻有趣的风俗细节,折射出社会演变的得与失。比如,现在人们谈虎色变的"文革"批斗场景，其实当它落实到乡土社会的时候就不能不顾忌礼俗人情，所以我们看到第一部所写石圪节公社的批斗大会在双水村召开的时候，不过是拿一个泼妇、一个二流子和一个傻子充数，差不多演变成一场无伤大雅的乡村风俗喜剧；事实上纵然是双水村的掌权人支书田福堂也不能罔顾礼俗而为所欲为，所以当他发动的水利建设因为搬迁住户，遭到金氏家族的暗暗反抗，金家抬出了年近八十的金老太太以死相抗，一时间似乎激烈得不可收拾了，不料田福堂却撒下支书的架子，谦卑地向金老太太执子侄礼，他的一声"干妈"和扑通一跪，刹那间化解了危机。作品于此写道——

> 给人下跪，这是对人至高无上的尊敬。老太太是知书达理的金先生的夫人，农村的礼教家规她比谁都看重。她虽然年近八十，脑瓜并不糊涂。她闹着不搬家，也并不是专意耍赖……一个深明大义的人设身处地想一想，老太太为此大动感情也是人之常情。但一当有人为消她心头之怒之愤之怨之痛之时给她双膝下跪，老太太就立刻明白她再不能以粗俗的乡妇之举，来对待别人对她所致的最高形式的敬意了！（《平凡的世界》第一部，第383页）

田福堂不愧是一个高明的乡村政治家，他在矛盾激化的时刻，不是粗暴地动用支书的权威来压服对方，而是巧妙地利用礼俗人情相应对，他放下身段的一跪反而折服了对手。这个细节非常生动地显示出乡村政治、人际关系以至于邻里矛盾等，都不能不受到传统礼俗人情的制约。当然，风俗或礼俗也不是一成不变，比如集体化以后，双水村的枣树归集体所有，由此演化出了一年一度的打枣节，《平凡的世界》第一部花了整整一章来写这个节日——

农历八月十四日，双水村沉浸在一片无比欢乐和热闹的气氛中。一年一度打红枣的日子到来了——这是双水村最盛大的节日！
　　这一天，全村几乎所有的人家都锁上了门，男男女女，老老少少，提着筐篮，扛着棍杆，纷纷向庙坪的枣树林里拥去了。在门外工作的人，在石圪节和县城上学的学生，这一天也都赶回村里来，参加本村这个令人心醉的、传统的"打枣节"……
（《平凡的世界》第一部，第230页）

　　这确实是一个盛大的乡村节日，乡村社会的欢快放松兼社交交流的节日，所以男女老幼纷纷到场，打着枣子，说着闲话，唱着酸曲，逗着乐子，全村一家，其乐融融。这样一个"传统"其实是解放以后逐渐形成的新传统、新风俗，合作化以前不会有，而当社队体制解体以后，这个新传统也随之消失了——作品后来写到，当社队体制解体后，枣树分给了各户村民，于是各家谨守着自己的那一两棵枣树，相互之间的关系反而很生分了，先前那种全村一家其乐融融的情景从此不再有了。显然，打枣节的兴衰折射着社会与人际关系的变迁，而那变迁其实并非只有得没有失。再如，乡村社会如何处理父子关系、婆媳关系，如何处理邻里矛盾，以至于如何对待孤老和寡妇，诸如此类的问题，其实都有一套不成文的却相沿成习的习俗或礼俗。这些礼俗当然也随着时代的变迁而或有所增减，却不可能没有，它们有效地调停着乡村社会的人际关系，维持着乡村社会的基本秩序。事实上，《平凡的世界》在其宏大的改革叙事和个人奋斗叙事的大骨架中，插入了相当丰富的风俗—礼俗描写，成为这部巨著的细腻肌肉，从而使全书骨肉停匀、丰富饱满，大大增加了全书叙事的趣味性和可读性。应该说，《平凡的世界》之所以能在广大的中国乡村社会赢得那么多读者和听众，很大程度上就是因为其中充满了非常地道的并且富有人情的风俗—礼俗描写，让人读来听来滋味无穷。

三

顺便也谈谈《平凡的世界》的艺术问题。因为这样一部深受广大读者喜爱的作品，却由于它的艺术不够时髦而长期得不到当代中国文学评论界和研究界的重视和好评，尤其在所谓学术中心的高层学术圈子里，《平凡的世界》其实是备受冷遇的。比如，前几年由北京大学资深教授严家炎先生领衔主编、十多家著名高校学者参与编写的"国家级教材"《二十世纪中国文学史》，在叙述到新时期文学的时候，也只在一处顺便提了一下路遥的名字，就一笔略过了。说来惭愧，我也是该书的编写者之一，但这部分不由我写，所以我也无可奈何。

这看似奇怪的冷遇其实并不奇怪，甚至可以说是必然的遭遇。要问主流批评家们为什么不待见《平凡的世界》？那是因为他们觉得这部作品"不入流"——不符合文学发展的新潮流。然则什么才是新时期中国文学——比如小说写作——的新潮呢？他们认为那就是80年代中期以来接连出现的"寻根小说""先锋小说""新写实小说"以及"后先锋小说"等新潮，他们觉得这些新潮作品或有神话、原型、象征，或有形而上的玄思加形而下的下半截展露，或有精神分析、意识流以至于魔幻感，在艺术上能够花样翻新而且技艺复杂，读来颇给人深沉得神神道道或深刻得玄玄乎乎或时髦得奇奇怪怪之感，正因为如此，这些作品才堪与国际文学潮流接轨，被视为"入流"以至"领潮"之作了。相比之下，他们觉得路遥的《平凡的世界》可真是平凡无奇之至、老土得人人都看得懂，那还有什么好说的呢？！

这让我又想起批评家马尔科姆·考利的一段话——很抱歉，我已在别处两次引过他的话，此处就再引一次吧。考利说有一次他指导一个大学写作讲习班的短篇小说习作，一个学生不等他开口就说："我明白问题所在，某某教授已告诉我，我没有好好利用门的象征作用，盘子的象征作用……"考利认为这是胡闹，他大声疾呼必须提出三个口号以挽救现代批评——

> 如果不真实，就不可能是象征；
> 如果不成故事，就更不成神话；
> 如果一个人活不起来，它不可能成为现代生活的原型。[1]

我觉得同样需要挽救的乃是当代中国的文学批评，而非路遥的《平凡的世界》。路遥继承了柳青的《创业史》所开创的革命现实主义的农村叙事范式，而又在改革开放的新形势下做了适度的调整和改造，使之成为一种"改革开放的现实主义"——改掉了过重的政治意识形态色彩和对集体主义的过度眷顾，而更加开放也更有同情地看待社会与个人的关系，力求忠实地写出中国改革开放的社会进程，写出跻身于这个不凡进程中的平凡人物之典型，以及相应的社会风俗之变迁。这样一种"改革开放的现实主义"，对他所要描写的"平凡的世界"和"平凡的人物"无疑是恰当其用而且尽够用了，别的更摩登更时髦的文学风尚反而与之格格不入。正因为如此，路遥绝不跟风，而是踏踏实实地用了将近六年的心力，苦辛耕作他自己的文学园地，奉献给读者的是一部朴素而大气的文学巨著《平凡的世界》。

---

[1] 转引自赵毅衡：《新批评——一种独特的形式主义文论》，中国社会科学出版社，1986年，第194页。

作为一部巨幅长篇小说,《平凡的世界》的艺术成就其实是并不平凡的。这里只举其荦荦大者。其一,路遥在这部巨著中不仅出色地描写了一场非常复杂的社会改造进程,而且有条不紊、有声有色地讲述了一大套生动感人的故事,大故事中穿插着小故事,叙事结构井然有序,具有很强的可读性。这是一个不小的成就,因为小说毕竟是一种叙事文类,万变不离其宗,讲好故事乃是起码的艺术要求。与路遥同时或比他稍后的不少作家,虽然能写出相当繁复的作品,却往往因为不善于讲故事、不会结构作品而功败垂成。其二,《平凡的世界》更重要的艺术成就,乃是它成功塑造了众多鲜活的人物形象。不论在西方还是在中国,小说都是伴随着个人意识的觉醒而崛起的写实文类,而写出有血有肉的个性化人物,对小说来说乃是比讲好故事更高的甚至是最高的艺术要求。鲁迅的小说之所以令人印象深刻、钦佩不置,首要的就是塑造人物的成就很高,哪怕是短短两千字的《孔乙己》,也把孔乙己写得活灵活现。新时期的小说在这方面其实是日渐逊色的,而路遥的《平凡的世界》却让读者们念念不忘,最重要的原因就是它写出了众多栩栩如生的人物,其中不少人物都堪称典型,即使一些次要人物,如孙玉亭、王满银等小角色,也都写得性格鲜明、很接地气,令人读来如在目前、过目难忘。其三,《平凡的世界》的心理描写和细节描写也颇为出色。这部小说中的人物大都是接地气的平凡人物,路遥是很"贴心"地描写这些来自乡土的父老兄弟姐妹们的,所以作品中的主要人物的心理活动,都有细腻的展示和渐趋深入的层次感。路遥特别体贴乡村妇女和来自乡村的女知青的爱情心理,他曾经在作品中感慨地为她们抱屈说——

> 有文化的城里人,往往不能想象农村姑娘的爱情生活。在他们看来,也许没有文化就等于没有头脑;没有头脑就不懂得多少感情。可是实际也许和这种偏见恰恰相反。真的,正由于

她们知识不多，精神不会太分散，对于两性之间的感情非常专注，所以这种感情实际上更丰富，更强烈。(《平凡的世界》第一部，第230页）

这确是深谙人性人心底细的话。此所以《平凡的世界》对乡村女性和出自乡村的女知青，如贺秀莲、田润叶和郝红梅等年轻女性的爱情心理之刻画，无不体贴而周至、细腻而动人。至于细节对于一部巨型长篇小说的重要性，其实不亚于大的情节，因为有没有丰富可味的细节，决定着一部长篇小说是否真正地肌质丰满，而不仅仅是骨骼突出。《平凡的世界》的大故事固然讲得有声有色，小细节也写得丰富有味——那些细节描写常常出现在有关风俗人情的场景和人物之接人待物的场合，这只要打开书页，可谓触目皆是，而无须多言了。

当然，《平凡的世界》在艺术上也的确存在一些不足之处而有待于完善。即如它的语言就热情畅达有余而有时不免直露，夹叙夹议的语调和本色的生活语言相杂糅，则显现出路遥从政治抒情的语言向生活化的语言过渡的痕迹。这不难理解——路遥在"文革"后期就开始创作，不可能不受那时语言环境的影响，而路遥所敬爱的柳青对他的影响也不全是有益的，比如那种夹带着政治激情的夹叙夹议的语调，就是柳青的影响之遗留。路遥其实已经意识到这些问题，因而在新时期的创作中非常努力地去改进，积极地尝试运用一种更为本色的生活化语言来写作。但令人遗憾的是，年轻的路遥没有来得及完成这种转换，四十刚出头就去世了。

四

去年年底的这个时候，我的哥哥在家乡被车轧断了右腿，坚强的他没有告诉我，只就近在县医院治疗，稍后发现情况严重，才转到北京积水潭医院治疗。由此，我们兄弟俩难得地有了一个多月的朝夕相聚。多年来，我其实一直想接哥哥和嫂子到北京玩玩，但哥哥总是忙得没有空闲，如今受伤了，这才有机会来北京。今年正月哥哥出院到我的小家住了一个礼拜，由于身体不便，他无法到外面去玩，我只能推着他在清华园里转。那是哥哥最开心的日子。晚上我和哥哥聊天，总有说不完的话，每每神聊至深夜，看着灯下的他，我总想起孙少安。

我哥哥是1974年年底高中毕业回乡的。他虽然比孙少安多读了中学，但我家乡的条件比双水村还要差，我哥哥不可能就地办什么小企业，也不能离开家乡到外地打工，因为他是长子长孙，只能留在家乡。于是哥哥先是在大队的小学兼戴帽子的初中当民办教师，1982年土地承包后，他立即辞职回家当了农民，侍候老人、种好庄稼、抚养儿女。他的婚恋故事也与孙少安颇为相似。我有时不禁要想：如果我和我的哥哥互换位置，彼此的人生会怎样？我不敢确信自己当农民会比哥哥做得好，但完全相信哥哥读书一定不会比我差。因为哥哥本来就是一个非常优秀的高中生，数理化尤其好，至今六十岁了，说起这些东西来还是一套一套的，侄子侄女们的数理化都得益于他的辅导，而我却早已不能给女儿辅导这些功课了。并且哥哥也多才多艺，比如自学音乐乐理，吹拉弹唱都来得。哥哥当然也曾想过上大学，但1977年恢复高考的时候，大队为了留他教书，故意不给他报考手续，待到1978年再次高考的时候，哥哥虽然有了手续报了名，可是他临考时在考场外面走了好几圈，最后考虑到家庭的责任，还是毅然决然地自动放弃了，稍后他又辞去教职，成了一个地道的优秀的农民。农村的活计，从种田、当土匠、做木匠，哥哥全是自学成才、成了一把好手，一乡无人可及。对弟妹们的求学，哥哥始终支持。没有他做我的坚强后盾，我不会整整十年读了三所大学。而每当我有所不安的时候，他总是宽慰我说："家里的事有我当着呢，你放心读书吧！"

  我一直没向哥哥推荐《平凡的世界》，因为我知道他太忙了，根本没时间读。而现在，仍在养伤的哥哥倒是有时间读了。我将把这套《平凡的世界》寄给他，他会喜欢的，我相信。

    为《清华大学 2015 级新生〈平凡的世界〉读后感
    汇编》作，2015 年 12 月 27 日凌晨草成于聊寄堂

乡土中国的文学纪传
——《望春风》漫谈[1]

一

姜白石的自度曲《扬州慢》是感慨弘深、传诵千古的名作。据白石在词前小序里的交代,该词作于南宋孝宗淳熙三年即公元1176年的冬至,那时距靖康之难已逾五十年,但金人仍然贪得无厌、多次兴兵南侵,致使江南名城如维扬一片萧条破败的景况,令人触目惊心——

> 淳熙丙申至日,予过维扬。夜雪初霁,荠麦弥望。入其城,则四顾萧条,寒水自碧,暮色渐起,戍角悲吟。予怀怆然,感慨今昔,因自度此曲。千岩老人以为有《黍离》之悲也。

难怪白石词的正文里充满了感慨万千的麦秀黍离之悲叹——

> 淮左名都,竹西佳处,解鞍少驻初程。过春风十里,尽荠麦青青。自胡马窥江去后,废池乔木,犹厌言兵。渐黄昏,清

---

[1] 本文是笔者2017年7月间在清华大学"国际文学工作坊·《望春风》与格非的写作"研讨会上的发言稿。

角吹寒，都在空城。

　　杜郎俊赏，算而今重到须惊。纵豆蔻词工，青楼梦好，难赋深情。二十四桥仍在，波心荡、冷月无声。念桥边红药，年年知为谁生？

不知为何，读格非的长篇新作《望春风》，总让我不由自主地想起白石的这首《扬州慢》。诚然，《扬州慢》感慨咏叹的是胡马窥江摧残江南的江山社稷之颓变，而《望春风》所倾情抒写的则是多半个世纪以来江南农村的社会生态之蜕变，二者是有差异的，但其间也未始没有相通之处吧——都灌注着一种回顾曾经繁荣的文明被不可理喻的外力所摧毁而生的悲情。

即如《望春风》的结尾一章，当叙述人重回故乡目睹那曾经梦牵魂萦的一切，已在一片拆迁热潮中被夷为平地而又被遗弃为荒芜的田园，他的感伤就充满了麦秀黍离之感——

　　最后，我来到了被夷为平地的祠堂前。这座始建于宋代的赵家宗祠，在雷击和灾乱中屡毁屡修，屡修屡毁，至此荡然不存一物，惟兔葵、燕麦动摇于春风。数不清的燕子找不到做窝的地方，密集于枯树之巅，喳喳地叫着，盘旋不去。

　　…………

　　站在祠堂的阅台之上，在纷纷飘飞的细雨之中，想到德正在多年前就已栖身黄土，春生竟然也在不久前埋骨异乡，心里忽然有一种"活着就已死去"的倦怠之感。日来月往，天地曾不能以一瞬。在俯仰之间，千秋邈远，岁月苍老。蒿藜遍地，劫灰满目。我终于意识到，被突然切断的，其实并不是返乡之路，而是对于生命之根的所有幻觉和记忆，好像在你身体很深很深的某个地方，有一团一直亮着的暗光悄然熄灭了。

我有理由相信，这不仅是作品中叙述人的切身感慨，而且也是作者格非的由衷感喟。

二

当格非写作《望春风》的时候，他的创作生涯早已过了浪漫抒情的阶段，所以他并不满足于将这部小说写成一部浪漫—感伤主义的乡愁抒情之作，而是以真正直面历史的勇气和生动自如的笔触，贡献给读者一部相当深广地反映出乡土中国当代命运的写实叙事之力作。

对格非及我这样出生于20世纪五六十年代、在七八十年代离乡进城上大学的人来说，乡土中国仍是我们的生命之根，因此它的兴衰命运，在我们几乎可说是出乎生命本能的关切和挂牵。《望春风》显然寄托了格非发自衷心的乡土关怀，其所悉心描写的乡土生活，无疑都出自格非自己切身的乡土生活经验及其基于经验之想象。饶有意味的是，《望春风》的关怀、经验和想象，与解放区—新中国成立初期的乡土叙事文学构成了有意味的呼应。比如，《望春风》第一章所介绍的两个相邻村落——"儒里赵"村和"窑头赵"村，前者多是读书士绅之家，后者多是出身窑工的穷苦人家。这不禁让人想起赵树理的中篇小说《李有才板话》里阎家山的"西头"与"东头"之分野。不待说，不论是北方村落阎家山的"西头"与"东头"，还是江南水乡的"儒里赵"和"窑头赵"，其间的分野都折射出了旧中国农村人的身份及阶级之差异。其实，即便是以读书士绅之家为多的"儒里赵"村，也有穷人如赵永贵的存在。赵永贵穷困潦倒、醉酒而死之后，留下了孤儿赵德正，而"儒里赵"村的士绅们唯一的德政，就是允许同宗的孤儿赵德正寄居在祠堂里，听任他靠吃百家饭糊口、勉强长大后当了一名下苦力的轿夫。毫无疑问，从赵树理到格非对旧中国农村阶级分化的书写，显然更符合历史的实情，他们对旧中国农村的阶级分野之揭示，拆穿了当今的新修正主义史学所标榜的"儒教—乡绅礼治秩序"的新神话，和一些跟风而起的新儒风小说如《白鹿原》对乡土中国儒教礼俗的美化叙事及其对旧中国农村社会阶级分野之掩饰。而与《李有才板话》略有不同的是，《望春风》还增加了对旧中国乡村士绅如古琴家赵孟舒、"老菩萨"唐文宽、老刀笔赵锡光、理学家周蓉曾所代表的传统文化及生活样式之展示——他们要么孤傲自负而迂腐不通世务，要么投机钻营与时俯仰，要么装腔作势男盗女娼，看起来显然没有《白鹿原》里的朱先生那么博古通今、指挥若定的高大上，却也没有朱先生的方巾气而俗得更富人间味。作为一个来自中国农村并且生长于农村礼教大家族的读者，我对乡土中国的儒教—礼俗文化传统也算有些切身的经验，坦诚地说，我更赞赏格非这种不跟风美化旧传统、旧礼俗的写实精神。

《望春风》随后的章节着重描写了从土改到"文革"时期的"儒里赵"村之变迁。在土改运动中，穷棒子赵德正被选为农会主任，稍后又成为村支书，从此"抬轿子的管着坐轿子的"，"儒里赵"村进入了赵德正主政的时代，他也就顺理成章地成为《望春风》所着重描写的核心人物。"儒里赵"村的土改相当和平、并不暴力，地主富农及其他上层士绅不仅仍然有活路，而且即便在新中国，宗亲的关系依然得到人们的普遍尊重，并得到来自下层的村干部赵德正等人的善意保护。穷棒子出身的赵德正虽然掌握着权力，但他并没有利用权力作威作福、谋取私利。事实上，作为党员的赵德正既受到执政党的社会集体主义理想之感召，同时作为乡民的他也继承了渗透于乡土中国的仁义为公等儒家里仁传统之熏陶，毋宁说正是集此二者于一身，才使赵德正成为一心为民为公的农村好干部之典型。他尽可能公正地处理村里的事务，为了发展集体事业，不惜牺牲个人利益，拒绝给自己建私房、年近四十还没有结婚，而努力带领群众兴办学校、开拓荒地、兴修水利,使村里的教育状况和生产条件得到很大改善。

格非显然是带着有同情的理解,来刻画赵德正这个新中国农村当家人的形象的。作为从穷棒子出身的乡村干部,赵德正可谓不忘初心、艰苦朴素、一心为公,他的个人生活简单到不能再简单的程度,一门心思想着为村民的集体福利和村里的集体事业尽力。为此,他谋划着办"三件大事",有两件都在他的精心筹划和大力推动下顺利实现:一件是为村里建学校,这是普惠众乡民的创举,为此他把老首长资助他建私房的材料,无偿地拿来修建校舍,显现出一个优秀的基层党员干部的本色。二是开拓磨笄山,壮大集体经济,这是改善农村生产条件、壮大集体经济的根本之举。为此,赵德正殚精竭虑且甘冒平祖坟之大不韪,力排众议、坚定不移,终获成功。值得注意的是,这第二件大事就发生在"文革"期间,作为大队支书和革委会主任的赵德正,显然也利用了"文革"时期破除迷信的文化革命精神,才做成了这件大事,而这个生动的事例也适足以说明,即使在政治激进的"文革"时期,其"抓革命"的政治仍然是为了"促生产",新中国的农业以至于工业仍然在这一时期获得了长足的历史性进步。

赵德正当然并不是一个道德上的完人,格非在描写他克己奉公的同时,也生动地叙写了他的世故人情乃至私情。赵德正与王曼卿的私情就是很有趣的事例。了解农村实情的人都知道,作为不尽合情合理的婚姻制度之补充,大多数的中国乡村都有一两个风骚开放的"大众情人",王曼卿乃正是"儒里赵"村的"大众情人"。顺便说一句,多年前看过旅外作家严歌苓的长篇小说《第九个寡妇》,其女主角王葡萄是一个既如"地母"一样伟大博爱又像自由女神一样庄严神圣的农村寡妇,那其实是按照反思革命如何摧残人性的自由主义意识形态鼓捣出来的人物,所以虚假得像个牵线木偶。格非当然比严歌苓更了解农村和农妇，所以他写王曼卿既没有刻意贬低也没有有意拔高，而是恰如其分地写出了她的特殊性——作为一个出身卑贱的妓女，职业的磨炼使她颇懂风情，却又因为不能生育、不能自主命运，而只能被迫辗转于一些乡村士绅之手，受压抑的她不甘寂寞，因此成为一些乡村青少年的性启蒙老师，这是很自然的事情。王曼卿与赵德正的关系就是如此，对赵德正这样一个年近四十尚未婚配的男子来说，在婚前与别的女人有点私情、打点饥荒，那的确是其情难免的事；即使在与一个不甚解风情的女孩春琴结婚之后，赵德正仍然对王曼卿旧情难忘、藕断丝连。这些都算不上什么道德污点，无损于赵德正作为一个公正有为的乡村干部形象，反而使他的性格显得更为血肉丰满、富有人情。的确，赵德正是一个深通人情世故的乡村政治家，很善于折中人情、妥善处理村民们的一些敏感问题。从他对唐文宽性侵小满一事的处理，可以看出他体恤人情、保护村民的苦心。谁也没想到喜欢孩子的"老菩萨"唐文宽竟然有断袖之癖，他性侵学生小满，这固然很可恶，但此事一旦传出去，愤怒的村民们会要了唐文宽的命，那就惩罚过分了，更重要的是年轻的小满也会因为这个丑闻而毁于一旦，那就更不值得了。所以赵德正与村干部们计议，决定压住此事的真相不发，而另找借口处理了唐文宽，也给小满的受伤害编出了一套很有说服力的说辞，使他免受第二次伤害。《望春风》借助诸如此类的情节和细节，写活了赵德正，一个并不拘泥政治教条而深通人情世故、很有头脑手腕而又不失仁义善良的乡村基层干部的形象，生动地跃然纸上，其他几个干部形象如梅芳等也都写得栩栩如生。

像赵德正这样的优秀村干部，在新中国前二十多年里无疑是大量真实存在的，他们乃是新中国农村的真正主事人和顶梁柱。正是在他们的带领和推动之下，新中国的农村获得了巨大的进步。与此同时，读者也可从《望春风》里看到，新中国成立以来直到"文革"时期的"儒里赵"村，村民的个性意识其实相当活跃，人性的解放比如男女平等、婚恋自由等都比旧时代有显著推进，更不用说教育的普及、卫生的改善了，这一切当然意味着现代文明在乡村的推进。

看得出来，《望春风》所描写的从土改到"文革"时期的新中国农村，与当今学界文坛的流行观点是很不一样的。即如在当今史学界流行的新修正主义史学叙述中，这一时期的中国农村社会，就被贬斥为土改运动连根拔掉美好的乡绅制度，驯至摧毁一切伦常、善恶颠倒、民不聊生的乱世，而在当今盛行的新启蒙—新自由主义的文学想象里，这一时期的中国农村社会，则被描绘成下层暴民专政、干部作威作福、既不平等也不自由、人性普遍压抑、文化被革命的黑暗中世纪。然则，真实情况如何呢？由于事情的复杂性，下面不得不多啰唆几句。

诚然，土改确是彻底改变农村社会关系的大革命，不可能完全和平地进行，在某些时候某些地方也确实发生了过激的错误，但很快就得到纠正，从总体上看中国的土地改革进行得相当和平，远比十月革命后的苏联处理得妥当，这是一个不争的历史事实。此后，在严峻的国际形势下，这个新的国家必须尽快实现现代化，才能在世界上站住脚，可是面对"一穷二白"和"地少人多"的现实，乡土中国自给自足的自然经济并不能给中国农村带来新出路，更不可能"自然而然"地带动中国走向现代化。更加严峻的挑战是，新中国的农业又责无旁贷地成为整个国民经济唯一可以依赖的基础——它既要养活愈来愈多的全国人口，又要为工业乃至国防的现代化提供资源和资金。这也就是为什么在农村实行土改、农民分得田地之后，新中国的农村和农业却又不得不走上集体化的真正原因——面对越来越庞大的城市人口和工业建设、国防建设的巨大资金缺口，单纯、分散的小农经济是无济于事、无法支撑的，而只有实行农业集体化，以便取资于农业和农民，并辅之以高度的政治意识形态激励和政策控制，才能推动整个国民经济的现代化。就此而言，新中国的农村和农业从 50 年代到"文革"时期所走过的道路，并非所谓纯属乌托邦的社会实践，而是中国现代化的必由之路——农业和农民被迫担当起整个国家的基础性角色，在执政党的推动下走上了集体化的道路，广大农民在"革命"政治的约束和"革命"精神的激励下，努力"抓革命促生产"，且不得不勒紧腰带过日子，竭力为整个国家提供资源和资金，以推动整个国家的现代化。这条路走得很艰苦，也付出了沉重代价，如"大跃进"和三年饥荒等，但功绩仍是巨大的——从十七年到"文革"，新中国农业和农民克勤克俭，为全国翻了一倍的人口提供了基本的生存保障，也为工业建设提供了资金和资源的支持，从而使新中国在改革开放前夕获得了独立自主的比较完备的现代经济基础。这也是一个不争的事实。

然而，到 20 世纪 70 年代中期，这个新共和国的政治经济制度的一切积极势能都发挥殆尽，尤其是集体主义的经济效能已近于失效、极端的政治意识形态控制则让人再难忍受，于是逼出了 70 年代末的改革开放，中国由此迈入了所谓的新时期，这是一个走向务实的改良主义和趋于市场经济的新时期。所谓改革，当然是对十七年和"文革"时期的问题之改革，但也必须认识到，改革同时也是以十七年和"文革"时期的成就为基础的，没有那些成绩，改革与开放从何做起？而检点此前新中国的政治经济制度，显然有两大问题：一是十七年和"文革"时期的中国经济乃是执政党主导下的有计划的公有经济，执政党充分发挥其政治优势，不断以政治运动来推动经济发展，从而取资于民、壮大国家、迅速地推进了国家的工业化，但革命政治的推动、激励和约束力必有限度，到"文革"后期已成强弩之末，此所以新时期的改革首先就要为中国经济松去政治之捆绑，逐渐恢复市场的调节作用。二是十七年和"文革"时期的政治经济制度，固然有利于国家资本的迅速发展，却长期剥夺了个人的利益，尤其是农民的利益，这同样不可能长久持续，而必有竭蹶之日，所以到了"文革"后期，人浮于事、消极怠工是普遍现象。因此新时期的改革之道就必然是逐渐恢复和增加个人的权与利，尤其是经济上的权与利，才能使整个国民经济恢复活力。

所谓新时期的改革其实就是从这两方面下手的，而改革的浪潮则是首先从农村开启的。家庭承包制的推行，极大地激发了农民的积极性、很快恢复了农村社会的活力，改革的浪潮接着扩展到城市和工业等领域，迨至世纪之交，市场经济已成为中国经济的主导力量。我们必须承认，近三十年来中国的经济在市场力量的推动下发展非常火爆，国民各阶层都程度不同地提高了生活水平，但问题也于焉而生。从经济学的角度说，市场经济无所谓善恶，趋利是经济人的唯一动机，可是并非任何经济个体都有在市场经济里自由博弈的能力和资本。其中最被动无奈的是广大的农民。他们刚刚在家庭承包责任制里得以休养生息，却很快发现小家小户的他们根本无法在市场的海洋里参与博弈，土地里的那点收获，除了满足个人温饱，此外的事——如子女教育、就医养老等，他们就几乎无能为力了。残酷的现实是，他们所能出卖给市场的，一是他们廉价的劳动力，二是他们仅有的一点土地。于是，大批农民进城或远走他乡成了农民工；而他们的土地则要么荒芜，要么——如果靠近城镇的话——就被征收为城市建设用地，最常见的就是成了房地产业的开发用地。土地被征收，当然也给农民一些补偿，钱啊，房子啊，但最大的获益者是相互勾结的官与商，至于被征收了土地的农民，虽然有可能成为城镇居民，但在城市里他们不能不是最微末的存在，如同无根的游魂野鬼。

令人扼腕叹息的是，乡土中国就这样被市场经济迅速地劫收甚至摧毁了。究其实，土改、"文革"都没有摧毁乡土中国，倒是推动了农村的发展并带动了整个新中国的发展，真正给乡土中国致命一击的，其实是伴随着市场经济而来的工业化和城镇化。这是很多人没有预料到的,却是今日中国触目惊心的现实。农村的工业化在给老板们带来经济利益的同时,也给农村带来了遍地的污染,而所谓城镇化则往往迹近掠夺,农民的土地变成了高楼或废墟,他们从此失去了赖以生息的最后庇护地,或者外出打工聊以谋生,或者迷惘地寄居在用养命的土地换来的城市楼房里。与此相伴随的,则是农村人心的涣散和人性的颓变——大多数人成了苟延残喘的"沉默的大多数",在市场经济的大潮里能如鱼得水、兴风作浪的只是极少数人,如《望春风》里所写到的为富不仁的地产商赵礼平。在作品的最后,美丽的江南乡村"儒里赵"村被开发商赚够了钱之后惨遭遗弃,成了一片废墟。而最具讽刺意味的是,继赵德正担任支书的高定邦,眼看村里无人愿意继续种地,于是决心修一条渠以挽救颓势,可是他却无能为力,自己也病倒住院了。此时财大气粗的赵礼平似乎不忘旧情,不仅给他付了医药费,而且命人调用机器几乎一夜之间修好了渠道,让大病初愈的高定邦感慨地认识到:"时代在变,撬动时代变革的那个无形的力量也在变。在亲眼看到金钱的神奇魔力之后,他的心里十分清楚,如果说所谓的时代是一本大书的话,自己的那一页,不知不觉中已经被人翻过去了。"当然,商人赵礼平是不会做赔本生意的,他随即和一个福建老板联手把"儒里赵"一带的土地"全部吃下来",他花钱修建的渠道则成了污染的通道,逼得村民们不得不"自动"迁移——

> 那时的金锣湾早已被附近的化工厂污染。浓稠的黑水顺着高定邦下令开挖的水渠倒灌进来,很快就将整个村庄变成了一片汪洋泽国。水退之后,地上淤积了一层厚厚的柏油似的胶状物,叫毒太阳一晒,村子里到处臭气熏天。……
>
> 没有任何人责令村民们搬家,可不到一个月,村庄里已经是空无一人了。

留给卸任的村支书高定邦及其儿子的是沦落的命运——"父子二人挑着锅碗瓢盆，在朱方镇走东家，串西家，靠给人烧菜做饭，勉强度日。"命运同样落寞的还有不少干部和群众。

像《望春风》这样长度、广度和深度的乡土中国叙事，在当今中国文坛上还是很少见的。无论如何，我们都得感谢格非用力透纸背的笔触，记下了有情的与无情的历史——多半个世纪的乡土中国变迁史，而他寄托于其中的沧桑感怀和历史反思，更是用心良苦而耐人寻味。

三

早年的格非是以先锋派的小说艺术书写都市人生著称于文坛的。我还记得，当我们都还是年轻学子的时候，格非在上海写出了他早期的代表作《褐色鸟群》，我在北京偶然读到这篇小说，很为叹赏——那时的我也是一个现代派—后现代派迷，所以立即为这篇小说写了一则短评《〈褐色鸟群〉的讯号——一部现代主义文本的解读》。其时我和格非还不相识。此后的格非在这条路上走了很久，不断有出色的作品问世，而我则故步自封于现代文学的教学与研究，与当代文学越来越疏远。直到新世纪之初，我们不约而同地调到了清华中文系，成了同事和朋友。北来的格非已人到中年，人与文更趋稳健练达，陆续贡献出了"江南三部曲"和《隐身衣》等长篇与中篇小说。每有新作，格非都会送我一本，我也大都翻阅过，但由于避嫌也因为懒惰，再也没有写过评论，只是隐约感到格非创作的兴趣似乎渐渐回归到乡土中国叙事，并且在艺术上也有渐渐回归中国古典叙事艺术传统之趋向。

《望春风》是格非回归乡土叙事的力作，同时格非在其中创造性地复活中国古典叙事艺术之努力，也令人刮目相看。比如中国古典说书艺术的传统在《望春风》频频出现，就是很显然的事，此处不论。我觉得更重要的也更值得赞赏的，乃是格非这部新作对中国古典历史叙事的"纪传"传统之化用。不难看出，《望春风》里事关核心人物的专章，如"父亲""德正""春琴"诸章，颇近似于正史里的"本纪"，"余闻"一章集中叙写其他人物，则很近似于正史里的"列传"，并且全书各章也采取了史传叙事的"互见法"。比如第一章"父亲"比较完整地叙写了"父亲"的坎坷命运，可说是"父亲"这个人物的"本纪"，但该章叙事也不完全局限于父亲的故事，其中也穿插着其他几个主要人物如德正、妈妈、春琴等人的故事片段，而"父亲"之本事也在其他章节里得以补充。如此有"纪"有"传"、"纪""传"互文，无疑使《望春风》的乡土中国叙事在结体上"得其体要"、显得很有章法，同时也使作品的蕴含更为丰富多彩而且精彩纷呈。就我眼目所及，还没有见到哪部现当代小说如此创造性地化用古典历史叙事的"纪传"传统（唯一的例外是《阿Q正传》对正统史传的反模仿），并且化用得相当灵活，这是很值得赞赏的艺术成就。

当然，以《史记》《汉书》为代表的古典纪传体史著，既有成功处也有局限性，其成功在于突出了杰出人物，而其局限则是削弱了历史叙述的连贯性或完整性。此所以作为对纪传体局限性的补正，后来又出现了以《资治通鉴》为代表的史著，但编年体、纪事本末体也都有其缺陷，那就是它们往往会使历史人物淹没在历史叙事的长河里。中国古典史著的这两种叙事模式的短长互见、难得兼顾之矛盾，其实是所有叙事的共同难题，自然也会反映在小说这种虚构的艺术叙事里，那便是小说的叙述到底是以人为主还是以事为主？如上所述，《望春风》似乎较多地借鉴和化用了古典史著的"纪传体"传统，所以其叙述便以重要人物为主，但格非显然也意识到这种叙述模式的局限性——对整个作品叙事脉络的削弱，所以他采取了一些补救措施，努力使《望春风》对多半个世纪的乡土中国之叙述有一个贯穿始终、有主有次的叙事脉络,这个叙事脉络隐含在人物"纪传"之中,但确实存在着。事实上,构成全书草蛇伏线的就是叙述人的父亲所不慎卷入的潜伏案,这个案件潜延多年、迹近无形的存在,却深深地影响了"父亲""母亲"和叙述人自身的命运及他们的人际关系,从而也就成为整个《望春风》的主要叙事脉络。在把控这个若隐若现的叙事脉络上,格非充分显示了他作为一个先锋派小说家的叙事能耐。我们都知道,格非早期的创作原本取法于西方现代派与后现代派文学,很擅长通过变幻莫测的叙事技巧和迷离惝恍的悬疑情节来暗示人生的不确定性和暧昧性。这种叙事能耐在《望春风》里仍有出色的发挥,所以作品的叙事颇富引人入胜的悬疑性,而且这种悬疑性的情节线索牵连全篇,确乎构成了潜在而却主导性的叙事脉络,如同音乐里主题动机的时时重现和反复变奏一样,灵活自如而又富于规律性。

仍以第一章为例,该章原本是"父亲"的本纪,可是格非却没有直奔"父亲"的生平命运,而是从一个腊月里"父亲"领着小小的"我"到半塘"走差"开篇,以看似浑若无意的随兴笔调,抒写着父子之间一路上有一搭没一搭的交流、问答和游戏。父子俩仿佛随兴地讨论着村子里这个那个人物,儿子且看着父亲机智幽默地打发着一个个迎面而来的问难,一路像是游戏一般轻松地过去了,直至在春琴家说媒成功,"父亲"才不无得意地对"我"说:"告诉你一件事,先不要对外说。春琴很快就要嫁到我们村里来了。"其实,此行并不像表面上看来那么轻松写意,因为就在轻松的路途中间,父亲还有一点不同寻常的举动——

> 这时,父亲突然毫无来由地将我揽入怀中,在我的额上亲了一口。随后,他长长地叹了一口气,说了一句有点令人费解的话:"办完了这件事,我们接下来的日子就要好过多啦!"

这就预埋了一个关乎作品整体的悬疑或者说悬案，它像草蛇灰线一样时隐时现而贯穿全篇，读者只有读完全书，才能明白其曲折的来龙去脉及结穴。所以这确实是一个具有暗示性而又暧昧得很恰当的开头，堪称神来之笔，充分显示了格非叙事才华的现代性。

如此，《望春风》就同时展现了格非在叙事艺术上的延续与转变。所谓延续的一面是格非老早就擅长的，即取法于西方现代派与后现代派文学、善于通过变幻莫测的叙事技巧和迷离惝恍的悬疑情节来暗示人生的不确定性和暧昧性，这一面在《望春风》里仍有余绪，所以作品中其实暗含着贯穿始终的悬疑性故事，显示出高度精微的叙事能耐；所谓转变的一面即是对中国古典史著"纪传"传统的创造性化用，写人物乃"纪""传"并用且互见互文，构成了颇具规模的写人阵列，这使《望春风》呈现出自然老到而且井然有序的新古典风貌。

我觉得多少有点遗憾的是，上述两方面似乎在《望春风》中未能达到兼容无碍、相得益彰的程度，而不免留下了一些相互扞格、融化未熟的痕迹。诚然，不论在历史著作还是在文学作品中，其写人和叙事要达到两全其美、水乳交融的境界都非易事，但并不是不可能。在这里，需要克服的最大艺术难题乃是找到写人和叙事之间的恰当关联。《望春风》的写人和叙事相互扞格、融化未熟的问题，恐怕就出在这里：不论是关系到"儒里赵"村半个多世纪命运的主要人物之纪传，还是困扰着叙述人的"父亲"多年之疑案，分开来看都足以构成相当出色的文学叙述，可是把二者融合起来的关联点却微弱而且勉强——尽管那个疑案故事很精彩，怎奈与作品真正的叙述主体和主题"儒里赵"村的变迁史基本上不搭调、不匹配，则再精彩的叙述和设计都不免多余了。窃以为，很难设想在那么一个小村庄里的小老百姓身上，竟然隐埋着如此奇特的间谍悬案，让一个乡下算命先生为此多年来提心吊胆、食不甘味、寝不安席，那对他实在是不必要的折磨；而由于他的悬案，竟至于让他的爱妻，一个出身农村底层的革命女性，悄然而神秘地离婚、出走、再婚、隐遁，仿佛神龙见首不见尾，并且最终蜕变成了一个像林黛玉一样自闭自伤的知性仕女，这也离奇得不可思议。然则，恕我大胆设想一下：倘若以土改、办学、平坟、修渠以及土地的承包与拆迁等一连串大事件作为勾连《望春风》的叙事脉络，或许就与这些乡土人物的纪传比较匹配了——不知格非兄以为如何？

四

20世纪六七十年代有一部越南电影《回故乡之路》，很受中国观众的欢迎。格非的《望春风》未必和这部电影有什么关系，但它最吸引我也最感动我的，确是作者借助文学想象对故乡的深情回顾，并且提出了当今之世"还有没有回故乡之路"的问题，其依依不舍而又归乡无望之感怀，我可谓感同身受。因为我和格非一样都来自乡村，故乡的命运变迁必然会牵动我们这些外出的游子之心。记得几年前的一天，我俩同坐在我家的北阳台上喝茶聊天，不知怎么的就说起了各自的故乡及其在当今的衰落，感慨叹息者久之。那时，我刚从故乡探亲归来，心里非常难过。我的家乡在偏僻的西北老区，与格非的江南乡镇里火热的市场经济还有差距，但市场经济的无形之手，还是驱遣着我家乡的精壮男女纷纷进城打工挣钱，乡下老家唯余老弱病残，勉强种田糊口而已。我与家乡父老闲谈，皆感慨物是人去，却也都无可奈何。我很担心自己的故乡再过不到十年就老成凋零尽，或将成为荒村，而如此大好农村、良善农家，任其萧索败落，岂不可悲！每当想起这些难心事，我都难以自安。可是我没有格非兄的创作才情，我只能勉强为自己的故乡写了一篇简短的村落志《村落记——家园琐忆》，其实也只是偷偷写给自己作为纪念的，并不想发表给外人看，并且为了避免行文过于自伤，而有意用了简约的旧文体以略为节制之，但结末仍不禁感慨系之。这里就节录最后两段吧——

抚今追昔，（吾村）昔年之由盛转衰，固由于战乱也，而今之由荣转枯，岂缘于升平哉？噫！人间兴衰之道，村落荣枯之由，变幻无常理，真不可测也已！

范文正小词云："浊酒一杯家万里，燕然未勒归无计，羌管悠悠霜满地。人不寐，将军白发征夫泪。"范公之"归无计"自有苦衷，而穷塞主不得不苦守之"塞下"则正当吾县——县城有宋塔，或即范氏所筑也。可笑余三十五年前将外出旅食打工，临行曾郑重告语于吾兄："兄其勉哉，谨守家园，待弟退归，与兄共守之！"而由今视之，余亦"归无计"矣。呜呼！浊酒一杯，家园万里，村其将落兮人星散，田园将芜兮胡不归？归欤！归欤？吾将何时归？吾将何处归？（《村落记——家园琐忆》，2013年3月）

此所以拜读格非的这本新作《望春风》，真可谓"于我心有戚戚焉"——它为多半个世纪的乡土中国留下了一部形象生动的史记，表达了我表达不出的悲欣交集的感怀。谢谢格非！

2017年7月12日下午草成于清华园之聊寄堂

夏夜读书记
——青年作家作品阅读札记二题

读李唐的《菜市场里的老虎》

  作品一开始展现的，是一个中学生独自躺在公园的隐秘草丛里，无所事事，就是不想回家，不想见人，但他不是"无故寻愁觅恨"的不知人间愁滋味的公子哥儿，而是一个面临青春期困扰的现代少年。"他感觉自己正在接触未知的东西"，却"无法确切地表述自己的感受"。直到他在菜市场遇见那个卖菜的残疾少女，朦胧的爱的欲望、性的诱惑，让他们相互吸引并且有了交往，然后是男孩被少女带到一个小黑屋里看"老虎"，然后是遇到了那个屠夫，他迷恋这个残疾少女很久了，少年和少女一起对他做暗暗的攻击。然而在最后一幕，少年却看到了那个屠夫的床上躺着赤裸的少女，他要娶她养她，少女接受了命运，接受了"老虎"——老虎这时似乎与那个粗犷的屠夫合体了，失落的少年隐忍了，并未阻止，目睹和感受了这些，少年的心智醒觉了并且体谅了一切，他"转身离开了"。

  少年的心理成长故事，是现代文学"人的发现"叙事传统的典型表现之一。比如，詹姆斯·乔伊斯的名作《都柏林人》里的《偶遇》《阿拉比》等篇，尤其是《阿拉比》里，一个懵懂少年暗恋一个女人，他们一块逛集市，关系渐渐亲近，但最终那少年却眼睁睁看那女人随他人而去，这让他在沮丧中认识了自己——"我抬头凝视着黑暗，感到自己是一个被虚荣心驱使和拨弄的可怜虫，于是眼睛里燃烧着痛苦和愤怒。"当然，还有海明威的"尼克·亚当斯"系列成长小说，等等。

李唐的这篇《菜市场里的老虎》也写得相当出色，甚至可以说相当成熟。李唐是"90后"作家，但他的叙事没有一般年轻作家所喜好的那种铺张扬厉、那种个性膨胀，而是切合着这个隐秘的内向的叙事主题，选择了一种低调内敛的引而不发的叙述语调，对那少年和少女的隐秘到连他们自己也不很清楚的心理，有体贴入微的准确把捉，并且很有层次地逐步暗示和揭示出来，而又始终保持着某种含蓄度，给读者留下了想象的丰富余地，这种叙事把控力是很不容易做到的。作者对人物关系的把握也比较到位：虽然对每个人物都着墨不多、只是寥寥几笔，但暗示出了各个人物性格和命运的背景——少年的家庭并不和谐，父母同床异梦，终于离异，这样的家庭关系，自然使少年人趋于敏感、内向、孤独和早熟；那少女是一次车祸后的弃儿，与一个疯婆婆相依为命，她显然对少年有好感，而对那个年长的屠夫有抵触，但她最终还是明白，屠夫是她在现实中能够得到的伴侣，她不得不妥协；即使那个屠夫也不像乍听起来那么可怕，他对那个残疾少女的欲望，也是可以理解的，"放心，我会养你一辈子"的承诺，是他发自衷心的诺言。

这篇小说的艺术完成度是比较高的，文笔细腻而从容，叙述语调也很统一，唯一让我感觉略有不协的是第六节里的一句："并且，你自己的眼睛也会透露出你并不想透露的东西。"这与全篇的第三人称叙事相悖了，不知是不是作者的笔误？

至于菜市场里的"老虎"意象，可能是某种隐喻或象征吧。说起来，自从英国诗人威廉·布莱克的诗集《天真与经验之歌》里的名篇《虎》被徐志摩、郭沫若、卞之琳等反复翻译以来，它在中国也很知名，如郭沫若译文的片断——

> 老虎！老虎！黑夜的森林中
> 燃烧着的煌煌的火光，
> 是怎样的神手或天眼
> 造出了你这样的威武堂堂？
> 你炯炯的两眼中的火
> 燃烧在多远的天空或深渊？

从此，老虎作为一个隐喻、一个象征，也常常出现在中国的现代诗文里。在这些中外诗文里，老虎所隐喻、所象征的，大抵是人的原始生命力、生命欲望的醒觉吧。（有人说布莱克笔下的老虎是革命热情的象征，我却怎么也感觉不到，奈何！）这种原始的生命力、生命欲望之醒觉，让人既不免感到惊恐而又禁不住沉迷。经历了这种醒觉，人就从天真少年变成了某种有经验的人了。当然，我不能遽断李唐笔下的"老虎"究竟隐喻什么，或许会更有味道也未可知。

因为是在清华园读这篇小说，不禁想起故诗人林庚1931年在清华园里所写的一首诗《破晓》，其中"深山中老虎的眼睛"一句乃是他梦中所得，醒后写出了全诗。这里也把《破晓》抄给李唐看看，那时的林庚也就是现在李唐的年龄——

> 破晓中天旁的水声
> 深山中老虎的眼睛
> 在鱼白的窗外鸟唱
> 如一曲初春的解冻歌
> （冥冥的广漠里的心）
> 温柔的冰裂的声音
> 自北极像一首歌

在梦中隐隐的传来了

如人间第一次的诞生

读董夏青青的《黑拜》

看这个作品的开头部分，会误以为它与惯常的军旅题材作品并无二致——此类作品总是写训练如何艰苦或军情如何紧急而战士们无一例外地不怕艰苦、奋勇争先，如此等等。可是，看到后来，却发现这篇作品里的军旅描写不过是个表象，它其实是一篇揭示边疆军人真实生存状态的作品，和常见的主旋律式的军旅题材作品是大异其趣的。这种与众不同的着眼点让读者颇有耳目一新之感。

真实是一点一点地逐渐透露出来的。作品里的战士大都来自基层，他们在反恐前沿坚守有年，如今似乎终于要上去了，大家纷纷写好遗书、努力争取立功，但他们这样做并不是出于冠冕堂皇的目的，实情乃是他们"打仗是为了好处"——为了提干，为了更高的工资，为了退伍后有个更好的去处，等等。然而，他们失望了，因为那军情紧急的一幕不过是一场隐蔽侦察的考核。这让他们（如其中的孟蒙）非常失落——"孟蒙向我抱怨他没有机会提干了，上次军区比武只拿到第三名，这回想上山能打仗立功的想法也落了空。年龄在这放着，再调四期意味着体能方面给自己找难看，只能复员回醴陵县城的老家了。"随后，作品还透露了别的真实。比如叙述人阿里木江的爸爸是一个维吾尔族干部，他为了爱情坚持娶了个汉族妻子，夫妻感情虽然不错，可是却怎么也难以得到其维族大家庭的认可，夫妻长期被摒弃在家族之外，以至于妻子死后，他只能自我放逐在内地，儿子阿里木江也不懂维语，难以融入维族的生活。这种情况也与边疆地区民族团结和谐的主导叙事迥然有别。随着故事的推进，读者不难发现，部队固然是雷厉风行、步调一致，但生活在其中的战士们却并非整齐划一的兵马俑，其实他们"每个人都有自己的难处"、都有自己的"心酸之处"。他们诚然勇敢，但并不是英雄，他们自然善良，但也不是没有私心杂念，团队里的相互关系、部队与边疆人民的关系，也并不那么和谐。这是反恐前线和边疆社会的真实状态，以往的军旅作品很少写这些。

"黑拜"是一个未能参军的牧羊青年送给这些战士的一只小狗，它一开始给寂寞艰苦的战士们带来了欢乐，但渐渐地成为累赘多余之物，而终于被遗弃了。作品最后描写被遗弃的黑拜，"就像个怒火中烧的妇人，并不因为自己年老色衰，已经失去招人喜爱的生理方面的优势，就安于当个宽宏的贤妻良母。正好相反。它将自己的失望和紧张全部托出，狠狠地教训了不再重视它的人"。从某种意义上说，黑拜的遭遇其实与战士们的遭遇构成了互文互喻的关系，两者的遭遇都让人感到沉重和压抑。作品对读者的可能的启示，似乎是通过那个巴基斯坦反恐教官生前所做所说来显示的——人哪怕是对一只小昆虫，也要给予尊重和关爱，至少"不要无故阻碍生命"。更无论边疆的反恐战士了，他们不是简单的战斗机器、只要开动发条就可以勇往直前了，他们其实也是七尺血肉之躯、有七情六欲的人，他们也有自己的欲望和利益之考量，还有妻儿父老需要照顾，作品因此似乎在呼唤真正把战士当作人来尊重、给予他们应有的人性关爱。这无疑是很有意义的。

应该说，董夏青青的这篇作品写得沉重而且尖锐、给人力透纸背之感，但我读后也有某种不满足之感，觉得它所表现的真实似乎也被简单化了。这可能是因为作品写得比较匆促简短，描写不够细致和丰满，叙事过于紧实而缺乏适当的从容感与复杂性，致使一些应有的生活细节和背景铺垫，未能提点出来或未能充分展开，所以读起来就觉得有些简单和单调了。不过，这只是我读后的一点匆促感想而已，未必符合作品实际，作者有则改之无则加勉吧。

2018 年 7 月 14 日夜于清华园寓所

小说之大说
——在"青年作家工作坊"的发言

　　昨天晚上西渡来电话说,今天的座谈会缺一个老师,希望我能补缺。我是一个老宅男,谁要找我临时补缺,总是很容易找到,所以我就来了。很高兴参加这次活动,我前几天评议李唐小说的时候就说过,由于专业的限制和个人的疏懒,我已有二十多年不太读当代作家的作品,真是故步自封得很,也因此我很感激有这样的机会,能读读年轻的"80后""90后"的作家作品——其实大都是"90后"是吧?七位作家中年龄最大的是1984年出生的,其他多是"90后"人,真是年轻得让人羡慕啊。读他们的作品,很有亲切之感,让我知道中国文学的最新发展,我们最年轻的作家在想什么、在关心什么、在怎样写作,这很有意思。有几个作家的作品,我认真读了,刚才又听了大家简洁明快、富有个性的文学观自述,也有很亲切的共鸣。

　　这共鸣多少有点出乎我的意料。我原来想,在这个信息化和消费化的时代,这样年轻的作家和写手,可能不大会有严肃的人间人生之关怀。可是,听了诸位的发言,发现大家其实都很关怀这个世界、这个国家,大家都是对自己和更广大的人生有深切关怀的人。这让我非常欣慰。文学这个东西说到底不是简单的文字游戏,而是关怀的表达——关怀自己、关怀身边的人、关怀这个世界,这才是好的耐人寻味的文学,一个伟大作家与纯技术主义小作家的区别就在这里。比如托尔斯泰丰富的关怀,中国诗人杜甫的广大关切,那才是他们伟大的地方。杜甫跟李商隐的不一样处就在这里，李商隐是非常美的诗人，可是能跟杜甫比吗？差别在哪儿呢？他没有大的关怀，没有杜甫那种深切的从自身到对整个人间的大关怀。

海德格尔的一句话，"人诗意地栖居在大地上"，流行了几十年，我很不喜欢，这话就像海子所谓诗意与远方一样，有一种自以为诗、沾沾自喜的小资情调。我更喜欢海德格尔早年的一句话，他说"人是一个忧心的存在"，强调人对自我的存在、对共在的他人以至于整个世界，都有所忧虑和关切，这种忧心会转化为文学。此刻也想起对 20 世纪中国文学影响最大的一种观点，说文学是一种苦闷的象征，生命力受到压抑的懊恼，变相地转化为文学，这是从弗洛伊德、柏格森那里来的，意思很好，但不免过于自我，伟大的文学之关怀会从自我出发而及于世界，一切都与我们的存在息息相关，这才是伟大的文学恒久感动我们的地方。通俗一点说，人这个动物之所以跟普通动物不同，就是你有所关切，从个人到你周围的社会到更广大的世界，你有关怀、你有介意、你有不平，想要表达。文学就是这种关切的经验和基于这些经验的想象和感想之表达，我想这些东西才是文学真正打动读者的地方，也是文学值得去用心的所在。我从诸位年轻作家的文学观自述里，能够感到诸位其实都是介意、关怀这个人间、这个世界的，这让我感动，我原以为大家会很消费主义很游戏化的，可出乎我的意料，我很高兴这个意外。

这次来的七位都是小说家，这些年轻作家在创作上崭露头角，他们这代作家都受过良好的高等教育，知识修养比较健全，人虽然年轻但作品像模像样。这几天我参加过两次对谈，感觉大家比较关心小说的技术问题——怎样写才好，怎样的风格才好。这当然重要，但我想提醒大家一点，不必太在意个人的技术路向和个人的艺术风格，它可能会成为一种不由自主的限制，让小说变得精巧而小气。

近现代以来，中西文学界对小说有了艺术的自觉，但同时也可能有误解和误导——小说被艺术地狭隘化了、技术化了。刚才李陀也讲到20世纪文学除了几座高山以外，比如说卡夫卡和福克纳等几座高峰，但整体的20世纪文学是退步的。我可以略作补充：我觉得不论中外，20世纪的小说跟19世纪小说甚至跟古典小说都不能比。在中国，小说其实导源于先秦及汉的史传和楚汉的辞赋——史传提示给它无限丰富的历史经验与人生经验，辞赋启发了它的想象力，而它后来的发展也泥沙俱下，但无比丰富，没有被文人过早地"艺术化"，所以中国的古典小说其实与汉人所谓丛残小语、街谈巷议之流的"小说"并无关系，而委实是人生经验之"大说"或"漫说"，到了明清已蔚为大观，不得不在正统的"诗、文、赋"之外别立"说部"。小说被当作小说、当作艺术，在中国是清末民初的时候，取法的是西方的近代小说艺术，而在西方真正把小说当作艺术来讲究，追求特定的艺术效果，那是从爱伦·坡开始，经波德莱尔传到欧洲，影响到福楼拜，再到普鲁斯特和纪德一路下来，小说越来越艺术，也越来越精英化了。可是古代的中西小说都是庶民的艺术，是跟大众讲故事的通俗文艺，它是不太讲究艺术、不太高雅的，但丰富生动、生气淋漓。所以，近现代以来，中西小说如此艺术化其实是一条狭隘的窄路，鲁迅、卡夫卡、普鲁斯特也难以幸免。而伟大的古典作家，如塞万提斯写小说的时候，他会想我得把这个当艺术来讲究吗？没有，他只有丰富的经验和想象要表达，别的文类不足以表达，唯有小说可以不那么讲究，于是就写成了《堂吉诃德》。20世纪中外文学有一部作品能跟《堂吉诃德》比吗？能跟《十日谈》《坎特伯雷故事集》比吗？能跟《巨人传》比吗？能跟《三国演义》《水浒传》《儒林外史》《红楼梦》以及"三言二拍"比吗？即使卡夫卡、普鲁斯特、博尔赫斯，他们能跟托尔斯泰或巴尔扎克比吗？不一定。现代小说在技术上或许更高明、更精致，寓意或许更精深，象征、原型、神话的什么都不缺，可是，经典小说所具有的"大说"之风采、"广大"之风度——在描写人类的生活经验上所表现出来的那种无与伦比的丰富性和生动感,却不再可见了。这启示我们不要忘了小说最基本的东西——小说是面向庶民的艺术,是向大众讲述人生故事、数说生活经验的艺术,不能把它弄得太小众、太小资,狭小精致到沾沾自喜地深钻牛角尖的地步。

所以,小说的传统跟精英文人的诗文艺术传统不一样,现代小说过于技术化、精致化的艺术追求和刻意精深的写作思路,其实是得不偿失的。这里我想起美国批评家马尔科姆·考利,他有一篇评论,论定了海明威小说的文学价值和文学史地位。马尔科姆·考利也曾在美国的大学里教过小说写作课。他说有一次他登台上课,一个学生还没有等他开口就急忙自责道,"我明白我的问题所在,某某教授已告诉我,我没有好好利用门的象征作用,盘子的象征作用……"马尔科姆·考利说这简直是牛头不对马嘴的瞎说胡闹。他因此大声疾呼,提出了三个口号以挽救这种过度高深的艺术病——

> 如果不真实,就不可能是象征;
> 如果不成故事,就更不成神话;
> 如果一个人活不起来,它不可能成为现代生活的原型。

小说的特长就是具体细致地描写生活经验,所以广义上小说都可称为写实艺术,过多过高的技术考究是作茧自缚,最重要的还是追求讲述的真实感。这种真实感的经营对小说家是很大的考验。比如鲁迅的《阿Q正传》,就实际生活来讲怎么会有阿Q那样的人?那是不存在的,可是小说读起来绝对地有真实感;还有卡夫卡的《变形记》,那实际上是可能的吗?生活经验里不会有那样的真实,一个人怎么会变成甲虫?可是它所描写的那种人生经验的真实感,完全让你信以为真。所以"有真实感"地讲好一个故事、写活一个人物，然后才有可能成为象征、才可能升华，我们不要忘了小说最基本的东西。这是我对大家的一点小小提醒。换言之，小说家唯一应该考虑的，乃是给自己所要表达的生活经验和想象找到一个恰当的方式，使读者读来有亲切的真实感和陌生的新鲜感，别的都不在话下。

最后说到进化论和科学主义、人文主义的问题，李陀和张清华讲了他们的担心。其实，这些问题人们吵了一个多世纪，没有结论。我觉得，不能否认在西方尤其在中国，进化论是起了非常大的积极作用的，没有这个东西的推进，中国不可能有进步，所以我们也别简单地非难历史进步主义。另一方面，强调人文主义很好，但是一切都有个限度，我们作为人，也不要太自我感觉良好。对科学技术的发达，也不要太担心，刚才张清华讲到新的技术复制、担心有一天发明了长生不死之术却被个别人垄断等。我觉得没必要那么担心。说来，一个人获得长生之术，那对他倒可能是可怕的事。西方有一个著名的神话人物西比尔，她是一个女巫，有不死之命，一直苟活着，于是她最大的痛苦就是想死而死不了。看来，正因为人的生命有限所以才可贵，如果是无限的话，那倒很无谓也很可怜，所以谁能长生就随他便吧，就让一小撮人长生不老好了。我们知道人的生命是有限的、人是必死的，才会认真地体会生命的意义。如果生命是可以无限延长的，你会变成什么？就像一个长寿的蚯蚓，很无聊的啊。

我的自然科学知识不多，但我多少知道一点——别说人类，就是地球、太阳系、银河系，终有一天都会毁灭的。比如，现代科学已经确知，银河星系正以每秒30千米的速度向仙女星系飞去，最终两个星系必有相撞的一天，连带着地球也会毁灭，人类也一定会毁灭的。所以，从宇宙的角度看，人类文明或许只是一个短暂的偶然、匆匆的过客。也因此，我们作为人类应该谦虚一点，不论科学主义还是人文主义都不值得骄傲,用台海对面的人们常说的话,我们应该"谦卑"一点,我们知道人是会死的,人类一定会完蛋的,人文主义也不过是人类的精神胜利法而已,当然,我们作为人和人类存在一天,不能没有人文主义。可是,当我们想到个人生命与整个人类的有限性,我们会谦虚一点、我们会节制一点,既不必像鲁迅那样陷于深刻的绝望而不能自拔还要拿那个绝望来自得自炫,也不必像尼采那样得意扬扬地自吹自擂:"看哪,这人!"这样一来,我们对自我和人类的认识,可能比较的实事求是,对人间许多烦人的问题之看法,也会比较的有平常心,而不再妄自尊大或自寻烦恼。由此,小说作为最适宜全面表现人类生活经验的艺术,回心向庶民大众、向无限丰富的生活经验开放,其前途当不可限量而大有说头,而不仅仅止步于所谓"现代小说"也。

(2018年7月22日下午在清华大学"青年作家工作坊"座谈会上的发言,此据《收获》微信公众号上的录音记录稿订补)

承担生命　执着文学
——冯至的创作与学术纪略

"最为杰出的抒情诗人"：青年诗人冯至的独特创造

冯至1905年9月15日出生于直隶涿县（今河北省涿州市）一个败落的盐商之家，原名冯承植，字君培。幼年失母的冯至性格内向而敏感好学。1921年秋考入北京大学攻读德文。此时新文学已进入稳步发展的时期，新文学社团层出不穷。1923年5月冯至在《创造季刊》上发表《绿衣人》等诗作而引人注目，应邀加入了浅草社，在该社的刊物上发表了不少诗作，同时结识了一批爱好新文学的青年同道，在文艺思想上受鲁迅、张定璜影响较大。1925年夏浅草社陷于停顿，冯至与好友杨晦、陈炜谟、陈翔鹤等发起沉钟社，成为该社的代表诗人。

这一时期，年轻的冯至贡献出了《我是一条小河》《蛇》等传诵至今的抒情名篇。这些抒情幽婉、想象独特、音韵和谐的爱情诗，给人清新别致的美感。在1923年至1926年间即他十八岁到二十一岁的时候，还接连奉献了四篇相当成功的叙事长诗——《吹箫人的故事》《帷幔》《蚕马》和《寺门之前》。前三篇"取材于本国民间故事和古代传说，内容是民族的，但形式和风格却类似西方的叙事谣曲"（冯至：《外来的养分》）。《寺门之前》则让一个老僧人自叙其中年时的一次"非常的经验"，以惊心动魄的灵肉冲突表达了人性难抑的痛切申诉。这些叙事诗不仅在当时的新诗坛上独步一时，而且此后也一直是他人难能超越的杰作。

1927年夏天，大学毕业的冯至远赴北国哈尔滨第一中学任国文教员，主动接受生活的考验。这次北游也的确开阔了冯至的视野，使他的创作从幽婉的青春抒情转向对社会与人生的现代性思考，其结晶便是1928年年初写成的长诗《北游》。整部长诗构成了一个"游"与"思"互动互补的有机序列，呈现出步步拓展与层层深入的过程，兼具引人入胜的魅力和启人思索的情致。《北游》中最引人注目的，是那个"独立苍茫自咏诗"的抒情主体的沉吟与咏思，其批判的审视直指畸形繁荣的现代都市和病态的现代人性，诗人两次用"荒原"来象征现代文明与现代人生的荒芜，这与T.S.艾略特的名作《荒原》有异曲同工之妙。《北游》结束了冯至此前那种浪漫中略带唯美的青春抒情，开启了他此后更为现代性的人生探询。

青年时期的冯至为人谦抑低调，为文不喜张扬，所以他在二三十年代的新诗坛上一直声名不彰。但文坛巨匠鲁迅在1935年回顾20世纪20年代的新文学时，却出人意料地独推冯至为"中国最为杰出的抒情诗人"（鲁迅：《中国新文学大系·小说二集序》）。对一个新诗人如此不吝好评，这在鲁迅是很破例的事。历经时间的检验，足证冯至当年的诗作当得起鲁迅的评价。

《十四行集》：中国新诗进入成熟的中年之标志

1928年夏冯至重返北平，在孔德学校任教并兼任北京大学德语系助教。1930年10月冯至远赴德国留学，先后在柏林大学和海德堡大学学习德国文学及哲学与美术史。在这期间，得以聆听著名学者贡道尔夫和存在主义哲学家雅斯贝斯的教诲，倾心于德语诗人里尔克的作品，领受了现代主义文艺与现代哲学的洗礼，冯至的思想和诗学观念发生了深刻的转变，创作态度更趋严肃，只有少量作品在国内发表。1935年6月冯至获得博士学位后，随即启程回国，途经巴黎与交往七年的女友姚可崑结婚；9月归国后在北平从事翻译工作。1936年7月赴上海任同济大学教授。抗战全面爆发后，冯至随同济大学南迁浙江金华、江西赣县等地。1939年暑假后转任昆明西南联大外文系教授。抗战胜利后冯至回到北平，任北京大学西语系教授。

经过20世纪30年代整整十年自觉的沉潜与磨炼，人到中年的冯至在创作上迎来了又一个丰收期：1941年他创作了27首十四行诗，编为《十四行集》于次年出版。该集以深沉的情思、精湛的诗艺，获得了诗坛的赞誉，被李广田推许为具备了深度品质的"沉思的诗"、被朱自清肯认为中国新诗由不免肤浅的青春抒情进入成熟的中年沉思之标杆；同时，冯至在小说和散文创作上也有不凡的造诣——历史小说《伍子胥》和散文集《山水》，以及一系列感时论事析理的知性散文如《决断》《认真》等篇，也都是不可多得的收获。并且，在时代的推动下，20世纪40年代的冯至也逐渐地完成了从自由主义知识分子向左翼进步知识分子的转变。

最重要的创获当然是《十四行集》。《十四行集》悉心表达的都是来自日常生活的存在体验与生命感怀，达到了非常精深的思想境界，特别是对人这种存在者之生死悖论的思索与生命意义的探询，对个体存在的孤独性、有限性的自觉沉吟和对存在者相互关情、相互敞开以至于生死共在之境界的庄严歌咏，由此诗人着力弘扬一种严肃生活、勇于承担、多所关怀和敢于开拓的人生态度。这样的诗，其严肃凝重的艺术格调和深邃精微的思想深度，不仅在中国新诗中而且在整个中国诗歌史上都是前所未见的，并且在艺术表现上深入浅出、平易近人，显示出诗艺的成熟。十四行体是西方诗歌中格律最为谨严的诗体，在冯至之前的中国新诗人也曾尝试运用，但都不大成功，加上极端的形式自由主义一直被人奉为新诗艺术的信条，所以当时不少人都认定不可能也不应该把十四行体移植到中国。冯至从德语诗人里尔克情思深湛、艺术精湛的变体十四行诗《致奥尔弗斯的十四行》受到启发，"渐渐感觉到十四行与一般的抒情诗的不同，它自成一格，具有其他诗体不能代替的特点，它的结构大都是有起有落，有张有弛，有期待有回答，有前题有后果，有穿梭般的韵脚，有一定数目的音步，它便于作者把主观的生活体验升华为客观的理性，而理性里蕴蓄着深厚的感情"（冯至：《我和十四行诗的因缘》）。这让冯至欣感十四行体与自己的生命体验恰好契合——"我用这形式，只因为这形式帮助了我。……它正宜于表现我所要表现的事物。它不曾限制了我活动的思想，只是把我的思想接过来，给一个适当的安排。"（冯至：《十四行集·序》）的确，十四行体与冯至的"思、想"如此相得益彰，堪称完美的结合。同时，冯至也自觉地从中国古典诗艺如律诗中汲取了艺术营养，如其中一首的跨行对句"狂风把一切都吹入高空，// 暴雨把一切又淋入泥土"，分明有杜甫七律《登高》诗句"风急天高猿啸哀，渚清沙白鸟飞回。无边落木萧萧下，不尽长江滚滚来"之回响。《十四行集》的出现，把中国新诗提高到可与最完美的中外古典诗歌相媲美的水平，鲜明地标志着中国新诗艺术的成熟，并创造性地运用西方的诗学思维来拓展中国古典诗歌的"言志""寄托"传统，对后来的新诗产生了深远的影响。

杜甫与歌德研究及其他：兼通中西的学术大家冯至

在抗战及40年代的急风暴雨中，人到中年的冯至体念时艰、欲以学术报国，因而沉潜钻研、学术大成。作为诗人学者的冯至精心选择了中西两大诗人杜甫和歌德作为专攻的对象。抗战时期的冯至与杜甫一样身经国难，这使他深切地感到："携妻抱女流离日，始信少陵字字真"（冯至：《赣中绝句四首》之二），所以冯至对杜甫的诗有特别深切的体会，于是深入钻研文献，努力为杜甫写一部准确可靠的研究性传记，在20世纪40年代后期陆续发表了《杜甫传》的大部分章节，50年代初又重写全稿，连载于《新观察》杂志，1952年结集为《杜甫传》出版。作为留德博士的冯至对德国大诗人歌德的热爱也是由来已久，在抗战的烽火岁月里他得到了两套完备的德语版《歌德全集》和《歌德年谱》，爱不释手，朝夕研读，于是精心选择若干重要问题向纵深开掘，撰写发表了六篇专论，1948年结集为《歌德论述》出版。

《杜甫传》和《歌德论述》一出版就被公认为代表了现代中国的杜甫研究和歌德研究学术水平的扛鼎之作，就现代人文学术在中国的发展而言，这两部著作也堪称学术典范。诚如冯至当年所指出的那样，"把一个诗人的作品当作一个整个的机体来研究，把诗人的生活作一个详细的叙述，一方面帮助人更深一层了解作品，另一方面——如果这研究者的心和笔都是同样精细而有力——使人纵使不读作品，面前也会呈现出一个诗人的图像：这工作，在西洋18世纪时已经开端，19世纪后半叶已经长成……但是在中国，这部门的书架上几乎还是空空的"（冯至：《我想怎样写一部传记》）。诚然，昔人关于杜诗的注解、考证和诗话数量繁多，但长期缺乏系统深入的学术著述；现代学人关于杜甫的考论也为数不少，但颇嫌零碎，一些传记大都浮光掠影而不及深入。同样的，现代中国文坛对西方经典作家如歌德的翻译也颇多，学者的论述则大多流于一般性的介绍铺陈，鲜见深造自得的专深研究。冯至的《杜甫传》和《歌德论述》之所以颖然秀出，成为中国现代学术趋于成熟的代表论著，与冯至过人的文学和学术修养分不开。冯至本身是杰出的诗人，自然对杜甫和歌德的诗与人深有体会，而冯至留学德国期间接受了严格系统的现代学术训练，尤其是主导了德国人文历史学术的兰克学派的学术方法，与冯至从中国古典学术所继承的语文学、考据学方法相得益彰，再加上来自鲁迅思想和德国哲学的启发，以及左翼的社会历史分析方法的积极影响，如此等等的学术与思想方法之交汇，使冯至对杜甫和歌德的研究既具有艺术的敏感体悟和学术的严谨求实，又具有开阔的社会历史视野和深入的思想洞察，所以才能超越一般、成就杰出。

由于冯至在文学和学术上的突出成就，新中国成立后，他在学术界和文学界都肩负重任，长期担任北京大学西语系主任，后来又出任中国科学院哲学社会科学学部外国文学研究所首任所长，并兼任全国高等院校文科教材工作中国语言文学组组长，为外国文学和中国文学的研究、教学及教材建设，做出了重要贡献。同时冯至还担任中国作家协会理事和全国文联委员以至全国人大代表。在繁忙的教学与社会工作之余，冯至继续诗歌创作，受命参与文学理论批评。经历了旧中国的落后与黑暗，冯至对蒸蒸日上的新中国满怀热爱，他竭诚努力，想为新中国文学与学术的繁荣做出贡献；但越来越僵化的文化体制和越来越"左"的文艺思潮，也不免让他感到局促而且有时不得不作违心之论。"文化大革命"爆发之后，冯至作为资深诗人和学术权威，自然难逃冲击与批斗。进入新时期，已是暮年的冯至欣感身心的解放，积极领导了外国文学学科的重建和外国文学研究的复兴，同时这位文坛前辈也创作不辍，直至1992年八十八岁高龄的他仍有诗作和译诗发表，为自己七十年的文学生涯画上了一个沉稳的句号。

冯至一生自觉地承担生命、深入地体会文学，始终坚持严肃地为人与为文，既在创作上卓然成大家，诗歌与散文成就尤为杰出，又是学贯中西的学术大家和成就卓著的文学翻译家，他对德国文学的翻译已成译品之经典，受到一代又一代读者的喜爱，滋养了许多中国作家，他对杜甫和歌德的研究被公认为卓越的学术界碑。冯至的文学和学术遗产，必将传诸久远。

附：冯至诗文选刊

我们准备着深深地领受
——《十四行集》第一首

我们准备着深深地领受
那些意想不到的奇迹，
在漫长的岁月里忽然有
彗星的出现，狂风乍起：

我们的生命在这一瞬间，
仿佛在第一次的拥抱里
过去的悲欢忽然在眼前
凝结成屹然不动的形体。

我们赞颂那些小昆虫：
它们经过了一次交媾
或是抵御了一次危险，

便结束它们美妙的一生。
我们整个的生命在承受
狂风乍起，彗星的出现。

决断
——新发现的冯至佚文

一个青年朋友，认真而诚挚，没有幻梦，他知道他所处的现实社会是怎样腐朽而陈腐，但他的净洁的目光好像望着一个更深一层的真实，让那些陈腐不和他发生纠葛，多少琐碎而卑污的事对于他也就无能为力了。去年，政府号召知识青年从军，他觉得他应该应征，可是他同时也明了，中国现在的军队大部分生了锈，发了霉，他不知道人家将要怎样训练这批新鲜活泼的青年。从军，是他内心的命令；事实的状况使他犹疑，给他坦白的心蒙上了一层云翳。他于是不能不考虑，他经过几日夜的思量，终于决定了，还是服从内心的命令，不管现实可能是怎样腐败。我听说，他考虑时很苦恼，决定后却感到无上的快乐。他这从考虑到决断的过程，有如经过长久的春阴终于见到灿烂的阳光，十分美丽。他入营后，我在他的纪念册上写过这样一句："人生的意义在决断里。"

我们自从"九一八"后，人民抗战的情绪一天比一天生长，在这中间那些衰老的、怯懦的、狡猾的官僚们我们姑且不论，一部分所谓老成持重的人尽在考虑着我们的实力到底能不能抵抗敌人，还有少数的聪明之士在报纸上发挥"敌乎友乎"的高论——这样在侮辱中议论纷纭地过了几年，直到"七七"那一天，抗战的情绪达到最高点，庐山会议决定不顾一切的利害，展开全面抗战，这好像郁闷了许多日子，忽然落下雨来，人人都深深地呼吸一口清新的空气。虽然我们后来抗战的成绩并不很高明，暴露出许多民族的丑态，但回想起我们决定抗战的那一天，是我们民族几百年来未曾有过的一个最美丽的日子。

在决断时，无论一个人或一个民族，多半是走到两条或两条以上的可能道路前，不能前进，要加以选择。这时不能前进了，需要考虑，一个严肃的问题梗在他面前，绝不会有另外一个人或是另外一个民族走来，告诉他走那条道路为宜，更不会在天空中显露出什么神的启示，这时他感到绝对的孤单。这种感觉，动物是没有的，它只是盲目地走上一条；原始性的人也很少有，他遇到问题无法解决时多半求神问卜，让神或卜给他解决。只有自己对于自己负着责任的人在这里才既不盲目，也不依靠神卜，他要自己决断。人生面对着不同的道路，孤单地考虑自己应该走那条道路时，才会体验到自己是怎样一个人。等到他决断了，勇敢地走上一条，这时他所能感到的生命的光彩已不是一个动物或一个原始性的人所能感到的。所谓人生的意义多半也在这一点上。丹麦思想家基尔克戛尔特说："选择把一种庄严，把一种永久不会失却的寂静的尊荣，赋予一个人。"这是很耐人寻味的一句话。

在世界文学中许多伟大的作品都善于描叙政治徬徨的苦恼。丹麦王子在《哈姆雷特》第三幕里的独白，提出"生，还是不生——这个问题"，成为千古的绝唱；屈原在《卜居》里说尽他胸中的矛盾；浮士德内心里两个灵魂的冲突主宰着全悲剧的进程：谁读到这些地方，对于这种可此可彼、何去何从的问题不感到深切的同情呢？但文学只写出这个现象，并没有回答，如果你不肯滞留在这只是同情上边，便立刻在文字之外会听到一个更雄浑的呼声："你要决断！"这个呼声也许使懦者不敢向前，使强者凛然生畏，但在凛然生畏中含有极沉重的人生的意义。

生，需要决断，不生，也需要决断。一个人对于事业，对于爱，若是走到最艰难的段落上，便会在自心内发生严重的问题：继续追求呢，还是断念？可是追求需要决断，断念也需要决断。在这样的决断前或许使人感到难以担当的艰难，但是非克制这个艰难不能得到新的生命的发展。孟轲以他伦理学家的口吻用鱼与熊掌的取舍比喻生与义的取舍，但事实上后二者间的取舍绝没有前二者的取舍那样轻易——这样,越是艰难的,其中含有的意义也越重大。

对于在生活里不发生需要决断的问题的人,根本提不到幸与不幸。人间的不幸者却是那些已经发生问题而又不能决断的人,以及已经决断,才向前走了几步,随后又懊悔这个决断的人。俗话说,提不起来,放不下去,这境界是苦恼的;但是决定把事物放下了,一转念又想走回来把它提起,是更为苦恼。前者使生命停滞,后者使生命浪费。这样弄来弄去,总不免要讲一出平凡的悲剧。歌德在一部小说里说过这样的话:

> 按照我的意见,决断是人类最值得尊敬的事物。货物与金钱人们不能同时兼有——有人不肯花钱只永久渴望着货物,有人货物买到手了,又懊悔花了钱,二者是同样地不幸。

买一件东西,当然是小事,但是对于自己切身的问题也陷入这种境地,那么在这样的人面前将要永久呈露不出生命的光彩。

整理附记:这是新发现的《决断》初刊稿,原刊昆明《自由论坛》第24期,1945年4月21日出刊。文章开头说"去年,政府号召知识青年从军",查知识青年从军运动发动于1942年,则此文当写于1943年。"决断"即存在主义的自由选择观。在抗战的艰难时刻,冯至语重心长地鼓励国人:无论一个人或一个民族,都要勇于决断并坚持到底。《决断》后有增订稿重刊于北平《文学杂志》第2卷第3期,1947年8月出刊。

(以上"纪略"和诗文曾以《冯至的诗与思》为题,
刊于《光明日报》"学人版",2017年5月22日)

意外的收获
——刘梦苇诗作拾遗记

文学史上最令人遗憾的事情,莫过于一些才华杰出的作家却不幸英年早逝,其作品也随之风流云散、不知所终。刘梦苇就是这样的不幸者——他是20世纪20年代新诗坛上公认的优秀作者之一,却于1926年9月9日在北京病逝,只活了短短24岁。1926年春天,缠绵病榻的刘梦苇自知不起,于是抱病编就自己的诗集《孤鸿集》,并撰写了自序,托付友人联系出版。可是,这部凝结了诗人感情与心血的诗集却几经挫折,终于未能出版,原稿也早已遗失。

近十年来,我一直在搜集刘梦苇的遗作,想为他编辑一本比较完备的集子。历年浏览旧报刊上的刘梦苇作品,续有收获,渐成规模。2016年秋季为清华大学研究生讲授"中国现代文学文献"课,于是动员同学们分头校录刘梦苇遗文,并进一步群策群力、扩大搜集范围。这里,且说说刘梦苇两首佚诗的发现过程与比勘校读问题,以为文献辑校作业之示例。

《孤鸿集》"序诗"的再发现

虽然刘梦苇的作品在他身后很快散佚,但翻阅当年的相关刊物,还是时有所见;他的友人的纪念文字,也留下了一些可供继续稽查的线索。比如，刘梦苇的诗友朱湘在1928年撰文评论，不仅赞誉刘梦苇是"新诗形式运动的总先锋"，而且提示了刘梦苇的两篇重要诗作的线索："我还记得当时梦苇在报纸上发表的《宝剑之悲歌》，立刻告诉闻一多，引起他对此诗形式的注意，后来我又向闻一多极力称赞梦苇《孤鸿集》中《序诗》的形式音节，以后闻一多同我很在这一方面下了点功夫，《诗刊》办了以后，大家都这样作了。"[1]这表明刘梦苇的《宝剑之悲歌》和《孤鸿集》的"序诗"乃是启发过新诗形式运动的诗篇，在新诗史上的重要性不言而喻。只是由于《孤鸿集》在刘梦苇身后未能及时出版，其"序诗"和《宝剑之悲歌》自此散佚，但既然朱湘说《宝剑之悲歌》在报纸上发表过，则此诗可能还有复得的机会。后来我留心搜集，果然在《晨报副刊》之一的《新少年旬刊》第6期（1925年8月28日出刊）上找到了这首诗，只是题目作《宝剑底悲痛》，朱湘的记忆显然有点小错误。

至于《孤鸿集》的"序诗"，却不见踪影，所以我在2007年岁末撰文报告包括《宝剑底悲痛》在内的一些新发现时，曾遗憾地说："可惜的是，由于《孤鸿集》在刘梦苇身后未能及时出版，其'序诗'自此散失，只在朱湘的一篇纪念文章中保留了六行。"[2]没想到随后却意外地发现了"序诗"的全文其实已在我的手头，只是由于我疏于比勘和校读，对它觌面不识耳。

按，朱湘所谓《孤鸿集》的"序诗"，实际上就是发表在《晨报副刊》第1285号（1925年10月7日出刊）上的《歌》（作者署名"刘梦苇"），全诗如下——

---

[1] 朱湘：《刘梦苇与新诗形式运动》，《文学周报》第335期，1928年9月16日出刊。
[2] 参阅解志熙：《孤鸿遗韵再拾——刘梦苇另一些诗作失而复得记》，《理论与创作》2008年第1期。

歌

我底心好似一只孤鸿，
　翱翔在凄凉的人间！
心呵！你努力地翱翔罢，
　不妨高也不妨遥远：
　　翱翔到北冰洋，
　　翱翔到碧云边——
　你若爱幽静，清凉，
　　到夜月荡漾的海面；
　你若爱热烈，光亮，
　　到焦阳然[1]烧的中天！
心呵！你努力地翱翔罢，
　不妨高也不妨遥远！

我底心好似一只孤鸿，
　歌唱在沉寂的人间！
心呵！我放情地歌唱罢，
　不妨壮也不妨缠绵：
　　歌唱那死之哀，
　　歌唱那生之恋——
　你若爱雄伟，豪爽，
　　如云间瀑布之腾喧；
　你若爱温柔，凄婉，
　　如草底流碧的溪泉！

---

〔1〕 "然"当作"燃"。

> 心呵！你放情地歌唱罢，
> 　　不妨壮也不妨缠绵！

这首诗并不难找，我手头早就有复印件，只是未与朱湘所记的"序诗"片段对读，因此不明所以。后来复查朱湘在其纪念文章《梦苇的死》中所引刘梦苇《孤鸿集》的"序诗"六行——

> 我的心似一只孤鸿，
> 歌唱在沉寂的人间。
> 心哟，放情的歌唱罢，
> 不妨壮，也不妨缠绵，
> 歌唱那死之伤，
> 歌唱那生之恋。[1]

这不正是《歌》的片段吗！于是恍然大悟，《歌》原来就是《孤鸿集》"序诗"的完整版啊！这个意外复得的事例提醒我们，在文献的搜集整理工作中，对到手的文献，还要全面校读，仔细比勘异同，才既可去其重复，也可望复原某些重要作品的本来面目。

鲁迅留存的刘梦苇遗诗《醉之夜》及其他

搜集现代作家的佚文，除了查阅目录著作如《中国现代文学期刊目录汇编》《中国现代文学期刊目录新编》获得相关线索，据以搜集外，还要随时注意学术动态——有些论著虽非专对我们关心的问题而发，但它们提到的情况，却可能有助于我们正在进行的文献搜集工作。

---

[1] 转引自朱湘：《梦苇的死》，《中书集》，生活书店，1934年，第45—46页。

比如，2015年春我读到刚刚出版的《汉语言文学研究》2014年第4期，该期发表了鲁迅博物馆陈洁女士的文章《"文明批评"与"社会批评"的阵地——鲁迅保存的〈莽原〉时期青年作者稿件研究》，文章说由鲁迅保存而存留至今的青年作者稿件有二百多篇，其中就有刘梦苇的两首诗《致某某》和《醉之夜——呈元武》的手稿。我觉得后一首似乎未刊，很可能是遗作，于是立即托人转请陈洁女士代为复制，不久就收到清晰的照片，真是大喜过望——完全没想到在刘梦苇去世九十年后，还能看到他的手迹，而且是由鲁迅保留下来的！

传来的照片，是两封投稿信封、封底和三首诗的手稿。一封信是"十四年九月廿六"日寄给荆有麟的，寄信人署"龚"，当是刘梦苇的女友龚业雅的简称，所寄诗作应是刘梦苇的情诗《致某某》；另一封信是"十四年十一月十六"日寄给鲁迅的，寄信人署"刘"，当是刘梦苇亲寄，所寄的诗作应是刘梦苇的《醉之夜——呈元武》和连写在一起的邱元武诗《在她底醉了醉了以后——酹苇哥作》，在这两首诗后还附有刘梦苇致鲁迅的一封投稿短笺——

    两首自己以为不能算东西的"诗"，敬寄我们底 鲁迅先生，如认为合《莽原》底式，自然可以发表。否则，不必糟踏取灯儿，就撕碎投到字纸篓中算了。祝先生脑力健全，永久。
                         梦苇

短笺所谓"两首"，应即是连写在一起的《醉之夜——呈元武》和《在她底醉了醉了以后——酹苇哥作》，刘诗手稿后附注时地"十一月九日写于孤鸿室"和邱诗手稿后附注时间"十一月十一日"，正与第二封信的发寄时间相近，也可证明第二封信所寄的就是这两首诗。

这两封信所投寄的三首新诗，应该是投给《京报副刊》之一的

《莽原》周刊的。按，从 1925 年 4 月 24 日到 1925 年 11 月 27 日，《莽原》周刊共出 32 期。刘梦苇曾在该刊第 13 期（1925 年 7 月 17 日出刊）上发表诗作《竹林深处》，在第 21 期（1925 年 9 月 11 日出刊）上发表诗作《倚门的女郎》。这两封信所寄的三首新诗，分别于 1925 年 9 月 26 日和 11 月 16 日寄出，显然是接着前面两首诗的新投稿。查看第 21 期之后的 11 期《莽原》周刊，及 1926 年 1 月 10 日出刊的《莽原》半月刊多期，都没有刊发这新投稿的三首诗（陈洁文章的附表说《醉之夜——呈元武》"《莽原》投稿，发表"，似有误）。推测它们不被发表的原因，可能因为那时的鲁迅对正在流行的写失恋的情诗很不以为然（参阅《野草》里的《我的失恋》），刘梦苇的情诗庶几近之，于是鲁迅就不再刊用了。但庆幸的是，鲁迅虽然未在《莽原》上再次刊用刘梦苇的爱情诗，却也没有像刘梦苇所申明的那样"就撕碎投到字纸篓中算了"，而是归档存留，让我们在九十多年后的今天还可以再次翻检出这些青春的诗篇，使之重见天日。

很可能由于不被《莽原》刊用，所以刘梦苇在 1926 年 5 月 11 日又对《致某某》做了一些修订，转而在徐志摩主编的《晨报诗镌》第 9 号（1926 年 5 月 27 日出刊）上发表了。至于《醉之夜——呈元武》一诗，则一直未见刊出，所以由鲁迅存留下的这首诗，确是刘梦苇的一首遗诗而非佚诗。感谢陈洁女士热情相助，使刘梦苇的这首遗诗能够重现于世。下面就据原稿照片把这首诗过录出来，供有兴趣的读者和研究者参考——

醉之夜——呈元武

娇嫩而肥丽的玉手擎起了长颈磁盅，
殷红的葡萄美酒向她樱唇里面流涌；
在颖颖的灯光之下，那痛饮的风致，

令我想到古代挂剑赴敌的女中英雄。

她本是美丽的结晶,肉体乃至灵魂,
春水微波的笑颊,热烈的爱底象征,
冰雪清晶的心境,花般活泼而温存:
美妙的葡萄血液引诱她放情地豪饮。

饮罢,饮啦,再饮,你美丽的英雄!
让灵汁滋润歌喉呀,沉醉你底忧冲。
奋勇!在我们荆棘丛丛的爱的前途,
长此用幻想和热情创造浪漫的深梦!

诗织成的脸儿已是桃花一般地浑红,
眼迷迷地动,眉笑兼颦,发已蓬松;
犹自殷勤询问"我怎么,醉也不曾?"
犹自掩饰频频"何曾醉?你们做梦!"

目光无力地四瞬,羞涩地揽镜自省;
音乐的微声"我醉了,心摇荡无定!"
掩映灯前的酡颜,欹卧椅上的醉态:
我未把盏,上帝!为甚也醉迷沉沉?

她是为了忧闷,还是被激动于欢情?
还是目睹我底不幸,拚力为此狂饮?
心跳的不安情状,头昏的难受模样,
我未举杯,天神!为甚也苦楚万分?

(十一月九日写于孤鸿室)

附：《醉之夜——呈元武》手稿

醉之夜——呈元武

劉夢葦

嬌嫩而肥麗的玉手擎起了長頸磁盅，
般紅的葡萄美酒向她櫻唇裡面流蕩，
在頭額的燈光之下，那痛飲的風致，
令我想到古代掛劍赴敵的女中英雄。

她本是美麗的結晶，肉體乃至靈魂，
春水微波的笑頰，熱烈的愛底象徵，
冰雪清晶的心境，靈魂活潑而溫存；
美妙的葡萄血液引誘她放情地豪飲，

一

掩映燈前的酡顏、欹卧椅上的醉態？
我未把盞，上帝！為甚也醉迷沉沉？
她是為了憂悶、還是被激動於歡情？
還是目觀我底不幸、拚力為此狂飲？
心跳的不安情狀、頭昏的難受模樣、
我未●聲枕，天神：為甚也苦楚萬分？

（十月九日寫于孤鴻室）

三

飲罷、飲啦、再飲，你美麗的英雄。
讓靈汁滋潤歌喉呀，沉醉你底憂衝
奮勇，在我們荊棘叢叢的愛的前途，
長此用幻想和熱情創造浪漫的漂夢。

詩織成的臉兒已是桃花一般地渾紅，
眼迷迷地動，眉笑兼顰，髮已蓬鬆，
猶自殷勤詢問「我怎麼，醉也不曾？」
猶自掩飾頻頻「何曾醉？你們做夢」

無力地目光呵瞬，羞澀地攬鏡自省；
音樂的微聲曰我醉了，心搖蕩無定！

童真与世故的对立
——丰子恺散文二篇解说

丰子恺(1898—1975),浙江崇德(今桐乡)人。他既是中国现代著名的散文家,又是中国现代漫画的创始人,同时还是成就卓著的翻译家和艺术教育家。在他的文艺创作中,以散文和漫画最为杰出。

丰子恺是个极富爱心和童心的人,对孩子们尤为热爱和亲近。他自己曾说:"由于'热爱'和'亲近',我深深地体会了孩子们的心理,发现了一个和成人世界完全不同的儿童世界。儿童富有感情,却缺乏理智;儿童富有欲望,而不能抑制。因此儿童世界非常广大自由,在这里可以随心随欲地提出一切愿望和要求:房子的屋顶可以要求拆去,以便看飞机;眠床里可以要求生花草,飞蝴蝶,以便游玩;凳子的脚可以给穿鞋子;房子里可以筑铁路和火车站;亲兄妹可以做新官人和新娘子;天上的月亮可以要它下来……成人们笑他们'傻',称他们的生活为'儿戏',常常骂他们'淘气',禁止他们'吵闹'。这是成人的主观主义看法,是不理解儿童心理的人的粗暴态度。我能热爱他们,亲近他们,因此能深深地理解他们的心理,而确信他们这种行为是出于真诚的,值得注意的……"[1]

---

[1] 丰子恺:《〈子恺漫画选〉自序》,《缘缘堂随笔集》,浙江文艺出版社,1983年,第321页。

丰子恺的散文创作大多是以儿童的生活和心理为题材,处处浸透着对儿童的热爱和亲近之情,《华瞻的日记》和《作父亲》[1]两篇可为代表。这两篇散文记述的都是作者自己的小儿女们的生活,其一笑一颦,无不洋溢着动人的天真之美和活泼的率性童趣,而其共同的主题则是表现作者的一个"发现"——儿童世界和成人世界的不同以至于对立。

儿童世界与成人世界的对立,其实也就是童真与世故的对立。儿童和成人都是人类的一分子,都有着人类与生俱来的情感、欲望和要求。但儿童们在表达自己的情感、欲望和要求时,特别地直率坦白:他们喜欢什么就径直去要,不讲什么客气;讨厌什么就扭头不顾,不管什么礼貌;高兴了就欢呼雀跃,不懂得掩饰;气极了就大哭大闹,哪怕丢人现眼!尽管孩子们的言行和要求不一定都合理,但由于他们的天真无邪,一切都显得那么可爱。与儿童的童真不同,成人生活在一个充满道德、禁忌、法律和陈规陋习的社会中,这些东西像一张巨大的罗网,约束着成年人,又像无所不在的空气,熏陶着成年人,使他们渐渐失去了自由真率的天性,变得世故起来:说什么话、做什么事,都得考虑利害得失。尽管社会规范和道德约束并不都是坏事,但因此而失去了自由真率的天性,毕竟是一件遗憾的事。如果说成年人为了生存而变得世故是不得已的话,那么尽可能多、尽可能长地为孩子们保留一点未被世俗污染的童真天地,该是一件多么值得赞美的事!但不幸的是中国社会有着长久而且深厚的礼法传统。这个传统不但要求成年人做到"非礼勿视,非礼勿听,非礼勿言,非礼勿动",而且极力主张把天真无邪的儿童们教化成知书达礼、规矩听话的"老成"少年。这种揠苗助长的文化传统极大地剥夺了儿童们自由活泼的生活情趣,严重地伤害了他们童真

---

[1] 这两篇散文收录于《缘缘堂随笔集》。下引两文均据此书,不再一一出注。

自然的心灵。直到五四之后,这种状况才开始有了改变。五四新文化运动的先驱者们响亮地提出了"儿童神圣"的口号,热烈地讨论着"我们现在怎样做父亲"以及如何保护和发展儿童自由活泼的天性等问题。与此同时,表现和赞美儿童的童真也成了新文学的一个热门题材。鲁迅、冰心、叶圣陶等著名作家都是儿童文学的热心人。丰子恺也是在这种新文化背景下写出了一系列描写小儿女生活的作品的。他的作品充分体现了"儿童神圣"的新思想。

明白了上述背景,我们就不难理解丰子恺这两篇散文的意义和情趣。作者写这两篇散文,都致力于揭示儿童的童真和成年人的世故的对立,鲜明地表现出厌恶世故刁巧而向往天真无邪的生活情趣。但在具体描写上,这两篇散文又各有侧重、各具特色。

《华瞻的日记》侧重从儿童的心和眼来看成人的世界,对"大人们的无理"提出了幼稚而又率真的质疑。在小华瞻看来,"大人们的无理"实在太多了:大人们弄出"家"的分配法,使得他和要好的"同志"郑德菱不能天天在一块吃饭、在一块睡觉,真是无理之极了;见到喜欢的东西,大人们却不让往家里拿,别人给东西,大人们不让接受;大人们常常不怕厌气,端坐在椅子里,或毕恭毕敬地站着点头、弯腰,说什么"请,请""对不起""难为情"一类的无聊话……如此等等的质疑,固然令人啼笑皆非,但又给人天真烂漫的美感。当然,四五岁的幼儿是不会写日记的,本文中的儿童口吻和心态其实是作者模拟的。作者之所以能把幼儿的心态和口吻模拟得如此生动逼肖,是因为他对儿童充满爱心,并且对孩子们的心理有着精细的观察和亲切的体验,丰子恺曾说过,"我常常'设身处地'地体验孩子们的生活;换一句话,我常常自己变了儿童而观察儿童"。[1]《华瞻的日记》也可以说是作者变了儿童来描述儿童心灵的一篇小杰作。

---

〔1〕 丰子恺:《〈子恺漫画选〉自序》,《缘缘堂随笔集》,第 321 页。

这种"儿童化"的观察角度和叙述方法以至于叙述语言，给人特别清纯的印象和别开生面的美感。

《作父亲》则是从父亲的角度来观察和描写儿童的生活和心态的。作者在这里现身说法，讲述了他和自己的几个小儿女在买小鸡时发生的一场小风波。对粗心的人来说，这场小风波实在算不了什么，但细心的丰子恺却从中发掘出了令人深思的问题。在这场小风波中，一方面是对小鸡爱不释手的小孩，他们一片童真的心中没有成人的金钱得失之念；另一方面是世故刁巧的卖鸡人，他一心想卖高价，孩子们的渴求被他用来作为加价的筹码；而最为难、最尴尬的则是夹在孩子和卖鸡人之间的父亲，他既有爱子之心，又不无世俗之念，在讨价还价不成之后，竟不由自主地用世故刁巧来教育孩子。作者用这样参差对照的笔法，深入地揭示了成人的世故刁巧和儿童的天真无邪的对立，并从中引出了怎样做父亲的问题：是保持和发扬孩子们一片天真烂漫光明正大的童心，还是教育他们学会卑俗刁巧的世故？对这个问题作者并没有做出明确的回答，但读者在读了文中"作父亲的"自我反省——"在这一片天真烂漫光明正大的春景中，向哪里容藏这样教导孩子的一个父亲呢？"——也就不难得出正确的结论了。并且这篇作品从渐近渐响的"咿哟，咿哟"的叫卖声开始，娓娓道来，很自然地引出了一场小风波，最后又以一个反问句戛然而止，给读者留下了思索的余地，笔调比较含蓄。

从丰子恺的这两篇短文中，我们可以看出他是一个很会作文章的人。我们平常写文章时，总觉得自己身边的人和事太平凡，没什么意思。但丰子恺却不怕琐屑和平凡，他以一些不起眼的小事为题材，用情、用心去发掘它们的意义，照样写出了感情饱满、引人深思的好文章。我们平常写文章的另一个难处，是有了题材却不知从何说起。这是因为没有选好观察和叙述的角度。丰子恺的这两篇短文，题材都是儿童生活，他精心为两文选取了不同的观察和叙述角度:《华瞻的日记》以孩子的心和眼来观察和感受,用孩子的口吻来叙述;《作父亲》则从父亲的角度来观察和叙述。这些角度都是很别致的。同时,由于观察和叙述角度不同,两篇文章的叙述语调和语言风格也就不同了:《华瞻的日记》叙述语调天真烂漫,语言是孩子式的,无拘无束,直率坦白,给人稚嫩而又可爱的感觉;《作父亲》的叙述语调则从容稳重,语言带有成年人的含蓄和节制。这一切都启发我们如何去作文。如果我们也像丰子恺那样,从自己熟悉的人和事写起,并根据题材本身的特点选取恰当的叙述角度和叙述语调,用心、用情地去写,我们一样会写出文从字顺、情真意美的好文章。

附记: 这是为中学生写的一篇名作欣赏小文,生平第一次也是唯一一次用了个笔名"淳夫",发表在河南大学出版的《中学语文》(初中版)1995年第11期。文章是应编者之约而写,完成任务后就忘在脑后了,手头也没有保存此刊。最近承友人检出并翻拍给我,姑录于此。

《几个小意见》及其他
——老舍的一篇佚文和抗战文艺的几则史料

最近，为了查核别的文献，我到国家图书馆去翻阅抗战时期重庆版的《中央日报》-《扫荡报》联合版，不料却在该报1942年11月23日第6版的文艺副刊《艺林》上，碰到了老舍的一篇短文，其题目和原文如下——

几个小意见

关于文化劳军的办法，我想起几桩小事，写在这里，作为参考。

（一）三年前我到西北去慰劳军队，见到了不少新旧剧团及歌咏队，在军队中服务。现在，这些个小组织情形如何，和是否还存在，我都说不上来。不过，据我想，它们也许比从前更困难了，但不至于都消灭了吧。在三年前，它们已感到很大的困难，如得不到合适的剧本（不论是话剧，还是抗战的旧剧），如人员不够用，如津贴太少，职员演员甚或不能谋一饱……都使大家无从积极的推动工作。我想，在文化劳军捐款中，应当划分一部分给它们，使剧团得到新的剧本，歌咏获得新歌曲，而后再分别予以更多的津贴，使阵容充实，工作发展。

（二）在后方，有许多剧团与歌咏队，大致都在冬天很忙，夏天很闲在，似乎也应予以津贴，请大家在夏天到军队中去。

夏去冬归，军队与剧团等都得到好处，可谓轻而易举。

（三）教育部设有民众读物组，专编写通俗抗战文艺。现在这组织已归并在国立编译馆内，仍照常工作。据说，此组已写成许多部小书，有的已印好，有的还未付印。若能设法利用这一部分书与稿，大量的重印或付印，则水到渠成，最为便利。

（四）选择后方所出的刊物，予以津贴，按期加印若干份，送到前方，则于慰劳专刊之外，可五光十色，应有尽有矣。

（五）寒暑假中，聘请大学教授到前方给高级官长讲演。全面战争，包含至广，军事官长并不只要明白军事，其他问题亦所关心，且须多知道一些也。

（稿费捐作文化劳军之用）

我对老舍缺乏研究，不敢遽断这是不是一篇老舍佚文。于是翻查《老舍全集》及其附录的《全集篇目索引》，都没有收录此文；翻阅张桂兴先生所著《〈老舍全集〉补正》（中国国际广播出版社，2001年）和《老舍年谱》修订本（上海文艺出版社，2005年），也未见补录和著录此文；再检索近年一些学者如张桂兴、曾光灿、沈栖、刘涛诸先生陆续发掘并重刊的老舍佚文，也未涉及此篇。不过，我的检索可能不完全也未可知，所以就暂且算是佚文吧。

这篇短文是对抗战时期的"文化劳军"活动的几点建议，然则当年的"文化劳军"活动是怎么一回事呢？这需要略作解释。按，"文化劳军"是1942年底在重庆等大后方各地广泛开展的一场文化运动，各行各业通过举办各种文娱竞赛活动聚集捐款，为前线的军队提供文化活动的经费。作为国民政府喉舌的《中央日报》-《扫荡报》联合版，也在1942年12月19日特意刊发了《文化劳军运动特刊》，军政长官如孙科、陈立夫、居正、孔祥熙、何应钦、白崇禧、张道藩等，或题词或撰文予以鼓励。这项活动得到了作家们的积极响应。穷作家们所能捐献的,也就是自己的稿费了。所以就在刊发老舍这篇短文的同日《艺林》副刊之开首,即同时刊发了这样一则启事——

敬求捐稿

文艺作家们大抵都深陷在穷困中,没有齐备着"出血"的条件。但是文艺作家们却各有其满腔的热情,各有一枝"生花"的笔,如果,文艺作家们将其心血饱濡其笔尖,洒向纸上,换取稿费,捐作文化劳军之用,这该是令人感奋的事,也是文艺作家们应有的表现。

为此,"艺林"特献出一星期篇幅,敬求文艺作家们捐稿劳军,同时,报社将特别提高稿酬,以求不负作家们响应文化劳军运动之热忱。

夫"捐稿"虽系"秀才人情",但以心血劳军,其意义或有胜于"有钱出钱"者。希望作家们都拿起笔来,为劳军而努力写作!

"一星期"后的1942年11月30日,该报《艺林》副刊上又出现了这样一则启事——

本刊此次响应文化劳军运动,原定献一周(十一月二十三—二十七日)篇幅,敬求作家捐稿劳军,现陆续收到之劳军佳作甚多,除已发表者外,当陆续刊登。

《艺林》的这两则启事,是很有意思的抗战文艺史料。由此,我们得以知道在抗战时期大后方广泛的"文化劳军"运动中,文艺作家也曾积极发起过一场独特的"捐稿劳军"活动,据此可知中国人民的八年全面抗战是在多么艰苦的条件下坚持下来的,进而理解当年的中国作家们是凭着多么坚韧的抗战意志和无私的爱国精神来用心血写作的。比较之下，方知另一些战时文人自以为只有远离抗战政治、独自"看云""看虹"以便进行"抽象的人性抒情"才是所谓"人的重建"和"民族重建"之正道，是多么奢华高调而其实自私自利的文学行为了。

作为"中华全国文艺界抗敌协会"负责人的老舍，在"捐稿劳军"这样的活动中当然不会后人。《几个小意见》就是老舍写给《中央日报》-《扫荡报》联合版的文艺副刊《艺林》的一篇"文化劳军"短文，文后特加括号说明"稿费捐作文化劳军之用"，这应该是老舍的附注。其实，老舍就是"捐稿劳军"活动的首倡者和第一个捐献稿费的作家。按，"捐稿劳军"活动是从1942年11月23日开始的，而老舍在当天的《艺林》副刊上就发表了这篇短文并率先注明"稿费捐作文化劳军之用"。这显然表明老舍就是"捐稿劳军"活动的发起人，我甚至觉得刊于同期《艺林》副刊上的那则《敬求捐稿》启事，很有可能也是老舍代笔起草的。这不仅因为此则启事写得热情慷慨、干脆爽利，完全不同于一般启事的装模作样、拿腔拿调，而且此则启事的语言也颇有老舍语言之格调，如说穷作家们"没有齐备着'出血'的条件"却"各有一枝'生花'的笔"，就是比较典型的老舍式语言，而"夫'捐稿'虽系'秀才人情'，但以心血劳军，其意义或有胜于'有钱出钱'者"，也近乎老舍式的幽默风趣。并且，老舍也一直坚持到这场"捐稿劳军"活动的最后。在其散文《我的母亲》之末，老舍有一段感人至深的记述："十二月二十六日，由文化劳军的大会上回来，我接到家信。我不敢拆读，就寝前，我拆来信，母亲已去世一年了！"按，《我的母亲》初刊于1943年1月13日、15日《时事新报》的《青光》副刊，则文中所说的"十二月二十六日，由文化劳军的大会上回来"，当是1942年12月26日的事。查张桂兴先生编撰的《老舍年谱》，在1942年12月26日果然有这样的记述："下午2时许，参加在银行界进修服务社举行的文化劳军献金大会，代表文艺作家献金并发表演说"，而据《老舍年谱》转录的当年次日重庆《新华日报》上发表的报道——《渝市文化劳军献金竞赛第二日》——所记录的老舍讲演，他所带来的文艺作家们的献金，恰好就是"作家在《中央日报》—《扫荡报》联合版的副刊'艺林'上捐出之稿费五千二百五十元"。[1] 所以，老舍对文艺作家的"捐稿劳军"活动可谓善始善终。

对抗战劳军活动，老舍一向积极参加。他在这篇短文中说起自己三年前到西北劳军的经历。那次劳军慰问活动始于1939年6月28日，其时老舍以中华全国文艺界抗敌协会代表的身份，随全国慰劳总会北路慰劳团（团长是所谓"黄埔三杰"之一的贺衷寒，时任军委会政治部第二厅厅长、新成立的"三青团"临时中央干事，而全国慰劳会总团长、国民党元老张继亦随团而行）从重庆出发，经内江、成都、绵阳、梓潼、剑阁、广元，7月5日出川入陕，历沔阳、汉中、秦岭、宝鸡、西安、华阴，7月中旬由潼关转赴河南灵宝、洛阳、临汝、叶县（中间一度返回西安讲演）、南阳，8月3日从老河口入湖北，抵襄樊等地慰问，8月中旬又转入河南邓县、内乡，经商南、蓝田复回到西安，8月底由西安出发至泾阳、三原、耀县，9月1日谒黄帝陵后，过洛川、鄜县、甘泉，于9月9日抵延安访问，随后赴绥德、米脂、榆林等地慰劳，9月21日再回延安，9月23日离开延安经同官、耀县、三原返西安，10月4日到达甘肃重镇平凉，10月6日来到了甘肃省会兰州，此后又奔赴青海、宁夏以及内蒙古等地慰劳……最后于1939年12月9日返回重庆。[2] 此番历时将近半年、历经五个战区的劳军经历，让老舍一方面亲眼见证了中国军

---

[1] 以上引文并见张桂兴：《老舍年谱》，上海文艺出版社，2005年，第428—429页。
[2] 参阅解志熙："风雨八年晦，贞邪一念明"——老舍抗战及40年代佚文校读札记》，《文学史的"诗与真"——中国现代文学文献校读论集》，北京大学出版社，2013年。

民的抗日热情和战斗意志，另一方面也目睹了广大中国的国情和现实——中国虽然号称地大物博、人口众多，但民穷国弱、家底子薄，办什么事都不容易，一切只能因陋就简、勉力而行。就说文化劳军吧，前线将士热切需要文化艺术，文艺团体以及民间艺人也很有劳军热情，可是常常因为缺乏足够的经费支持，遂使文化劳军这件好事难以尽如人意。看看太平洋战争爆发后的美国却是另一番奢华景象：民富国强的他们可以广泛动员和征用诸如电影界、演艺界来为前线服务，甚至可以动用飞机把电影明星直接送到战地前沿演出，这是中国不能比的。然而，贫弱的中国仍然坚韧地坚持抗战，绝不屈服于强敌，这其实更难得……应该说，正因为老舍深明中国的实际，所以他的这篇劳军短文绝不说好听的官话套话，而一本他所了解的实际情况，提出了一条条具体恰当的建议，这些立足实际的建议，按说也都是切实可行的。比如，"在后方，有许多剧团与歌咏队，大致都在冬天很忙，夏天很闲在，似乎也应予以津贴，请大家在夏天到军队中去。夏去冬归，军队与剧团等都得到好处，可谓轻而易举"。然而，由于国统区政治体制的问题，老舍的好建议也就不一定能够"轻而易举"地顺利实行了。事实上，抗战初期活跃于前线、深入于基层的许多救亡演剧队，到了40年代之后大都退回到大城市、转向职业演出，而许多民间艺人则失业在家、贫困潦倒。老舍对此最明白不过，可是体谅国情的他只能隐忍不发，所以这则短文虽然建议很斩截而语调却并不明快，七十年后读来仍不难感受到言外的无奈与悲哀。

2015年8月22日草于清华园之聊寄堂

何其芳佚文三篇辑校[1]

给学生文艺社的一封信[2]

各位同学：

你们所刊行的《学生文艺》的创刊号，那有着鲜明而朴素的封面的小刊物，在十天以前就由一位同学送到我书桌上来了。我很欢喜的接受了它。因为在这流行着读经做古文之类的复古病的成都，同学们能够对新文学发生了爱好，而且自己动手来学习写作，而且刊行了一个刊物，实在是很难得的。

但当那位同学要我写一点关于文学修养的理论文章，我却很迟疑。

我没有写过那种文章。而且虽说很久以来我就倾心于文学了，我总是读着作品，没有研究过理论。是四五年以前的事了，我曾向一个认识的人这样说，"我总是不喜欢读理论书，有没有什么害处？""最大的害处，"他回答，"就是你将永远是一个诗人。"这句漂亮话的说出者，就是后来以天才自命因而为人所知也为人所嘲笑的李长之，然而这位天才的话并不怎样灵验，因为事实上我没有永

---

[1] 这里辑录了何其芳的三篇佚文，为存文献之真，用语一仍其旧。特此说明。
[2] 本文原载《学生文艺》半月刊第 1 卷第 2 期，署名何其芳，1938 年 5 月 30 日成都出刊。

远是一个诗人,而且这事实的造成者并不由于我后来读了理论书,却由于我走出大学寄宿舍后受到许多现实生活的鞭打。现实生活的鞭子比什么理论都很有力。为着深入的,正确的,科学的了解现实,我才感到阅读理论书的必要。我才想好好的读一读自然科学和社会科学,因为它们可以使人从迷信,偏见和愚昧中走出来,建立一个健全的人生观和宇宙观。从表面上看来,这与文学修养似乎没有关系。但对于写作的态度,对于观察现实,对于获取并处理题材,一个健全的人生观和宇宙观都是很必要的。

粗略的说,写作上的基本问题不外这三个:

一、为什么而写作?

二、写些什么?

三、怎样写?

第一个问题就是写作的态度。大致可以分作两种:一是清清楚楚的"为人生而艺术",一是糊里糊涂的"为艺术而艺术"。藏在后一种写作态度[1]的人又可分作许多种,有的是真糊涂,有的是假糊涂,有的是由假糊涂而真糊涂,总之他们不是吃得太饱了,闲得无聊,就是想得吃得饱饱的坐着过舒服日子的欲望尚未满足,但又非常胆小,不敢说出,因此只有古里古怪的叹声咽气。结果他们都是或轻或重的神经病者,其作品都是或多或少的瞎说八道。

第二个问题却比较复杂一点。对于初学写作的人,我想把这样一句话抄在这里是有用的:"每个作家须要写他所深知的东西,须要写他曾加以研究,思虑,受其感动,以及消化了的东西。"(见苏联文学顾问会著:《给初学写作者的一封信》。)

因此丰富的生活经验无疑的有助写作者的长成,而仅仅坐在书斋里望着天花板的人很难写出什么像样的作品。自然,得赶快说明

---

[1] 疑原刊此处漏排了"里"或"中"字。

一下，这和写作的态度有着密切的关系。在"为艺术而艺术"的作者，生活经验的丰富与否是不算主要问题的，因为他们多半孤独的生活着，逃避现实而且忽视现实。他们的眼睛和耳朵都异乎常人，看不见血淋淋的事实，也听不见辗转于饥寒死亡之中的无边的呻吟。比如在这民族解放战争进行得很剧烈的目前吧，凡是有良心的作者都认定文学工作同样应该以有利于抗战为前提，无论直接的或间接的。然而还是有一种冷冷的嘲笑的声音插进来了："你们总是要写抗战，抗战，抗战……"其实这嘲笑是扑了空的：从空洞的头脑里发出来，扑到并不存在的幻想的攻击对象上，结果是自己感到没趣的消失。因为谁也没有主张或者实行在每篇文章里都单调的重复的写着"抗战，抗战，抗战……"刚刚相反的，有的人指出文学作品上的"差不多"现象的存在，并不由于作者们都要抓住时代，都要暴露现实（如某一些人所幻想的），却正由于作者们没有密切的生活在这大时代中，没有深入的把握着复杂的现实。有的人提出要歌颂也要批判，有的人在实际写作中，已经留〔1〕到光明的与黑暗同时存在和它们的斗争。

　　生活在这距前线很远的成都，要运用想像的能力来写徐州大会战是会失败的，就是做做在山东原野上奔驰的梦也难于做得和真实的行动一样使人感动。好在后方的情形也有着许多值得写的。比如学校生活，故乡情形以及都市里的各种社会相，都是同学们取材的土壤。

　　剩下的最后一个问题是写作技术。这更非几句话所能说得清楚。最可靠的办法是从比较成熟的创作和外国的名著学习。就是说要多读书。"小说作法"或者"诗歌作法"之类的书是没有什么

---

〔1〕 "留"疑当作"留心"或"留意"，可能是作者漏写了或原刊漏排了"心"或"意"字。另，此句中"光明的"疑衍一"的"字。

用处的,倒是写过像样的作品的作者们的"创作经验谈"却可以读一读。

由于匆忙,我只有这样草率的结束了这封信。

祝你们努力。

五月二十六日夜

一个关于写作的附注[1]

正确的完全的写出来,这应该是这样一个长长的题目:一个关于写作技术的学习的附注。

这应附注在《给学生文艺社的一封信》的后面,作为一个解释。

关于写作技术的学习,在那封信的末尾,我说,"这更非几句话所能说得清楚。最可靠的办法是从比较成熟的创作和外国的名著学习。就是说要多读书。'小说作法'或者'诗歌作法'之类的书是没有什么用处的,倒是写过像样竟[2]作品的作者们的'创作经验谈'却可以读一读。"

这实在说得太粗浅,太简单了。这自然由于我的理论修养的不足和经验的浅陋,但更主要的却由[3]我要匆促的结束那封短信。在我所接到的一封信里有一位"论年岁也还是一个孩子"的少年朋友向我提出异议:

"何先生所说的自然是极珍贵的宝藏,但从别人处学习就只是多读些书就可以吗?我以为不只那么简单吧?"

我已经用私信答复了他。但学生文艺社认为关于这有公开解释

---

[1] 本文原载《学生文艺》半月刊第1卷第5期,署名何其芳,1938年7月15日成都出刊。
[2] 此处"竟"字乃原刊误植,据上文,"竟"当作"的"。
[3] 此处"由"疑当作"由于",可能是作者漏写了或原刊漏排了"于"字。

一下的必要！叫我再写几行作为补充，虽然我的意思仍是很粗浅，很简单。

首先我得说明我那点从作品学习写作技术的主要见解恐怕是任何有过写作经验的人都会首肯的。比如我自己吧，我回想我之所以从事写作，固然也可以笼统的说，由于很早的而且长期的生活上的寂寞，但我寂寞为什么没有把我驱入世俗的寻求享乐和热闹的路上去，也没有使我热情的献身于其他科学（就比如说自然科学吧）的研究，而都[1]甘心过着一种仍然是寂寞的写作生活呢，不能不说由于我很早的而且长期的接触着文学作品。最初我差不多只读着当时我国作者们的作品，然而那已够引起我的写作兴趣了。后来读了一些西洋的名著，我的鉴赏能力就渐渐的增高，而自己习作的幼稚程度也就渐渐的减低。由于我国新文学历史的短暂和它的特殊渊源，西洋的文学遗产我们是必需接受的。从新文学运动以来，凡是有像样的成绩的作者，无不受过西洋的文学的影响。所谓影响是自然而然的经过了消化以后而发生的作用，与我国做古文做旧诗的人们所实行的模仿不同。

我说从作品学习写作技术就有着以上的意思。当然，除了多读书而外，不用说还要自己不断的多动手来从事写作。说是学习就包含着自己动手在内，所以我没有特别的提出。

其次，假若由有着丰富的写作经验和理论知识的人来写"小说作法"或者"诗歌作法"之类的书，虽说仍然未必能使人不靠旁的更重要的学习就会作小说或者诗歌，倒并不是不值得一读的。不过在目前，那些什么作法的著者多半是自己也作不出什么，而且未必有着正确的适用的理论知识的，所以我就武断的说"没有什么用处"了。

---

[1] 从上下文义看，此处"都"似应作"却"，原刊可能因两字形近而误排。

所以我这并不是忽视着或者抹杀着写作理论的重要。

最后，我发见我有了一个重要的遗漏，就是没有提到批评。在理论上说，批评对写作技术的学习是很有用处的。因为它不但可以消极的指出未成熟的作品的缺点及失败之处，使作者改进，而且可以积极的指出成熟作品的长处，使作者发展他的才能，也使学习者得到指示和参考。然而，尽了他的职责或者能胜任他的职责的文艺批评者，在我国目前是很寥寥的。就我个人的经验而说，比较亲切的朋友们的零碎的批评或暗示对我的写作是有益的，而长篇的批评我的作品的文章却似乎对我自己没有什么帮助。

七月十三日草成

怎样研究文学[1]

一

我并不感到别人出题目给我做是一种苦事。因为我对许多事情常常有一些意见，而它们又还没有成熟到足够使我想自动地去写出来，有时被别人问到，我便欢喜我有机会作一个简单的答案了。但中国青年社这回出的题目却几乎难住了我。这个问题我平常很少想到，而且就是临时集中心思来想了一阵，也还是不知道它的正确的答案到底是什么。

研究文学？是不是说把文学当作一种学问来研究，就如我们对于自然科学、对于社会科学？

这是很专门的事情，学者们的事情。需要到大学校里去读几年

---

[1] 本文原载《中国青年》第2卷第6期，1940年4月5日于延安出刊；后曾转载于《学园》创刊号，1942年3月1日于广东曲江出刊，这个转载对原文略有删改。此处以《中国青年》本为底本而与《学园》本参校录出。

书，学几种外国语，然后再以一生的精力去从事的事情。因此回答这个问题的适当的人是学者们、理论家们。

中国青年社的同志们的意思恐怕不是这样。

那末是不是这样一些小问题呢：对于文学发生了兴趣和爱好以后，我们要具备一些什么条件才可以去学习它？我们将怎样去增进我们的理解力、欣赏力？我们将怎样去阅读作品？而且读一些什么？而且，假若我们想自己也来写一点东西，我们需要注意些什么事情？

我试一试看。我恐怕没有把握很简单地然而很扼要地解答这些问题。

二

一个写作者首先是一个人。

一个好的写作者一定首先是一个好的人。一个伟大的写作者一定首先是一个伟大的人。

写作者，或者引用斯大林对他们的称呼："人类的灵魂的技师"，在他的作品里面不但描画了、展开了和发掘了他们的人物的灵魂，而且也显露了他们自己的灵魂。一个内心丑恶的作者绝对不可能写出美丽的人物、美丽的故事。一个小人物在写作上也只能有小的成就。一个对于人类和与他有关的事情怀抱着一种冷漠、消极或者超然的态度的人，永远无法获取他的读者们的感动。

写作者的思想和认识、他的人生观和宇宙观、他的行动和实践，是决定他的作品的最先的条件。世界上就没有一个反动思想的代言人、一个将要走完它的历史路程的阶级辩护者是真正的、好的、或者伟大的艺术家。

对于"好的"、"伟大的"这两个形容词我需要在这里插入我的解释：

对于人类有好处的事情就是好的事情。做着这种事情的就是好的人。用文艺工作来做它，而且做得好的就是好的写作者。做着这种事情，或者用文艺工作来做它，而且有了巨大的成绩、巨大的效果和影响的就是伟大的人，或者伟大的写作者。

我们的成绩、效果和影响是受限制于我们的才能和环境和实际工作的情形的。我们无法也无须期必它们的大小。然而作一个好的人，或者作一个好的写作者，却是我们应该有的决心和愿望。

三

我在考虑是不是应该提出才能这问题。从事文艺工作是不是需要一种特殊的才能？假若需要，那又是什么？

安东·契诃夫在他的契红德[1]时代，就是说当他还是一个二十三四岁的大学生，他就给报纸写一些小笑话。我们看一看那些小笑话吧。鲁迅翻译出来了一本《坏孩子及其他奇闻》。读了这些小故事，我感到它们比有些写了许多年，出了许多本书，而且正式地标明他们的作品为短篇小说的中国的作者，或者现代外国的作者的东西好得多。因为它们当中有一些留给我一种不可磨灭的印象，而我用来和它比较的那些作者的短篇小说却往往读时使人感到不满意，读后很快就被忘记。

在伊凡·蒲宁的一篇回忆录里，契诃夫提到了拉蒙托夫的一篇小说，他说："我不明白，为什么还不过是一个孩子的时候他就能够写出了《塔曼》。假若一个人能够写出那样一篇和一个好喜剧，就是死了也可以心甘了。"

在诗人当中，才能的很早地显露和成熟更是较普通的事情。谁都知道箕茨只活了短短的二十六年，而蓝波的作品差不多都写于他

---

[1] "契红德"（Antosha Chekhonte）是契诃夫早年的笔名。

的二十岁以前。

　　反面的例子一定也是很多的。一定有过、而且正在有着一些无名的小悲剧。一定有许多人努力地写了一生或者半生却没有写出什么好作品，印了许多书却没有什么读者。假若这类的人，我在不敢十分自信地想，不去从事文艺工作，而去当建筑师、飞行员或者会计员，是不是会比较地有成就一些呢？是不是比较地不浪费了他们的生命，而他们的工作也更对人类有好处一些呢？

　　才能并不是一种非科学的幻想物。人的智力是有着差别的。有些头脑比较适宜于论理的抽象的思索；有些头脑对于生活、现象和具体事物的比较感觉锐敏一些；有些头脑却比较迟钝。

　　一个智力低下、对事物缺乏感受力，而又不大肯思索的人是不适宜于从事文艺工作的。

四

　　一棵树的生长决定于它的种子，也决定于它的土壤和水分和阳光。一般地说来，我们的土壤是很硗薄的。古老的文学作品实在距离我们的思想、情感，尤其语言，太辽远了一些。新文学的传统异常短暂，异常贫弱。外国的名著还介绍得很不完全，而仅有的一些又往往译得那样粗糙。一些流行的文艺刊物上发表的作品，可以说大半是水准相当低，有的甚至没有什么意思，有的甚至文字还有问题。然而，说来可哀得很，许多对文学发生了初步的兴趣和爱好的人，都主要地是从它们去接受营养。

　　很多人都知道高尔基是从无产阶级里面走出来的，但很多人都[1]几乎忘记了他在开始写作以前的修养。是的，他的生活于他是很重要的，但同样重要的是他的对于生活的理解。读一读他的

---

〔1〕　从上下文义看，此处"都"似应作"却"，原刊可能因两字形近而误排。

《我怎样学习的》吧。从他开始跟一个船上的厨师学会阅读，到他发表第一篇小说《马加尔·周达》，他是读了多少书啊。他比我们的许多知名的作者读得多。他比我们的学者、理论家或者都读得多。而且这不仅仅是一个写作技术的问题。由于书籍，他才获得了对于生活的理解，用他自己的话，"每一本书是一个梯子，使我从兽类爬到人类"。因此，当他说明他自己为什么没有和他当时的同伴们一样去酗酒、去和下流女子往还、去沉溺、辗转于可诅咒的生活里面而自己也就变得残暴、丑恶和自私自利，他的话也许会使我们吃惊吧。他说得很简单。他说，这由于他熟习了那些书上的人类：他们常常是那样善良，那样美好；他们当中的女子常常是温柔而又高贵。

我们一定得多读一些好的书。

我们得尽可能地多读一些我们所能碰到或者找到的有名的著作。

创作不能从模仿产生，但它可能接受影响。从多方面接受影响，从大作家接受影响，比较从很狭隘的一方面，从小作家去学习自然要好得多。

五

开书目，介绍书籍不一定是有用处的事情。

当我开始对新文学、尤其是新诗歌发生了爱好，一个朋友给我一本郭沫若的《女神》。我读了一遍，还他，我说没有一篇诗是我所喜欢的。"你再读一遍吧！"他说。我再读了一遍，我的结论还是没有改变。那时创造社的作者们对青年人有着很大的吸引力和影响，然而他们却不能征服我的幼小的心灵。我也翻阅了那些几乎每个爱好文学的青年的书桌上都有的创造社的刊物、集子，但我只有一些喜欢《创造季刊》上的一个诗人，冯至。而他的作风和气息实在和创造社的作者们是很不相同的。

《少年维特之烦恼》也不能获得我这样一个读者的倾心。直到现在，那个德国的大诗人歌德和我还是无缘，我最近才下决心读完了他的《浮士德》上部。也许部分地由于中译者太损伤了原作的文体吧，它不能使我喜欢，也不能使我佩服。

由于这些，我几乎要判断我是一个不喜欢浪漫主义的作品的人了。但我马上又自己推翻了这个结论。因为拉蒙托夫的《当代英雄》，夏多伯里昂的《阿拉达》和《核耐》[1]都曾经使我沉醉过。

这只能说是一个人的趣味的问题。

第一步，我们需要多读。

第二步，我们需要（或者是自然而然地）养成自己的趣味。

但这种文学趣味是可能改变的。因为它并不是先天地决定的，而却服从于我们的生活，思想和知识。

我曾经强烈地爱好过杜斯退益夫斯基。然而，不久以前，我读了他的《赌徒》，我却几乎把它远远地扔开了。因为我感到人间到底还是光明得多，人的生活到底还是快乐得多，比较他所写的。

就在我沉溺于他的《被侮辱与被损害的》、《白痴》和《卡拉玛左夫兄弟》的时候，我几乎错过了托尔斯泰。我读了他的《安娜·卡列尼娜》和《战争与和平》的英译本，我有些失望。我不能忍耐那些平常的人物，那些平常的事件，那些关于战争场面的详细的叙述。那时我还是一个大学生，我对于人间和人类的知识都还很[2]可怜，因此我常常以幻想来补充生活。然而去年在河北游击区域里，我重又读了这两本书的不完全的中译本，我却感到托尔斯泰恐怕是俄国最好的也是最大的小说作者了。

---

[1]《核耐》（*René*）今通译《勒内》。
[2]《学园》本将"很"改为"少得"二字。

六

有了才能，有了修养，我们就可以开始学习写了。而学习写所首先碰到的恐怕就是写什么的问题，主题与题材的问题。

每个人都有他可以写的东西。同时每个人所能写的东西都有着限制。

每个好的写作者都是在他的限制里面完成了他自己。

托尔斯泰、屠格涅夫只善于写贵族家庭的生活；杜斯退益夫斯基的人物多半是某种程度的精神病患者；有些生活范围更狭小的作者，比如哈代，甚至他的小说的背景也就是他的家乡。

对于我们所不知道的事物我们根本不能说出什么；对于知道的不深、不完全的事物我们即使大胆地说了，也一定说得有些含糊；对于我们自己并没有感动过的事物我们无法说得使别人感动。

简单一句话：写你最熟悉的东西。

然而这样一个最基本的原则还有些人似乎不知道、不相信。当我慢慢地由于自己的，也由于别人的写作摸索到这样一个道理，我很巧地读到了一篇批评文章，我才知道这个道理早已被人说了又说了。我想把那篇文章（《文艺战线》第四期：《苏联文学当前的几个问题》）里面所引用的一些名言再引用在这里：

> "如果一个作家对于他的小说所取的主题不熟悉，那将不是艺术的东西。"（列宁）
>
> "不要责成他写关于集体农场或者马格尼托高尔斯克[1]。不能由于责任所在来写这样的东西。"（斯大林）

---

[1] 马格尼托高尔斯克（Магнитогорск，意为磁山城）建城于1931年，苏联的钢铁工业中心。

"主题——这是一种思想，生长于作者的经验里面，由生活暗示给他，但潜伏在他还没有形成的印象的仓库里面而要求表现于形象中，唤起他去努力形成它的冲动。"（高尔基）

七

让内容去寻找那最适宜于它的形式。最适当的形式就是最美的形式。不要因为看见书上印着，或者别人写着分行的形式便去写诗。不要因为文学里面有着短篇小说那样一部门，刊物里面有着那样一栏，而它的组成又大概是人物、情节、顶点、氛围等项的混合，便按着那些条件去填那种形式。

没有话说的时候我们应该沉默。真感到有些东西非吐露出来不可的时候，我们应该采用自然的、真实的、朴质的语言。唯有这种语言才最清楚，才最能一下打进人的脑筋。

使我非常惊讶的是有些初学写作的同志，竟花费许多时间去做一种无意义的工作。他们对我说，"我们感到词汇不够"。他们从一些文学书上把那些他们认为美丽的词藻、句子抄录下来。这不知是那一个该死的教师出的主意。

词汇的来源是活的语言，字、词和句子本身并没有美好与否的差别，它们的美好与否在于我们是否用得最适当。福罗贝尔的"一字说"表面上是有些神秘的，或者有些苛刻的说法，而实际却是一个很平常的道理。他说，任何一个事物、动作、或者状态都有它最好的一个名字，也就是唯一的一个正确的名字，我们必须把它找出来，它其实就是那本来的名字。正因为是本来的名字，我们反而有时忘记了它，或者以为它太平常，用旁的名字去代替[1]。

---

[1] 此处《中国青年》本仅作"代"，似漏排了"替"字，兹据《学园》本补上。

我曾经在天津的一个中学里同时教着初中一年级和高中一年级的国文。改着那些刚离开了小学的，十四五岁的孩子的卷子，我还间或又感到快活，因为从他们那种文法不通或者表现不清楚的文字里，我间或又窥见了一些幼稚的，然而却是真实的思想、情感和幻想，而那些受了文艺刊物的影响的，会用一长串形容词和描写的卷子却多半使我叫苦，因为它们里面往往并没有包含着什么值得写出来的东西。

契诃夫称赞过一个小学生的这样一句文章："海是很大的。"这是值得我们思索的事情。

二月二十七日早晨到晚上于鲁艺东山

何其芳的变与不变
——关于三篇佚文的辑校附记

2000年5月,《何其芳全集》由河北人民出版社出版了。主编蓝棣之先生在《序二》中郑重交代说:"读者可以看到,我们一本不遗漏、一篇也不删减地将何其芳的著作按原貌展示出来了。"并强调说:"在这里我必须特别声明:为了保持何其芳文学和理论遗产的完整性和历史的原貌,编选时不仅未对收入全集的任何文章进行删节修改,同时,也未将任何一篇他生前公开发表过的文章从全集里删除。"诚如朱金顺先生所说,蓝棣之先生确定的"这原则非常正确,从文献学角度说,值得赞扬,全集就应当如此编。从此可以看出,编者没想删去什么,他的辑佚是力求其全的"。[1]

不过,由于是初次编辑全集,集外佚文的搜集、积累显然不足,所以实际的情况是,首次出版的《何其芳全集》还是遗漏了不少文字。《何其芳全集》甫一出版,细心的朱金顺先生就立即撰写了《〈何其芳全集〉佚文考略》,既指证了《何其芳全集》因采用的单行本版本不全而失收的何其芳文字24篇和一则短跋,又指出了仍然散落在报刊上的何其芳佚文47篇,二者加起来,委实不是一个小数目。这还是朱金顺先生一人所见者,此外肯定还有遗漏。如果说

---

[1] 朱金顺:《辑佚·版本·"全集不全"——读"中国现代文学的文献问题座谈会"论文随想》,《中国现代文学研究丛刊》2004年第3期。

在《何其芳全集》出版之前，只有少数几位学者如孙玉石、易明善先生，对何其芳的佚文比较关注，那么在《何其芳全集》出版之后，则有更多的年轻学者如刘涛、杨新宇、熊飞宇等陆续加入，他们在何其芳佚文的搜集上都有不少新的发现，这是很令人欣慰的事。

我是2003年岁末在清华召开的"中国现代文学的文献问题座谈会"上，拜读朱金顺先生的书面发言《辑佚·版本·"全集不全"——读"中国现代文学的文献问题座谈会"论文随想》，看到其中提及何其芳的佚文问题，才开始留心此事的。此后翻检民国旧报刊，时常可见何其芳的散佚文字，于是随手记录、复制之，其中的一些篇什近年已被学界同行陆续整理重刊了，剩余的只有上述三篇佚文——其实，这三篇在朱金顺先生的文章里也都已提到题目及其发表刊期，只是尚未整理重刊也。现在就略为校录、公诸同好，聊供研究者参考吧。

这三篇佚文都是何其芳"方向转换"途中的产物。如所周知，何其芳的文学活动有一个显著的转变，那就是由自由主义的京派文人转变为左翼的革命文化战士。这个意义重大的"方向转换"发端于1936年，其时何其芳的创作正处在何去何从的临界点上。此前的五年，1930—1935年，何其芳在北京求学，第一年曾在清华外文系短暂就读，此后四年则在北大哲学系就读。大学时期的何其芳虽然专攻哲学，但真正的爱好却是文学并且确实富于创作的天分，所以他在求学期间对功课大抵应付而已，而更倾心于新文学的创作，对各种文体都有所尝试，其中尤以新诗与散文创作最为用心也最有成就，到1936年分别结集出版——新诗结集为《燕泥集》，作为与卞之琳、李广田三人的新诗合集《汉园集》之一辑，于1936年3月作为文学研究会创作丛书之一在上海出版；散文则独立结集为《画梦录》，于该年6月由巴金编入文化生活出版社丛书出版。这些新诗和散文，尤其是散文集《画梦录》的出版立刻引起文坛的关注，并因"雄辩地说明了散文本身怎样是一种独立的艺术制作，有它超达渊深的情趣"，[1]而于次年荣获《大公报》文艺奖金。由此，何其芳成了引人瞩目的京派文学新秀。然而正当何其芳的文学声名鹊起、创作似乎顺风顺水之时，他自己却频发枯窘与迷离之叹。这种自我感受在他1936年夏天发表的两篇创作自述《〈燕泥集〉后话》和《论梦中道路》里有坦诚的表达，其中也包含着自我扬弃的初步自觉。据何其芳自述，他在大学毕业之后为生计所迫，辗转任教于一些基层中学，并且曾经回到故乡访旧，由此他的生活见识和社会视野扩大了，于是才有了摆脱迷离感伤的唯美趣味、迈向真实的人生书写的文学方向之转换——

> 我从流散着污秽与腐臭的都市走到乡下，旷野和清洁的空气和鞭子一样打在我身上的事实使我长得强壮起来。我再也不忧郁地偏起颈子望着天空或者墙壁做梦。现在我最关心的是人间的事情。[2]

与此同时，来自左翼文学如鲁迅的影响也有力推动了何其芳的转变。比如，鲁迅所介绍的苏联作家爱伦堡的名言"一方面是庄严的工作，一方面是荒淫与无耻"，就深深震撼了年轻的何其芳，他说"这两句话像两条鞭子。也就似乎打在我自己背上"。[3]受此鞭策和启发，何其芳此后的写作如散文《还乡记》诸篇就变化显著，与他此前的格调几乎判若两人——

---

[1]《本报文艺奖金的获得人》，天津《大公报》1937年5月15日。
[2] 何其芳：《我和散文——〈还乡杂记〉代序》，《何其芳全集》第1卷，河北人民出版社，2000年，第243页。
[3] 何其芳：《我和散文——〈还乡杂记〉代序》，《何其芳全集》第1卷，第244页。

当我陆续写着，陆续读着它们的时候，我很惊讶。出于自己的意料之外，我的情感粗起来了。它们和《画梦录》中那样雕饰幻想的东西是多么不同啊。粗起来了也好，我接着对自己说，正不必把感情束得细细的像古代美女的腰肢。[1]

正是带着这种"庄严的工作"的文学态度，抗战爆发后何其芳迅即回到家乡万县师范任教，并与杨吉甫合编《川东文艺》周刊，积极致力于基层的文教建设，1938年初又到成都一所中学任教，乃与卞之琳、方敬等好友创办了《工作》半月刊，努力为民族的抗战和社会的改造而工作。同时，何其芳对成都的一些年轻学子的文艺活动，也给了了积极的支持。

辑录在此的《给学生文艺社的一封信》和《一个关于写作的附注》二文，就是何其芳1938年5月和7月间写给成都的一个学生刊物《学生文艺》的。前一篇是对"学生文艺社"的同学们所提的三个问题"为什么而写作""写些什么""怎样写"的答复。这个答复恰好折射出何其芳文学观念的新变。其中最重要的是对第一个问题的回答——

第一个问题就是写作的态度。大致可以分作两种：一是清清楚楚的"为人生而艺术"，一是糊里糊涂的"为艺术而艺术"。藏在后一种写作态度〔里〕的人又可分作许多种，有的是真糊涂，有的是假糊涂，有的是由假糊涂而真糊涂，总之他们不是吃得太饱了，闲得无聊，就是想得吃得饱饱的坐着过舒服日子的欲望尚未满足，但又非常胆小，不敢说出，因此只有古里古怪的叹声咽气。结果他们都是或轻或重的神经病者，其作品都是或多或少的瞎说八道。

---

〔1〕 何其芳：《我和散文——〈还乡杂记〉代序》，《何其芳全集》第1卷，第244—245页。

这里对"为人生而艺术"的肯定和对"为艺术而艺术"的否定，就反映了何其芳文学观的转变——他自己先前就是一个信奉"为艺术而艺术"的人，现在却在现实的刺激、鲁迅的鞭策和抗战的鼓舞下，转变成了一个"为人生而艺术"的信奉者。对何其芳来说，获得这个转变无疑是一个艰难而严肃的自我扬弃。后一篇则是对前一封复信未能详说的第三个问题的补充说明，从中可以看出何其芳并没有因为自己早前的"为艺术而艺术"倾向，就完全今是而昨非地否定自己此前寂寞的自我表现的真诚性及其向西方文艺学习的努力——

> 比如我自己吧，我回想我之所以从事写作，固然也可以笼统的说，由于很早的而且长期的生活上的寂寞，但我寂寞为什么没有把我驱入世俗的寻求享乐和热闹的路上去，也没有使我热情的献身于其他科学（就比如说自然科学吧）的研究，而都〔却〕甘心过着一种仍然是寂寞的写作生活呢，不能不说由于我很早的而且长期的接触着文学作品。最初我差不多只读着当时我国作者们的作品，然而那已够引起我的写作兴趣了。后来读了一些西洋的名著，我的鉴赏能力就渐渐的增高，而自己习作的幼稚程度也就渐渐的减低。由于我国新文学历史的短暂和它的特殊渊源，西洋的文学遗产我们是必需接受的。从新文学运动以来，凡是有像样的成绩的作者，无不受过西洋的文学的影响。所谓影响是自然而然的经过了消化以后而发生的作用，与我国做古文做旧诗的人们所实行的模仿不同。

对于一个作家来说，故步自封于个人寂寞的自我表现，那显然是不够的，但对于一个爱好文艺的青年来说，发自青春期的寂寞情怀的自我表现，却的确是创作成功的第一步。

何其芳当然并没有就此止步，他从一个寂寞的自我表现者、一个为艺术而艺术者，转变成为一个关怀广泛的人间事情、踏踏实实地为人生而艺术者，这无疑是一个可喜可敬的拓展。并且就在写完《一个关于写作的附注》的下一个月（1938年8月），何其芳又毅然决然地奔赴抗日民主根据地的中心延安，积极投身于人民革命的伟大事业。在那里，何其芳被分配到鲁迅艺术学院任教，不久又担任了鲁艺的文学系主任，开始了长达十年的文学教育生涯。正是在延安，何其芳进一步转变成为一个革命的文化战士。

辑录在此的第三篇文章《怎样研究文学》，就是何其芳1940年2月写于鲁艺的一篇文艺短论，乃是应延安的"中国青年社"之约、为帮助一些初学写作者而写的。这篇文章的失收，事出有因。按，1945年1月何其芳在编辑《星火集》时，曾经检讨自己此前的一些文章的"错误"，《怎样研究文学》就是"有错误"的一篇，所以他自行刊落而不收集，[1] 遂使《何其芳全集》也因此而失收。从延安文艺座谈会以后的文艺指导思想来看，何其芳这篇文艺论文的不足是显然的：那时何其芳的阶级立场还很淡薄而小资情调还不少，虽然他对革命的追求很自觉而且很努力，但他所能达到的只是一种革命化的人本主义，所以我觉得可以把他自1936年之后到1942年延安文艺座谈会之前的文艺思想，概称之为"革命的人本主义的文艺观"。比如何其芳在该文中首先强调说——

> 一个写作者首先是一个人。
> 一个好的写作者一定首先是一个好的人。一个伟大的写作者一定首先是一个伟大的人。

---

[1] 参阅何其芳：《星火集·后记一》，《何其芳全集》第2卷，河北人民出版社，2000年，第103页。

写作者，或者引用斯大林对他们的称呼："人类的灵魂的技师"，在他的作品里面不但描画了、展开了和发掘了他们的人物的灵魂，而且也显露了他们自己的灵魂。一个内心丑恶的作者绝对不可能写出美丽的人物、美丽的故事。一个小人物在写作上也只能有小的成就。一个对于人类和与他有关的事情怀抱着一种冷漠、消极或者超然的态度的人，永远无法获取他的读者们的感动。

　　写作者的思想和认识、他的人生观和宇宙观、他的行动和实践，是决定他的作品的最先的条件。世界上就没有一个反动思想的代言人、一个将要走完它的历史路程的阶级辩护者是真正的、好的、或者伟大的艺术家。

　　对于"好的"、"伟大的"这两个形容词我需要在这里插入我的解释：

　　对于人类有好处的事情就是好的事情。做着这种事情的就是好的人。用文艺工作来做它，而且做得好的就是好的写作者。做着这种事情，或者用文艺工作来做它，而且有了巨大的成绩、巨大的效果和影响的就是伟大的人，或者伟大的写作者。

　　我们的成绩、效果和影响是受限制于我们的才能和环境和实际工作的情形的。我们无法也无须期必它们的大小。然而作一个好的人，或者作一个好的写作者，却是我们应该有的决心和愿望。

　　这不是很可爱的革命人本主义情怀吗？而从革命的要求来看，那又显然地不够劲了。

　　《怎样研究文学》的另一个值得注意之处，是何其芳对文艺才能（艺术天分）的突出强调。他因此而批评说，"一定有许多人努力地写了一生或者半生却没有写出什么好作品，印了许多书却没有什么读者。假若这类的人，我在不敢十分自信地想，不去从事文艺工作，而去当建筑师、飞行员或者会计员，是不是会比较地有成就一些呢？是不是比较地不浪费了他们的生命，而他们的工作也更对人类有好处一些呢？"如此强调人的才性不同、术有专攻，这自然有道理，但是当何其芳接着说，"一个智力低下、对事物缺乏感受力，而又不大肯思索的人是不适宜于从事文艺工作的"，这话就有点高傲而伤人了，其不自觉的精英主义，在当时就引起了争论和批评，而对照着延安文艺座谈会讲话以后的正确思想，何其芳的此番言论就显然地"有错误"了——这正是何其芳后来编集时刊落此文而不收的原因。

对何其芳的研究者来说，此文还有一个很值得关注的看点，那就是何其芳对其早年文学趣味的回忆——

当我开始对新文学、尤其是新诗歌发生了爱好，一个朋友给我一本郭沫若的《女神》。我读了一遍，还他，我说没有一篇诗是我所喜欢的。"你再读一遍吧！"他说。我再读了一遍，我的结论还是没有改变。那时创造社的作者们对青年人有着很大的吸引力和影响，然而他们却不能征服我的幼小的心灵。我也翻阅了那些几乎每个爱好文学的青年的书桌上都有的创造社的刊物、集子，但我只有一些喜欢《创造季刊》上的一个诗人，冯至。而他的作风和气息实在和创造社的作者们是很不相同的。

《少年维特之烦恼》也不能获得我这样一个读者的倾心。直到现在，那个德国的大诗人歌德和我还是无缘，我最近才下决心读完了他的《浮士德》上部。也许部分地由于中译者太损伤了原作的文体吧，它不能使我喜欢，也不能使我佩服。

由于这些，我几乎要判断我是一个不喜欢浪漫主义的作品的人了。但我马上又自己推翻了这个结论。因为拉蒙托夫的

《当代英雄》,夏多伯里昂的《阿拉达》和《核耐》都曾经使我沉醉过。

这只能说是一个人的趣味的问题。

这是很坦诚的自白。虽然那时的郭沫若已是左翼文艺的新旗手了,与何其芳算是同一阵营里的战友,但就艺术论艺术、就趣味言趣味,何其芳还是直白地说出了自己对一种过于豪放不羁、宣泄无遗的浪漫主义之不满,和对一种精微婉约、富于人性内涵的浪漫主义之喜爱。要探讨何其芳早期文艺趣味的形成史,他的这段回忆无疑是很珍贵的第一手文献。"趣味无可争辩"的名言,是众所周知的。而颇为有趣的是,虽然何其芳紧接着就补充说,"但这种文学趣味是可能改变的。因为它并不是先天地决定的,而却服从于我们的生活,思想和知识",然而文艺趣味的改变其实比文艺思想的改变困难得多,此所以文学史研究者常常可以发现,某人的文艺思想确实改变了,可是与之相关的文艺趣味却根深蒂固、往往成为"顽固"的存在,而以这样那样的变相形态延续着。看看后来成为著名的左翼批评家和左翼文学史家的何其芳,对诸如李煜的词和《红楼梦》等倾注了那么大的研究热情,就可明白他的文艺趣味是多么的深而且固了。并且连何其芳的文学观念也变中有不变者,比如20世纪60年代他对文学典型的"共名"之捍卫,不就隐含着对来自京派的文学表现普遍人性之论的潜在肯认吗?这表明即使是在极左思潮盛行的时代,何其芳在文学思想上仍有难能可贵的坚持。

何其芳的"方向转换"无疑是一个颇为重要而且具有某种典型意义的问题。对何其芳自己来说,这个转换当然不是一朝一夕的骤变,而是一个艰难蜕变的过程,至于这个转换的得失之判定,则似乎也经历了从全然的肯定到全然的否定之逆转——20世纪八九十年代以来关于"何其芳现象"的纷纭议论,就多是惋惜遗憾之词,让人油然而生世事难料、文学无凭之感。这三篇佚文,几年前就校理出来了,原拟借此机会,对何其芳的"方向转换"问题及其得失,说说个人的意见。然而诸事纷扰、难得有闲,在此只能略发端绪、留待日后补充吧。

2014年5月26日复校并记

艺文有奇传，只怕想当然
——《宋淇传奇》的吴兴华章订误

一

2013年2月4日，我收到一位友人的电邮，说到最近《南方都市报》上连载宋以朗先生的著作《宋淇传奇》，其中谈到宋淇的几位故交，包括张爱玲、钱锺书、傅雷等，都是现代文艺史上的重要人物；友人并说下一期准备发表的是关于吴兴华的专章，自己有缘提前得读该章文稿，知道我正在整理吴兴华的诗文，所以顺手转发给我参考。这让我喜出望外，随即复函那位友人表示感谢，当然更感激宋以朗先生确是有心人，在保存吴兴华以及张爱玲的遗文方面很有功绩，相信他的这部《宋淇传奇》所介绍的宋淇与一些著名现代文人的交往情况，足资学界参考。自然，由于宋以朗先生毕竟不是做人文学术研究的，所以他的这部难得的艺文传奇也难免有所疏误，即如友人转来的关于吴兴华这一章，有些叙事和评论就不免有点想当然，甚至不无误解。所以我在给那位友人的回信里也顺便指出一二明显失误之处，并请其便中转告宋以朗先生，希望他在发表和出版前最好能纠正一下，以免贻误读者和研究者。

我不看《南方都市报》，不知后来情况如何。直到2015年8月托人在香港购买了一册《宋淇传奇》，欣然拜读，收获良多，同时发现该书叙事也确有一些问题，包括我给友人复信里所说的那几处小问题都依然故我。近日重翻《宋淇传奇》,又想到这些小问题,觉得还是纠正一下为是。于是撰写这篇小文,所纠正者仍限于有关吴兴华的第五章,其间失误都涉及吴兴华与钱锺书的关系,虽然问题不大,但毕竟可惜,还是希望该书再版时能有所修订。

二

《宋淇传奇》第五章引吴兴华1943年10月22日致宋淇信中的一段话——"前几天我又翻了一遍钱锺书先生的杂感集,里面哪管多细小的题目都是援引浩博,论断精辟,使我不胜钦佩",然后宋以朗先生猜想道:"最耐人寻味的,是信中提到'杂感集',钱锺书根本没有一本书叫'杂感集',那到底是怎么一回事呢?我猜那就是《谈艺录》的初稿。"[1]

宋先生的这个猜想肯定是误解。钱锺书的《谈艺录》虽然用诗话体写出故而不很系统,却是一部严谨比较中西诗论的学术著作,怎么会是作为散文的"杂感集"?并且在吴兴华写此信的1943年10月,钱锺书的《谈艺录》仍在撰写过程中,直到1948年才由开明书店出版,而沦陷时期的钱锺书与吴兴华分居上海与北平两地,彼此并无交往,然则,远在北京的吴兴华如何能先睹《谈艺录》的手稿?如果说吴兴华在《谈艺录》出版前确曾看过该书书稿并对钱锺书有所建言和订正,那也应该是抗战胜利后他与钱锺书在北京熟识时的事了,而不可能发生在沦陷的1943年。所以《谈艺录》肯定不是吴兴华所说的那本钱锺书的"杂感集"。

不过,吴兴华说他读过钱锺书的一本"杂感集",则确乎所言非虚。事实上,钱锺书在抗战期间也的确有一部"杂感集"问世,那就是开明书店1941年12月在上海出版的《写在人生边上》,该书恰是

---

[1] 以上两段引文俱见宋以朗:《宋淇传奇》,香港:牛津大学出版社,2014年,第172页。

一部漫谈人生问题的"杂感集"或"随笔集",而"援引浩博,论断精辟"也正是钱氏散文的特点。当《写在人生边上》在抗战胜利后再版的时候,开明书店曾经刊布过这样两则广告予以郑重推介云——

  如果人生是一本大书,这十篇散文就是写在人生边上的。这些文章的题目像很平凡,但经作者写了以后,就发出熠熠的光芒,鞭辟入微,含蓄着无限的机智。[1]

  作者用深邃的目光和犀利的观察解剖人生。本书收十篇文章,每篇的题目都简单而平常,但是作者却把它写得鞭辟入里,令人爱不释手。[2]

这两则介绍性的广告很可能出于某位名作家兼书刊编者之手,所以写得简明而中肯,恰切地说明了《写在人生边上》让读者"爱不释手"的原因——作者钱锺书不仅学养深广,而且敏于观察、善于思想,所以他的文章每每能对看似平凡的人生问题做出出人意料、深刻机智的解剖,难怪像吴兴华这样的学院文艺青年"不胜钦佩"而反复阅读了。按,在抗战爆发以后直至上海沦陷时期,开明书店都艰难地维持着在上海的部分业务,《写在人生边上》就是该社于沦陷岁月里推出的出版物之一,由于《写在人生边上》乃是漫谈人生的散文,并无"违碍和运"的文字,[3]它在沦陷区的发行亦无阻

---

[1] 《开明文学新刊散文六种》,《中国作家》创刊号,上海:开明书店,1947年,第47页。
[2] 《开明文学新刊四种》,《中国作家》第3期,上海:开明书店,1948年,第7页。
[3] 事实上,钱锺书的这些人生"杂感"的某些篇章,如发表在昆明《今日评论》上的《冷屋随笔》之一《论文人》,就曾被汪派的文摘刊物《时代文选》转载——参见《时代文选》创刊号,上海:时代文选社,1939年。附按,《时代文选》虽然是汪派的妥协主义刊物,但主持者为了表示"广开言路",所以它所转载的既有汪精卫、周佛海、陈公博、陶希圣、林柏生、胡兰成等妥协—投降派的言论,也有其他正直的文人学者如胡适、傅斯年、郁达夫、沈从文、钱锺书等人的文章。

碍，所以当时身在另一处沦陷之地北京的吴兴华，是不难看到该书的。还需说明的是，钱锺书自称其散文为"随笔"，而吴兴华却称之为"杂感"，这两种说法并不矛盾。盖自18世纪初斯梯尔和艾迪生主编《闲话者》和《旁观者》以来，探讨人生问题、社会道德和文化政治批评的报章杂感文字，就成为英语随笔的主要趋向之一。钱锺书的那些漫谈人生问题的随笔，原本就刊发于报章且以议论精辟取胜，所以称之为"杂感"亦无不可——究其实，吴兴华所谓"杂感"也就是钱锺书所谓"随笔"。

顺便说一下，吴兴华之所以激赏《写在人生边上》，也还有另外的原因。盖自太平洋战争爆发后，以北京和上海为中心的南北沦陷区文艺渐渐"复兴"，其中最显眼的是小品散文的繁荣。当其时，南北文坛上涌现出不少散文小品刊物，众多附逆文人或妥协作家一道同风地发扬着周作人倡导的"言志派"散文格调，竞相以周氏所谓"苦中作乐"的唯美—颓废态度来掩饰和修饰其自私自利的人生妥协情怀及民族失败之感，遂使一种工愁善感、低回作态、自我修饰的"知堂风"小品蔚然成风。对周作人标榜"言志"、低回自饰的散文格调，钱锺书早就不以为然，在抗战前就不止一次提出异议，[1] 而当他自己从事散文写作的时候，则秉持严肃的人生态度从容讽议，在艺术上则精警透辟、机智风趣、通脱朗爽。年轻的吴兴华显然认同钱锺书的为人为文风骨，所以他在沦陷时期致好友宋淇的一封信中，同样对周作人一派的为文为人做派提出了严厉批评，并慨然以"文章关系国家气运"与宋淇相激励——

---

[1] 钱锺书在1932年即批评周作人刻意张扬"言志"、蓄意贬斥"载道"的散文史观之偏至——见中书君（钱锺书）：《评周作人的〈新文学源流〉》，《新月》第4卷第4期，1932年11月1日出刊；又在1933年毫不客气地批评沈启无在周作人指导下编选的《近代散文抄》之标榜明人的闲情逸致乃是"没落"的"太古时之遗迹也！"——中书君：《〈近代散文抄〉》，《新月》第4卷第7期，1933年6月1日出刊。

> 今日我国的学术文章一望之下黄茅白苇远近如一，历来各朝代无有如此衰敝可嗤的，独有周作人林语堂一流人在称赞李卓吾，研究明人小品。古人说，文章关系国家气运，岂是欺人的话？来日太阳一出爝火全熄，定有一个与政治复兴相当的学术方面的振起。这个责任我们若不担负，还要推给谁呢？[1]

在低气压的沦陷区文坛上，一个年轻的学院文人能有这份正气和豪气，殊为难得。而吴兴华特别激赏钱锺书，其实不仅因为他的文章，更因为他"默存"仍自有风骨的人生坚守。

三

《宋淇传奇》在谈到吴兴华对清代诗人舒位的爱好与评价时，又有这样几段夹叙夹议涉及钱锺书——

> 提到舒位，我就记起一件轶事，发生在上世纪八零年代。父亲有一册吴兴华亲手抄的诗集，那是天下孤本，第一页抄录了一首署名舒位的诗，没有诗题，起首是"天地有生气，终古不能死"，共二十八句。父亲不能肯定是哪首诗，甚至不肯定是否真是舒位的诗，便到大学图书馆翻查《瓶水斋诗集》。谁知道图书馆认为这书是善本，不予外借，父亲只好在那儿匆匆翻了一遍，却找不到那首诗。当时还没有百度、谷歌，怎么办呢？只好"人肉搜索"了，即是说，他写信向钱锺书求救。结果钱锺书是这样回复的："所示诗不知出何人手，寒家一无藏籍，惟不得《瓶水斋集》检之；港大有此书，目为罕籍，而珍秘不许

---

[1] 吴兴华1945年1月25日致宋奇（宋淇）函。

检阅，Les extrêmes se touchent！此集即原刊亦不足为善本，大有寻常小家女被选列三千粉黛之概。王右丞诗所谓'贱日岂殊众，贵来方悟稀'可以移咏矣。"

父亲其实在香港中文大学工作，"港大"是钱锺书自己想当然而已。"Les extrêmes se touchent"是法文谚语，意思是说，两个极端的事物往往就会碰头。钱锺书又引法文又引唐诗又打比喻，不外乎要说那部《瓶水斋诗集》根本价值不高，却偏偏得到最高待遇。我觉得这封信也真有意思，因为一般人要是不懂得一件事，只会简简单单说一句"我不知道"就完了，但钱锺书有问题不懂得答，也会旁征博引，妙语连珠，好像他不懂的时候比他懂的时候还要博学，这也可以算是"Les extrêmes se touchent"了。

后来我父亲在给张芝联、郭蕊的信里写道："钱锺书对舒位评价不高，大概吴（兴华）以外国眼光看，钱以传统中国眼光看，品位不同。"我记得几年前《南方都市报》曾访问英美文学研究专家巫宁坤，他跟吴兴华和钱锺书都曾经共事，他说"吴兴华的英文可能比钱锺书好"。我不评论巫教授的意见，但看过吴的书信后，我倾向接受父亲的看法，即吴的思想、观点和品味都比钱更接近西方。[1]

不难理解，那时的钱锺书年纪很大了，复信不及细检，误把香港中文大学当作香港大学了。这诚然有点想当然，但也不是多大多严重的问题。真正成问题的，倒是宋氏父子对钱锺书的信不仅有想当然的误解，而且宋以朗先生进而依据其误解来反唇相讥钱锺书是不懂装懂。

---

〔1〕 宋以朗：《宋淇传奇》，第180—181页。

事实上，钱锺书的回答很谦虚，看他坦承对宋淇"所示诗不知出何人手，寒家一无藏籍，惟不得《瓶水斋集》检之[1]"，一点也没有摆谱。说来，钱锺书才高学博，论学待人时或傲慢一点，也是有的，但要说他不懂装懂甚至大言欺人，那可真是从未之闻。对此，我也可以做点证明——我在20世纪80年代末也曾与钱先生有点书信交往，那时的我还是一个年轻学子，正在翻译美国批评家Irving Howe的著作 Decline of the New（New York：Harcourt, Brace & World, 1970）中的 The Culture of Modernism 一文，文末有几个词似乎是一个拉丁文成语，请教多人、不得其解，于是有次写信顺便请教钱锺书先生，让我惊讶的是博学的钱先生居然在复函中坦承："垂询一事，自愧腹俭，又无书可检，只能曳白，奈何！"所以印象很深刻。

然则，钱锺书复宋淇函的随后一段话——"港大有此书，目为罕籍，而珍秘不许检阅，Les extrêmes se touchent！此集即原刊亦不足为善本，大有寻常小家女被选列三千粉黛之概。王右丞诗所谓'贱日岂殊众，贵来方悟稀'可以移咏矣"——是不是不懂装懂的瞎扯呢？完全不是。其实，钱锺书的这几句议论针对的乃是《瓶水斋诗集》的版本问题而非舒位诗作的价值问题。按，在20世纪80年代，清人的诗集文集在中国内地都还算不上善本，但半殖民地的高等学府有时却以能为被殖民地"存古"而自傲，加上一种奇货可居的心态，遂把一部"不足为善本"的《瓶水斋诗集》视为罕见秘籍，居然不让学人借出参考，使宋淇先生不能细检那首舒位诗作的出处，钱锺书看了宋淇来信说到这些情况，乃在复信中批评"港大"的行

---

[1] 对这句话我有一个疑问：钱锺书既说"所示诗不知出何人手，寒家一无藏籍"，接着说"惟不得《瓶水斋集》检之"，这前后的话虽然可通，但细绎起来，"惟"字用得有些别扭、语气似不顺，窃疑"惟"或是"惜"之误植或误录，但也可能是我过于拘泥了。由于无缘得见原函，故存疑于此，供宋先生订正时参考。

径"大有寻常小家女被选列三千粉黛之概"。这话显然是就《瓶水斋集》的版本很得优待、过受珍秘而言的,与舒位的诗到底好不好毫无关系。可是宋以朗先生却以为"钱锺书又引法文又引唐诗又打比喻,不外乎要说那部《瓶水斋诗集》根本价值不高,却偏偏得到最高待遇。我觉得这封信也真有意思,因为一般人要是不懂得一件事,只会简简单单说一句'我不知道'就完了,但钱锺书有问题不懂得答,也会旁征博引,妙语连珠,好像他不懂的时候比他懂的时候还要博学。"这完全错会了钱锺书的意思,宋氏的批评对钱锺书可谓无妄之灾。

细看宋先生的上下文,他的误解实导源于其尊人宋淇先生——"后来我父亲在给张芝联、郭蕊的信里写道:'钱锺书对舒位评价不高,大概吴(兴华)以外国眼光看,钱以传统中国眼光看,品位不同'"——就是明证,宋先生不过承袭了其尊人的误解而已。宋以朗先生是个"理工男",对钱锺书的信中语有所误解,那是其情可原的;而其尊人宋淇先生则是人文学者和诗歌批评家,虽然所爱所论多是新诗和西诗,但在吴兴华的感染下也读过一些中国古典,却把一个清人诗集版本的善不善与其诗作的好不好混为一谈,也太粗心了点。

进而言之,钱锺书手头没有《瓶水斋诗集》,不等于他没有读过舒位的诗,即使他当真对舒位的诗评价不高,也未必是多么严重的过错;而吴兴华对舒位诗的高评价,亦未必就是得当之论;而且纵使钱锺书、吴兴华对舒位诗的评价有所差异,那也不过见仁见智而已,何须是此而非彼呢?如今《瓶水斋诗集》有上海古籍出版社的点校本,很容易看到,我们读一读,也未必就一定认同吴兴华的评价。《瓶水斋诗集》的点校者在该集"前言"里说:"他的诗歌,除大量羁旅行役诗,以及由此派生的写景、咏史、怀古诗外,对现实社会的弊病也有相当的反映和揭露;此外,由于学养的深厚和多方面的才华,他对于诗歌、绘画、戏曲等也有独到的见解形之歌咏。"[1]这是点校者例行的赞词,其实,对好学问而且好宋诗的大多数清代诗人来说,点校者所谓舒位诗的特点云云,几乎是普遍适用的评语,而舒位的独特性或独创性也就寥寥无几了。事实上,由于古典诗艺到清代士人那里几乎成了普及性的技艺,不少清代诗人的诗作量都远超唐宋人,但所写大都不脱唐宋诗或汉魏六朝诗的范型。纵使颇有才思的舒位也难逃古典范型的局限。就舒位而言,他确乎好诗成癖、拼命多写,差不多成了无事不可为诗的诗匠,几乎是见什么就写什么、想什么就写什么、走到哪里写到哪里,于是诗这种高度精微的语言艺术,在舒位那里就成了稀松平常的日常言语行为,常是一日作诗十数首以至数十首,颇见熟滑之弊,很少独造之作。读者若读《瓶水斋诗集》的一卷、两卷,还勉强可以忍耐,待到苦苦读完《瓶水斋诗集》的全帙,则恐怕不能不失望于它的泛泛了。

当然,也不能苛求舒位,问题在于中国古典诗歌经过唐宋的辉煌之后,后人真是难能推陈出新了,纵使博学多才如舒位也无能为力,于是他作诗也就只好以多取胜,其诗作勉强可说的好处,就是博学多思、好发议论。这暗合了彼时吴兴华的诗学趣味。宋氏父子认为"吴(评论舒位诗歌)的思想、观点和品味都比钱更接近西方",这话大体不差,但他们可能没有想到的是,吴兴华的问题也恰在于此。很显然,年轻的吴兴华所接近的西方诗,主要是英语一系的现代派诗及其在英诗里的传统——17世纪的玄言诗,再加上一个德语诗人里尔克,正是对这些西方诗歌的阅读,塑造了吴兴华接近西方的诗学趣味。而当吴兴华从这样的"西方"受到启发、再返回来看中国清代诗人舒位的诗,自然觉得舒位的诗颇有些近似于上述

---

[1]《瓶水斋诗集》"前言",曹光甫点校,上海古籍出版社,2009年,第3页。

西方诗歌多思且多书卷气的风格,于是颇惊讶于自己的"发现",因此对舒位的诗甚为激赏。如此以西例中的好奇之见,恰恰表明那时吴兴华的诗学趣味还不很成熟、视野还不够开阔、论诗也不免好奇之过——这对年轻诗人来说其实难免,所以也无须苛求。至于40年代钱锺书的中西诗学修养,自然比年轻学子吴兴华成熟得多,更无论晚年钱锺书之折中中西诗学之宏通了,他会如何评价舒位,我们不得而知,但设想他会盛赞舒位,那很可能是奢望。

四

诚然,吴兴华确是难得的人才,尤其是外语能力特强,加上博闻强记且善于属文,很早就显现出不凡的天才。《宋淇传奇》所记下述轶事,则可看出他不仅天分高而且很勤奋——

> 关于吴兴华的博闻强记,例子当然数不胜数,我不妨再举一事。在燕大西语系读书时,包贵思教授(Grace Boynton)开现代诗课,用叶芝(W. B. Yeats)编的《牛津现代英诗选》为课本,大考时选出十节诗,要学生猜出作者并陈述理由。这十节诗并没有在课本内,课本选入的是其他诗歌。吴兴华不但能猜出作者,还能说出诗名和上下文,因为他全都看过,且过目不忘。他有一篇学期论文,题目是"评论现代诗选各选本之得失",为了写得滴水不漏,他遍读了清华、北京国立图书馆和我父亲所藏的各种选本,然后在论文中逐一论列,内容竟超过包贵思所知。照这类轶事来看,我父亲认为他是另一个钱锺书,的确不是没有理由。[1]

---

[1] 宋以朗:《宋淇传奇》,第171页。

上述故事当是真事，只是宋以朗先生可能把两件事混为一谈了。其实，吴兴华在燕京求学时考读的是现代英诗，撰写"评论现代诗选各选本之得失"谈论的乃是中国新诗。从宋先生所谓后者"内容竟超过包贵思所知"，可以推知他把所考所谈都当成英文诗了。不错，年少的吴兴华确曾用心阅读中英新诗文献、进而撰写了一篇"评论现代诗选各选本之得失"的文章，那文章也很快就在戴望舒主编的《新诗》杂志第 2 卷第 1 期（1937 年 4 月 10 日出刊）上发表了，题目简作《谈诗选》，但其所谈的不是英语现代诗选，而是现代中国新诗选。在这篇"谈诗选"的评论文章里，吴兴华严肃批评了当时中国国内的各种新诗选本之不足，特别表扬的则是"一本极其卓越的《现代中国诗选》"，而这本《现代中国诗选》乃是英文的。吴兴华在文中没有说明这本英译的中国新诗选诗是哪一本、谁编译的，但从文章内容大致可以推定，那应该就是由当年来华的英国学者阿克顿与当时北京大学年轻教师陈世骧合作编译的 *Modern Chinese Poetry*（tr. by Harold Acton and Ch'en Shih-hsiang, London: Duckworth, 1936）。

其实，吴兴华写《谈诗选》时尚未上大学，其外语能力和文学才思已很出色，所以宋淇后来推许他是"另一个钱锺书"，宋以朗也认为其父的推许"的确不是没有理由"。可是，《宋淇传奇》第五章却又讲了这样一段闲话，也涉及吴兴华与钱锺书的关系，那就是前面引过的一段话——"我记得几年前《南方都市报》曾访问英美文学研究专家巫宁坤，他跟吴兴华和钱锺书都曾经共事，他说'吴兴华的英文可能比钱锺书好'。我不评论巫教授的意见，但看过吴的书信后，我倾向接受父亲的看法，即吴的思想、观点和品味都比钱更接近西方。"可以理解，宋以朗先生或许因为吴兴华是其父最爱重的朋友，所以也像乃父一样对吴兴华不免有点崇拜，这是人之常情，不足怪也。问题是，他引用巫宁坤的那句"吴兴华的英文可能比钱锺书好",然后故意按下不表,却又说"我倾向接受父亲的看法,即吴的思想、观点和品味都比钱更接近西方"。这究竟是什么意思或者说有什么意思?先来看巫宁坤的话是什么意思。举世公认,钱锺书和吴兴华都是罕见的外语天才,巫宁坤却要在钱、吴二人之间决个高下,这样的比较有意思吗?而且怎么比?比谁记的英语单词多、谁的英语发音更纯正,还是谁读的英语书籍多,抑或谁更受外国学者的赞扬?诚然,吴兴华在这些方面都很不错,可是钱锺书会输给他吗?我不好推测巫宁坤说这些话居心何在,但委实觉得他的话有些无聊而且无事生非。我在初读了友人转给我的这一章后,就对此感觉不好,所以在回信里曾不客气地写了大体如此的话——"巫宁坤说吴兴华的英语比钱锺书先生还好,你觉得他这样比较有意思吗?巫宁坤前半生坎坷,让人同情,但从他的一些文章所透露出的为人做派、与人交际情况来看,此人似乎很以留学美国自傲,然则他自新时期至今成就何在?而其言论尤好高低计较之谈、颇多搬弄是非之说。他在吴兴华和钱锺书两先生都已故世之后,还来搬弄这样的口舌,真是老来无聊矣!"现在,我仍是这样的感想,而且还想补充一句:如果说《宋淇传奇》一书有什么比较突出的毛病,窃以为那就是作者也自觉不自觉地流露出一种以外语好、西学熟来月旦人物的倾向。这种倾向通俗地说是"崇洋迷外",借用流行的学术语言,也可说是一种深刻到不自觉的被文化殖民之心态吧?当然,外语好、西学熟毕竟是好事,但叙事论学唯此为大为准,就未必然了。即以作者的祖父宋春舫先生和鲁迅先生来比较一下,宋春舫的外语能力和西学程度很可能比鲁迅好而且精,但两人对中国文学和文化的贡献究竟谁大呢?

2017年1月5日草于清华园之聊寄堂

"采薇阁"外也论诗
——朱英诞的迷盲与现代派诗的问题

祝贺与补正：关于《朱英诞集》

十多年前，就听说有学人发现了朱英诞的大量手稿，正在整理出版中，但我闭塞得很，一直不知具体负责编校出版工作的是谁。直到2018年5月的一天接到华中师大王泽龙教授的电话，才知道是由他负责完成此项工程的。6月初又收到长江文艺出版社寄来的一箱《朱英诞集》，很惊讶朱英诞留下了那么多的文学遗产——有10卷之多、近500万字啊；这些被长期淹没的文学遗产，如今在王泽龙教授的团队、作者家属和出版社的共同努力下，终于顺利出版了，而且编印得如此漂亮，在我所见的现当代诗人文集里，无疑是后来居上，这真是可喜可贺的好事。好事不嫌晚，这对一生心系于诗的朱英诞是恰当的补偿。祝贺王泽龙兄和长江文艺出版社做了一件好事，对朱英诞的文学遗产做出了最好的保护。从此，这些凝聚着诗人心血的作品有了"基本"和"基藏"，不怕失传了，诗歌爱好者也多了一部可靠的诗歌读本，文学研究者有了这套完备的文献做基础，则深入的研究自是指日可待的事情。

看得出来，王泽龙教授及其团队是严格按照文献整理的学术规范、认真细心地从事编校的，工作做得很到位。比如，朱英诞晚年自编诗集的时候，对旧作多有修改，作者自然有这个自由和权利，编校者当然也应该据作者晚年的修订稿编入文集，但我们看到，编校者还是把诗人生前出版或发表过的诗作，尽可能地找出初刊本或初版本，以校注的形式附录在修订稿之下，这是很负责也很繁难的工作。编者为什么要不辞辛苦地下这些笨功夫呢？其目的乃是保存那些诗文本的历史原貌、让研究者可以省去翻检对照之劳，能一编在手、一睹最初的面目，并与修订本相比较，做出自己的评价。这种良苦的学术用心是值得赞赏的。

由于朱英诞的许多诗文在他生前没有出版，而是以手稿的形态长期沉埋着，编校者是根据家属提供的手稿过录的，而过录和校订手稿无疑也是非常繁难的工作——那是数百万字的手稿啊，编校者必须具备相当的认字功夫、相应的学术修养和一丝不苟的学术态度，才能过录和校订好文稿，来不得一点马虎。必须感谢编校者，他们的工作做得很耐心很细致，使得数百万字的手稿变成整齐可读的文本，原稿中疑有讹误或脱漏处，也都尽可能加了校注说明情况，体现出对作者和读者的认真负责的态度。因此，《朱英诞集》文字讹误甚少。

自然，完全无误是谁也做不到的。我随手翻阅了几卷散文，也发现了个别疑似错讹之处。这里举第8卷的几个例子，供修订时参考——

1.《冶游郎》，第8卷第14页倒第4行："自不防打马就走"，"不防"当作"不妨"。按，《冶游郎》原刊1937年《新诗》第2卷第1期，原刊即作"不防"，可能是作者笔误或是刊物失校。

2.《〈夜窗集〉序》：第8卷第40页第2段倒第4行："这里没有庞犬，不是浮士德的书房。"此句的"庞犬"之"庞"可能有误，朱英诞也许是根据郭沫若翻译的《浮士德》里的情节来写的，但我来不及查对郭译中是否有"庞犬"，估计不会，因为"庞犬"不词，"庞"很可能是"厖"之误植，"厖犬"者，多毛之狗是也。另，同上文同上页倒第3行："至于王阳明的《书斋铭》更是自邻以下了吧？"这里的"自邻以下"当作"自桧以下"，"桧"通"郐"，"自桧以下"典出《左传》所记季札观乐的评论，后来成为常用成语，估计朱英诞的原文作"郐"，而被误录或误排而又失校了吧。

3.《吴宓小识》，第8卷第60页第1行："虽见巧思，殊实真象"，这是引用吴宓的话，我没有来得及查对吴宓原文，只从上下文看，引文里"殊实"疑当作"殊失"。

4.《跋》，第8卷第161页第5—6行："盖要，言不烦矣"，衍一","号，当作"盖要言不烦矣"。

5.《冬述》，第8卷第171页第3段："我把在沙滩时所选录的至《月亮的歌》为止的那本小书（按即《〈西窗集〉及其他》）给他看。"复按，朱英诞编的新诗选原题《新绿集》，但朱氏晚年给自己的诗作和编选写了很多序，且常常改动集名，如据第9卷第467页《〈西窗集〉及其他》的小序，所谓《西窗集》就是《新绿集》的改名，第9卷第526页《序》中又言"我努力搜集，通读了五四以来所有的诗集，除了选出一本《西风集》之外"，则《新绿集》又改题《西风集》。为免误解，此处应加注说明。

6.《关于白香山二三事》，第8卷第372页第2段第4—5行："我们对古如金圣叹（远不如赵瓯北），今如闻匡齐（也不及叶芝）的微词"，"匡齐"当作"匡斋"——"匡斋"是闻一多的斋名和笔名。

7.《病中答客难（〈慰情集〉代序）》，第8卷第431页末段倒第3行："惟有号泣于旻天耳"，"旻"显然是误植或误录，当作"昊天"。

8.《〈桐乳集〉序（兼怀废名先生）》，第 8 卷第 465 页倒第 3 行："比起李白的浓剌来"，"浓剌"或当作"泼剌"。我们今天常说一个人"泼辣"，现代作家则多用"泼剌"。我估计朱英诞原文里的"泼"可能是繁体字而手书不免潦草点，致使被误认误录为"浓"，"剌"则被误认为形近的"刺"了。

9.《自序》，第 8 卷第 474 页第 2 段第 1 行："我并不赞成像孔融那样，来写《难曹公敬酒表》"，"敬酒"当作"禁酒"。

10.《月亮的没落》，第 8 卷第 501 页第 2—3 行："一位诗人告诉我：'日长农有暇，晦不带经来！'"引诗中"晦"当作"悔"。

诸如此类的小问题也还有一些，不过与全书近 500 万字的巨大篇幅相比，出现这样一些小问题实在是微不足道，所谓白璧微瑕而已，我在这里拈出，聊报编校者求正之忱吧。

编校者在诗人集外诗文的收集上也下了很大功夫。朱英诞在 20 世纪三四十年代报刊上发表过的诗文，几乎一网打尽、差不多都集录在这部文集中了。就我浏览所及，似乎只有 1942 年 2 月 5 日出刊的《中国文艺》第 5 卷第 6 期上的两篇诗文，可能是"漏网之鱼"。

其实，编校者是知道《中国文艺》并且收录了该刊所揭载的朱英诞诗文，第 5 卷第 6 期的《中国文艺》之所以被忽视，可能因为该期目录上没有出现朱英诞的名字和作品名，也就没有注意到本期所载日人箕浦彦广的评论文章《评〈枫林耳语〉》之中和之后却掩藏着朱英诞的一诗一文。从朱英诞后面的悼念文章之所谓"风义兼师友"的话来推测，箕浦彦广很可能是当时就读于伪北京大学的日本学子吧，他喜欢写诗，与作为教师兼诗人的朱英诞有交往，后来突患急病去世。箕浦彦广生前曾经为朱英诞的诗《枫林耳语》写过评论。当他病逝后，朱英诞就把他的评论文字拿出来发表。这是迄今为止几乎唯一的外国人对朱英诞诗作的评论,而且出现得很早,自然值得重视,家属和此书编校者以后可能会编"朱英诞研究资料"吧,希望届时能收入它,此处就不附录了。引起我注意的,是该文开头引了朱英诞的一首诗——

枫林耳语——"俳谐诗之七二"

这一个偷听,呵!

小小的海潮浮动着:
含羞如新睡足的月光
淡红的升起;红颜的仙子
谁劳你看守这座古灯塔?
微笑吧,然而不要动,
仿佛你怕吓跑了的梦,
虽隔着一垛粉白的墙,
却同是永远在你身旁的。
像一个避人的逃寇吗
拉高了衣领,低戴着帽子?
喂,这是舒服的夏天呵,
我蓦地里转过浓阴

呵,林中没有人。

从该诗副题看,朱英诞似乎写过多首诸如此类的"俳谐诗",不知后来怎样了?《朱英诞集》里似乎没有这首诗,但也有可能改换了题目收入了,希望编校者仔细查查,以定是非。而就在箕浦彦广的这篇遗文之后,还有朱英诞的悼念文章《空虚的故事》,《朱英诞集》似乎未收。此处附上我的校录稿，原刊文字疑有讹误处，则随文加括号补正，聊供编校者参考。

空虚的故事

二三号正在讲诗的时候，小菅德信君忽然从后面走来，递给我一个片子，这真是难受的打击，箕浦彦广因急病逝去，此日下午五时在本愿寺举行告别式。我于一刹那间记起他的诗句如：

墙上的皮球
谈谈空虚的故事

此后是一阵麻木。

我以"风仪兼师友"的资格，去行一鞠躬礼，撮一点香，不胜怅惘。归来才想记〔起〕他还有一篇小文在我这里，我想不妨拿出去，让他的好友们保留而我作为一点纪念也好。那是我偶然写的一首玩笑诗，他却认真地平〔评〕论起来，我爱惜他那篇小文的短小精悍！不免的错误与态度的是非都在情感里融化了。

箕浦君的身世我可惜不知道，其文学的修养也不能分析，但他曾经交给我许多诗看，他那不羁的诗才我是知道的，今年夏天他又送我一本他的诗集《黄风》，不过这是日文的，可惜我又不能通懂，故只能记一点他与我的关系。他替我摄过一帧很好的像。他同我曾很天真的作过一次角力。去年有一天在休息十分的时候，他到休息室去找我问话，不自觉的就坐在椅子上，但坐得很样儿，于是我会心的笑道，幸而只有我一个人在此，否则你就岂非没有礼貌了？他天真而随口的笑道：没关系。为了要过海去看看日本现代的诗，我早就想学日本语文，机会都自然的丧失了，去年却又不止一次的与箕浦谈，我愿意他教我，他也总是高兴的答应然而我却一直因循因循，我也曾自己批评，恐怕脑力不行了，他也就说：对了，一个人一过了二十五岁，什么也不行了。暑假前他说要回国一次，我因了"中国扇子日本伞"，乃托他带一柄伞，后来又托了别人，仿佛我知道他不屑于这种东方风的精神似的。

吊他归来的路上，二女士又重述他曾经在大街心，呆相牌楼，做他的立体的诗，而被干涉，这原是要被人认为可笑的，现在也不觉得可笑了。

那天听一个工友说，他前两天还喊着要去从军了，也许他神经〔往〕于紧张之美，未必不能带些 Acmeism 的诗作回来。然而在春天还没有来的时候，这个春天就毁灭了！"古之山川好老，而今好少"，应该怎样愧惜呢？！

一二月二九日

箕浦君曾用中文翻译过一本日人诗理，要我看了想发表，我答应了他，但其中有些字句可商量，我请他修改，遂不致再见。还有一篇论中国诗的文章，似未成熟，我想也可不发表了。

又，他曾要翻译中国的新诗成日语文，我也答应了他，代为拔萃，却一时也未能交付。这样一个努力的人，思之不禁重复追悼，毋怪那天我听了立刻涌泪，余岂易感乎？

按，此文发表于1942年2月5日出刊的《中国文艺》第5卷第6期，文章末尾所注写作时间"一二月二九日"之"一二"竖排，看来既像是排得松散些的"三"又像是"一二"（"十二"的另一种写法），是非颇为难定。参考朱氏文中"今年夏天他又送我一本他的诗集《黄风》"一句，这"今年夏天"最有可能是1942年2月前的1941年，则箕浦彦广病逝当在1941年12月23日，朱氏写纪念文章的时间当是"一二月二九日"即12月29日，其时距箕浦彦广病逝的日子不过一周。朱英诞对这个年轻有才华的日本诗人之病逝不胜痛惜，文章写得深情款款。同时朱英诞在文章里也说到了他当年在伪北京大学工作与创作的具体情况，有助于知人论世，所以此文还是很有参考价值的。只是文中的一个外文单词Acmeism漫漶不清，勉强录为Acmeism，意为"阿克梅派"，是20世纪初俄国的一个现代主义诗歌流派。但我的外语知识很有限，所以不敢断言自己的校录就正确无误，希望外文好的人给予教正。[1]

面对日本人和周作人：朱英诞在沦陷区之德行

2018年的6月16日上午，在北京大学中国诗歌研究院的"采薇阁"里，举办了《朱英诞集》首发式暨出版座谈会。我也应邀与会，所以特意写了上面这点祝贺与补正文字（会后略有补订），算是聊报编校者的苦心与求正之忱吧。不待说，我对《朱英诞集》的出版自然额手称庆，也举双手赞同办一个比较隆重的发布座谈会，以告慰寂寞辞世的诗人并推动对他的研究——这都是早应为之的好事善举，为此大家说点祝贺之美言，又谁曰不宜？比如，那天上午在"采薇阁"里，有著名学者热情赞誉朱英诞是"20世纪中国诗歌史上的一

---

[1] 仔细审视原刊，此词录为"Acmeism"是比较近似的。近日责编曾诚审稿，觉得此词或应为"activism"，即行动主义之意。按，在日本军国主义的影响下，20世纪三四十年代的一些日本文人的确提倡过"activism"。从《空虚的故事》的记述来看，箕浦彦广正是一个不满于坐而写诗、很想起而行动的热狂分子，所以文中的"Acmeism"也有可能是"activism"的误排。特此附记，以供参考。——解志熙 2020年3月23日补注

座丰碑",这自然有点夸大了,但考虑到那不过是应酬人情场面的美言,所以也是可以理解和谅解的。

可是,有些高谈阔论也让人颇感不安。比如,一些著名诗评家就在"采薇阁"里慷慨激昂地盛赞朱英诞的诗"再现了中国现当代知识分子在动荡时代中的生命存在方式和心灵历程""体现了中国知识分子的良知"。然则,朱英诞究竟有何过人德行?却不见说出什么根据来,而倘若朱英诞是"体现了中国知识分子的良知"之高士,则那些真正的抗日烈士、革命志士和反专制的斗士该置于何地?再如,关于朱英诞在沦陷时期出任"伪北京大学"教职事,那天本来并没有什么人要追究——在那种场合又何须数说此事让家属难堪啊?可是那天上午偏偏有人自告奋勇地站出来为朱英诞伸张正义道:出任"伪北京大学"教职压根就不是个事儿,因为"伪北京大学"一点都不"伪"啊,说它"伪"那纯属政治偏见。而一位资深的诗评家拿过诗人女儿递过来的一首据说是作于1975年的诗《大风》的手稿,看到头两句"大风如梦 / 把世界吹空了",便立刻当场发挥说:这是对现实的勇敢抗议啊!……如此等等的议论和解读,听得我目瞪口呆。发这些慷慨议论的人都是我尊敬的师长辈,这让我听也不是不听也不是,只好逃到门外去抽烟。后来的议论如何,我不得而知——恰好我中午与人有约,就提前出来。而当我出门时,却看到朱英诞历年手书的毛泽东等重要人物的诗词被装裱得漂漂亮亮地挂在"采薇阁"堂口任人参观,那毫无疑问又被视为光荣的记录。这真让人无语了。

坦率地说,关于朱英诞其人其诗,我本无兴趣、不想多嘴的,可回想6月16日谈诗的"采薇阁"是个多么严肃的地方——其命名显然取典于矢志不食周粟、宁愿采薇以老的伯夷、叔齐事迹,可见命名者不仅景慕风雅而且立意庄严。正是这个庄严论人论诗的"采薇阁",让我觉得朱英诞和现代诗的有些事情,还是应该辨析一下,以免那些高调继续误人。比如,既然朱英诞被盛赞为"再现了中国现当代知识分子在动荡时代中生命存在方式和心灵历程""体现了中国知识分子的良知"之典型,那么文献具在,就据此看看他的为人、良知究竟如何。

这其实并不复杂。抗战前的朱英诞还是一个年轻学子,他求学之余,追随林庚、废名一心作诗,很是可爱。抗战期间,朱英诞为了生计,曾经在伪北京大学任教,抗战胜利后虽然没有受到追责,但他显然在战后的北京一时难以立足,不得不到东北任教谋生了一个时期。到1947年末,朱英诞重回北京,为了生计乃左右讨好:先是写文章批评戴望舒沦陷时期的爱国诗篇是"有了内容,失却了艺术良心",并暗示其原因是戴望舒由反对左翼转向了左翼,"所以现在右边也在对戴望舒先生不满"。[1] 戴望舒其人其诗是否如此,暂且不论,朱英诞如此为文,显然是有意讨好国民党——朱英诞家属后来回忆说,"1945年国民党文联主席张道藩帖请英诞参加文联,英诞拒绝参加,旋即赴东北任教"。[2] 这很可能是误记:一则国民党并无文联和文联主席,张道藩的真正职务是"中央文化运动委员会主任委员",二则朱英诞在战后文坛上仍是无名小卒,且在沦陷期间担任过伪职,战后躲避犹恐不及,何德何能让张道藩"礼贤下士"、请他参与国民党的文化工作?实际上,朱英诞到东北工作,既是出于无奈的谋生之道,也是不得已的避风头之举,他1947年末潜回北平、重返文坛,仍然籍籍无名,然则究竟是朱英诞战后主动写信向张道藩问好、张道藩客气回了一帖,抑或是如今家属和一些研究者所声称的朱英诞乃是光荣地受到张道藩的高看宠顾?此中真相还有待于考证。而可以肯定的是,重回北平的朱英诞的确是选站在"右边"即国民党一边了。只是不久朱英诞就感到国民党无望,于是又写信

---

[1] 朱英诞:《读〈灾难的岁月〉》,原载《华北日报·文学》第39期,1948年9月26日出刊,此据《朱英诞集》第8卷,长江文艺出版社,2018年,第54—55页。

[2] 陈翠芬:《朱英诞生平与创作》,初载《诗评人》第9期,又刊《敦煌诗刊》2009年第1期,此据后者。

向郭沫若示好、向共产党靠拢。新中国成立后的朱英诞也兢兢业业，每有大事发生、要人每有诗文发表，他必写诗文呼应，平平稳稳地活到1983年末终老于家。看得出来，不论在国民党统治时期、日伪统治时期还是在1949年以后，朱英诞都是如胡兰成、张爱玲所宣扬的那样但求"现世安稳、岁月静好"的一介顺民而已，他真正关心的只是个人的诗名和生计，并未表现出什么了不起的道德良知或不苟同时政的批判言行。

当然，诗人在国共治下不发声，这也无须苛求。而真正考问诗人之道德良知的，还是在抗战时期、沦陷区内如何作为。然则，那时的朱英诞之良知究竟如何呢？乍一看，他好像是隐逸于诗、无可非议的，如其夫人陈翠芬后来的回忆所说"他继续在诗的王国里遨游"，此外，也就是为了生计，"去北大讲新诗"[1]而已。这里，除了"北大"当作"伪北大"外，似乎也不必苛责——一个普通文人迫于生计而有此举，也情有可原，所以，也不必强求朱英诞在彼时彼地一定写抵抗性的诗。但问题是，朱英诞对于敌伪的统治，乃是完全不以为意的，并且为了个人名利，不惜伏低做小地去攀附日伪。这有他写于沦陷时期的两篇奇文为证。

一篇即是前面校录的《空虚的故事》。如前所述，此文是对一个在伪北大求学的年轻日本诗人箕浦彦广的悼念文章，朱英诞与他曾经谈诗论文、有所交往，并且此人撰文评论过朱英诞的诗，朱氏在他死后作文悼念一下，也在情理之中，似乎没有什么不可以的。可即使从朱英诞的记述里，仍可看出箕浦彦广是个深中军国主义之毒而颇为好战的日本青年，所以他后来不作诗了，临死前两天还喊着要从军上战场！朱英诞对此做何感想呢？他是完全被感动了，非常惋惜其壮志未酬，所以情不自禁地写出了这样深情款款的悼念文字——

---

[1] 陈翠芬：《朱英诞生平与创作》。

那天听一个工友说,他前两天还喊着要去从军了,也许他神经〔往〕于紧张之美,未必不能带些 Acmeism 的诗作回来。然而在春天还没有来的时候,这个春天就毁灭了!"古之山川好老,而今好少",应该怎样惋惜呢?!

然则,箕浦彦广要去从的究竟是什么军、又要去跟什么人打仗——不是打中国人就是打美国人啊!朱英诞对此不可能无知,他知道了不说,那也算隐日人之恶而心存正义,今日也就不必计较了,可他却如此满怀沉痛地对箕浦彦广的壮志未酬大表惋惜之情,并且念念不忘此情此文、特意拿出来发表,这等言行实在是匪夷所思,他的诗人或知识分子的良知何在?

第二篇文章是《苦雨斋中》,此文写于1943年末,是写给周作人看的,表达了朱英诞对周氏的景仰和攀附之意,所以写得格外用心。然则,朱英诞为何在此时用心写这个文章呢?

这得先从朱英诞与沈启无的关系生变说起。按,朱英诞本来是沈启无邀约到伪北大中文系任教的,两人的关系曾经不错,但到了1943年的夏秋之际,两人的关系似乎生变了,生变的原因,则是朱英诞与沈启无有诗名之争。据朱英诞夫人陈翠芬后来的回忆,"1942年英诞的《小园集》又名《紫竹林集》,由北大中文系主任沈启无携至日本在东京发表,其中一首《窗》蒙日本文学世家崛口大学的赏识,誉为第一。他的诗名传流日本"。[1] 家属大概觉得这是很荣耀的事,所以特意写了这一笔,却掩盖了朱英诞与沈启无当年在日人面前争名之真相。朱英诞晚年的回忆倒是不加掩饰地说,当年他很怀

---

[1] 陈翠芬:《朱英诞生平与创作》。按,"崛口大学"当作"堀口大学"(1892—1981),日本诗人。另,下引朱英诞的回忆录《梅花依旧——一个"大时代的小人物"的自传》并误作"崛口大学",不再出校。

疑沈启无攘夺了他的诗名,这让他很不忿,为此,他想去日本找堀口大学说明情况,当面请教他何以那么赞赏自己的诗——

> 我在文学院任讲师,曾妄拟东渡,周先生以善言止之。在我是有点缘故的,我听说有人把我的《紫竹林集》携至东京,蒙崛口先生赏识,誉为第一(但是有个大会,会长岛崎藤村,有人提议第一让给小说了。这在我倒绝无所谓)。我们听说我的诗名在东京,但署的是沈启无的名,这是怎么回事呢?一首小小的《窗》,还值得犯抢吗?总之,我想我亲自知道崛口先生赏识之所在。但既不能,也就算了。但对我的石竹花的诗人,遂为海外之知音。最近题画有句云:"风外鸡啼海上桑",其背景即在于此。[1]

看得出来,朱英诞还是很在乎自己在日本的诗名,所以对沈启无很不满,言辞之间不免有所流露。因此嫌隙,1943年夏秋之际朱英诞"僻居海淀乡居",[2]说是为了生孩子,其实可能是与沈启无有了矛盾。朱英诞写于1943年秋的一篇随笔就含沙射影地讥讽沈启无不学无术:"譬如我尝偶用'竹笑'一辞,有人斥为僻典。而这个人又是中文系的主任,并且是堂堂的中国人。"[3]沦陷时期的两个中国文人在日人面前争宠,居然闹了这么一出,也真是匪夷所思。周作人毕竟是"知堂",有点看不下去——那是什么时候啊,还要去日本争名,所以对朱英诞说:"这时候不要去了吧!"[4]劝阻了他的日本

---

[1] 朱英诞:《梅花依旧——一个"大时代的小人物"的自传》,《朱英诞集》第9卷,第566页。
[2] 朱纹:《朱英诞生平年表》,见《朱英诞集》第10卷,第659页。
[3] 朱英诞:《沉默解》,《朱英诞集》第8卷,第42页。
[4] 朱英诞:《梅花依旧——一个"大时代的小人物"的自传》,《朱英诞集》第9卷,第561页。

争名之行,算是无意中救了他一把。

与沈启无闹矛盾后,朱英诞不得不别寻出路和靠山,而周作人无疑是那时沦陷区文坛上的大名人和教育界的实权人物,于是朱英诞便在1943年末精心撰写《苦雨斋中》一文,向周作人表达景仰和攀附之意。他在文中仔细追述了自己与周作人交往的点点滴滴,一则曰"坐在我一向衷心崇拜的偶像之前……此可异也",再则曰"一位一代伟大的人物突然有如一头印度的'象'——使得我脑中诗意大转",[1] 如此再三致意、恭维有加。而最有趣味也最值得玩味的是文章的结尾,朱英诞特别有心地引用了伯夷、叔齐不食周粟,饿死首阳前夕所作的明志诗《采薇歌》,这是专门给周作人预备的,也亏他想得出来、说得出口,然后朱英诞便模仿着废名吹捧周作人时惯用的那种莫测高深的语调,写出了自己的曲终奏雅之赞词——

> 登彼西山兮
> 采其薇矣
> 以暴易暴兮
> 不知其非矣
> 神农虞夏忽焉没兮
> 我适安归矣
> 于嗟徂兮
> 命之衰矣

> 我惭愧没有一套完整而有体系的和平理论,但以彼时我学得诗的直观和真实,深觉这是一滴晶露,它启示着一个大晴天。……[2]

---

[1] 朱英诞:《苦雨斋中》,《朱英诞集》第8卷,第48—49页。
[2] 朱英诞:《苦雨斋中》,《朱英诞集》第8卷,第50页。

读过点古代文史的朱英诞当然明白,做过伪北京政府教育督办和伪北大文学院院长等要职的周作人氏,与坚守气节、不食周粟的伯夷、叔齐之为人其实大异其趣,可为了讨好周作人、使他对自己有个好印象、顺便拉自己一把,朱英诞还是曲意奉承、牵强附会地把周作人比拟于伯夷、叔齐,进而将周氏打扮成因为不满以暴易暴之战而毅然走向"和平主义"的光明使者。这真是巧舌如簧的马屁精!而据朱英诞在该文里的叙述,他的这番说辞乃是先与周氏单独论诗时当面奉承的,然后又撰文发表,足见其用心之深细与瞩望之殷切。然而,朱英诞如此曲意奉承却弄巧成拙了:在敏感而且清高的周作人听来,朱英诞的这些谀辞不啻哪壶不开提哪壶、指着和尚赞秃驴啊,他能高兴吗?所以,朱英诞自以为得计的拍马屁不幸地拍到马蹄子上了。晚年的朱英诞回忆其当年的文坛交际,也曾说到此事及其"不幸"的后果云——

> 我真正到文学院教课,才进谒过周先生,先生说,"我们不办,总是有人要办的,恐怕还不如我们。"
> 我想这话很富有情理。然而以后周沈交恶,我错在在启无一边,又以写《苦雨斋中》一文里面用了《采薇歌》,凡此都使先生很不愉快,关系遂断绝。[1]

饶是如此,晚年的朱英诞仍肯认周作人所谓"还不如我们"这帮有才的文人与日人合作为好的主张"很富有情理"。这真是自欺欺人到精神胜利法的地步了。按说,这些文章、这些事都不难看到也不难看清,高坐在采薇阁的先生们究竟是没时间看还是故意视而不见?

---

[1] 朱英诞:《梅花依旧——一个"大时代的小人物"的自传》,《朱英诞集》第 9 卷,第 561 页。

似新实旧的才士诗路：朱英诞的迷盲与现代派诗的问题

按照流行的纯文学理论，人品是无碍于诗的、诗与人理应分别而论，所以我们也不必因为朱英诞的人品有一些问题就废置他的诗。然则，就诗论诗，朱英诞的诗究竟如何？窃以为，著名学者所谓朱英诞是"20世纪中国诗歌史上的一座丰碑"之论，作为一句顺口人情话，姑妄听之自无不可，倘若信以为真，那可就太天真无邪了。其实，当今新诗学者和新诗选家对朱英诞的推举，很大程度上依据的是废名和林庚的观点，但废名、林庚之言就足为典要吗？未必。应该说，废名和林庚对朱英诞确有奖掖之功，但无可讳言的是，他们也对朱英诞有误导之过，而朱英诞在受用之下成了废名、林庚的忠实"迷弟"，一生都受其局限而不自知，并且朱英诞的迷盲正折射出20世纪30年代现代派诗的问题——这才是真正应该探讨的问题。

说来，20世纪30年代的中国现代派诗人，在西方现代诗的启发下，致力于表现现代人——主要是知识分子——在现代都市复杂微妙的生命感怀，并极力追求诗艺的完美与纯粹，确实获得了相当的成功。这成功显著地巩固了新诗的艺术地位，有力地证明新诗不仅是诗，是艺术，而且完全可以达到不亚于中外古典诗歌所曾营造的精微境界。但无可讳言，现代派诗人孤芳自赏的艺术追求与对更广大的社会不公和更迫切的民族灾难的置若罔闻，不仅招人诟病，而且也确实使它陷于自我封闭而难以自广——温室的花虽美毕竟难以茁壮，何况那点迷离感伤的诗意又哪里经得住一写再写、你写我写？所以冯至后来曾借用法国作家纪德的话批评说，"诗在他们变成了避难所；逃出丑恶的现实的唯一去路；大家带了一种绝望的热忱而直奔那里"，仿佛比赛看谁绝望得深刻似的竟相表现着"怀疑人生是否值得过一遭"[1]的悲观—虚无情绪。这种不免浮浅的虚无咏叹加上自矜自喜的个人感伤和刻意朦胧的矫揉造作，到30年代中期几乎成了新诗坛上的流行风尚与摩登公式，所以在当年就招致了一些人的批评和质疑。而最近三十年来的新诗研究者，对20世纪30年代现代派诗的现代性估价越来越高，咸以为新诗之美在斯，几乎视为当然的好诗之经典，却对现代派诗的缺陷一直置若罔闻。

当代研究者最喜援引施蛰存的话作为现代派诗充分现代性的在场证言，以肯定其内容与形式的完美现代性。诚然，施蛰存确是30年代现代诗的热心推动者，他不仅在其主编的《现代》杂志上发表此类诗作，而且热情洋溢地为其内容形式的现代性做了这样的慷慨辩护——

> 《现代》中的诗是诗。而且是纯然的现代的诗。它们是现代人在现代生活中所感受的现代的情绪，用现代的词藻排列成的现代的诗形。
>
> 所谓现代生活，这里面包含着各式各样独特的形态：汇集着大船舶的港湾，轰响着噪音的工厂，深入地下的矿坑，奏着Jazz乐的舞场，摩天楼的百货店，飞机的空中战，广大的竞马场……甚至连自然景物也与前代的不同了。这种生活所给予我们的诗人的感情，难道会与上代诗人们从他们的生活中所得到的感情相同的吗？[2]

施蛰存的话在理论上自然可以自圆其说，但这只是他的理想，30年代现代派诗的实际情况并不像他设想的那样——现代的只是其

---

[1] 冯至：《关于诗》，《冯至全集》第5卷，河北教育出版社，1999年，第296页。按，冯至批评的"象征派"也包括了现代派，参见冯至：《论新诗的内容和形式》，《世界文艺季刊》第1卷第1期，1945年8月出刊。
[2] 施蛰存：《又关于本刊的诗》，《现代》第4卷第1期，1933年11月1日出刊。

艺术形式，情感内容则貌似现代而其实很"古典"。

即以施蛰存最推崇的诗人，也是被公认为现代派诗人首领的戴望舒而论，作为施、戴两人共同朋友的杜衡在当年就诚实地转告了来自北方的批评意见："他（指戴望舒——引者）底诗，曾经有一位远在北京（现代当然该说是北平）的朋友说，是象征派的形式，古典派的内容。"[1]套用现代经济学的术语来说，"象征派的形式，古典派的内容"乃正是30年代现代派诗的结构性矛盾，表明其现代性是形实不符的。我们读读戴望舒的诗，就可以明白这个"象征派的形式，古典派的内容"的判断是很精准的，诸如《雨巷》《残花的泪》《古神祠前》《村姑》《乐园鸟》等戴望舒的代表性诗作，不正是在象征派的形式下抒发着很古典的才士之情吗？其内容的现代性实在是极为稀薄的。并且，这也不仅是戴望舒一个人的问题，事实上，几乎所有比较有成就的现代派诗人——从戴望舒、卞之琳、何其芳、林庚到废名、金克木——都莫不是"象征派的形式，古典派的内容"。造成这种结构性矛盾的一个原因，自然是这些现代派诗人在西方的现代诗艺——主要是象征主义诗歌间接抒情的诗艺启发下，重新发现了中国古典诗歌中比较接近象征派的"晚唐的美丽"（即以温庭筠、李商隐为代表的晚唐五代诗词的婉约风格），所以他们的现代诗中所表达的情感和格调，也就不免受到晚唐五代以来婉约诗词的情调之影响。于是，我们看到了这样的景致：从南到北的现代派诗人竞相以象征派诗与婉约诗词融合而成的朦胧阴柔风格，来表达着从古代名士才子直到现代知识阶级一脉相承的几种幽情别绪。十多年前我曾经指出，新诗人林庚自以为创格的四行体新诗所反复表现的意境，"只不过是旧诗词中被歌吟了成千上万遍的两种基本情调——传统士大夫所矜赏的'人与自然相和

---

[1] 杜衡：《〈望舒草〉序》，《望舒草》，现代书局，1933年8月15日初版。

谐'的田园闲适之感及其欲说还休的'一片无可宁奈之情'——的翻唱而已"。[1]读过点中国古典诗词的人都不难发现，林庚用白话新诗的形式乐此不疲地反复抒写的，不过是古典婉约诗词写滥了的旧意境、老情调。再看其他现代派诗人如戴望舒、卞之琳、何其芳等人的诗作，他们一度悉心表达的不也是诸如此类的古典才士情调吗？只是他们在艺术上比林庚节制一些，或者比林庚更早地意识到问题罢了。

现代派诗人如此"象征派的形式，古典派的内容"，这其实不仅是个艺术趣味的问题，更是因为他们对现代生活缺乏真正的现代感应——在这些现代派诗人眼中，所谓现代中国乃是又一次"王纲解纽"的乱世和文化没落的末世，他们自觉怀才不遇而又无力救世，于是只能在十字街头筑起唯美的象牙之塔，满怀着怅惘怀旧之感和自恋自怜之情，其诗情诗思与晚唐的李商隐、温庭筠等古典诗人大致略同，只是在艺术上运用了象征的现代诗艺和现代的白话语言而已。这就能够理解和解释，为什么30年代的现代派诗人在"象征派的形式，古典派的内容"这种矛盾结构中，仍然能够写出一些真正的好诗，其原因就在于"古典派的内容"也的确就是30年代现代派诗人切身的所感所想啊！正因为如此，杜衡虽然觉得"象征派的形式，古典派的内容。这样的说法固然容有太过"，却又接着强调说，"然而细阅望舒底作品，很少架空的感情，铺张而不虚伪，华美而有法度，倒的确走的诗歌底正路"。[2]所以，从南到北的现代派诗人纷纷走上这条"诗歌底正路"，他们成功地用现代的语言、象征的艺术融合着美丽阴柔的婉约诗词传统，写出了

---

[1] 解志熙：《林庚的洞见与执迷——林庚集外诗文校读札记》，见《考文叙事录——中国现代文学文献校读论集》，中华书局，2009年，第154页。
[2] 杜衡：《〈望舒草〉序》，《望舒草》，现代书局，1933年8月15日初版。

一些出色到堪与古典婉约诗词相媲美的现代诗,而最大的成功则是不约而同地抒写了一个现代风雅才士的"忧"美形象:他当然渴望着爱情,但感情节制而不外露,喜欢让感情停留在不即不离的审美距离上;他也喜欢沉浸在近乎"此情可待成追忆,只是当时已惘然"的忆念中,顾影自怜地欣赏着自己的徘徊与矜持;对即将消失的田园风情、古城风致以至于式微的古典文明,他当然也怀着不胜依依的系恋之情而又自觉到不免没落的悲伤之感,因此徘徊流连在江南小巷里或古城北平中不知所以;有时为了排遣寂寞,他也会有一些悠然之思以至于出尘之念……如此这般塑造出来的这个现代风雅才士的形象,展现出临风玉立、敏感多思、左顾右盼、无所适从的"忧"美姿态,但这"浊世佳公子"的姿态和惆怅情怀还是很迷人的。这或许就是新时期以来不少人特别爱好30年代现代派诗的所在。

这样一条"诗歌底正路"其实是一条似新实旧的窄路,注定了难致深广。坦率说吧,30年代中国的现代派诗人们并未能从其所倾慕的西方现代派大诗人如T.S.艾略特那里领受到对现代文明的深切反思和对现代自我的深入开掘,伟大的《荒原》并没有带给他们真正的现代冲击波,只在他们手里很轻易地与中国传统的虚无观念相汇合,这虚无乃成为他们厌世以自遣的借口;他们显然也缺乏左翼现代主义诗人如阿拉贡、艾吕雅、奥登、艾青那样深广的社会关怀之心和社会批判精神。总而言之,中国的现代派诗人所执着和迷恋的仍然是传统风雅才士式的自我表现、抒情自炫之旧习,他们所翻新的仍然是古代婉约诗人词人顾影自怜、唯美自秀之老路——诚所谓"略工感慨是名家"是也,而其感慨原本就是寻常的才士之情怀,并无真正现代性的深度和新意,只是用白话语言和象征诗艺表而出之,才赋予他们的诗作一些陌生化的新鲜感。而这种陌生化的新鲜感在审美上当然是难以重制的,在创作上并不具备可持续性,每个诗人写个十首八首也就够了，再写就难免老调重弹。这也就是为什么戴望舒、卞之琳和何其芳这些最杰出的现代派诗人创作甚少、很快就陷于枯窘的原因。对这个局限性问题，戴望舒、卞之琳、何其芳这三个著名的现代派诗人先后都有所反思。1928年戴望舒发表了《雨巷》而一举成名，但他却没有乘胜前进，反倒并不珍惜，那原因其实就是《雨巷》太像用"有韵律的现代语"重构出的旧诗词，其中充满了酷似晚唐五代婉约诗词的氛围、情调、意象和意境，甚至连它的"音乐的成分"也宛如婉约词的格调。这让戴望舒自觉有被旧诗词俘虏的危险。所以此后的他努力向更富"现代感"的方向掘进，迨至写出了显然更为现代的《我的记忆》后，戴望舒欣喜若狂于自己的进步，到1936年11月戴望舒还撰文严肃批评林庚自我作古的"四行诗"实验"只是拿白话写着古诗而已"。[1] 1936年6月，也曾耽迷于"纯粹的柔和与纯粹的美丽"的何其芳，数次撰文总结并反思自己此前唯美风雅的创作取向："我倒是有一点厌弃我自己的精致。为什么这样枯窘？为什么我回过头去看见我独自摸索的经历的是这样一条迷离的道路？"[2]"而且当我倾听时，让我诚实的说出来吧，他人的声音也是多么微茫，多么萎靡。"[3] 仿佛是对何其芳的回应，1937年5月的一个夜半，另一个更精致的现代派诗人卞之琳在杭州西湖边上一觉醒来，猛省到国难当头，而自惭其为诗为人都如同那些精致而盲目的小灯虫一样"小处敏感，大处糊涂"，遂提笔写下了他在抗战前的最后一首诗《灯虫》以借物明志："'晓梦后明窗净几，/待我来把你们吹空，/像风扫满阶的残红'，把这一个悲

---

[1] 戴望舒：《谈林庚的诗见和"四行诗"》，《新诗》第2期，1936年11月出刊。
[2] 何其芳：《论梦中道路》，1936年7月19日天津《大公报·文艺》第182期（即《诗歌特刊》第1期）。
[3] 何其芳：《〈燕泥集〉后话》，《何其芳全集》第1卷，河北人民出版社，2000年，第184—185页。

欢交错都较轻松自在的写诗阶段划了一道终止线。"[1]

可是，也有一些现代派诗人兼诗论家是很固执自满的，北平的林庚和废名就是最沾沾自喜、自以为是的，他们恰好成了朱英诞的诗学引路人，这既是朱英诞的幸运也是他的不幸。

诚如戴望舒所说，"在许多新诗人之间，林庚先生是一位有才能的诗人，《夜》和《春野与窗》曾给过我们一些远大的希望"。[2]林庚是从喜欢写旧词转向新诗创作的，他早期的一些新诗如《二十世纪的悲愤》也颇有现代感，《春天的心》情致婉妙，《破晓》意境悠远，都算得上很出色的新诗作。但1934年秋季以来的两年间，林庚复活了旧诗词的趣味，频频用四行诗的新格律形式来表达一些风雅的"古意"，不外风雅才士流连风景、怀想田园、悠然望远之情调，一再重复着"蓝天""春野""流水""大海""秋日""黄昏""惆怅""寂寞"等意象的组合，不厌其烦地重弹旧诗词的老调子，乃招致了钱献之、戴望舒等人的批评。如戴望舒就针对"林庚先生的'四行诗'是否是现代的诗这个问题"提出了尖锐的批评——

> 在这一方面，我和钱献之先生和另一些人同意，都得到一个否定的结论。从林庚先生的"四行诗"中所放射出来的，是一种古诗的雾围气，而这种古诗的雾围气，又绝对没有被"人力车"，"马路"等现在的骚音所破坏了。约半世纪以前捋扯新

---

[1] 卞之琳：《话旧成独白：追念师陀》，《卞之琳文集》中卷，安徽教育出版社，2002年，第261页，并请参阅《〈雕虫纪历〉自序》。按，卞之琳的这个"觉悟"似乎来得突然，但其实是有前兆的，如他1934年的诗《春城》、1935年的诗《尺八》以及1936年的散文《尺八夜》等作品，就表明他对国家的忧患和包括自己在内的国人的苟安心态有所意识与不安，只是还没有达到下决心"觉醒"起来以自觉承担责任的地步，所以这些诗文才写得隐约其词、含糊朦胧，那正是作者感觉不安而又不能痛下决心的游移不定心态之表现。

[2] 戴望舒：《谈林庚的诗见和"四行诗"》，《新诗》第2期，1936年11月出刊。

名词以自表异的诗人们夏曾佑,谭嗣同,黄公度等辈,仍然是旧诗人;林庚先生是比他们更进一步,他并不只拮扯一些现代的字眼,却拮扯一些古已有之的境界,衣之以有韵律的现代语。所以,从表面上看来,林庚先生的四行诗是崭新的新诗,但到它的深处去探测,我们就可以看出它的古旧的基础了。现代的诗歌之所以与旧诗词不同者,是在于它们的形式,更在于它们的内容。结构,字汇,表现方式,语法等等是属于前者的;题材,情感,思想等等是属于后者的:这两者和时代之完全的调和之下的诗才是新诗。而林庚的"四行诗"却并不如此,他只是拿白话写着古诗而已。[1]

戴望舒的批评是很中肯也很诚恳的。的确,林庚不过是用有韵律的白话把一些古典诗词惯常抒写的情趣再来抒写一遍罢了,委实近乎徒劳。可是那时的林庚年轻自负,并且古典的风雅情调摇笔即来,仿佛得来全不费工夫,写得正在兴头上的林庚根本听不进戴望舒的诤言。

恰好1934年的秋季林庚开始在北平的民国学院中文系兼课,而更年轻的朱英诞恰是此间的学生,于是师生遇合、相与谈诗。那时的林庚正迷醉于"用白话去发表一点古意"的"四行诗"实验,写得很顺手,很快出版了"四行诗"集《北平情歌》,他自傲地声明——

> 近来为时代的诗人很多,我亦不想要这个头衔。如果有人单只是说"《北平情歌》不是为时代而写的",我心里雪亮,人各其是,大约无须多说。[2]

---

[1] 戴望舒:《谈林庚的诗见和"四行诗"》,《新诗》第2期,1936年11月出刊。
[2] 林庚:《关于〈北平情歌〉——答钱献之先生》,《新诗》第1卷第2期,1936年11月10日出刊。

林庚自以为由此发现了古今一脉相通的永恒普遍的宇宙之诗心,乃喋喋不休地发挥道——

> 宇宙永远是无言的,宇宙却又在无言中启示了人们,诗是宇宙的回声,而诗的弥漫乃也正像宇宙是在每一个人的心上,假如我们承认宇宙虽然无言却一样的伟大,则"岱宗夫如何,齐鲁青未了","落日照大旗,马鸣风萧萧",我们是有理由可以忘怀的吗?然而宇宙并不永远是严肃的,汪洋的海,深夜的天,虽有时板起森严的面孔;而"江雨霏霏江草齐,六朝如梦鸟空啼;无情最是台城柳,依旧烟笼十里堤"。那不正是宇宙之所以深深的感动了人吗?宇宙因此才是伟大,才是浑然,才是无边际的。诗是宇宙的代言人,它不讨论什么,不解决什么;它只如宇宙之有着一切,而轻轻的把智慧的钥匙递给了人们,能接受的便会走进那珍贵的园地的门里去。它培养着一切,使人知道怎样更好点的生活下去。
>
> 因着春夏秋冬的季候有着四时的诗,因着清晨白昼黄昏夜晚有着各个情况下的诗;你随处会遇着它在拍着你知觉的门;它使你在宇宙中真正的睁开了眼睛;你的心是活泼的,敏锐的,它与你以力,来接受来到你面前的一切;当你在黄昏时,你有着,"画桥流水,雨湿落红飞不起;月破黄昏,帘里余香马上闻。徘徊不语,今夜梦魂何处去,不似垂杨,犹解飞花入洞房"。然而假如你在家里呢,则有"萋萋芳草忆王孙,柳外楼高空断魂,杜宇声声不忍闻,欲黄昏,雨打梨花深闭门"。你也许一个人孤寂会忽然想起"东山不向久〔不向东山久〕,蔷薇几度花,白云还自散,明月落谁家"。那便只有你自己可以知道了,而事实上为你预备下的,则不仍有"燕子飞〔归〕来依旧忙"一类的诗句吗?于是你的生活

是丰富的，因为这些诗句都是从你口中自然的流出，你觉得你便是这诗中的主人翁，也便是那作者，仿佛宇宙原本如此，而你心中便充满了这整个的宇宙的力量，故景物当前不觉脱口而出；落雨时你会吟咏"听风听过清明〔听风听雨过清明〕"；清早你站在院子里会想起"玉颜不及寒鸦色，犹带昭阳日影来"。夜间如其起了风，则"明日落红应满径"。春天你如果走在路上，则"一径杨花不避人"。而且你或者会诵出，"去年今日此门中，人面桃花相映红"；你或者也会遇见，"十叩柴扉九不开〔小叩柴扉久不开〕，一枝红杏出墙来"。而当你更会吟到"水是眼波横，山是眉峰聚，欲问行人在〔去〕那边，眉眼盈盈处"时，你是没有白活在春天了。而在秋天呢，则你会有："昨夜西风凋碧树，独上高楼〔，〕望尽天涯路；欲寄彩鸾传〔笺兼〕尺素，山长水阔知何处"。你更会有"月落乌啼霜满天，江枫渔火对愁眠；姑苏城外寒山寺，夜半钟声到客船"。当然城外未必是姑苏城外，钟声未必是寒山寺的钟声，然而那是无妨碍于你的，但假如你根本便不在船上，则"天街夜色凉如水，坐〔卧〕看牵牛织女星"，总是可以的了。可是你还觉得这未免太无丈夫气，则"北斗七星高，哥舒夜带刀"，虽说你没带刀，总有这点气魄吧。至如"回乐峰〔烽〕前沙似雪，受降城外月如霜；不知何处吹芦管，一夜征人尽望乡"。在此地作客的人们，此时该当同有此感了！然而秋天并不是只有一个多情的夜，你也可以吟"青山横北郭，白水绕城东〔东城〕"；"凉风起天末，君子意何如〔如何〕？"而且你会看见"落霞与孤鹜齐飞，秋水共长天一色"；你不也会有时"独倚〔倚杖〕柴门外，临风听暮蝉"吗？因此不论在那一个季候，不论在什么样的情况下，你是有着你最动人的诗句的；人与宇宙，生活与诗是浑然已成一物；于是即使是"池塘生春草"，也似有无限的启示了。[1]

在这里，我不惜篇幅照抄了林庚论诗的高谈阔论。读者从中不难看出，被林庚引为永恒的宇宙之诗心的抒情范本，全是中国古典诗词，尤多流连光景的婉约诗词。这就难怪林庚会把他的新体诗"四行诗"实验变成了"用白话去发表一点古意"的写作行为。对这个独得之秘，林庚是颇为得意的，说来滔滔不绝，于是倾囊传授给朱英诞，年轻的朱英诞也欣然接受，从此陷溺于其中不能自拔，而且范围比林庚更狭窄——林庚还写写北平的街道风沙什么的，朱英诞则觉得自家的小庭园就足够发风雅思古之幽情了，后来索性以"庭园诗人"自命自负。

火上浇油的是，林庚又向更自负更自大的废名介绍了朱英诞，而经过废名自以为是、过分热心的接力锻造，年轻的朱英诞便从此定型、故步自封了——这真可谓幸运的不幸了。

如所周知，废名前期的小说创作私淑鲁迅的乡土小说，在青涩疏淡的文字中仍然包含着相当朴实的生活气息和较为宽广的人文情怀。但鲁迅南下之后，废名很快成了留在北平的新文学大佬周作人的追随者，日渐偏至到高蹈一唯美之途。也因此，废名稍后撰写的长篇小说《桥》，便极力追摹着古典风雅的唯美一颓废杰作《红楼梦》，运用散文化的新风雅抒情笔调，将之写成了一本乡村版的小《红楼梦》。看得出来，《桥》的男主人公程小林显然带有废名个人自况的味道，只是他究竟不像贾宝玉那样是大富大贵之家的富贵闲人，而不过一个乡下小地主家庭的小少爷，尽管仍然竭力模拟着贾宝玉

---

[1] 林庚：《极端的诗》，《国闻周报》第 12 卷第 7 期，1935 年 2 月 25 日出刊。按，林庚这段话引了不少诗词名句，只因凭记忆写来，字句不无讹误，此处随文括注予以订正，不再一一出校。——解志熙

的富贵闲人格调和无故寻愁觅恨的做派,但其享受格调则不免减等。比如美丽的金陵十二钗到《桥》里面便减剩为两个可人的小家碧玉,多姑娘引诱贾宝玉而不成的故事到《桥》里则变为一个村姑狗姐姐与少爷程小林成其好事之艳遇,大观园群美结社吟诗变成了程小林等小地主儿女附庸风雅的念念有词……凡此都折射出废名潜意识里不自知的传统风流趣味和乡绅人家的悠闲自得之感,而其神龙见首不见尾的忽闪腾挪笔法,倒是恰与其顾影自怜的小贾宝玉情调相得益彰。再后来的《莫须有先生传》和《莫须有先生坐飞机以后》,除描写师生、亲友的小细节略有意趣外,大部分篇章都是作者化身的莫须有先生的自我展现,近乎一个自以为是的"大话王"的脱口秀之记录。这样的小说确乎是创格,但也不过"聊备一格"而已。鲁迅曾惋惜地批评《桥》——"可惜的是大约作者过于珍惜他有限的'哀愁',不久就更加不欲像先前一般的闪露,于是从率直的读者看来,就只见其有意低徊,顾影自怜之态了。"[1]鲁迅的批评其实还是笔下留情的。可是《桥》和《莫须有先生传》却大受周作人的赞扬,这大大增加了废名的自信和自负,他把自己的小贾宝玉趣味也传染给其京派文学小兄弟何其芳和卞之琳等,让这两个才情杰出的现代派诗人也耽溺了好长时间,对更年轻的现代派诗人,废名就更为勇敢自负而好为人师了。

其实,废名虽然擅长写所谓"诗化小说",却未必擅长作诗,且又少读书而好求"甚解",特别喜欢说新诗解旧诗,其解说固然不乏妙心慧解,但也颇多神神道道的信口雌黄——他那些天花乱坠的解说词或许不乏趣味,但对诗本身则往往缺乏准确判断。这看法倒不是我的首发,而出自一个被学界公认为真懂诗尤其是现代诗的学人

---

[1] 鲁迅:《〈中国新文学大系〉小说二集序》,《鲁迅全集》第6卷,人民文学出版社,1981年,第244页。

叶公超之口。按，在1936年3月27日出版的《自由评论》第17期上，一个署名"叶维之"的人发表了书评《意义与诗》，"叶维之"即叶公超。此文评论的是英语学者斯帕娄（John Sparrow）研究现代诗的专著《意义与诗》（Sense and Poetry），同时也对现代诗的意义传达及其晦涩性等问题提出了自己的看法，分析相当深入，所以这篇书评也是一篇出色的现代诗论，其开阔的现代视野和独到的诗学见解，在当时新诗坛和学术界都是出类拔萃的。其中特别批评了一位中国新诗人兼诗论家，一则曰——

> 无论所谓"意义"是一种深刻的思想，还只是简单的文义 plain literal sense，它的作用总是唤起一种"情感圈"emotional field 或者说，它是一种唤起，指导，整理，酌重情感的工具。譬如"姑苏城外寒山寺，夜半钟声到客船"这两句中国诗是没有什么"思想"的，只是一种简单的事实上的陈述而已，然而只是由于这种陈述的会意与联想，才能唤起一种情境，成为很动人的诗句。（有人根据这两句诗，说中国旧诗的内容是散文的，不是诗的，大概是因为这两句诗不像他自己的作品那么"高山滚鼓"。）

又道是——

> 诗人写诗，读者读诗，都得运用自己的脑筋，诗人越想表现一种特殊的情感，不满足于唤起读者的现成反应 stock responses，就越得请理智当传达情感的媒介；读者越想避免自己"驴唇不对马嘴"的反应 irrelevant responses，就越得用理智的力量，辨别诗中所有的意义与诗中所无的意义，不但能够 feel，还得能够 unfeel，不然他读了"嫦娥应悔偷灵药，碧海青天夜夜心"，就要以为诗人是在那儿说什么"镜子"了。

再则曰——

> 但是辨别一首诗的有无意义,读者是非十分细心不可的。斯帕娄在第四章中说:"我们说一首诗'隐晦'时,先得问问自己,我们的困难是否由于自己头脑不灵或知识不足。"这种缺乏脑筋或知识的人,甚至于可以把很通的诗,解释成狗屁不通的诗。例如李商隐的"我是梦中传彩笔,欲书花叶寄朝云",有位先生不懂"题叶"的典故,竟硬在"书"字下添了一道,又不知"朝云"是人名,竟把"云"改成"阳",以为这两句诗是说:"这些好看的花朵,虽然是在黑夜之中,而颜色自在,好比就是诗人画就的寄给明〔日〕的朝阳。"西洋的批评家正与此相反,他们爱把无意义的诗解释成有意义的诗,然而这两种毛病,根本都是一样,都是自己杜撰了一篇神话,却以为是接受了人家的传达。

叶公超既辛辣地嘲讽这位新诗人的诗作是"高山滚鼓",又挖苦他对古典诗人如李商隐诗作的想当然解说,是"把很通的诗,解释成狗屁不通的诗",也真够不客气的,而这位被叶公超严厉批评的新诗人兼诗论家就是废名。[1]顺便说一下,叶公超批评废名的诗是"高山滚鼓",典出苏东坡暗嘲某位爱作诗的妄人之诗"卜通卜通"即"不通不通"也,叶公超借来批评废名,可谓一针见血——究其实,废名并无充分的诗情诗才而又很想作点诗,于是便利用新诗的自由句法把自己的一些自由联想连缀起来,乃使每行每句可懂而全诗却晦涩难通,可在好求"甚解"的废名及其爱好者看来,那倒是晦涩

---

[1] 关于此文此事的详细考证可参阅笔者的《现代诗论辑考小记》一文,见《摩登与现代——中国现代文学的实存分析》,清华大学出版社,2006年。

得很有象征之禅意、朦胧得很有唯美之美感了。在这方面，废名引为典范的古典诗词家就是李商隐和温庭筠，废名很爱好温、李诗词的婉约风雅，所以他才在《新诗问答》和《谈新诗》等诗论中着意援引温、李之诗，作为新诗的不祧之祖和艺术先驱，其神乎其神的揄扬之论和自由发挥的夸夸其谈，还是很迷糊人的。

朱英诞就是被废名迷住的年轻诗人。1935年的冬天林庚向废名推荐了朱英诞。[1] 好为人师的废名先是傲然视之，而貌似谦恭的朱英诞却有备而来，两人初见的一幕是很有趣的——

> 去年这个时候，诗人林庚介绍一个学生到我这里来，虽然介绍人价值很大，然而来者总是一学生耳，其第一次来我适在病榻上，没有见。第二次来是我约朱君来，来则请坐，也还是区区一个学生的看待，朱君当头一句却是问我的新诗意见，我问他写过新诗没有，他说写过，我给一个纸条给他，请他写一首诗我看，然后再谈话，他却有点踌躇，写什么，我看他的神气是他的新诗写得很多，这时主人之情对于这位来客已经优待，请他写他自己所最喜欢的一首，他又有点不以为然的神气，很难说那一首是自己所最喜欢的，于是来客就拿了主人给他的纸条动手写，说他刚才在我的门口想着做了一首诗，就写给你看看，这一来我乃有点惶恐，就将朱君所写的接过手来看，并且请他讲给我听，我听了他的讲，觉得他的诗意甚佳，知道这进门的不是凡鸟之客，我乃稍为同他谈谈新诗，所谈乃是我自己的一首《掐花》，因为朱君说他在杂志上读过这一首诗，喜欢这

---

[1] 朱纹所撰《朱英诞生平年表》（收入《朱英诞集》第10卷）称朱英诞与废名在1934年就开始交往，这可能有误。下引废名为《小园集》所写序言中自道："去年这个时候，诗人林庚介绍一个学生（指朱英诞）到我这里来。"序末注明写序时间为"二十五年十一月三日"，则废名所谓"去年的这个时候"当是1935年末。

一首诗，我就将这一首诗讲给他听，我说我的意思还不在爱这一首诗，我想郑重的说明我这首诗的写法，这一首诗是新诗容纳得下几种文化的例证。[1]

看得出来，废名一开始是有些倨傲的，但随即发现朱英诞诗才不凡，二人一拍即合。

然则，废名和朱英诞的合拍之处究竟何在？那便是一种利用自由联想和自由句法的新诗写作法，其实沿袭了古代诗人惯用的即兴式以至"赋得体"的写诗法，可以把不足的诗情诗意敷衍成一首看似微妙有深意的诗，所写多是古人写了千万遍的那种悠然自得的名士情怀和顾影自怜之姿态而已。其例即如朱英诞很喜欢而今又被人捧为废名杰作的《掐花》诗——

> 我学一个摘花高处赌身轻
> 跑到桃花源岸攀手掐一瓣花儿，
> 于是我把它一口饮了。
> 我害怕我将是一个仙人，
> 大概就跳在水里湮死了。
> 明月出来吊我，
> 我欣喜我还是一个凡人
> 此水不见尸首，
> 一天好月照澈一溪哀意。

此诗以"掐花"为题，废名大概首先想起以前读过的吴梅村

---

〔1〕 废名：《〈小园集〉序》，《废名集》第3卷，北京大学出版社，2009年，第1337—1338页。

《浣溪沙·闺情》词句"断颊微红眼半醒,背人蓦地下阶行,摘花高处赌身轻",该词写士大夫悠然欣赏年轻漂亮的妻子"摘花高处赌身轻"的娇美姿态,所以让废名印象深刻、难以忘怀,以至于在小说中常用"掐花赌身轻"来形容美女娇憨姿态之美感,如今写起新诗来也便由此起兴。可是起兴之后,却难以继续,废名便又发挥自由联想——自以为现代隐士的他,理所当然地想到了被认为是隐逸诗人之宗的陶渊明及其名句"采菊东篱下,悠然见南山",同时想起的还有著名的《桃花源记》,又由隐士联想到古代高士餐花饮露的传说,于是废名便有了第二三句诗。可是到此,诗兴又断了,还不成一首诗啊!于是废名又东拉西扯地联想到了关于李白的传说——据五代王定保《唐摭言》所述:"李白着宫锦袍,游采石江中,傲然自得,旁若无人,因醉入水中捉月而死。"于是废名便索性以李白自居、把自己代入其中,用自由句法重构了这个传说。对最后两句"此水不见尸首,/一天好月照澈一溪哀意",废名有这样的自我解说——

> 另外我读《维摩诘经》僧肇的注解,见其引鸠摩罗什的话,"海有五德,一澄净,不受死尸……"我喜欢这个不受死尸的境界。稍后读《大智度论》,更有菩萨故意死在海里的故事。……真使我欢喜赞叹。这些都与我写《掐花》有关系,不过我写时毫不加思索,诗的动机使我忽然觉得我对于生活太认真了,为什么这样认真呢?大可不必。于是仿佛要做一个餐霞之客,饮露之士,心猿意马一跑跑到桃花源去掐一朵花吃了。糟糕,这一来岂不成了仙人吗?我真有些害怕,因为我确是忠于人生的,这样大概就跳到水里淹死了,只是这个水不浮尸首,自己躲在那里很是美丽。最后一句"一天好月照彻一溪哀意",只不过是描写,写这里有一个人死了而人不得而知之而已,这一个人或

者也是情人。……我喜欢海不受死尸的典故给我活用了,若没有这个典故,这诗便不能写了。[1]

至此,这首"掐花"诗总算勉强完成了。老实说,如此七拼八凑出来的这首新诗,其实不过是传统文人风雅自恋趣味和清高出尘之念的重写而已,除了自由句法外并无新意和现代性可言,只是由于它运用自由联想把几个无关联的典故扭结在一起,也会造成一点扑朔迷离的朦胧象征之感,且神神道道的似乎大有深意,所以让年轻的朱英诞颇为爱好,废名也自鸣得意。废名对此诗的自我解说,说辞相当玄深而且唯美,当年的朱英诞听了不能不迷拜。其实,废名的说法不过是自我作古、增字解诗而已,其说辞诚然舌灿莲花、看似颇为高妙,可是从诗本身却难以读出那典故及其寄托的深意——所谓以高深文浅显,其是之谓乎?

朱英诞当日在废名门口赋得的那首诗也未失落,应即是《过废名宅不遇》。此诗在朱氏的《长夏小品》和《春草集》(甲编)里同题两存,都作于1935年。前一首只有四行——

> 乃随便地过着蓝天里牌楼下的过客
> 路旁的水果香送远了闹市中的行色
> 老河不见流水在一个静静冬的去日
> 桥与古树道上走回来觉出一点寂寞

据前引废名之言,朱英诞"第一次来我适在病榻上,没有见",第二次来才见面,其时朱英诞应废名之命当场赋得了一首诗——"于是来客就拿了主人给他的纸条动手写,说他刚才在我的门口想着做

---

[1] 废名:《谈新诗》,《废名集》第4卷,北京大学出版社,2009年,第1825—1826页。

了一首诗，就写给你看看"，其所写内容应该就是第一次"过废名宅不遇"的感怀，而即兴赋得也不会很长，所以这首效法林庚四行体的短诗《过废名宅不遇》，应该就是朱英诞初见废名之所作。如此这般，一个"即席催诗"、一个"即兴赋得"，这原是古代才子诗人卖弄诗才的坏习惯，所作只能为文造情、勉强敷衍，年轻的朱英诞如法炮制，看似颇有捷才，其实不免捉襟见肘，加上要模仿林庚的四行诗，句式冗长不堪，诗味寡淡到几乎没有，并且像林庚一样为凑字数，居然弄出"一个静静冬的去日"这样的词句，连话都说不停匀，何有于新诗！可是，只因朱英诞当面吹捧废名的诗与人（所谓隐者），让废名很受用，于是他便回夸朱英诞"不是凡鸟之客"，真是很风雅的回应。受到奖掖的朱英诞回去后，从容有暇了，又将《过废名宅不遇》改为一首自由体诗，比此前的四行诗略好一点——

> 随意走过了
> 那长长的蓝天如小河
> 大街上的过客
> 水果的香味伴送着
> 闹市中的匆匆行色
> 你的门前的小河呢
> 流水不见了
> 唯有枯树淡如老人
> 一个静静的冬天的送别里
> 仿佛古道无人行
> 走回来，乃与寂寞结伴

按，白居易《中隐》诗云："大隐住朝市，小隐入丘樊。丘樊太冷落，朝市太嚣喧。不如作中隐，隐在留司官。似出复似处，非忙亦非闲。……唯此中隐士,致身吉且安。……"在 30 年代文坛上,周作人、废名师徒颇以隐逸自高,周作人被视为隐于朝市之"大隐",废名则被朱英诞誉为隐于职司的"中隐"。朱英诞很向往废名这样诗意栖居的生活,他的这首自由体的《过废名宅不遇》,语言比较自由疏朗,表达了寻访隐者废名的雅趣和寻访不遇的寂寞之感。然而,此类诗意情调在古典诗词中所在多有,最著名的当然是唐人贾岛的《寻隐者不遇》:"松下问童子,言师采药去。只在此山中,云深不知处。"朱英诞此作显然在模仿贾岛,而自觉不自觉地显摆风雅、卖弄寂寞,效颦古人古典而已,毫无现代感可言。可是,朱英诞对自己的这点诗情很是爱惜,后来又改题改写为《访废名不遇》。有人以为《访废名不遇》"作于一九三五年",不知何据,现在的《朱英诞集》据作者自编的《深巷集》(丙编)、系于 1937 年以后的诗作中,这就比较近真了。其实,从此诗将"寂寞"改为"平静"就可以推定《访废名不遇》是自由体的《过废名宅不遇》之改作——大概朱英诞自觉先前的"走回来,乃与寂寞结伴"有卖弄寂寞之嫌,所以刻意改为"于是我平静地回来"。然而如此刻意改作,又显故作平静之态,仍给人装模作样之感。看来,为文造情、装腔作诗,终难成为好诗。

果然,经过废名如此这般的指导与诱导,朱英诞更加坚定了用自由的白话来抒写风雅的古典才士之情怀的诗学趣味。看看朱英诞晚年不厌其烦地反复回忆当年从废名那里得到的诗教,达数十次之多,可见多么铭感难忘,而以其回忆录《梅花依旧》中所言比较扼要——

故北河沿枯树小河就为我的午梦梦游之处了。我常常找废名先生听他讲诗,温飞卿,李义山,庾信以及杜甫,都是从废名先生那里获得"真知"的。

废名先生和我谈得更多的是现代诗,现代诗的作法;他很爱旧诗,但他以为新诗应该比旧诗更好,更是真诗。

废名先生持赠给我的《桥》《枣》《桃园》，我自己后来还买到一本早期所作《竹林的故事》。其深情厚意，我都铭刻在心，不敢或忘。[1]

"不薄旧诗爱新诗"的确是废名论诗的一贯态度。废名从不掩饰自己对旧诗风雅情调尤其是晚唐诗的曼妙风情之爱好，只是觉得旧诗的内容情调虽好，却受到形式化的诗语之拘束，不很自由自然，而今用自由的白话语言表而出之，更为真切自然，也便是新诗了。正因为如此，废名向朱英诞耳提面命的新诗作法，即是运用自由联想的想法和白话的自由句法，使古典诗人常用的即兴体以至赋得体的作诗法貌似现代一点。这便是废名之古今不隔、新旧赓续的诗学精义。按废名的逻辑，"旧诗的内容是散文的，其文字则是诗的"，而新诗"内容是诗，其文字则要是散文的"，[2]所以他索性把自己的诗情诗意发抒于散文化的小说中，而较少作诗。朱英诞则是爱诗成癖的人，业已接受林庚以白话写古意之诗法，如今废名所提点的诗学趣味和作诗法，显然是更有理论来头而且也是用起来更为快捷省心的方便法门，正中这位作诗成瘾的年轻诗人之下怀。于是，朱英诞便努力应用起来，很快写出自己的第二部新诗集《小园集》。他把自己的两册诗稿送请废名作序，废名欣然赞扬道："朱君这两册诗稿，还是从《无题之秋》发展下来的，不过大势之所趋已经是无可奈何了，六朝晚唐诗在新诗里复活也。"[3]

"六朝晚唐诗在新诗里复活也"——废名不吝如此夸奖朱英诞的诗，朱英诞自然很感激，但他后来申明，"本来我确甚喜晚唐诗，六

---

[1] 朱英诞：《梅花依旧——一个"大时代的小人物"的自传》，《朱英诞集》第9卷，第567页。
[2] 废名：《新诗问答》，《废名集》第3卷，北京大学出版社，2009年，第1326页。
[3] 废名：《〈小园集〉序》，《废名集》第3卷，第1338页。

朝便有些不敢高攀",[1]而当朱英诞又听说废名"还把我的少年时所写的习作比作南宋词",[2]他显然更觉慰心。这是因为在朱英诞自己看来,"我们这时代的诗(无韵体),似乎也只能相当于五代词",[3]而他也坦承自己:"年轻时爱词过于诗,大约也不外因为诗的脸终是较板重吧?"[4]所以旧词对朱英诞的新诗之影响无疑更大也更明显。当然,这和晚唐诗的影响并不矛盾,因为如所周知,晚唐诗就已是相当词化的诗了。同时,朱英诞还受到外来的象征派诗之启发——外来的象征主义诗艺与本土的婉约诗词传统恰好中西合璧为中国现代派的新诗。于是,朱英诞的新诗写作便一路顺风顺水,一首首看似意象隐约、情调婉约的新诗从他笔下联翩而出。应该说,个别诗作的确想象灵动、清雅可人,如前面校录的那首集外佚诗《枫林耳语——"俳谐诗之七二"》,此处不妨再仔细看看——

这一个偷听,呵!

小小的海潮浮动着:
含羞如新睡足的月光
淡红的升起;红颜的仙子
谁劳你看守这座古灯塔?
微笑吧,然而不要动,
仿佛你怕吓跑了的梦,
虽隔着一垛粉白的墙,

---

[1] 朱英诞:《〈逆水船〉序》,《朱英诞集》第8卷,第51页。
[2] 朱英诞:《跋》,《朱英诞集》第8卷,第109页。
[3] 朱英诞:《〈春泥集〉序》,《朱英诞集》第8卷,第288页。
[4] 朱英诞:《跋废名先生所作绪论——跋废名先生手稿》,《朱英诞集》第8卷,第308页。

>   却同是永远在你身旁的。
>   像一个避人的逃寇吗
>   拉高了衣领，低戴着帽子？
>   喂，这是舒服的夏天呵，
>   我蓦地里转过浓阴
>
>   呵，林中没有人。

不难想见，居于沦陷之地北平深巷小园里的诗人虽然闲适而不免苦闷，于是做起了红粉佳人、幽居避世的白日梦。爱好旧词的他，便化用清代词人庄棫的《蝶恋花》组词"残梦初回新睡足""绿树阴阴晴昼午""百丈游丝牵别院"的意境情调，想象一个红颜仙子在海边灯塔里寂寞自守。有此佳人自然得有才子作陪了，于是一个避乱的高人像逃寇一样来到她身边。"逃寇"之典出唐代诗人皇甫冉《赋长道一绝送陆邃潜夫并序》诗序："予方耕山钓湖，避人如逃寇。"按，皇甫冉是避乱逃寇的隐士，他所谓"逃寇"即"避寇"，源自《庄子·让王》："吴军入郢，说（屠羊说）畏难而避寇"；朱英诞则误以为"避人"的即是"逃寇"。这个"避人的逃寇"其实是一个知趣护花的才士，他"拉高了衣领，低戴着帽子"，低调而高雅。这里又扭扯着一个今典和一个"外典"。今典当来自朱英诞应该读过的何其芳名作《云》，《云》写于1937年春，表达了何其芳从唯美的象征诗人向左翼诗人的"方向转换"，所以很受时人瞩目——

>   "我爱那云，那飘忽的云……"
>   我自以为是波德莱尔散文诗中
>   那个忧郁地偏起颈子
>   望着天空的远方人。

"外典"则是象征派的始祖波德莱尔的散文诗《异乡人》写流浪的异乡人之梦呓:"我爱云……飘忽的云……那边……那边……奇妙的云!"这就很有来头了。然而,白日梦终归是梦,从想象的偷听和偷窥中醒过来,夏日浓阴依旧,并没有什么仙女和逃寇!看来,《枫林耳语》的确想象灵动,点化典故,诗意微妙,此诗写于沦陷时期,其幽居避世的情思虽然不外古典隐逸趣味,毕竟暗示出一点避乱出离之念,算是朱英诞的诗里写得较为出色的一首。

可是,像这样的诗在朱英诞的全部诗作中难得一见,他的绝大多数新诗都浅斟低唱着一个"新寒士"(朱英诞的自称)之"春非我春,秋非我秋"式的感伤,和"小门深巷,春到芳草,人间清昼"式的雅兴,不厌其烦地用白话诗的自由句法复制着晚唐五代两宋以来婉约诗词的风雅才士情趣,以至于耽溺其中不能自拔,始终走不出林庚、废名指点的诗学趣味之范围。

抗战胜利后,废名补谈新诗,特意写了《林庚同朱英诞的诗》一章,极力赞誉云——

> 在新诗当中,林庚的分量或者比任何人要重些,因为他完全与西洋文学不相干,而在新诗里很自然地,同时也是突然地,来一份晚唐的美丽了。而朱英诞也与西洋文学不相干,在新诗当中他等于南宋的词。这不是很有意义的事吗?这不但证明新诗是真正的新文学,而中国文学史上本来向有真正的新文学,如果不明白这一点,是不懂文学了。亦不足以谈新文学。[1]

当废名说这些话的时候,林庚已由四行诗实验转向所谓"节奏自由诗"的写作,成绩平平;朱英诞的抒情则一仍其旧、连篇

---

[1] 废名:《林庚同朱英诞的诗》,《废名集》第4卷,第1789页。

累牍、写个不休——据他自言截至 40 年代末其所写新诗已近万首,如此高产超过了任何新诗人。对这种复制"晚唐的美丽"或重构南宋词的情调而写个不休的情况,废名本应做严肃的批评和劝诫,何况作为诗评家的他也声称"我的工作不容许我泛滥自己的爱好"。可是废名还是阿其所好,盛赞"在新诗当中,林庚的分量或者比任何人要重些",更夸奖朱英诞重构"南宋的词"的新诗是"很有意义的事"(这个夸奖当是接受了朱英诞的自评)。显然,此时的废名又犯了"大话王"刚愎自是的老毛病,他摆出一副博古通今的权威架势,宣称不认同其观点的人都"是不懂文学了。亦不足以谈新文学"。正因为废名一贯大言欺人、说话霸道,他的不负责任的大话才在近三十年来唬住了许多人。其实,废名对中国古典并不精通、于旧诗未必有真见识,却爱议论、好标榜,乃步其师周作人标榜晚明小品和六朝文章之后尘,也出来标榜"六朝晚唐诗"、希图在新诗里复活其情趣。且不说"六朝晚唐诗"是不是真那么美丽,即使美不胜收,古人既美在前,今人又何须制作假古董!即如废名选讲的朱英诞 12 首新诗,除了一点才子的小聪明,实在无可称许。可是,在废名的赞扬之下,朱英诞写个不休,至老不悟其可怜无补费精神。朱氏现存新诗还有三千多首,大都是赋得某某情调之类,同题重赋之作多到难以胜记,如此为文造情、装腔作诗之作为,虽多亦奚以为!诚然,这是朱英诞个人的爱好,但废名不负责任的夸奖也有相当的责任。看看朱英诞晚年的序跋自述,回忆废名如何夸他的文章就有二三十篇,可见其对废名的迷信和盲从之深重。于此,不禁想起元好问批评元稹的那首论诗绝句,且套用来给废名吧——

晚唐美丽特一途,取径如此亦区区。
诗国自有连城璧,争奈废名识珷玞。

谁知明月照沟渠：不懂胡适之与污蔑戴望舒的朱英诞

1936年后半年，以胡适、杨振声、叶公超、梁实秋为代表的《现代评论》—《新月》派文人，为了推进新文学的健康发展，乃与周作人、沈从文、废名为代表的京派文人合作，创办严肃的纯文学刊物《文学杂志》，推出没有明显政治色彩的年轻美学家朱光潜任主编。1937年5月1日《文学杂志》创刊号出刊，新诗的创作和理论探讨无疑是该刊最重要的栏目：打头文章是叶公超的重要诗论《论新诗》，文章对长期困扰着新诗界的新与旧、自由与格律等极为纠结的难题，做出了中肯的分析和恰当的建议；紧接着的"诗"栏目里，排在首位的是新文学和新诗的元老胡适的新诗《月亮的歌》，然后是两个著名的现代派诗人戴望舒的诗《新作二章》(《寂寞》《偶成》)、卞之琳的诗《近作四章》(《第一盏灯》《多少个院落》《足迹》《半岛》)，最后的"书评"栏还有孟实（朱光潜）的《〈望舒诗稿〉》。如此安排，可谓郑重其事。朱光潜在《编辑后记》里对胡适、戴望舒和卞之琳的诗做出了这样的点评——

> 胡适之先生对于本刊的发起帮了许多忙，这一期创刊号又得到他的一件可宝贵的"贺礼"。《月亮的歌》对于《尝试集》的读者像是一位久别重逢的老友。它和戴望舒和卞之琳两先生几首近作恰好做一个有趣的对称。读者在无意中常欢迎诗人走熟路，所以新技巧与新风格的尝试都难免是向最大抵抗力去冲撞。胡先生曾经勇敢地冲撞过，戴卞两先生现在也还是在勇敢地冲撞。这两种冲撞的方向虽不同，却各有各的意义和价值。[1]

---

[1]《编辑后记》，《文学杂志》创刊号，1937年5月1日出刊。

作为编辑的朱光潜谁也不得罪,圆滑周到地肯定了胡适和戴望舒、卞之琳"这两种冲撞的方向虽不同,却各有各的意义和价值"。其实,胡适并不反对戴望舒和卞之琳的象征主义的现代写法,他不满的是戴望舒和卞之琳等现代派诗人以看似高深的象征艺术文饰浅显的诗情,以至为文造情、无病呻吟的才子病。即如戴望舒的《近作二章》之一的《寂寞》,在风花雪月的象征之下,只是把吴文英《风入松》词"听风听雨过清明。愁草瘗花铭。……西园日日扫林亭。依旧赏新晴"及韦庄《菩萨蛮》词"画船听雨眠"等流连光景之词境,翻写成现代版的白话诗而已,并无什么新意和深意。卞之琳的《近作四章》之一《第一盏灯》只短短四句:"鸟吞小石子可以磨食品。/兽畏火。人养火乃有文明。/与太阳同起同睡的有福了,/可是我赞美人间第一盏灯。"此诗咏叹诗人悟得的一点文明心得,其实很浅显,却写得如此简奥如深、晦涩如障,与他的四行爱情诗《鱼化石》("我要有你的怀抱的形状,/我往往溶于水的线条。/你真象镜子一样的爱我呢,/你我都远了乃有了鱼化石。")一样,都是梁实秋批评的以深文浅、弄巧成拙的"笨迷"象征诗,难怪胡适要支持梁实秋的批评了。对现代派诗人重弹传统才士风雅情调或故弄玄虚的晦涩象征诗风,胡适当然是不满的——不满新诗人们不去开拓生活经验而只在象征诗艺上做文章,正显示了这位新文学元老严肃的文学态度。

正因为如此,胡适发表在《文学杂志》创刊号上的新诗《月亮的歌》,就别有意味了。说来,自《尝试集》之后,作为新诗开山的胡适久已不写新诗了,如今居然为《文学杂志》创刊郑重其事地写了这么一首诗,而且是一首"象征诗",这就很值得琢磨了。全诗如下——

月亮的歌

"已分将心托明月,
谁知明月照沟渠!"——明人诗

>　　无心肝的月亮照着泥沟，
>　　也照着西山山顶；
>　　她照着飘摇的杨柳条，
>　　也照着瞌睡的铺地锦。
>
>　　她不懂得你的喜欢，
>　　她也听不见你的长叹。
>　　孩子，她不能为你勾留，
>　　虽然有时候她吻着你的媚眼。
>
>　　孩子，你要可怜她，——
>　　可怜她跳不出她的轨道。
>　　你也应该学学她，——
>　　看她无牵无挂的多么好！

　　眼尖的废名和朱英诞当然注意到胡适的这首诗。朱英诞在继废名之后于伪北大讲新诗的时候，其所选前二十年（1917—1937）新诗选集《新绿集》，还特意以胡适的这首《月亮的歌》作结。在后来的回忆或自述文字里，朱英诞也不忘反复暗示他的这个选择的象征意义——他选此诗并非认为它好，乃是用它来昭告：看啊，连一向主张"明白清楚"的胡适也写这种"不很明白清楚"的象征诗了，那不正说明保守的胡适妥协了、我们这些现代派诗人胜利了吗！

　　其实，好解诗的废名和朱英诞并未看懂胡诗的真意，如果真懂了，他们肯定是不会选的。

　　说来有趣的是，胡适的这首《月亮的歌》正是借助"象征"诗艺来讽刺现代派诗的代言人和鼓吹者废名的。按，胡适此诗的初稿写于1936年5月18日，那正是他和梁实秋第一次扮演双簧、借谈论"胡适之体"来批评北平的现代派诗人的象征诗风[1]的两月后。在那场双簧戏中,梁实秋高举"胡适之体新诗"的大旗,批评"近年来新诗有很大一部份且趋于晦涩",不客气地指斥这种晦涩的诗是模仿象征主义的"笨迷",而梁实秋认为这些诗人之所以要模仿象征主义,是因为他们自己的"精神生活太贫乏"。[2]梁实秋批评的对象就是北平的现代派诗人卞之琳、废名、林徽因等人的"象征主义"诗风。这些现代派诗人的本土诗艺之渊源,则是所谓体现了"晚唐的美丽"的温庭筠、李商隐的婉约诗词。两个月后胡适又写了这首《月亮的歌》,进一步将讽刺的矛头指向北平现代派诗人的代言人废名及其大力张扬的"晚唐的美丽"。胡适此诗的感兴之由来"月亮",即发端于李商隐借咏月来抒发爱情之思的《嫦娥》诗。胡诗的前两句以月亮起兴而牵连西山——"无心肝的月亮照着泥沟,／也照着西山山顶",其中的"月亮"可说是胡适的自喻,"西山"则暗指隐居于西山谈新诗论旧诗的废名。当此诗还在修改期间的1937年2月21日,胡适特地在李商隐的《嫦娥》诗下写下了这样富有言外之意的评点:"冯废名先生最赏识此诗。"[3]随后,《月亮的歌》的修订稿便交付《文学杂志》发表。而胡适所谓废名对《嫦娥》诗的激赏,具体见于废名此前的诗论《新诗问答》。正是在这篇诗论中,废名把李商隐的《嫦娥》等诗标举为新诗人效法的"象征"之典范——

我还是拿李商隐来说,我看他的哀愁或者比许多诗人都美,

---

[1] 参阅胡适:《谈谈"胡适之体"的诗》、梁实秋《我也谈谈"胡适之体"的诗》,《自由评论》第12期,1936年2月21日出刊;灵雨(梁实秋):《诗的意境与文字》,《自由评论》第16期,1936年3月20日出刊。
[2] 灵雨(梁实秋):《诗的意境与文字》,《自由评论》第16期,1936年3月20日出刊。
[3] 胡适写在《嫦娥》下的批语,《胡适选注的诗选》第28页,台北:远流出版事业公司,1986年。

嫦娥窃不老之药以奔月本是一个平常用惯了的典故，他则很亲切的用来做一个象征，其诗有云："嫦娥应悔偷灵药，碧海青天夜夜心。"我们以现代人的眼光去看这诗句，觉得他是深深的感着现实的悲哀，故能表现得美，他好像想像着一个绝代佳人，青天与碧海正好比是女子的镜子，无奈这个永不凋谢的美人只是一位神仙了。难怪他有时又想到那里头并没有脂粉。

　　…………

　　他爱用嫦娥与东方朔的典故，大约前者象征理想，后者象征现实，所以他说"窃药偷桃事难兼"。这还近乎表面的说法，若我们探到灵魂深处，可以窥见他对于颜色的感觉，他的诗中关于"月"与"夜"与"花"的联想似乎很特别……李商隐关于牡丹的诗每每说到夜里去了，《僧院牡丹》诗有"粉壁正荡水，缃帏初卷灯"之句，另外有一首《牡丹》，起头用些夜的典故，最后两句"我是梦中传彩笔，欲书花叶寄朝云"，我想这真当得起西洋批评家所说的 Grand Style，他大约想像这些好看的花朵，虽然是黑夜之中，而颜色自在，好比就是诗人画就的寄给明日的朝阳。这样大抵就是"梦想"，也就是感觉过敏，对于现实太浓，势非跑到天上去不可了。[1]

复按，在胡适写《月亮的歌》前两月的 1936 年 3 月，叶公超与梁实秋二人也扮演了一出双簧戏，尖锐批评废名等北平现代派诗人的诗论与创作。[2] 两月后，胡适就写了《月亮的歌》，也表达自己对

---

[1] 废名：《新诗问答》，《人间世》第 15 期，1934 年 11 月 5 日出刊。
[2] 参阅灵雨（梁实秋）：《诗的意境与文字》，《自由评论》第 16 期，1936 年 3 月 20 日出刊，叶维之（叶公超）：《意义与诗》，《自由评论》第 17 期，1936 年 3 月 27 日出刊。关于梁、叶的这次双簧戏之考释，可参阅解志熙《现代诗论辑考小记》之第五节："叶维之"是谁——《意义与诗》作者臆测，见《摩登与现代——中国现代文学的实存分析》，清华大学出版社，2006 年，第 372—381 页。

现代派诗人的批评,只是胡适身为新诗的开山和新文学的元老,为人一向厚道,为文不像叶、梁那样咄咄逼人,而有意采取了"象征诗"的形式,批评比较含蓄。在胡适看来,李商隐诗里的象征性意象不过是些美丽的花样风景,以掩映和装扮其淡薄的诗情,其实那些意象早已成为"跳不出她的轨道"的修辞滥套,新诗人与其效法它,还不如跳出古典的象征性陈规滥套,进行更自由的创造为是。胡诗开首的引诗"已分将心托明月,谁知明月照沟渠!"就暗示了批评的意思,只是胡适是凭记忆引的,所以与原句略有出入并误注这两句话为"明人诗",其实原句作"我本将心托明月,谁知明月照沟渠",出自元末戏剧家高明的南戏《琵琶记》。从《月亮的歌》全诗来看,胡适引高明的这两句话,乃是隐喻自己作为新诗的开山,引领中国诗歌走向朴实自然、真情抒写的新路,没料到30年代的现代派诗人却又将新诗拉回到为文造情、矫揉造作、故作高深的才士诗词传统,这与胡适革新中国诗歌的初心显然背道而驰了,胡适因此写了这首婉约感叹的象征性论诗诗《月亮的歌》,借月寓意,含蓄地提出了自己对流行的象征主义兼复活"晚唐的美丽"的现代派诗风之批评。

顺便说一下,在紧接着的1937年六七月间,胡适与梁实秋又联袂上演了一场批评的"双簧戏",批评的对象则由北平文人的现代派诗扩大到其散文了。这个"双簧戏"先由梁实秋化名为一个中学国文教员"絮如"给新文学元老胡适写信,批评"现在竟有一部分所谓作家,走入了魔道,故意作出那种只有极少数人,也许竟会没有人能懂的诗与小品文",实在是误人子弟。"絮如"举的例子便是卞之琳的诗《第一盏灯》和何其芳的抒情小品《扇上的烟云》等。"絮如"的"通信"发表在《独立评论》上,随后胡适便以编者的身份写了《编辑后记》,对"絮如"表示支持。这一来就将《现代评论》—《新月》派与新老京派人士的分歧挑明了,且由为文一向尖锐的新锐批评家梁实秋出头并以新文学的元老胡适殿后,足见问难的严肃性和严重性。[1]由此可以看出:在抗战全面爆发前的一二年间,胡适、梁实秋和叶公超对北平的现代派诗人的批评,是目标一致、相互呼应的批评举措,矛头都指向这些现代派诗人以美丽的象征文饰贫乏的诗情、以晦涩的修辞装饰枯索的玄虚之诗病。应该说,正是来自《现代评论》—《新月》派的这一系列批评,引起了废名和朱英诞对胡适的新诗《月亮的歌》之注意;只是,废名和朱英诞可能只注意到《月亮的歌》也运用了象征诗艺,故而特意把它选出来"示众",作为对批评象征诗艺的胡适的"反唇相讥",却未必意识到胡适此诗的真意。

不过,窃以为即使废名和朱英诞明白胡诗的真意,他们也肯定不会接受胡适的批评——废名和朱英诞是非常自信和固执的,这从他们对戴望舒前后期诗作的比较评价就可略窥一二。

如所周知,戴望舒的新诗创作在 30 年代前期取得了出色的成就,成为现代派诗的著名代表,可惜到抗战全面爆发前二年,戴望舒的创作陷于自我重复、日渐衰疲的境地。所以,当《文学杂志》创刊之际,朱光潜既向戴望舒约了稿,同时也有意选取了这位南北现代派诗人的领袖作为批评对象,特意撰发了评论《望舒诗稿》的文章。在该文中,朱光潜一方面高度肯定了戴望舒的成就:"他在少年人的平常情调与平常境界之中嘘咈出一股清新之气。他不夸张,不越过他的感官境界而探求玄理;他也不掩饰,不让骄矜压住他的'维特式'的感伤。他赤裸裸地表现出他自己——一个知道欢娱也知

---

[1] 絮如(梁实秋)的《看不懂的新文艺》(通信),载《独立评论》第 238 期,1937 年 6 月 13 日出刊;适之(胡适)的《编辑后记》,载《独立评论》第 241 期,1937 年 7 月 4 日出刊。关于梁实秋和胡适的这次双簧戏之考释,可参阅解志熙《气豪笔健文自雄——漫说北方文坛健将杨振声兼谈京派问题》,见《文本的隐与显——中国现代文学文献校读论稿》,北京大学出版社,2016 年,第 91—95 页。

道忧郁的,向新路前进而肩上仍背有过去的时代担负的年轻人。"这些赞扬戴望舒的话其实间接批评了好玄虚的废名、卞之琳等北平诗人。另一方面,朱光潜也以戴望舒为例,揭示南北现代派诗人的共同问题并提出了救治之道——

> 读过《望舒诗稿》之后,我们不禁要问:戴望舒先生的诗的前途,或者推广说整个的新诗的前途,有无生展的可能呢?假如可能,它大概是打哪一个方向呢?新诗的视野似乎还太狭窄,诗人们的感觉似乎还太偏,甚至于还没有脱离旧时代诗人感觉事物的方式。推广视野,向多方面作感觉的探险,或许是新诗生展的唯一途径。归根究竟,做诗还是从生活入手。[1]

这是很中肯的批评,并且也借机指出了南北现代派诗人生活经验不够深广的通病。

令人欣慰的是,抗战的全面爆发显著推动了戴望舒人生与创作的进步。由于感受到日伪魔爪的威胁,戴望舒于1938年5月挈妇将雏来到香港,参与"文协"香港分会的筹备,主编《星岛日报》文艺副刊《星座》,成为抗战文艺的重要阵地。太平洋战争前夕,戴望舒因为妻子而滞留香港。1942年春的一天,戴望舒被日军投入狱中,经受了种种酷刑的考验,半年后身体备受摧残的戴望舒被保释出狱,他隐忍度日,勉励自己坚韧地等待着民族的解放……在沦陷的漫漫长夜里,《狱中题壁》《我用残损的手掌》等伟大诗篇也在他心中孕育而成。这些诗作从先前过于精致的象征性抒情走向朴素浑成的比兴寄托:"我用残损的手掌,/摸索这广大的土地:/……无形的手掌掠过无限的江山,/手指沾了血和灰,手掌沾了阴暗,/只有

---

[1] 孟实(朱光潜):《〈望舒诗稿〉》,《文学杂志》创刊号,1937年5月1日出刊。

那辽远的一角依然完整，/温暖，明朗，坚固而蓬勃生春"(《我用残损的手掌》)，以及"如果生命的春天重到，/古旧的凝冰都哗哗地解冻/……这些好东西都决不会消失，/因为一切好东西都永远存在"(《偶成》)，兴寄是何等朴素而阔大，而其寄托之令人肃然起敬处，并非由于诗人抛弃了自我，倒恰在于他绝不自弃、尽其在我地承担着民族的灾难，坚定不移地守望着祖国的复兴。《过旧居》《示长女》等篇则于追念家庭幸福的往事中，传达出漫漫长夜中的坚守者必有的辛酸与寂寞，《萧红墓畔口占》则悼友明志、语短意长，暗示出寂寞自甘、生死以之的情志——这一切都显示出戴望舒既有自我承担也富家国关怀的诗品与人格。所以，戴望舒在沦陷时期的为诗与为人都堪称难能可贵。抗战胜利后，戴望舒把他的战时诗篇连同战前的几首诗结集为《灾难的岁月》，由资深诗人臧克家和一群年轻诗人创办的星群出版社出于对戴望舒的尊敬和同情，尽快出版了这部诗集，让他在病逝前能够看到自己心血的问世，[1] 新诗坛的评论者也对"抗战使戴先生改变了他的诗风"[2] 的这部新诗集给予了热情的肯定。

恰在此时，废名重归北大，开始续写其《新诗讲义》。废名当然有机会读到《灾难的岁月》，而以戴望舒在新诗坛上的地位，他也应在废名续讲之列。可是，废名却对戴望舒及《灾难的岁月》一集不置一词。废名为什么不讲戴望舒呢？那大概是因为他知道自己的爱徒朱英诞别有高论，所以他自己就无须再讲了。按，朱英诞对戴望舒《灾难的岁月》的评论，也刊登在废名发表其续讲新诗稿的《华北日报·文学》周刊上，那应该就是废名推荐去的。感谢《朱英诞集》编者打捞出朱英诞的这篇评论，那确是少见的奇文，且来看他说了些什么——

---

[1] 《灾难的岁月》，星群出版社，1948年2月。
[2] 黄时枢:《〈灾难的岁月〉》，《诗创造》第2卷第1期，1948年7月出刊。

事变前大家对于戴望舒的诗感到厌倦了，我却说，也许他还保留着不拿出来；有人以为我是抱希望。但那时我确是那样想。现在这一册新著却证实了我的希望是不可靠的。在这册新集里前半部分（九首）是已发表过的旧作，其中如《眼》，这首诗我不说好，也不说坏，我只能说这是类似《望舒草》里的《寻梦者》（这是很难写的诗）一类的诗，不过比较稍野一点，便容易发生危险了。关于下半部分（十六首），那种轻呼而呐喊之作，我觉得更没有话可说，因为要说可说的话就太多。这里约略言之。一个人可以是很安静的，也可以一转变而成为蛮性的；首先我们的民族就是一个忍耐和顽固的极端者；那么你的安静是一种暂应，一个阖合；你的转变的结果也同样是一时的，虚妄的，脆弱的；有了艺术，没有内容，固然只是"少作"必经过的一段路程；但有了内容，失掉了艺术良心，也同样不能令人满意；因为它还是落在这圈子内的。

　　…………

　　我对于戴望舒先生的考察和卞之琳一样，如果容许用历史的想象来看，他们的成就都一定是在翻译上面而诗是有限的。不过戴望舒先生的人品也是有限的，还有诗人南星也是这样。那么，如新集的下半部的所谓内容便也可怀疑，也许是不够修辞立其诚，也许是失之于明，否则至少也是失其故步了。[1]

　　在此朱英诞轻蔑地否定了戴望舒抗战以来人与诗的转变，贬之为"有了内容，失掉了艺术良心"，却别有用心地肯定戴望舒前期的创作哪怕是"没有内容"至少是"有了艺术"，他甚至讥嘲戴望

---

[1] 朱英诞：《读〈灾难的岁月〉》，原载《华北日报·文学》第39期，1948年9月26日出刊，此据《朱英诞集》第8卷，第53—55页。

舒道:"如新集的下半部的所谓内容便也可怀疑,也许是不够修辞立其诚,也许是失之于明,否则至少也是失其故步了。"更让人惊讶莫名的是,抗战胜利后的朱英诞仍然坚称,一个诗人为家国存亡"轻呼而呐喊之作"是"蛮性"的堕落、"虚妄"的表现,只有像他及其诗学导师废名那样,在国家存亡之际也持守着淡若无事的平静态度、执着于超然审美距离的纯粹个人主义诗学,才算得上是有"艺术良心"的。这和朱英诞在抗战前夕自吹独坐小园、风雅自赏、"心境将也更加平静了"的隐逸趣味,在沦陷时期吹嘘废名"此身既非革命之流,又是洁癖的个人主义者……因此废名先生的归趣自是隐逸的了",且赞扬投机附逆、咸与风雅的沈启无是"极其有正味地进入诗的正法眼藏",以及努力学着周作人故作低调而其实自傲的口吻,自我表扬自己和废名、沈启无组成的这个乱世诗坛三人帮曰"而我们落在颓废之中讲唯美,此亦可发一笑者也"。[1] 如此等等,真是一以贯之地沾沾自喜。

最不可思议的,是朱英诞评《灾难的岁月》文中对戴望舒人品的贬抑。该文重提抗战前夕戴望舒与林庚关于四行诗的论争,以为王道自在林庚一边,戴望舒只是霸道而已,然后便别有用心地"揭露"说,后来戴望舒居然想请他来调停、理由是不愿让左派看笑话云——

> 事变前戴望舒先生和林庚先生为了诗的形式和技艺的探讨的论争,当时我是奉劝过林庚先生的,完全可以付诸不闻不问,这一点废名先生最为了然;但林庚先生是新英雄,我也是了然的。然而即以真正的战争来看,王道就一直是失败,霸道成功;……关于这次争辩,戴望舒先生在给我的一封信上说到,他大约感觉要停止争执了,"况且那边还有左翼云云",当时我

---

[1] 白药(朱英诞):《〈水边集〉序》,《朱英诞集》第8卷,第37—38页。

读之很不愉快,我觉得这种话也能说出是颇出我意外的。我平常甚喜"悦亲戚之情话"这类私生活或日常生活的境界,但以之论文学上的问题却不是需要,戴望舒先生既然先对我也同样或更甚地现出凶焰,随后又暗示需要我来调停,——因为"家丑不可外扬"?其实区区印象不过是日月之蚀,我并不介意;至于调解自是不待言的,而徘徊在这两者之间,我以为即是古代的昏聩的君主也不致如此;在这方面我们的新诗人实在还是"不晓事"的。[1]

其实,当年发生在戴望舒和林庚之间的原本是一场纯粹的诗学论争,根本无关于左派右派,戴望舒和林庚也同属自由主义文学阵营,观点不同,就坦率说出,自觉言尽于此,也就作罢,何来调停不调停之说,又有什么"家丑"之嫌!并且,那时的朱英诞籍籍无名、与戴望舒也不熟,戴望舒即使想找人调停,会找他吗?然则,朱英诞为什么要说这些贬低戴望舒的闲话呢?那可能是因为在朱英诞看来,只有"揭露"出戴望舒原先讨厌左派的真面目,显现出他原本就是个政治投机分子,人品很差,所以他走向进步之后,诗却写得更差了呀!文末,朱英诞意犹未足,又"好心"而其实不怀好意地提醒戴望舒注意"右边"的不满——

> 现在右边也在对戴望舒先生不满,这是当然的,这是我应该为新诗人辩护的;但我以为私爱徒区区,不如尽量地说得坦直一点,也许倒是好事。"我们大家都没有尽我们的人事","我们该做着能做的事"。所谓度德量力也。[2]

---

[1] 朱英诞:《读〈灾难的岁月〉》,《朱英诞集》第8卷,第54页。
[2] 同上书,第55页。

"右边"何谓也？国民党势力是也！然则，朱英诞如何知道"右边"对戴望舒不满呢？这应是自以为"晓事"的朱英诞精心揣摩出来的。按，朱英诞此文发表在1948年9月26日的《华北日报·文学》上。当其时，辽沈战役刚刚开始，平津战役尚未打响，从表面上看，国民党还是很有势力的，所以朱英诞虽然自认为是诗人而且也被今人推举为避世的"隐逸诗人"，但看来他是善于估摸政治时势的，并且显然不忌势利地选边站队到"右边"了，于是大胆地写了这篇向"右边"揭发戴望舒兼以向"右边"示好的评论文章。那时的戴望舒正滞留在香港，这位在沦陷时期备受磨难而仍然写出了《狱中题壁》《我用残损的手掌》的诗人，正挣扎在死亡线上，他并不左翼、只是爱国，而在沦陷区与日伪随时浮沉、生活如常、诗情盎然的朱英诞，如今居然撰文严厉批判戴望舒在沦陷时期暗喻抵抗之志的诗作不好、人品更差、"右边"很不满呢！就我眼目所及，如此不惜诋毁诗坛同行以讨好统治当局的诗歌评论，在中国现代文学史上几乎是仅见此例，作为诗人的朱英诞选边站队的政治投机心和抹黑同行的政治祸心，真令人惊诧莫名！可以肯定，"右边"倘若看到朱英诞的这篇诗评，一定会比较满意的。就此而言，说朱英诞对戴望舒的批评是见机而作的"投名状"式批评，也不为过。

只是，朱英诞污蔑戴望舒的"投名状"式批评并未来得及给他好处。不久，北平和平解放，"晓事"的朱英诞又写信给新政权的文化元老郭沫若，坦承"今是而昨非"而决意洗心革面。此后政界要人有诗词发表时，朱英诞常有自动应和之作。这自然非独朱英诞如此，其诗学导师废名也不落人后啊。事实上，废名比朱英诞更晓事善变，新中国成立后，他不断推出研究毛泽东、鲁迅、人民文艺《诗经》、现实主义诗人杜甫的专著，很是进步。师徒俩如此主动地与时俱进，不论真心还是假意，都显示出适应生活的良好能力，显见得并非什么隐士高士之流。新中国成立后，朱英诞安然度过五六十年代而后退休闲居，常写旧诗遣兴，类皆流连光景、附庸风雅，而词率意浮、实无足多者。晚年的朱英诞念念不忘的还是其早年的新诗，乃重编了许多诗集文集，重写了许多自序自述，重新肯认早年的诗路无误而自叹无人识货，颇多寂寞不平之气。这些自信自怜之言表明，朱英诞的才士习气及其诗学趣味真是积重难返了。

当然，这只是我个人的看法，未必妥当的。无论如何，我都举双手赞成《朱英诞集》的出版，也无意反对"采薇阁"里的诗评家们为朱英诞主持诗的正义。我只想提醒诗评家们在主持风会之前，还是抽空读读《朱英诞集》、多了解相关情况，然后再说话就可能靠谱点。

2018年11月20日草成、12月20日订正于清华园之聊寄堂

附：关于"叶维之"——答陈建军

建军兄：

昨晚一个老学生传来你对"叶维之"其人的新考订，涉及我的旧作和新作。你说——

1936年3月27日，《自由评论》第17期上有一篇书评《意义与诗》，署名叶维之。据清华大学解志熙兄考证，叶维之即叶公超。十年前，我曾从此说，写过一篇小文《叶公超批废名》（《书屋》2009年第6期）。后发现"叶维之"恐非叶公超，而是另有其人。今见解兄雄文《"采薇阁"外也论诗——朱英诞的迷盲与现代派诗的问题》（《文艺争鸣》2019年第7期），又说"'叶维之'即叶公超"。看来，这个问题有必要再拿出来说一说。

《我们的朋友胡适之》（唐德刚、夏志清、周策纵等著，岳麓书社2015年6月版）第一编第一篇为洪炎秋《我的先生胡适之》，文中提到其预科班同学叶维之，是胡适嫡系高足，英文程度很好，"我有一次偷听英文系的功课，亲耳听到叶公超教授当面夸奖过他的英文"。可见，叶维之确系叶公超之学生。

叶维之（1906—1983），又叫叶维，祖籍浙江杭州，生于北京。1929年毕业于北京大学英文系。

洪炎秋（1902—1980），台湾彰化人，祖籍福建同安。1923年考入北京大学预科，后升入本科教育系。1929年毕业。

废名于1922年考入北京大学预科，1924年升入本科英文系，本应于1928年毕业，因休学一年，故其与叶维之、洪炎秋是同一届毕业的。废名与叶维之大概仅同过一年的班。

废名与叶公超关系应该不恶。1946年，废名重返北大，途经南京时，还得叶公超帮助，见过关押在老虎桥监狱的周作人。

既然叶维之另有其人，且是叶公超的学生，那么所谓"'叶维之'即叶公超"的说法似难以站得住脚。

这个问题弄清楚了，小文《叶公超批废名》即可付丙，而解兄大作恐怕得重新起头了。

一笑。

我不上网络，本来看不到你的新考证，幸好一个老学生转来，才得一阅，谢谢你的订正。"叶维之"这个人为文甚少，当年查不出他的真身，只能从其文章的内容和发表的情况，推断说是"叶公超"。你如今指出确有其人，并且是叶公超学生，则我关于"叶维之"的考证当从你的新说。至于拙作《"采薇阁"外也论诗——朱英诞的迷盲与现代派诗的问题》，则在"叶维之"名下增加一个注释说明情况就可以了，似乎无须"重新起头"，因为此文并非专论"叶维之"，无论"叶维之"是谁，他对废名的批评都是切中要害之论，足资参考。

顺便说一下，关于笔名的考证，是相当复杂和繁难的，有时也存在着似可确信某个笔名是某人而其实不是的情况。这种情况，我曾经不止一次遇到过。比如，据徐迟在20世纪80年代末的自传体小说《江南小镇》里回忆，他1939年编《纯文艺》时曾经用过"钱献之"这个笔名，那么1936年《新诗》杂志上同样署名"钱献之"的批评林庚四行诗的文章，就该是徐迟所作了吧，何况徐迟也参加了《新诗》的编辑呢，其实未必。因为徐迟在1936年还很年轻、学养有限，未必能写出那样深入批评林庚的文章，徐迟在自传体小说里也没有说那文章是他写的，我考证的结果是1936年批评林庚的"钱献之"其实是戴望舒的化名，徐迟倒很可能是在后来袭用了"钱献之"这个笔名。另一例是在20世纪30年代和40年代，都有人用过"沈粥煮"这个笔名，30年代的"沈粥煮"是福建人——这样怪的笔名几乎不能想象还有第二个人用，则40年代的"沈粥煮"似乎也应该是30年代那个"沈粥煮"了，其实不是，40年代在《战国策》上署名"沈粥煮"发表文章的，乃是谁也想不到的沈从文！

因为这两个先例，我对你的新证也有所保留。一则，"叶维之"诚然确有其人，但他当年到底是以"叶维之"还是"叶维"之名示人，尚不清楚。二则，他既与废名是同学，则他会写文章毫不客气地批评废名吗？如果他是个常写文章的人，那还可以理解，问题是除了《意义与诗》这一篇，我们找不到其他署名"叶维之"的论作，这就有点奇怪了，因此也就难以进行比较判断。三则，洪炎秋说"叶维之"是叶公超的学生，也有点可疑，因为叶公超1926年归国，任北京大学英文系讲师，时间不过半年，与学生交往不多。1927年春参与创办新月书店；同年任暨南大学外国文学系主任、图书馆馆长，并兼吴淞中国公学英国文学教授。1929年任清华大学外国文学系教授。1935年复任北京大学英文系讲师。如此看来，叶公超与"叶维之"及废名很难说有多少师生关系。四则，"叶维之"的《意义与诗》是很有水准的批评文章，既对最新的英美诗学很了解，也对中国古典诗歌很熟悉，这恐怕不是一个英语系大学生能掌握的知识，他未必写得出来那样的文章。五则，"叶维之"的《意义与诗》的发表是与梁实秋合演的双簧戏，看梁实秋的编辑附记，对"叶维之"很高看，并且说他的文章原是为清华出版的《学文》杂志而写，而该文里对英美最新诗学的援引和讨论，都是叶公超同时文章里常提的，在那时中国的英语学界，也几乎只有叶公超了解这些，连闻一多、徐志摩以及梁实秋都不了然，何况一个年轻的大学毕业生？这些情况都把《意义与诗》的作者指向叶公超而非你新提出的那个"叶维之"。你新提出的"叶维之"在1929年毕业后的情况，还不清楚——不知他毕业后在什么地方工作、写过什么其他文章、有什么交集圈子？窃以为，如果这些情况不明，仅据姓名就把《意义与诗》归于他名下，恐怕有些"名不符实"啊。

特此申谢，而略有献疑，是希望你能够继续搜索，彻底解决这个问题。

解志熙　2019年9月24日上午

补记：陈建军兄说"叶维之（1906—1983），又叫叶维，祖籍浙江杭州，生于北京。1929年毕业于北京大学英文系"。并推定叶氏1923年入学北大。我估计"叶维"是他的本名，"维之"是其字，而一个在学学生是不大可能以字行的。近日来清华进修的常丽洁老师自告奋勇去北大查检，检得《北京大学日刊》1923年录取公告和1929年毕业公告及同学录，均作"叶维"。我随后检索文献，也发现叶氏1924—1936年间发表译文译著，均署名"叶维"而未见用"叶维之"。

《"蝗灾"》及其他
——穆旦散文译文拾遗

杂文还是通讯：穆旦的"还乡记"释义

诗人穆旦去世之后，其妹夫刘希武曾经致函穆旦的次子查明传，称抗战胜利后"穆旦随青年军北上北平，一路上他写了《回乡记》杂文约十篇"，"1947年我和他（指穆旦）去北平访问沈从文和冯至两先生，他们都称赞这些文字"。[1] 原来诗人穆旦在40年代后期还写了十篇杂文?！这当然是一个非常重要的文献线索，很自然地引起了穆旦研究者的关注。于是一些有心者开始寻找穆旦的系列杂文《回乡记》，但可惜长期找不到踪迹。直到2010年陈越才在《独立周报》上找到了穆旦的四篇《还乡记》——《从昆明到长沙——还乡记》《岁暮的武汉》《从汉口到北平》《回到北平》，[2] 始知所谓穆旦的杂文《回乡记》，乃是重新从军的记者查良铮北返途中的系列通讯报道。在陈越的可喜收获之后，杨新宇又在《大公晚报》上找到了《从长沙到武汉——还乡记之二》，[3] 同时杨新宇还发现了穆旦的一篇散文《怀念昆明》，此篇写于东北、发表于1946年7月14日昆

---

[1] 转引自李方：《穆旦年谱》，见《穆旦诗文集》2，人民文学出版社，2006年，第360页。
[2] 陈越：《〈还乡记〉——查良铮（穆旦）佚文四篇》，《再从军路上的〈还乡记〉——查良铮（穆旦）佚文四篇校读》，俱见《新诗评论》2010年第2期。
[3] 杨新宇：《穆旦佚文〈从长沙到武汉〉》，《文汇读书周报》2018年5月21日。

明《中央日报》；[1]差不多同时，司真真也在《世界晨报》上找到了穆旦的另外两篇通讯——《北京城垃圾堆》和《初看沈阳》（此两篇后来重刊于《中央日报》），并发现了同样刊载在《世界晨报》上的《重访清华园》[2]——这三篇其实也是作为记者的查良铮的通讯报道。统观以上九篇文字，它们实际上都是穆旦作为随军记者从西南北返直至抵达东北一路上的见闻、观感和回忆，统以特约记者的通讯报道形式刊发在各种报刊上，其中好几篇都有"还乡记"的副题，这显然是刘希式回忆中所谓《回乡记》杂文约十篇"的由来，而由于它们也确实表达了穆旦对战后中国社会的观察和分析，所以称这些通讯报道为批判性的"杂文"亦未尝不可。

刘希武把穆旦的这些通讯感想文字统名为"《回乡记》"（穆旦自题为"还乡记"），乃是举其著者以概其余的方便说法，今日其实不必拘泥它们是否与"还乡"有关，至于刘希武说它们是"杂文"而非通讯报道，这可能暗含着掩饰穆旦抗战后以从军记者的特殊身份奔赴内战前线之意吧。可以确信，作为穆旦在远征军战友的刘希武，当年读了穆旦的这一系列通讯报道或杂文之后一定记忆深刻，多年后还记得"约十篇"之数，这应该是基于深刻的阅读记忆而并非随口之谈。如上所述，这些通讯或"杂文"已发现了九篇，距"十篇"之数只差一篇了。而笔者最近发现的穆旦写于此次途中的另一篇通讯报道，恰好可以凑足穆旦的"《回乡记》杂文约十篇"之数目。

一篇被遗漏的"还乡记"和穆旦的"再还乡"

十年前翻阅 1946 年 5 月号的《中坚》杂志，看到那上面有一篇

---

[1] 杨新宇：《穆旦的集外文〈怀念昆明〉》，《现代中文学刊》2018 年第 6 期。
[2] 司真真：《穆旦佚文七篇辑校》，《新文学史料》2018 年第 4 期。

文章说："在三月八日的《世界晨报》上，读到沈从文先生一篇文章，题为《人的重造》。"于是追踪到《世界晨报》，由此发现了沈从文的几篇佚文，但当时的翻阅也仅限于沈从文的文字，而未能细检全报。最近，又一次翻阅民国报刊数据库里的《世界晨报》，逐日看下去，乃在1946年3月9日《世界晨报》的第二版上读到了穆旦的一篇题为《"蝗灾"》的通讯，编者在本版开头特意标明此文为"北平通讯"，显见得此文正是穆旦北返途中所写的通讯报道之一，理应属于《还乡记》系列通讯之列。此前的几位热心追寻《还乡记》的学者之所以与此篇交臂失之，很可能因为大家都习惯于通过民国报刊数据库来检索"查良铮"，然后按图索骥，但这个数据库恰恰遗漏了此篇的作者"查良铮"，如不逐日细检报纸各版，就会疏漏"查良铮"的这篇通讯的。

现在就把这篇遗漏的穆旦北返途中的通讯校录如下，供研究者参考——

"蝗灾"

回到北平来二十多天了，亲戚朋友见了不少。一坐下，一交谈，先要叹口气才说出口来的接收人员的虐政，北平人称之为"蝗灾"。

我听到的故事大致是：大量收购市场存货，提高物价；前门贴封条，后门私运东西；×××捧坤伶，买黄金；×××收了第三房姨太太等等；这是一类到处风行的传说。还有一类则是各机关小公务员失业的故事，接收大员来到了，旧用人员一概取消职务，然后再由亲友介绍留用，有的则请客送礼找关系，结果每个机关仍是半数以上的旧人，可全经过了新的"核定"。伪府时期的局长，现在仍可做局长，过去发了财的，现在活动得更有效果，站得更稳。只是未经"核定"的小公务员一家数口临于绝境者很多。

北平本来是小有产者的城市,一般市民,在沦陷时期得到适当的配给,赖以维持,可是自中央接收以后,物资囤积于官,办理拖延紊乱,反而数月未得任何配给。现在食粮要开始发给高粱黑豆了;可是市民说:"日本在时,把我们待如猪狗,我们还有大米白面的按月配给;现在中央要给我们黑豆吃,日本存在北平的大批白面不知都到甚么地方去了!"这样怨愤的口吻,自洋车夫以至坐洋车的人,都是一致。(按,黑豆为猪食。)

北平的外表,若看看长安街,前门,王府井一带,仿佛上很新,骨子里可是太旧了。抗战时期,留在北平的旧官僚很多,抗战胜利后,一群中小奸伪复自伪满和南方纷纷逃来。所以,现在在北平,每一家里你都可以看到那骑在少年颈上的"尊长",他们还在维系着封建余风,气焰依然。大后方的八年中,我们已很难闻到那些腐朽的尸气;可是在这里,就又全是老年人的天地。我回来后,每到一家,总要先去应付老年人,他们的脑中在过去是念念不忘着皇清恩泽,而现在则殷殷以我们是否"荣归"为问——一见之下,就问我得有奖章没有。我摇摇头,他们就大失所望了。

青年人怎样呢?北平和天津的租界,向为"遗少"和"协恶少"[1]的蜂窠。以我的一般亲友言,这一类竟要占有四分之一以上。他们都是所谓"世家"的子弟,不是吸了鸦片烟海洛英,就是以捧戏子,入舞场为日常生活。算是较好一点的,娶妻抱孩子,找一个职业安定下来,或者"守业",或

---

[1] 侵华日军说一种不中不日亦中亦日的"协和语","协恶少"或指沦陷区以说"协和语"为时髦的青年。

者兼做些生意,就已可以得到"好评"了。此外,较好的还是在敌伪主持下的学校里的学生,他们大多是有志青年,一样也知道热心向上,然而八年来,因为环境的感染,也总不免缺少了青春泼剌的勇气。因此,有些新来北平的朋友笑着对我说,"我要在北平的[1]找一个女孩子!"我问,"你觉得这里的女孩子怎样?"回答往往是"这里的好,她们没有大后方的那么撒野,那么难应付。"——然而,想想罢!这难道真是值得的赞美?

(查良铮二月二十日)

看得出来,《"蝗灾"》显然兼有通讯和杂文的特点:一方面,它如实地报道了国民党带给沦陷区北平的"劫收"之难,他们就仿佛"蝗灾"一样横扫了北平的老百姓和公务员,如此报道显现出一个记者的良知与勇气;另一方面也连带着批判了北平最有代表性的旧官僚阶层生活状态的落后腐朽及市民中比较普遍的文化保守气息,彰显出杂文般的社会文化批判意味。事实上,穆旦从1945年年末到1946年春天所写的十篇《还乡记》,都兼具通讯和杂文的特点。

毋庸讳言,当穆旦应老上司罗又伦的邀请再次从军、不远万里去接收东北的时候,他对国民党和国家的前途是不无幻想的,但一路北上的见闻和观察逐渐擦亮了他的眼睛,随后在东北又亲眼看到了国民党仗恃武力试图重开内战,这让他深为痛心、很快警醒了。到1947年的秋冬之际,穆旦发现他所参与接收的东北已变成内战的前线,于是身处内战前线的穆旦并非偶然地写了两首诗,诗的题目特别引人注目。一首是悲愤交加的《暴力》——

---

[1] 此处"的"字疑为衍文,但也有可能是故意模仿"协和语"。

从一个民族的勃起
到一片土地的灰烬,
从历史的不公平的开始
到它反复无终的终极:
每一步都是他的火焰。

从真理的赤裸的生命
到人们憎恨它是谎骗,
从爱情的微笑的花朵
到它的果实的宣言:
每一开口都露出你的牙齿。

从强制的集体的愚蠢
到文明的精密的计算,
从我们生命价值的推翻
到建立和再建立:
最得信任的仍是你的铁掌。

从我们今日的梦魇
到明日的难产的天堂,
从婴儿的第一声啼哭
直到他的不甘心的死亡,
一切遗传你的形象。

另一首则是明心见性的《我想要走》——

我想要走,走出这曲折的地方,

曲折如同空中电波每日的谎言，
和神气十足的残酷一再的呼喊，
从中心麻木到我的五官；
我想要离开这普遍的模仿，
这八小时的旋转和空虚的眼，
因为当恐惧扬起它的鞭子，
这么多罪恶我要洗消我的冤枉。

我想要走出这地方，然而却反抗：
一颗被绞痛的心当它知道脱逃，
它是已经买到了沉睡的敌情，
和这一片土地的曲折的伤痕；
我想要走，但我的钱还没有花完，
有这么多高楼还拉着我赌博，
有这么多无耻就要现原形，
我想要走，但等花完我的心愿。

按，1947年8月穆旦所编《新报》被封，9月结束报务的穆旦决意离开东北，大概在10月间"再还乡"重回北平。以上两诗首发于1947年11月22日天津《益世报》，随后两次重刊。不难看出，这两首诗其实是穆旦诀别战场之作，它们指陈是非、明心见性，反映出穆旦一路观察的最终判断和不断思考的最后结论，是诗人觉醒的宣言书和激愤的抗议诗。

《拉丁亚美利加之透视》："慕旦"的译文及其他

包括抗日战争在内的局部战争后来演变成第二次世界大战，中国自然也需要了解其他地区的情况以互通声气、相互支援。穆旦在这方面也做过一些译介工作。如司真真就发掘出穆旦在《联合画报》上发表的四篇国际资讯译文《武器可以决胜吗?》《格陵兰鸟瞰》《美国人眼中的战时德国》《法国的地下武力》等[1]，这几篇译文集中发表在1944年3—6月间。

其实，穆旦的国际资讯译介工作，至迟从1942年就开始了，如长篇译文《拉丁亚美利加之透视》就出自穆旦之手。该文是英国R.A.Humphreys博士所作，原文甚长，分为"一个广大丰富的三角形""人种的大熔炉""西班牙帝国""独立之成功""一个欧人之发展区域""新国的作风""墨西哥革命""各国之经济发展""拉丁亚美利加和美国""结论"十个小节，比较详细地介绍了这片新大陆的历史和独立建国后的新发展对构建新的世界秩序的意义。穆旦的译文分上下篇连载于《改进》杂志第6卷第8号和第9号，分别于1942年10月1日和11月1日出刊。查《穆旦译文集》未收此文，近年发掘的穆旦佚文、译文，似乎也尚未及之，只是此篇译文的译者署名"慕旦"，他究竟是否"穆旦"，还需要一点考证。

按，"慕旦"原是查良铮（穆旦）早年在清华读书时期用过的笔名。2006年初版的《穆旦诗文集》曾经收集了署名"慕旦"的穆旦诗作《玫瑰的故事》《更夫》以及《古墙》，并得到穆旦同窗好友王佐良先生确认"慕旦"即是穆旦；[2] 2007年陈越又在《清华副刊》上发掘出署名"慕旦"的三篇诗文《我们肃立，向国旗致敬》《山道上的夜——

---

[1] 参阅司真真：《穆旦佚文七篇辑校》，《新文学史料》2018年第4期。
[2] 参阅李方：《穆旦（查良铮）年谱》，《穆旦诗文集》2，人民文学出版社，2006年，第349页。顺便更正一下，李方的《穆旦（查良铮）年谱》和易彬的《穆旦年谱》都说发表《古墙》一诗的《文学》杂志是"北平"刊物，其实《文学》是上海左联的外围刊物，发表《古墙》的《文学》第8卷第1号是"新诗专号"。

九月十日记游》《生活的一页》，[1] 此后宫立又发现了"慕旦"在《清华副刊》上发表的另一篇短文《这是合理的制度吗？》。[2] 这些署名"慕旦"的诗文，都确属穆旦之所作，但它们都是穆旦早年的作品，此后似乎不再见到穆旦用"慕旦"的笔名发表文字了，所以易彬在《穆旦年谱》里解释说，"此笔名也应是取'木旦'谐音，仅早年用过数次，后不再用"。[3] 其实，穆旦在此后还用过"慕旦"这个笔名，如长篇译文《拉丁亚美利加之透视》发表于1942年10—11月间，就仍然署名"慕旦"。这个"慕旦"译介国际资讯的旨趣，与稍后署名"穆旦"的四篇国际资讯译文——《武器可以决胜吗？》《格陵兰鸟瞰》《美国人眼中的战时德国》《法国的地下武力》——之旨趣完全一致，并且都发表在大后方的严肃刊物上。尤其是发表《拉丁亚美利加之透视》的《改进》杂志，乃是由进步文化人黎烈文主编、在福建永安出版的，其编撰阵容强大、办刊宗旨严肃，而在那时的大后方文化界也并无第二个"慕旦"，则在《改进》杂志上发译文《拉丁亚美利加之透视》的"慕旦"，当是诗人穆旦无疑——当此篇译文发表之时，穆旦正随中国远征军撤退至印度休养，则此文或当是穆旦参军之前或之初的译作吧。

当然，中国这么大，保不齐还有第二个弄笔杆子的"慕旦"。事实上，在抗战胜利后的上海就有一个喜欢舞文弄墨的"慕旦"，他在上海的《国风》三日刊、《沪江大学月刊》等刊物上发表过诗文。看他的作品颇为浪漫感伤，因为他就是沪江大学的年轻学子，与曾经的清华大学高才生"慕旦"和现代派诗人穆旦显然不是一回事。这儿顺便说说，免得弄糊涂了。

2020年2月初时疫肆虐、漫笔于聊寄堂

---

[1] 陈越、解志熙：《人与诗的成长——穆旦集外诗文校读札记》及附录《穆旦集外诗文六篇》，《励耘学刊》（文学卷）2008年第1辑。
[2] 宫立：《穆旦质疑清华课程设置》，见《东方早报》"上海书评"，2014年8月10日。
[3] 易彬：《穆旦年谱》，中国社会科学出版社，2010年，第29页。

任慧眼不如多用心
——关于读诗的通信

发件人：冯雯莉
发送时间：2016 年 11 月 22 日　23:57
收件人：解志熙

解老师：

　　您好。我是您的学生冯雯莉。不好意思，又要打扰您，还请老师多包涵。前段时间，我看了原载《收获》2002 年第 6 期上的"舒婷与陈村"的对话录。其中舒婷谈到了很多关于顾城的事情，这引起了我对顾城及其作品的兴趣。但在读他的诗集的过程中，我被他用象征主义手法创作的诗歌所困扰。如《结束》：

　　一瞬间——
　　崩坍停止了，
　　江边高垒着巨人的头颅。

　　带孝的帆船，
　　缓缓走过，
　　展开了暗黄的尸布。

多少秀美的绿树，
被痛哭扭弯了身躯，
在把勇士哭抚。

残缺的月亮，
被上帝藏进浓雾，
一切已经结束。

坦白地交代，这首诗我几乎欣赏不了。这类诗歌，奇特、突兀的文字（我自以为的）带给我的只是内心的痛苦与挣扎。于其他的，我就一片茫然。作为一种区别于现实主义、浪漫主义的创作流派、创作手法，我知道它的创作与阅读，肯定也是迥异的。但可惜的是，终究我都没能真正弄明白它的要义。为此，我也找过一些关于象征主义这一派别的著作，总觉得他们都是在重复那些大家常说的话，如"通感""象征的森林"等。可能我太愚钝了，还是没能弄明白。作为一个学习文学的人，我也常自责，对自己很失望。

对现代作品及理论的掌握上，您一直是我敬仰的学者。为此，我想请老师指点指点我，或者推荐一些这方面比较好的参考书。另外，还想请教老师的是，基于自己在这方面的困惑，我想以现代文学上，象征派诗人李金发诗歌为研究对象来做自己的毕业论文。不知道是否有意义和价值，还请老师指点。多次冒昧打扰，还希望老师海涵，在此，对您的帮助表示真诚的感谢，谢谢您。

祝您身体健康

冯雯莉

11月22日晚

发件人： 解志熙
发送时间： 2016 年 11 月 24 日 8:24
收件人： 冯雯莉

雯莉：

　　来信收到，我昨日有课、晚上有事，没能及时回复，请谅。

　　我很能理解你的苦恼，在学习文学尤其是诗歌过程中，这样的苦恼是难免的。因为学习过程中人们首先接触到的多是西方的浪漫主义诗歌和中国古典诗词，这些诗大多比较清通可解或有详细的注解和赏析文章可看，但自西方的现代主义诗歌和中国新时期朦胧诗以来（30 年代中国的象征派、现代派诗其实是朦胧诗的不祧之祖），诗却突然变得晦涩难解了。原因在于现代主义诗歌和朦胧诗，恰是不满以前的诗歌直抒胸臆、过于直接以至直露之病（当然还有思想意识上的不满），于是不约而同地走上了象征的间接抒情的路子，即不是直接抒发情感，而是把内在的感情、感慨等藏起来，转而创造一些象征性的意象、小说化的客观情景来暗示个人感情，因此这样的诗往往给人隐隐约约、朦朦胧胧以至于突兀扞格之感，让读者抓不住要领，于是就觉得不那么好懂了。你的困难正在这里，这也不难解决，多读、多想、多体会，慢慢就能理解这种间接抒情的暗示诗风及其含而不露、引而不发的修辞策略了。

　　比如你提到的顾城这首《结束》，其实不过是感慨只有在一些巨人、烈士、勇士死后，人们才能理解他们为人类所做的牺牲与贡献之意义，这意思说出来也一般般，但顾城没有像一般诗人那样直接地、明白地说出，他只是用很简约的笔触写出了四个场景，并且对场景与人物的关系也做了隐含的处理，其抒情寄意在艺术表现上保持着含而不露、引而不发的隐约暗示状态——这就是一种象征的间接的抒情法，所以你读起来就觉得比较费解了。其实诗人是给出了暗示的,只是没有明说罢了,这就需要你自己在阅读中细心体会,从而发现并添补上诗作的意象情景间的意义空隙,进而替诗人完成他所预设的意义关联和诗意联想。

说来,顾城的这首还算比较容易懂的。最难懂的是西方的象征主义、意象主义的诗歌,如美国诗人庞德(Ezra Pound)的名诗 *In a Station of the Metro* 只有短短两行——

> The apparition of these faces in the crowd;
> Petals on a wet, black bough.

> 这些面庞从人群中涌现,
> 湿漉漉的黑树干上花瓣朵朵。
> (郑敏译《巴黎某地铁站上》)

这样两句诗突如其来、戛然而止,没头没尾——既没有叙事过程,也没有逻辑关联,似乎很难理解其意义,其实作者所要表达的就是对生命的突如其来的感动和欣悦,他觉得有这样两句就足够了,无须多说。由此你可以明白,所谓现代派的诗不同于浪漫派的诗,乃在于现代派的诗是以少胜多并且往往引而不发、以含蓄暗示取代直抒胸臆。三十年前我在读硕士的时候,曾经写过一篇短文,指出卞之琳的《断章》是他借鉴19世纪最杰出的浪漫主义诗人拜伦的一首长诗《梦》的片段,再加以创造性的发挥而成。这里照抄如下:

拜伦二百多行的长诗《梦》中有这样四句诗——

> 年轻的两个人站在丘岗上,
> 凝眸注视着——

> 少女望着脚下和她同样秀丽的景物，
> 少年望着站在身边的她。

只要和《断章》对照一下，就可以看出二者之间存在着明显的渊源影响关系。但是卞之琳绝不是简单的模拟，而是加以创造性的发挥。上引拜伦的诗句在其全诗中只是一般化的抒情—叙事片段，读者的理解只能局限于男女青年情爱的范畴，而不能超越具体的经验情感自身而达到对更普遍的人生现象的哲理概括，了无深意，韵味就欠醇厚。而卞之琳的创造性发挥则以少胜多，赋予《断章》以普遍的哲理意义和无穷尽的象征意蕴，在极简短的文字里获得了拜伦数百行长诗所不曾具有的意义含量和美感效应。卞之琳不愧为一个善于学习与创造而又具有现代意识和现代派诗风的诗人，重暗示象征的现代诗作之于19世纪浪漫主义直抒胸臆之作的进步，由此可见一斑。（解志熙：《言近旨远　寄托遥深——〈断章〉〈尺八〉的象征意蕴与历史沉思》，《名作欣赏》1986年第3期）

的确，《断章》所再现的那种具有相对关系的人生场景，与复杂丰富的宇宙人生的形形色色，具有非常广泛的同构对应关系——不论物质实在世界还是精神心理世界中一切对立统一、因果递转的现象，都可以在《断章》里得到象征性的表现和印证，但这些复杂的诗意在艺术表现上却简约之极，非常"含而不露""引而不发"。如此这般的艺术特点，对读者来说自然增加了欣赏和理解的难度，但同时也为读者的创造性想象和开放性填充，留下了多种可能性和再创造的余地，诗作也因此具有了"耐人寻味"以至于"意味无穷"的美感。这就是卞之琳诗艺的微妙玄远之处。你看看这个例子，就明白浪漫派诗与现代派诗的差别了。

理解诗歌，当然有一些参考书，如 Cleanth Brooks 和 Robert Penn Warren 合著的 *Understanding Poetry*（《理解诗歌》）就是新批评派解诗的代表性著作，写得不错，你可以读读，其他诸如此类的书，都写得"每况愈下"、用处不大。我能理解你的焦虑和期望——期望能尽快找到一点解读现代派诗的窍门。正如那英的一首歌《雾里看花》所唱的："雾里看花 水中望月／你能分辨这变幻莫测的世界／……／借我借我一双慧眼吧／让我把这纷扰／看得清清楚楚明明白白真真切切"。但其实，不论是阅世还是读诗，都没有省心的慧眼，真正需要的乃是耐心、细心和用心，此外别无捷径——你必须耐心阅读、细心体会、用心体贴，这虽然慢一点，但沉浸既久，会逐渐明白所以然的。不要着急，急于求成反而会夹生不熟。

祝你学诗愉快。

解志熙 11 月 24 日晨

新诗律问题的再商略
——十二封谈诗书札[1]

一

发件人：李章斌
发送时间：2012 年 6 月 11 日　11:32
收件人：解志熙

解老师：

　　您好！我是南大文学院的博士李章斌，我现在刚毕业，留在南大文学院任教。附上我最近发表于台湾《清华学报》的一篇长文（讨论的是新诗韵律的机制问题），[2]请不吝赐教。

　　谢谢！并祝教安！

李章斌
2012 年 6 月 11 日

---

[1] 整理说明——自 2011 年以来，我与解志熙先生往来邮件 60 余封，就穆旦诗歌的版本问题、新诗的现代性问题、新诗的音律问题等往复商略，颇得切磋之益。近日从邮件中整理出有关新诗律问题的通信 12 封，与学界同仁共享。所附注释是笔者整理时添加的。——李章斌记于 2018 年 11 月 18 日。

[2] 李章斌：《有名无实的"音步"与并非格律的韵律——新诗韵律理论的重审与再出发》，台湾《清华学报》2012 年第 42 卷第 2 期。

二

发件人：解志熙
发送时间：2012 年 6 月 12 日　19:04
收件人：李章斌

章斌：

祝贺你毕业并留校工作。你的《有名无实的"音步"与并非格律的韵律——新诗韵律理论的重审与再出发》一文，旁征博引，辨正深入，惜乎未及林庚在 1948 年 4 月 25 日《华北日报》"文学"周刊第 17 期上发表的《新诗能建立一种近于 metre 式的诗行吗？》一文，该文廓清了诗坛学界关于中国诗里的平仄与西洋诗里的轻重音之间的常见误解。林庚认为，"中国文字上并无含有显著轻重音的复音字，而复音字的数量又少，且只限于双音字，这些都使得凭借复音字构成的 metre 式的诗行无从建立"。而既然"西洋文字之于四声，正如中国文字之于轻重，都只是极轻微的存在着。然则反过来说，西洋文字既能以它所特有的轻重构成 metre，中国文字能不能以它特有的平仄来构成 metre 呢"，对这个问题，林庚是这样回答的——

> 一般人常有一个误会，这误会的普遍几乎是十人中有九人如此相信着，以为在文言诗里把平仄确会（"会"似应作"曾"——引者按）构成过诗行，这一个误会，使我们对于平仄构成 metre 抱着无穷的希望。其实平仄与诗行发生关系，历来就仅仅限于律诗，律诗以外的五七言诗，以至于更早的《诗经》《楚辞》，都没有平仄的关系，而律诗也还是五七言诗，律诗的节奏还是五七言的节奏，这些都不必等待平仄就早已成立了的。然则平仄所加于律诗的并非诗行的建立，它不过是在诗行上多

加了一点花样而已。平仄的讲究，起于六朝的声病说，目的在求"流丽而花洁"（"流丽而花洁"当作"陆离而花洁"——引者按），这就是一种更精致的装饰，平仄对于诗行的建立所以是帮腔作势，它从来就不曾也不能建立任何诗行。

林庚并具体分析说："平仄之不能建立诗行，因为平仄对于节拍的作用并不能单独成立，平平仄仄的形式还是依赖句读才存在。……同样平仄的排列，在这句诗里则如此读，在另一句诗里又如彼读，嫁鸡随鸡，嫁犬随犬，它又岂能成立任何的格式。""其实律诗里的平仄若果然有用，它的用处就正与构成 metre 的轻重音相反……轻重的安排每个 metre，每一行都相同，平仄的安排每个拍子，每一行都相反。节奏的构成缘于规律的重叠（Repetition），轻重音构成的 metre 正所以履行这个重叠，而平仄的排列则似乎相反的正在避免重叠。设若我们有一个：平仄，平仄，平仄，平（仄）的诗行，那简直是要不得，然则我们还能希望'平仄'与'轻重音'产生同样的作用吗？"由此，林庚最后的结论是，"新诗的节奏所以必然不是 metre 式的。中国诗过去有它自己的形式，现在也还有它自己的形式"。不论中国新诗"自己的形式"到底是什么样的，但肯定不是"metre 式"，这是立足于汉语实际得出的结论，所以是无可置疑的。并且应该说，林庚对平仄在中国诗中的作用的分析，也足以让那些耽迷平仄的新旧论者从迷信中清醒起来（见拙作《林庚的洞见与执迷》）。[1]

以上聊引旧作所述林庚之见，以报求正之忱。

专此奉答，即祝安好。

解志熙 2012 年 6 月 12 日晚

---

[1] 见解志熙：《考文叙事录》，中华书局，2009 年。

三

发件人：李章斌
发送时间：2012 年 6 月 13 日　0:10
收件人：解志熙

解老师：

　　谢谢您的赞许和意见！没想到您那么快就给我详尽的回复，您对资料的了解和掌握令人印象深刻，我深感钦佩。林庚关于格律的一条材料，我过去确实没有关注到，您提供的这个材料也有助于我在对林庚的评判上更加谨慎。

　　平仄是否构成节奏的基础的问题，我记得英国汉学家韦利（Arthur Waley，1889—1966）就曾经主张过平仄之于格律犹如轻重音之于 metre。后来闻一多 20 年代初期在清华就读前后写的《律诗底研究》（未刊稿，后收入《闻一多研究四十年》）一文中力破韦利的观点，认为平仄并不是节奏的基础，其观点与林庚很接近。后来朱光潜在《诗论》中也主张旧诗韵律的基础是"顿"，不是平仄上的安排，后者另有作用。不过林庚的观点与我文中的主要观点并不矛盾，也不雷同，因为我对"格律"的定义与林庚并不一样。我文中所针对的"格律"已经不是律诗的"格律"概念，而是自闻一多以来的一种对"格律"的认识和定义（它受西方音韵学的刺激而产生），它要求有相同/相近时长（duration）的节奏单位（如"顿""音尺"等）的整齐排列。这样，中国古代诗歌中的律诗和古诗都可算作"格律"（metre），因为都有"顿"/"音步"的整齐排列，而且闻一多、卞之琳等那种讲究"音尺""顿"的整齐安排的"新格律体"从理论上来说也是"格律"，甚至林庚所提倡的"半逗律"也是格律，因为它同样主张每行有相近时长的节奏单位，尤其是以字数为基准考虑节奏的安排（如"九言诗"）。所以，林庚虽然反对平仄为基础构成的格律，但他又主张一种"半逗律"，其实际操作办法相当于把闻一多那种豆腐块式的"格律诗"在中间再切成两半，也就是要求每一行都是两大意群（sense group）组成，这实际上是闻一多主张的一种变体，因此可称之为"家族相似"。我在此文提出，这一类"格律"并没有达到它们所设想的节奏效果，因为最后呈现给读者的只是每行字数相同或相近的豆腐块诗歌而已，其内部以"意群"为标准划分的节奏单位并没有诗律学上的效果，只是一种语义划分而已，任何句子都可以划成这么一些部分。新诗的韵律探索不应该聚焦于这一类"有名无实"的节奏，应该关注一些更有效的节奏模式（"非格律韵律"），也就是不以时长相近作为节奏基础的那些韵律，实际上这是整个韵律模式的一次根本性的变革。"时长"原则的崩溃是20世纪整个现代诗歌（包括英法语诗歌）的一大趋势。

　　另外，林庚的"半逗律"是否真正地、全面地说明了古诗的节奏机制，亦是可商榷的问题，因为古诗主流（五、七言）确实可以在中间分成两半，但这不等于古诗的节奏就仅因此而形成，实际上，朱光潜《诗论》中对古诗的"顿"的划分和描述更能涵盖古诗的节奏机制，"半逗律"实际上是对这一机制（本质上是时长接近与重复原则）的部分描述。究其实，旧诗中的七言、词曲中常用的六言，都不尽符合所谓的"半逗律"，因为七言的顿逗往往是"2+2+3"，而六言则是"2+2+2"。英语诗歌中最常用的五音步抑扬格显然是不符合所谓"半逗律"的，真正符合的是法国的亚历山大体。从理论有效性的角度来说，"半逗律"不是中国古诗节奏构成的充分条件，更不是充分必要条件。所以把它运用到新诗写作中也没有达成所预想的效果。这一点我想另撰一文详细讨论，以后再发给您。

　　以上是我一些粗浅的意见，我也清楚我那篇文章的主张颠覆面太大，难免会有"矫枉过正"之处。另外，台湾《清华学报》的审稿人也给我的观点提出了一些挑战，我亦有所辩驳，一起附上供您参考。如果您有进一步的意见，请您不吝赐教！

顺颂安祺！

章斌
2012年6月13日

四

发件人：李章斌
发送时间：2016年10月14日　0:23
收件人：解志熙

解老师：

您好！去年出国前曾经给你寄去我的一本小书（《在语言之内航行：论新诗韵律及其他》和一篇文章的小册子），不知道您有没有收到？

这些年来，我的研究兴趣除了穆旦等40年代诗人之外，还在关注新诗韵律问题，我以为这是关涉新诗诗体的本质与前景的一个关键问题，现在适逢新诗诞生一百周年，我也想从其诞生源头重新开始讨论节奏这个问题，即重新认识和审视胡适诗论中关于新诗节奏的见解，从中挖掘一些新诗节奏理论所遇到的困境，并探讨可能的理论解决方案，草成一文，以就教于学界。[1]也请您指教！

敬祝秋安！

章斌上
2016年10月14日

---

[1] 李章斌：《胡适与新诗节奏问题的再思考》，《中国现代文学研究丛刊》2017年第3期。

五

发件人：解志熙
发送时间：2016 年 10 月 15 日　10:52
收件人：李章斌

章斌兄：

　　大作早已收到，我是个怕写信的人，所以没有回复，歉甚。新作也看过了，分析比较深入，写得不错，此前人们对这个问题也有所研究，你似乎很少回顾。我会尽力推荐的。

　　祝好。

解志熙
2016 年 10 月 15 日

六

发件人：李章斌
发送时间：2016 年 10 月 15 日　22:23
收件人：解志熙

解老师：

　　您好！确如您所说，我这篇文章（按：即前述论胡适一文）对前人研究的回顾有所不足。我这篇文章是在国外访学期间写的，国内的文献不好查阅，所以仅大致提一下，没有详细介绍。今天受到您的建议的启发，我也再次去收罗和思考当代学者的相关论述，并补充了部分内容在文章里面（见附件）。尤其是您 2001 年那篇关于 20 年代"新形式诗学"的讨论文章，读后颇觉增广见闻，有的观点对我颇有启发。当然，由于文章篇幅和我自己的见闻所限，此文对学术史的回顾依然是不完全的,难免挂一漏万,请多多指正。

相对于前人的相关研究,我的突破(如果能够成立的话),我想在于把节奏分为两个层次,即表示语言元素的一般分布特征的广义节奏概念,和表示语言元素分布之规律性的狭义节奏概念(即韵律)。只有这样清晰地区分节奏概念的层次,才能既辩护"自然音节论",又彰显其缺陷,并进一步发展其观点。胡适关注的节奏自然不自然的问题,主要是在第一层次的节奏概念上运作的,但也由此否定了传统诗学在第二层次的系统建构。而他所谓的"双声叠韵""内部组织"诸问题,却必须在第二层次的节奏概念上才能够解释清楚(而他却忽略了这个层面),即如何实现节奏的规律性上面。拙文的思路与过去提倡"格律"的论点的区别在于,不再拘泥于以所谓"音步"营造规律(格律),而从各种语言要素的重复出发,形成形态各异的"非格律韵律"。胡适所提倡的诸种现象和基本理念(比如对"不整齐"的辩护),实际上都可以在这个框架内得到解释,也得到新的发展。

以上粗浅的想法,匆匆写就,期望得到您的建议与批评!

顺祝笔顺!

章斌
2016 年 10 月 15 日

七

发件人:解志熙

发送时间:2016 年 10 月 16 日 10:57

收件人:李章斌

章斌兄:

我早晨起来看了你关于胡适的文章的修订稿,你的分析扩宽了节奏的范围、区分了层次，有力地补足了胡适所忽视之处，推进了对汉语诗歌节奏韵律的理解。

　　上封信提醒你注意此前学界关于这个问题的讨论，是因为作为学术论文，不能完全自说自话，理应有所回顾，当然，许多此类研究其实意义不大、鲜有推进，所以约略提提就可以了。至于我个人，因为过去确实关心过现代诗学的问题，曾经申报过一个国家项目，其中自然也涉及格律节奏问题，但后来感到精力和能力都有限，只写了几篇文章——除了你提到的《"和而不同"：新形式诗学探源》，[1]还有一篇讨论胡适等人诗学观念的文章是《汉诗现代革命的理念是为何与如何确立的——论白话—自由诗学的生成转换逻辑》，[2]加上一些诗论资料的整理，勉强结项，而将一些没有做的问题留给学生们去做了，如张松建做抒情与反抒情的问题，陈越做诗的新批评问题，刘涛做新形式诗学问题。他们后来都出了专著，我也都写了序，其中在给刘涛的书所写序里，也顺便谈了我的一些意见，如指出"既然汉语新诗与旧诗的节奏音组本无不同，则新旧诗的节奏以至格律何以有别而其间的差别又究竟是什么？窃以为，那差别就在于组合音组以成诗行的话语句法之不同：旧诗行的话语是以文言句法构成的，新诗行的话语必须以'散文的句法'或者说日常言语的句法来建构，这其实也就是胡适强调'自然的音节'、叶公超主张'语体节奏'或'说话的节奏'、卞之琳申说'说话型节奏'的真正原因"。[3]也因此，我比较了解新诗的节奏格律问题多么繁难，所以很欣赏你的探索的勇气。

　　此处顺便也指出你的一个问题——你在文章里说"实际上，白话中的词汇并不像文言那样，有大量可供使用的单音词，而是以长短

---

[1] 解志熙：《"和而不同"：新形式诗学探源》，《文学评论》2001年第4期。
[2] 解志熙：《汉诗现代革命的理念是为何与如何确立的——论白话—自由诗学的生成转换逻辑》，《中国现代文学研究丛刊》2005年第2期。
[3] 刘涛：《百年汉诗形式的理论探求——20世纪现代格律诗学研究》，人民出版社，2013年。

不一的多音词为主"，你的说法似乎多少延续了一个惯常的误解，可能像许多人一样以为文言是单音节的。其实单音节的是汉字，但汉语的文言却不能笼统说是单音节的语言，现代汉语多复音词，也有许多单音词，从总体上说，不论古代汉语还是现代汉语都是以多音词为主的语言，古代汉语并非什么单音语言——世界上根本就不存在单音的语言。此意我在给刘涛书的序言里特意做了纠正。另，你的文章说到了西方的素体诗，这也让我颇有共感，新诗的节奏建设似可从此取法。说来可笑，前几年我曾经私下尝试写过一些类似的诗，目的之一就是偷偷试验新诗的节奏，而无以名之，姑且名之为"汉语素体诗"——当然不可能是严格的轻重抑扬格。因为自觉不像样，这些所谓诗作从未发表，也不想给人看，只收在我纪念祖父的一本书里，那书限印百本、分送师友留念而已，我手头已无存了，就传上电子校样，其中也有给刘涛书所写序言，与你的看法——包括对林庚的等音计数主义的批评，倒是不无一致之处，所以传上聊为解颐，但不必引用——你的文章自有理路，不必对我特别"客气"的，一笑。

  专此布达，即祝笔健

解志熙
2016 年 10 月 16 日上午

八

发件人：李章斌
发送时间：2016 年 10 月 16 日　20:43
收件人：解志熙

解老师：
  您好！很高兴看到您的建议和批评！看到您详细的建议与深入的

批评，颇觉道不远人。您提及的几个学生的著作，我也非常感兴趣（张松建的我已拜读），待买到后再细读并请教！

您关于白话／文言中的单音词的问题的看法，我细细想了一下，基本上是同意的。我想，我这句话的意思应该更确切地表述，其实旧诗／新诗节奏上的区别很大程度上在于词语之间组织的方式的区别，就如您所说："则新旧诗的节奏以至格律何以有别而其间的差别又究竟是什么？窃以为，那差别就在于组合音组以成诗行的话语句法之不同。"[1]我赞同您的看法。文言、白话都有很多单音词，而以多音词为主。不过，重要的区别在于，白话的词语与词语之间的关系，受到欧化句法的影响，要更为清晰、明确而且循序稳定。举一简单的例子："枯藤老树昏鸦"，若以白话来写，可以写成"枯藤缠着老树，老树上站着一只昏鸦"，对比之下，可以看到白话中多了很多表示词语相互关系的词语"缠着""站着"，还有表示特指、不特指的词语"一只"（或"一群"）。这样的好处坏处都很明显，好处是意思、逻辑关系都明确了，比如，白话可以明确到底是一只还是一群乌鸦，明确乌鸦到底是站在树上还是飞在天上，等等，而原诗中这些东西并不明确，属于读者自行意会的范围。但也正因为如此，白话中词语之间的顺序也特别稳定，很难像古诗词那样随意调换以便符合诗律（比如杜甫有很多这样的作品），而且，在逻辑关系的主导下，也一定程度上损害了诗歌的朦胧多义与美感（叶维廉《中国诗学》有精彩论述，我就不重复他的观点了），所以我觉得白话中实词与带有"黏附性"的虚词结合在一起，词组循序相对固定，若要写成五言、七言、九言（林庚）的诗行，难免削头去尾、削足适履，损害现代汉语的语感和习惯。我个人觉得，林庚、吴兴华的格律诗都有此毛病，卞之琳一部分写得整齐的"格律诗"也有这个毛病，其节奏甚至不如卞之琳本人那些不整

---

[1] 解志熙：《浮世草——杂文与诗集》，台北：人间出版社，2015年，第220页。

齐的诗歌来得自然、优美。更关键的是，这些"整齐"的诗行在其内部，其节奏依然是不整齐的（每行并非都像五、七言古诗那样稳固的"2+3""2+2+3"的音组结构），甚至如何划分节奏单位（比如"顿""音步"）还是一个问题，这也是我认为现代格律诗很难真正实现他们所期望达到的目标的原因（我那篇旧文《有名无实的"音步"与并非格律的韵律》持此观点）。所以，我自己觉得，新诗的诗律研究，更应该关注自由诗中那些已经实现的韵律。

但是，长期以来，现代诗律探讨都聚焦于格律的建设，对"自由诗"的韵律很少体系性的建设。这里原因很多，我觉得其中之一就是，长期以来，人们对"节奏"的认识都仅仅局限于格律，觉得只有通过格律营造的整齐的节奏才叫"节奏"或者"韵律"，而自由诗，由于不讲求格律，自然被有意无意地当作与韵律无关。所以，在新月派以及此后的不少理论家那里，"格律"与"韵律"（节奏）经常被当作同义词，甚至还等同于"形式"。如果做这样的等同，自由诗当然就与"韵律"无关了，所以其节奏形式建设长期被忽视也在所难免，而学界对于自由诗，也只能求助于"内在韵律""散文节奏"一类的较为空洞的、无法做文本实证分析的理论。

当然，术语的定义问题，从来就是人各一词，很难断言孰是孰非，而且在诗歌形式本身的大变革时代，术语混乱在所难免。但是，这种"格律""韵律""节奏"不分的状态，给中国现代诗律学的建构带来了极大的麻烦，往往不同论者的理论基点完全不一样，你说你的节律我说我的节奏他说他的格律，争来争去也争不出个所以然（罗念生也意识到此问题），[1]这方面的理论梳理也变得特别繁难（正如您所说）。所以我现在觉得有必要重新调整、理清这些不同的节奏概念的关系，目前的初步结果是一篇关于"格律""韵律"之区别的文章

---

[1] 罗念生：《罗念生全集》第八卷，上海人民出版社，2004年，第315页。

（见附件），[1]尤其注意那些格律之外的"韵律"，而"非格律韵律"的提出（这个概念在国外的诗学论著中已经较为常用了），我想更能解释两者之间的关系。当然，我也意识到，这是一个更大的"马蜂窝"，因为很多人会说，前人（古人）都是如何定义"格律"的，你凭什么要这样来指定它们的关系呢？ 考虑到这些问题，我对此文也颇为踌躇（目前还没发表），暂时发给学界前辈与同仁指正，抛砖引玉吧。

顺颂教安！

章斌

2016 年 10 月 16 日

九

发件人：李章斌

发送时间：2018 年 10 月 14 日　16:29

收件人：解志熙

解老师：

您好！很久没有与您联系，不知道您最近怎么样？上次给您的发在《中国现代文学研究丛刊》上的胡适与新诗节奏一文发表之后，也引起了一些反响，再次感谢您的抬爱。我最近关于新诗节奏问题写了一系列文章（见附件），[2]想发给您请您多加批评、指点。这几篇文章

---

[1] 李章斌：《新诗韵律认知的三个"误区"》，《文艺争鸣》2018 年第 6 期。
[2] 李章斌：《自由诗的"韵律"如何成为可能？——论哈特曼的韵律理论兼谈中国新诗的韵律问题》，《文学评论》2018 年第 2 期；《重审卞之琳诗歌与诗论中的节奏问题》，《文艺研究》2018 年第 5 期；《帕斯〈弓与琴〉中的韵律学问题——兼及中国新诗节奏理论的建设》，《外国文学研究》2018 年第 2 期。

虽然讨论的是具体的作家，不过背后有更大的理论建构的企图，想要重新构建中国诗歌的节奏理论体系，并对过去的节奏理论重新认识，目前已见大致雏形（尤其是在所附有关卞之琳的文章中）。我想您在这方面做过很多出色的工作，必有不少见解，盼不吝赐教。

顺祝教安！

章斌上
2018 年 10 月 14 日

十

发件人：解志熙
发送时间：2018 年 10 月 18 日　15:51
收件人：李章斌

章斌兄：

去年看过你给《丛刊》的论胡适与新诗节奏问题的文章，印象深刻，此次又看了你最近发表的几篇相关问题的文章，对你在这方面的探索及收获，有了更进一步的了解和理解。我觉得你的这些文章有几个突出的贡献。

一是有力地纠正了过去论者对"格律"和"韵律"混沌不分的迷思，从理论上清晰地区分了诗歌语言节奏的三个层次——节奏、韵律和格律，确认"节奏是所有语言都有的特点，而在诗歌文体的发展中，以语言的鲜活节奏为基础，逐渐形成了一些较为明晰的韵律手段（比如某种节奏段落的重复、韵的使用，此即韵律），再往后则进一步形成更为稳定、约定俗成的格律体系（处于金字塔的顶端，也是最广为人知的模式，此即格律）"（《重审卞之琳诗歌与诗论中的节奏问题》)。并揭示了韵律的哲学—美学基础——"实际上,从哲学上来说,大多数有'规律'或者'结构'的东西,往往包含着某些重复的(或者同一性的)因素,否则便难以成为规律和结构。因此,我们将'韵律'(rhythm & prosody)定义为语言元素在时间上的有规律的重复",进而主张从"从同一性与差异性的辩证关系来看待新诗韵律的种种结构与现象"(《胡适与新诗节奏问题的再思考》)。就我所知,这是迄今比较切合实际也比较辩证通达的见解。的确,诗歌语言没有同一性的重复便不可能有韵律,但一味地追求同一性的重复,则格律化的韵律也会趋于僵化刻板,所以又有差异性以为补救。二是突破了过去论者以整齐的格律作为诗歌唯一韵律标准的误解,强调其他语言修辞手段如复沓、对称、分行、标点等节奏手段,也可以形成诗的韵律。这就将自由体新诗也纳入诗歌韵律的分析范畴里,祛除了所谓自由诗没有韵律的惯常误解和偏见。三是你的理论思考总是配合着具体细致的诗歌文本分析,比如对卞之琳自由诗的韵律节奏成就之分析,就非常精彩,很有说服力。

我略想献疑的,一是你的"节奏、韵律和格律"的三级结构,当然在理论上是自洽的,但考虑到中文的语境,则"韵律"这个说法可能会造成某些混乱。比如你指出一些自由诗具有"非格律的韵律",这当然不错,可是中文(汉语)的格律诗特别强调韵和平仄,而自由诗是既无韵也不讲求平仄的,如此则称自由诗有"非格律的韵律",就会滋生误解了。所以我建议你不妨换用"音律"或"声律"(六朝人就用"声律"),而不用"韵律"这个概念,以免不必要的误解。二是希望你注意一下,语言修辞手段可以造成节奏音律之美,但节奏音律与语言修辞毕竟不是一回事。其实,节奏音律本身是声学之事,就像近体诗有格律,汤头歌诀也合格律,就格律论格律,半斤八两吧,只有当格律与有意味的诗歌语言修辞相结合,才会有美的格律效果。就此而言,新诗的节奏音律原理,也没有那么复杂,不过是在采用白话的自由句法的基础上,将语言的节奏音律之幅度和手段变得更为自由多样些罢了,这新的节奏音律本身无所谓美与不美,一切都要看诗人的具体运用是否得当地强化了诗的意味。旧诗词也是这样,大量的旧诗词在格律上是没有问题的,可是内容陈腐、格调陈旧,读来毫无意味和美感,我们并不会因为它们合格律,就说它们有音律或声律之美、因而对它们另眼相看。

你的系列论文和专著,研讨专深、内容丰富,以上所言,只是我的一点读后感,不一定准确的,所献疑者也不一定恰当,或者有误解也未可知,这里坦率说出,聊报你的求正之忱吧。

专此奉答,即祝笔健。

解志熙
2018年10月18日下午

十一

发件人:李章斌
发送时间:2018年10月31日 2:12
收件人:解志熙

解老师:

您好!谢谢您对我的研究的嘉奖!我最近几年的时间基本花在了诗歌节奏研究方面,有一些收获,也有不少疑难和坎坷。您说的几个问题,提的都很切中要害,也是我正在思考和尝试去解决的问题。

关于您说的"韵律"容易让人产生误解的问题,我也曾经考虑过此中的麻烦。非格律韵律(non-metrical prosody)中的"韵律"其实是"prosody"的中译。我也曾经考虑用"声律"或者"诗律"来称呼它。不过,这两者都统摄整个诗歌。而在我的体系中,"韵律"只是介于节奏和格律中的一个环节,所以没有用这两个词来称呼它。"韵律"一词容易让人想到"押韵",但是它指的是一切较有同一性和规律性的声韵安排,包括押韵,但不限于押韵,押韵也只是各种重复之一种罢了。关于押韵的规则,现在一般叫"韵式",可以与"韵律"区别开来。之所以采用"韵律"一词,一是现下一般把"prosody"翻译为"韵律"或者"韵律学",主要是方便中外术语的对应,二是"韵律"一词在现代汉语中比"诗律"/"声律"更为通行。这个问题有点像英文的 rhythm(节奏),它来源于词根 rhyme(韵脚),但后来 rhythm 所指已经不限于押韵,甚至可以不包含押韵。不过若担心"韵律"与押韵问题混淆,则必须说明它是"声韵之规律",或者另用"声律"一词来称呼也可。

二是您谈到的节奏音律与语言修辞不是一回事的问题,这对于我也是一个重要的提醒。这个问题可以说是最近几年我考虑的一个核心问题。就是节奏与语义、情感、意象等方面的关系问题。我现在更倾向于帕斯捷尔纳克的一个观点,就是诗歌节奏不仅仅是一个纯粹的声响问题,"语言的音乐性绝不是声学现象,也不只表现在零散的元音和辅音的和谐,而是表现在言语意义和发音的相互关系中"[1]。如果从纯粹声响的角度,很多问题就无法索解,比如平仄模式一样的两首诗,其节奏却是有区别的。其实这是因为语义、情境上的暗示也会在某种程度上影响节奏。再则有传统诗律中的"对偶",其实主要并不是在声音层次上运作的,它之所以会造成一种韵律感,其实也是因为它是在思维上,而不是仅仅是在声响上造成一种同一性。所以古人谈"格律"(含义比现在所谓"格律"要广)时,也是把对偶纳入讨论范

---

[1] 帕斯捷尔纳克:《空中之路》,引自:瓦·叶·哈利泽夫:《文学学导论》,周启超等译,北京大学出版社,2006 年,第 291 页。

围之内的。我个人觉得节奏与语义、情感等更像是一棵树的各个部分的关系，根、枝、叶等，有的部分是相互交叉在一起的。至于说韵律学与修辞学，其实是我们进入到这棵"树"之整体的不同的角度，韵律学从声响切入，而修辞学从语义切入，而最后都会涉及整体的其他部分。另外，在有的西方修辞学体系中，韵律学甚至也被当作广义"修辞学"之一种。五四以来的中国韵律学，有一个很大的问题就是把诗歌节奏问题做"小"了，有点作茧自缚，把问题讨论局限在抽离出来的声响模式上，而忘记了作为诗歌整体之一部分的、活生生的诗歌节奏（当然也有例外）。西方修辞学在19世纪之前也有这个问题，它变成了一种关于"修辞格"的分类学，而瑞恰慈在20世纪那本《修辞哲学》中则把束缚解开了，他潜入具体的修辞现象中去，并以一种哲学观照的方式来对待它，从而变成一种"修辞哲学"，这在20世纪修辞学产生了重要影响，可惜这本书至今没有被翻译过来。我现在试图建立的韵律学路径颇受瑞恰慈那本书的启发，就是要构建一种"韵律哲学"或者"节奏哲学"（现在这条路径已经开始在那篇谈帕斯的文章中有所展现）。这样的方法主要不是圈定范围，而是提供一些方法和分析手段，以便去分析"活的节奏"。

当然，我依然珍视您的提醒，就是注意节奏与修辞的区别问题，我也在关于哈特曼的文章中提出这样的想法，即要警惕"韵律学"变成一门"阅读学"（现在西方的韵律学研究已经有这个苗头）。[1] 若要在韵律学与修辞学之间硬划一条界线是不太可能的，因为两者处理的都是作为整体的诗歌（尤其是自由诗），不过，我时时记住的原则是，诗歌节奏研究和分析一定要围绕这语言声响在时间中的绵延这一点展开，虽然节奏可能会涉及修辞、语义、意境等因素，但不能完全脱离

---

[1] 李章斌：《自由诗的"韵律"如何成为可能？——论哈特曼的韵律理论兼谈中国新诗的韵律问题》，《文学评论》2018年第2期。

声响之绵延来谈"节奏"或者"韵律"。至于评判诗歌优劣之标准，我完全同意您说的，就是"一切都要看诗人的具体运用是否得当地强化了诗的意味"，而不是简单以声律之有无、强弱来评判诗歌之优劣。陈世骧先生在其《中国文学的抒情传统》一书也有类似的看法，他在《时间和律度在中国诗中之示意作用》中说，诗歌之优劣在于诗歌的声响节奏能否与诗歌之情感、意境组成紧密的、有机的整体，并让节奏产生微妙之"示意作用"。所以我也完全同意您的观点"我们并不会因为它们合格律，就说它们有音律或声律之美，因而对它们另眼相看"。

进一步说，若是我们把"格律"之抽象范式与具体实现之"节奏"区别开来，并进一步生发陈世骧先生已经触及的一些方法和问题，那么我们不仅对于新诗节奏，甚至对于旧诗节奏也应当展开重新研究，不能仅以格律规范之有无敷衍了事，而要去面对每一行诗都具体不同的活生生的节奏问题。所以这有可能造成学科范式的转变。

以上是我的一些粗浅之见，不成熟之处尚请多多指正、批评。

顺祝文安！

章斌上

2018 年 10 月 31 日

十二

发件人：解志熙
发送时间：2018 年 11 月 2 日　10:19
收件人：李章斌

章斌兄：

与你讨论问题，在我也是很愉快的事。诚如你所说，"非格律韵律(non-metrical prosody)中的'韵律'其实是 prosody 的中译",这在外文中当然没有问题,只是在中文里"非格律韵律"才会产生误解,仿佛一个矛盾的概念,所以为了免生误解,我才建议你用"音律"或"声律"。你说:"若担心'韵律'与押韵问题混淆,则必须说明它是'声韵之规律',或者另用'声律'一词来称呼也可。"很高兴你接受这个意见,其实如我在上封信里所说,六朝人就用"声律",有了声律的发明,才有永明体的诗歌以至近体诗啊。至于节奏音律与语言修辞当然有关系啦,我说它们毕竟不是一回事,乃是强调纯粹的音律节奏是可以脱离语言的意义和修辞而存在的,无所谓美丑,比如我们完全可以按平平仄仄平平仄、仄仄平平仄仄平的一连串格律形式填写一首七律,平仄押韵都完全合规矩,但并不成为一首好诗,因为诗是有感情有意味的语言艺术作品,只有恰当地运用了语言修辞手段、使格律成为美的有意味的语言织体,那才能说格律出色当行。所以我很赞赏你对卞之琳自由诗的声律之美的具体分析。你来信中说,"陈世骧先生在其《中国文学的抒情传统》一书也有类似的看法,他在《时间和律度在中国诗中之示意作用》中说,诗歌之优劣在于诗歌的声响节奏能否与诗歌之情感、意境组成紧密的、有机的整体,并让节奏产生微妙之'示意作用'"。陈先生的话是很有见识的说法。说来有趣的是,我可能是内地学界较早注意到陈世骧先生的人——那是在 20 世纪 80 年代末的一天,我看到一个叫"陈石湘"的人在朱光潜主编的《文学杂志》上发表了一篇《唯在主义的哲学背景》的文章,一看题目即敏感到"唯在主义"当是"存在主义",细看原文果然如此,所以在我的博士论文中引用了该文,只是不知道"陈石湘"是何许人,为此曾经当面请教过卞之琳先生(那时卞先生经常约我到他家聊天),卞先生说可能是他在北大的同事陈世骧(抗战爆发后赴美留学),后来看到台湾出版的《陈世骧文存》,才确证"陈石湘"就是"陈世骧"。陈世骧大概是在 1942 年吧，在美国的《亚洲》杂志上发表了对《慰劳信集》的评论，给予很高评价，我前几年让陈越译出来在国内发表了。[1]

匆复，祝好。

解志熙

2018 年 11 月 2 日上午

---

[1] 陈世骧著，陈越译：《一个中国诗人在战时》，《现代中文学刊》2011 年第 1 期。

永远的塔
——《黄土地札记》序

环县一中建在老县城里,与旁边灵武台上的宋塔为伴。这一新一旧的两个建置,在环县可以说是无人不晓的。一中是全县最高的文教机关、众多乡村学子向往的地方,自不待说。宋塔则是环县现存最完整的古迹,对老百姓来说更是近乎神秘的存在。在"文革"时期还称为"唐塔",这可能是一个想当然的说法,新时期以后才改称"宋塔",当另有所据,却一直未详其故。直到2014年维修时,在第五层的砖上发现了"永兴军泾阳县砖匠人刘秀,作下张义、邓安,庆历三年七月"的砖刻,证明此塔确是宋塔,始建于范仲淹经略环庆的时候,此塔亦当是范公所倡建——范公曾知永兴军,"永兴军泾阳县砖匠人"显然是他调来的,从此给环县留下一个文化的象征。不过,现存的宋塔已非宋时之旧,而是元世祖忽必烈中统五年(1264年)重建,这有2014年同时发现的塔刹铭文为证。而塔刹铭文中记载的匠人,居然有来自数千里之遥的"河东南路河中府河津县故镇王仲王伸王信"等,足证在宋元之际,僻处西北的环县和遥远的河东之地河津县就有交集了。

到了现当代,历史的巧合又一次发生了——本书的作者阎睦鹤先生就是在环县工作的河津人——"我的老家在晋南的河津县,日寇占领家乡后,家人便追随父亲所在的队伍,到了吕梁山区的乡宁县,我就出生在这大山里的一个小村庄。对日斗争的经历,使父亲深刻地认识到战争的残酷性。抗战胜利后,为了躲避内战战火,避免同胞相残,父亲背井离乡,到了西北黄土大塬北部边缘的一个农村,少年时代的我就生活在这里。1957年小学毕业后考入县城中学,从此这一生,都是与学校结缘。"(《人生道路上的摇篮》)阎先生此处所说的"大塬"指的是紧邻环县的庆阳县。原来阎先生幼年随父从遥远的山西河津移居到陇东的庆阳,随后在庆阳读了六年中学,于1963年考入甘肃师范大学数学系,1967年夏天毕业后,因为"文革"而延迟分配,直至1968年秋才分配到环县一中任教,从此在一中教书育人二十余年,然后调任环县文教局工作直至退休。环县是个文教落后的地方,一中的老教师大多来自外地、外县,而以阎睦鹤先生所来最远而坚持最久,可以说,阎先生把自己的一生都奉献给环县的文教事业,此所以难能可贵也。

我是1974年春天到环县一中上初一的,那时阎先生给高中生教数学,已是全县最有名的数学教师之一。到我上高中的时候,数学课是另一位老师教的,阎先生却来教我们政治课。记得那时的阎先生身体似乎不好,常常咳嗽着,瘦瘦高高地弯腰俯看着讲台下的学生,居然能把枯燥无味的政治课,比如社会发展史和政治经济学的原理,讲得深入浅出、孺子可懂,让我暗自敬佩不已,而他谦和亲切的教学态度和循循善诱的教学方式,也给我留下了深刻的印象。听着阎先生略带鼻音的半普通话,显然不同于本地及邻县的老师,可究竟是哪里的口音呢?当时的我无从揣摩,而阎先生忧郁的神情,也让我不好探问——这其实才是我长埋心底的一个疑问:年轻高才的阎先生为什么少见活泼开朗之气,而总有一种尽管压抑却总是掩抑不住的忧郁神情呢?直到拜读这部文集,我才明白其中的曲折。

本书开篇的文章《父亲的抗战生涯》,正是对我的疑问的解答。这是新世纪重新肯定国民党、国统区抗战功绩之后,阎先生痛定思痛、追怀父亲生平的文章。原来,太老师阎积善先生(1909—1973)

是一位爱国的知识分子，20世纪30年代在北平朝阳大学法律系学习期间，就受科学民主爱国思潮的影响，积极参加了"一二·九"学生爱国运动，曾作为学生代表前往南京政府请愿。毕业后回山西工作，1937年7月全面抗战爆发后，山西首当其冲，阎积善先生回到家乡河津县阎家洞村，高举抗日旗帜，在附近村庄招募抗日同志千余人，组成敌后工作团，积极开展游击战，在河津、乡宁、稷山和晋南一带对日寇进行了威武不屈的斗争，走上了艰苦卓绝的抗日救国之路。其间曾担任山西省第九行政区督察专员公署总务主任、荣河县长等职，并曾与八路军太岳军区政委柴泽民、共产党员吴晟等联络，密谋在晋南发动敌后武装起义，惜乎功败垂成，并因此受到国民党方面和阎锡山势力的排挤，以致在抗战胜利后却被解职。这样一位爱国的而且进步的抗日志士，后半生却又因为所谓"历史问题"而灾难缠身——

> 父亲弃离公职后，为脱离内战是非，避免同胞相残，远走他乡耕种薄田，自食其力谋生。阶级斗争年代，因"历史问题"备受磨难，到上世纪六七十年代，父亲被"监护"了起来。说是监护，实则大部分时间被派往修筑公路和修建水库的工地上做工。超过身体耐力的极限劳动，勉可维持生存的饮食，扭曲变形的"历史问题"和日复一日的监督改造，加之父亲对四散漂泊的孩子们的生存状况之牵挂和无奈思念之苦楚，已使他身疲心衰。1973年2月终因积劳成疾，突发心脏病去世，走完了他壮丽辉煌而又艰险苦难的一生，享年六十五岁。

正如阎睦鹤先生在另一篇文章里所沉痛倾诉的，"在后来是非颠倒的年代里，父亲的抗战历史，却使父亲和全家人在政治上和生活上，都饱受了深重的痛苦与磨难"（《感受生活》）。不难想象，在备受压抑的岁月里年轻的阎睦鹤先生因此承受了多大的压力，他的忧郁内向的性格显然是不公平的生活造成的。欣逢新时期和新世纪，阎先生才能追述父亲的抗战生涯，那无疑是抗战史的宝贵一页，随后的《父亲晚年的印象》和《清晨路边站立的母亲是我看到的最后一面——永抽不断的思念》二文，则追念父母的点点滴滴，可谓耿耿难忘的纪念、血泪凝成的祭奠，读来令人动容和深思——先烈已矣，先辈往矣，但历史的教训是不应淡忘的。

看得出来，在逆境中成长起来的阎睦鹤先生，一方面在隐忍中滋长出坚韧的毅力和不屈的生命力，另一方面则在缄默中培养出广大的同情心和善良的关怀心。即使因为太老师的"历史问题"而被分配到僻远艰苦的环县任教，阎睦鹤先生也并无怨言而竭尽全力于工作，将满腔的爱心倾注到贫寒的环县学子身上——从《"破釜沉舟"引发的事》一文里，我们就看到在乍暖还寒的新时期之初，阎先生不惜冒险犯难去援救一个遭受政治误解的学生，终于使他脱险应考而得中，从此改变了命运，阎先生的仁爱之心于此可见一斑。多年来，成百上千的环县子弟在阎先生的教诲和扶助下走向大学，阎先生也因为教书育人的出色成绩，成为甘肃省特级教师。与此同时，阎先生也悉心关怀着他生长和工作的这片黄土地——从环县以至庆阳的历史、风土与人情，两地的文教工作及其历史，尤其是环县一中的发展史，他都一一默记于心，到了晚年退休之后，乃源源不断地书写出来，构成了这本《黄土地札记》的基本内容。就我所见，关于陇东风土人情历史的书写，这本《黄土地札记》的内容无疑是最为丰富的。应该说，性格内向的阎先生恰是一个特别有心的人，他对生活用心感受、细心观察、留心记忆，并且自我培养出良好的现代语文和古文的修养，晚年为文则一本修辞立其诚之训，凡所记述，都贯注着求真存实的精神和朴实自然的格调，给读者亲切生动的感受。

作为一中的学生,我最喜欢也最感动的无疑是"老城纪事"一辑。老城是环县一中的所在地,"老城纪事"一辑12篇文章,其中11篇都是关于环县一中的纪事。这11篇纪事短文都取自阎先生1968年分配到一中工作之初直到新时期恢复高考以来的所见所闻所历,它们前后贯穿起来,相当详实地反映了环县一中最耐人寻味的一段历史,而又都出自阎先生的亲身感受,写来饱含着感情,所以显然比概略性的校史更为真切生动,让人读得津津有味而又感慨万千。比如,《一堂语文课》就记述了"文革"时期的一中课堂上非常有趣的一幕——

一天,一位语文老师给一个班学生上"毛泽东思想课"。他正在讲解中,突然一名学生(属对立的另一派)站起来喊道:"×××,你篡改毛泽东思想,罪该万死!"这位教师已手足无措,呆呆地站立在讲台上,无言以对,额头上的汗珠渗了出来,课堂气氛顿时变得十分紧张,大家静候着一场疾风暴雨的到来……这天,多数人都没有注意到校革命委员会的主任,坐在后面听着课呢,他正听得津津有味,课堂上却冒出了"火星子"。这位之前担任过农村人民公社书记的老夫子,少年时读过几年私塾,脑海里残留有"先生"传道授业解惑的老观念。他清楚这是师生中存在的"派性"在作祟……只听主任又喊那位发难的学生说:"你上讲台去讲,你说他篡改了毛泽东思想,讲得不对,你就把对的讲出来,让革命小将们听一听!"这位对课文一窍不通,只会喊"革命无罪,造反有理""横扫一切牛鬼蛇神"的学生……今天他碰上了代表无产阶级革命权威的校革命委员会主任,他的霸道劲就像扎了孔的气球一样,瘪了下来,变得像羔羊一样的服帖,哑口无声,呆立不动了……主任对这名学生进行了批评教育……最后对这位老师说:"你接着讲吧！"这时，这位老师才醒悟了过来，长出了一口气，又走上了讲台……

课后，这位老师向主任致谢："今天，是你救了我……"说着眼眶已经潮润了。主任说："不要这样说，只要你不反党反社会主义，就教你的书吧！"

的确，山区人民特别坚守尊师重教的传统，即使在学生们造反频频的"文革"时代，老师们也受到家长们的一致尊重和革委会干部的相当保护，正常的教学秩序因此得以维持，使老师们仍可安心教书、尽心育人，诸如我这样在"文革"中读中学的众多农村子弟才不致荒废学业，而能接受到比较健全的中小学教育。就此而言，环县学生比同一时期城市里的学生们更幸运些。像这样生动的纪事，本书中还有不少，如《"复课闹革命"——兼记高七〇级毕业生安排了工作》《"马振扶公社中学事件"》诸篇所精心记录的一切，无疑都是环县教育史的珍贵篇章。

本书中的"平凡的故事""浮生随笔""蛙行记""茶余"诸辑，或记述个人艰苦生活的难忘片段，或采撷环县的风俗民情以至饮食起居习惯，或寻访环县以至庆阳的古迹名胜，或感怀家国、针砭时弊，都是有感而发且用心考究之作，颇有一些耐读的佳篇。如关于古萧关的踏访考证，就可补史志之缺；《话说金贵的水》《也说这儿的干旱》《水苦羊肉香》诸篇，则是很生动的环县风土习俗记，相信环县人和出生于环县的学子们一定爱看的。而我特别喜欢的是《庆阳的记忆》一篇。紧邻环县的古城庆阳，是周民族的发源地，我少年时也曾两度（10岁和13岁）赴庆阳二院看病（庆阳二院是由北京下放到庆阳的医院，在"文革"时期是庆阳地区最有名的医院），其时也曾游览古城名胜，留下了美好的记忆，只是当时还年幼，实在不知所以，现在拜读阎先生的这篇《庆阳的记忆》，算是补上了一堂庆阳历史课。阎先生的中学生活就在庆阳城里度过,此文写得翔实具体而且深情款款,真是良有以也。"茶余"辑的12篇杂文,皆有感而发、简短有力而耐人咀嚼,从中可以看出阎先生心系家国、不忘现实的深广关怀。

让我深感钦佩的是,身为数学老师的阎睦鹤先生一直爱好文学,好读不倦、写作不辍,晚年的阎先生更精进不息,于古典文学颇为用心,而又爱好田园山水与乡土文化,平居喜读唐宋诗词,闲暇时登山临水而雅好吟咏,写有古体诗集《童山苦水谣》。阎先生在《感受生活》一文中曾这样自述其爱好——

> 从小从土地中寻求生存的艰辛,培育了我对大自然深厚的钟爱之情,我喜爱大自然的山水、草木、土地,因为它能为你的生存提供依赖。你若能沉浸于其中,就会忘记和驱散生活带给你的苦闷以至缠绕在你身上的桎梏与荣辱,而带给你以无尽的生趣,所以我无条件地留恋它,我愿长久与它为伴。这就是我一生能融入这干旱贫瘠、沟峁岔梁生活之中的缘故。雨水的旱涝、气候的冷暖、作物的丰歉、农家的喜乐,民生的悲欢,还有山水和田园、世事与沧桑,都是我感受生活的触点和情感寄托的载体。
>
> 诗人艾青说:"为什么我的眼中常含泪水,那是因为我对这片大地爱得深沉。"回顾历史,是为了总结和借鉴,提醒人们警惕,不再去重蹈苦难的旧辙。

这是朴实的夫子自道。由此推而广之,阎先生还为河津的父老乡亲、环县的干部百姓以及环县的山水古迹,撰写了不少旧体的碑传和楹联。收入此书中的"百姓生平""碑记""楹联"各辑,就是阎先生旧文体写作的几个特辑,如此运用古雅的文体为干部百姓的普通生活、穷乡僻壤的山水作传作记作联，成为本书的一大亮色。环县的历史文化传统、干部百姓的嘉言懿行、黄土高原的山水名物，都因阎先生的这些古雅的文字而得以昭示显扬，成为永远的纪念，其功可谓大矣。

  由此回想起那时曾经教过我们的许多老师，真是个个多才多艺、身手不凡。比如语文老师曹焕章先生风度翩翩，特别擅长音乐与表演，同样是语文老师的康益寿先生则儒雅超逸，写得一手卓尔不凡的"康体"行书，化学老师刘尚绪先生和数学老师刘志英先生也同样兼擅书法——前者楷书功底深厚，后者行书漂亮潇洒。而阎睦鹤先生则是爱好文学、文质彬彬、存文最多的一位。进而遥想"先天下之忧而忧、后天下之乐而乐"的范仲淹，在经略环庆、戎马倥偬之际，却不忘兴学筑塔、提倡文化，至今的黄土地上仍有其流风余韵存焉；迨至范公身后近千年，我们的老师如阎先生等又从各地来到环县老城里的古塔旁，垂教示范数十年、化雨人才千百万，创造了环县文教事业的大繁荣。而今老师们都垂垂老矣，但我坚信，老师们的精神和老师们的著述，必将如范公所筑的宋塔一样，永远矗立在环江两岸的黄土地上，成为映照环县后世的永恒丰碑、示范环县后辈的永久典范！

2018年8月25日于清华园之聊寄堂

独立高原自咏思
——《闲适小品》序[1]

20世纪的80年代末,有一首歌《黄土高坡》非常流行,歌中唱道——

> 我家住在黄土高坡,
> 大风从坡上刮过,
> 不管是西北风还是东南风,
> 都是我的歌 我的歌。
> 我家住在黄土高坡,
> 日头从坡上走过,
> 照着我的窑洞晒着我的胳臂,
> 还有我的牛跟着我。
> 不管过去多少岁月,
> 祖祖辈辈留下我,
> 留下我一望无际唱着歌,
> 还有身边这条黄河。
> 我家住在黄土高坡,
> 四季风从坡上刮过,

---

[1]《闲适小品》,苗相田著,团结出版社,2016年。

> 不管是八百年还是一万年,
> 　都是我的歌　我的歌。

我很喜欢这首歌,因为自己的家乡环县就在西北的黄土高原上,那里亘古的风雨冲刷出连绵的丘陵沟壑,其间掩藏着一个又一个村庄,住着一户户老实巴交的农民,祖祖辈辈过着苦焦的光景,并且由于那里长期处于农耕民族与游牧民族对抗的分界线上,历来战乱不断,农人更难得安生,祖先父老们就像黄土地上尖锐的荆棘和坚韧的蓑草一样,只有凭着格外顽强的生命力,才得以在这片土地上存续至今,而苦难并没有减却他们的仁义和厚道……

黄土高原上当然也有文化存焉。事实上,环县乃是周民族的发祥地之一,《诗经》里的"北豳"之诗就与我们的家乡相关;而在伟大的汉唐时代,也常有文人骚客过往其间,留下了不朽的篇什。直至北宋庆历年间,范仲淹知永兴军,随后经略环庆两州,还曾筑塔于环,颇思振兴文化——现在环县北门外的宋塔里就有砖刻文字"永兴军泾阳县砖匠人刘秀,作下张义、邓安,庆历三年七月",那正是范仲淹经略环州之时,则此塔必是范公倡议而筑者,而范公在戎马倥偬之际筑塔于此,显然旨在文化之提点。可惜的是自南宋以后,中国的政经与文化中心南移,整个陇东地区从此成为文化上的边缘之地,后世只有道情皮影戏和山歌民谣等民间文艺在乡间流传,文人的书面文学则近乎空白。迨至20世纪30年代,环县成为陕甘宁边区的一部分,文化落后的局面才渐有改观。新中国成立以后,环县的文教事业开始走上正轨,新时期以来文教事业更是突飞猛进,一代代大学生毕业后或在外发展或回乡服务,其中不少人爱好文学、潜心创作,于是,沉默千年的环县终于在文学上有了自己的声音。

苗相田就是环县文学的后起之秀。相田1970年出生于洪德乡,那里也是我的老家所在地。在相田的那个村子里,他是第一个考上学的人,自然很珍惜学习的机会,勤学苦读有成,1990年毕业后回本县中学任教,担任语文教师。从教之余,相田也潜心于文学创作,在《黄河文学》《散文》《杂文月刊》《飞天》《诗刊》等杂志上发表诗文数十篇,并已出版长篇报告文学《师魂》,还有长篇小说《晴雨蓝朵》、中篇小说《绝颜红药》在网上签约试读,很受读者欢迎。《闲适小品》是相田短篇作品的汇集,书中既收集了一些"聊斋志异"式的短篇小说和不少抒叙人生感悟的散文小品、语丝格言,还有一些艺海拾贝含英咀华的文艺短论、抒情寄怀的新旧体诗,以及谈论教学体会的杏坛寄语,等等,内容相当丰富可观,而写作态度认真诚恳,诚所谓且行且歌、有感而发,抒情叙事、格调独特,读来颇觉清新而且慰心也。

　　《闲适小品》的开头一辑"乡村志异"就很吸引人。看得出来,这些"乡村志异"继承了六朝志怪和《聊斋志异》的叙事传统,所叙说的"怪异"之事显然从环县的民间传说生发而出、加上作者灵动的想象和细心的开掘,读来特别有趣和有味。即如《飞龙在天》一则写乡民魏三发现头上长了一个肉瘊,乃以为"头上瘊,飞天龙"是贵不可言之兆,所以他心下窃喜,后来疼痛难忍,又被医院误诊为肿瘤,在绝望中等死的魏三最后才发现,那不过是一个咬入肉中的草虱在作怪而已。按,环县是半农半牧区,记得我小时候的一个玩伴就曾因牧羊而沾染草虱,脑袋被咬了一个小坑而不觉,所以《飞龙在天》这个故事是很有环县的乡土特色的,而经由相田的富于反讽的妙笔之点染,魏三的这一幕荒诞的人生悲喜剧岂仅可笑而已,更折射出富贵利达的执迷之虚妄。又如《一念之间》里的赌徒陈根根正赌得顺风顺水之际,只因听了一个老者的劝告而及时收手,乃使家人得免灭顶之灾——如此恰到好处地喻示善恶祸福其实都出于人的一念之间,这也是足以发人深省的。再如在我们的家乡,阴阳先生不仅是道通阴阳的奇人,而且往往是知书达理、善于排难解纷的能人,《吴奇仁》一则所写的吴奇仁就是这样一位奇能之人,他与和尚们的斗法之胜负,与其说显示了神秘的力量之高下,毋宁说更暗喻了人性的善恶之有别。同样引人深思的是《找死》一则里的老者陈广闻,他被诊断为癌症,竟能"视死如归"、服下剧毒农药找死,没想到却因此而霍然病已、否极泰来。这个奇异的故事所启示于读者的,已非人间神迹之有无,而是人对生命应秉持什么样的态度。至如《骆神医》一则写一壮汉喜嗜粪便而成瘾,其实是肚中有虫所致,故事写得很有谐谑之气,而谐谑之中别有深意存焉。最触目惊心的是《施舍》一则,写两兄弟得到神仙施舍的意外之财,却禁不住贪念而互相陷害,幸运于是反转成不幸,令人对财富的副作用和人性的限度有所警醒……显然,诸如此类的"乡村志异"具有鲜明的环县乡土特色,作者的叙述古朴简洁而又别具匠心,使作品超越了单纯的猎奇志异,显示出对世态人情和人性隐微的深入开掘,这是很有意味的。毫无疑问,这些"乡村志异"乃是植根于环县乡土生活的艺术再创造。

《闲适小品》的一大半都是各类散文小品,这些文章多以朴实温厚的笔触表现作者对生活的独特体悟,贯穿着一种甘于平淡、尽其在我的生活态度,这也是殊为难得的。坦率地说,有不少读过点书的人常不免自视甚高而不甘于平凡,用我们家乡话来说就是"这山望着那山高",如此好高骛远而不能脚踏实地,结果往往是一事无成。出身农家的相田则秉持着农家父老踏实与敬业的生活传教,对平凡的教师工作乃能安之若素而自得其乐。如《且行且歌》一篇,就真切地写出了日常教学工作的充实和教学之余的生活乐趣,作者因而强调:"只要你工作敬业,有责任心,不负所望,业绩显著,完全可以且行且歌!况且,这些并不要太奢侈,寻常人家都能做得到,而且还挺快乐,所以,祝你过好每一天,每天都有好时光!"《等待人生》一篇则从莫言到异国观光途中车子抛锚、同行者满口抱怨，莫言却觉得因此"能在俄罗斯的草原上过夜，这机会千载难逢"写起，进而抒发了作者独特的人生感悟——

> 其实，人生就是一连串的等待，几乎无时不等，无日不等。等待着下课，等待着放学，是天真的少年在等待中成长；等待着爱情，等待着婚姻，是激情的青年在等待中澎湃；等待着加薪，等待着晋级，是职场人群在等待中努力；等待着清风，等待着细雨，是农民在等待中守望丰收；等待着中考，等待着高考，是父母在等待中望子成龙；等待着休假，等待着年关，是老人在等待中渴望团圆……

> 所以，人生处处有等待。人从呱呱坠地开始，等待就注定要伴随终生，而且见缝插针、无时无刻地高频出现。在等待着这件事情完成时，那件事情已经悄悄埋伏在那里等着你了，当然你也在等着它；完成那件事时，另一件事情又露出脑袋，如期而至……人生就在此起彼伏、接二连三地系列等待中完成一世，而且生生世世都不例外。可以说，等待才是人生的常态，如果不等待那就有异常。

这样一种"甘于平淡事、从容若有待"的生活态度，是很值得赞赏的。在本书中诸如此类的生活感悟还有不少，如《配合》一篇强调"人生中的配角是多么重要"，《一辈子只打一口井》一篇揭示"认准目标、持之以恒"的道理，也都是很能给人启发的好文章。"情系故园"一辑的几篇散文则表现出对人情人性之有同情的理解，从中亦可见出作者朴厚的性情。这几篇散文都是从作者与其亲人以及故乡长老的关系来着眼和落笔的，文中交织着对亲人戚友体贴入微的关怀和对自我疏误的坦诚反省。如《哦，七爷》所写的"七爷"

乍看是一个特别吝啬小气的老人，所以他留给相田的幼年记忆是不很愉快的，长大后的相田才逐渐了解到七爷一生的孤苦与无奈，理解了他为养家糊口而不得不处处俭省之苦衷，于是为他写下这篇朴素的素描，从中可以看出一些老农民可悲的一生和作者朴厚的同情心。特别动人的一篇是《妻》，既写出了相田与妻子"千里姻缘一线牵"的缘分，也写活了一个美丽贤惠且颇有女汉子气的妻子形象，而相田对自己一度有点"心猿意马"之反省，更展现出他对夫妻感情的珍重——如此坦诚抒写足见作者性情之真率，且使文章具有了难得的温厚坦荡之美。新旧体诗一辑更是且行且歌、从容吟唱，真切的体验与内敛的才气相辅相成，颇富耐人寻味之美感。

　　文贵有己。相田的创作历程虽不算长，却已初具个人风格且葆有鲜明的地方特色，这无疑是创作之正道。我比相田痴长十岁，在多年的读书生涯中常常遗憾地发现，有不少基层的文学作者，尤其是一些初学写作者，往往简单地以为中心城市的流行文学风尚和著名作家作品就代表着文学的高端标准，于是亦步亦趋模仿追随之，其结果是不由自主地成了"邯郸学步""东施效颦"者而丢失了自己，其苦心的追随风气之作其实可有可无、无足轻重。相田的写作显然与此有别，他是一个深深植根于乡土生活土壤、很有感悟力并且善于反求诸己的作者，此所以能独立高原自咏思，使自己的文学抒写独具面目、自成格调也。也因此，我读相田的作品，由衷地为家乡的文学事业后来有人而倍感欣慰。自然，相田还年轻，他的写作也不免有些率性之处，亦多少有点芜杂之累，但这都不打紧。我相信，以相田的勤奋和灵气，则假以时日，他一定会在创作上更上一层楼、给读者另一番惊喜的——就让我们拭目以待吧！

2016 年 7 月 26 日于清华园之聊寄堂

农谚的宝库　务农的指南
——《四季观风云》序[1]

中国长期以来一直是地处内陆的农业大国。追溯起来，当春秋战国之际，铁器的发明和牛耕的推广，使土地的开发利用成为最重要的生产活动，中国由此进入农业文明。此后的两千余年，与其说中国是所谓"封建社会"，还不如说是地道的"土地社会"。从秦汉到明清的几大帝国都是建立在农业文明基础上的"土地大帝国"，也正因为植根于广袤坚实的土地，中华民族虽然历经风雨，却能绵延不绝以至于今。

农业或者说农耕文明，与自然——土地天候气象等的关系至为密切，诚所谓"四季观风云"，才能"五谷获丰登"啊！也因此，先民于此早有醒觉、多所关注，其观察和经验之归纳，到秦汉年间就结晶为二十四节气。如撰成于汉景帝时期的《淮南子》一书就有了和现代完全一样的二十四节气的名称。到汉武帝太初元年（公元前104年）颁行了《太初历》，乃正式把二十四节气订于历法，明确了二十四节气的天文位置，从此成为延续至今的"农历"之所本。所谓"农历"，不是纯粹的天文气象知识，而是把天文气象知识落实于农业生产的地道农事历法。

在广大的乡土社会，关于节气与农业生产以至于农村生活的

---

[1] 李仕彦编著：《四季观风云》，中国文史出版社，2017年。

关系，先民们有许多切身的观察和经验的积累，这些观察和经验往往结晶为言简意赅、通俗生动的农谚，在乡土社会口耳相传、不胫而走、父子授受、传承不断。如今网络发达了，一些有心人也把搜集到的农谚放在网上，随便上网搜一搜，便有许多。比如：

  秋分早、霜降迟，寒露种麦正当时。
  知了叫、割早稻，知了飞、堆草堆。
  山黄石头黑，套犁种早麦。
  小满前后，安瓜点豆。
  四月芒种雨，五月无干土，六月火烧埔。
  冬节在月头，卜寒在年兜；冬节月中央，无雪亦无霜；冬节在月尾，卜寒正二月。
  雷打秋，冬半收。
  二八乱穿衣，春天后母面。
  寒露麦，霜降豆。
  立夏小满，雨水相赶。
  寒露霜降，胡豆麦子在坡上。
  立春晴，一春晴；立春下，一春下；立春阴，花倒春。
  最好立春晴一日，风调雨顺好种田。

  毫无疑问，农谚是乡土农事的知识宝库、农家生活的经验指南。自然，由于中国土地极其广袤、各地的气候条件不尽相同，所以各地的农谚既有一些相通的元素，也存在着地域的差异。比如我的家乡——陇东的环县地区，因为地处僻远的黄土高原，其间的气候变化和农事节奏，比关中和中原地区几乎晚了一个月，与江南的差异就更大了。这样那样的差异也反映在农谚上，使各地自有其地域特色，彼此不可能完全通用。此所以各地的有心人士，都很注意搜集、整理各自地方的农谚，使之传承不断，尽可能发挥其指导各地农业生产和农家生活的作用。

李仕彦先生就是这样一位有心人。仕彦先生自幼受其祖父的影响和启发，意识到农谚的宝贵，稍长入学接受现代教育、毕业后参加工作，成了一名活跃在农村第一线的基层干部，进一步体会到乡土农谚大多合乎科学知识，且具有通俗生动、简洁明快的特点，显然更容易为人所接受、更便于指导农业生产和农家生活。于是仕彦先生从青年时期就发愿搜集、留心录存，历五十年而不辍，至今已积累了三万余条环县乡土农谚。退休后的仕彦先生仍关怀乡梓、心系农业，乃拣选其中有关农业生产的一万二千条农谚，编为《四季观风云》一书准备刊行，旨在为环县农业的健康发展、为农民朋友们的脱贫致富发挥辅助作用。仕彦先生的此心此志，诚然可贵可嘉，而此书乃是环县农谚的第一次大汇集，由此使环县乡土文化、乡土知识之最可宝贵的部分得以存留和传承，这当然也是可喜可贺的好事。

此书的编排也很用心而精到。全书分为"天文""时令""气象""物候""农作"五大部分，每部分又细分类别，可谓分类得宜、以类相从、有条不紊，读者按类别查阅，是很方便的；有些谚语过于简约、不无费解处，仕彦先生也酌加了简明的注解，是很为读者着想的。全书的内容则非常丰富而且生动有趣，令人读来津津有味。我也是环县的土生子，多年来旅食求生于异地，而今拜读此书，不仅倍感乡土的亲切，也勾起了许多愉快的儿时回忆。比如"日出浓云长，有雨在后响"，就让我想起小学放暑假后跟长老放牛，因夏日天气多变，长老们往往会看云望气，判断雨雹的来临而及时预防，他们据以判断的就是这样的谚语，其判断往往应验无误，让幼小的我佩服不已。到了每年的新春正月，叔伯们、亲友们来给祖父拜年,也都会请教祖父道:"您老看今年的庄稼啥成呢?"祖父便会根据正月的天象,随口说出一些谚语,据以预测该年庄稼该种什么、收成会怎样,事后也大多应验。有些谚语如"你有千石粮,我有豆茬地""豌豆能肥田,只可种一年"之类,小时候听了不知所以,稍长上中学学了化学物理,才明白豆子的根瘤菌有固氮肥田的作用,足证这些古老相传的谚语暗合于现代的科学知识,算得上是"民间的真理"。有些谚语如"无事田中走,谷米长几斗",则让我回想起谷子出苗后男女老少集体出动去"踏苗"的劳动场面——谷苗必须踩踏才能生根扎实,对于这项劳动,小孩子们无不争先恐后,仿佛那不是劳动而是有趣的游戏……诸如此类的劳动经历,如今回想起来历历如在目前。书中的有些谚语如"好马不吃回头草""人越睡越懒,猪越睡越肥""好狗护一庄,好汉护一方",等等,则既是关于家畜饲养的经验之谈,也是兼喻人生的宝贵格言,读来格外有味道。

  应该说,农谚作为乡土生产与生活的经验之谈,是经验性的相对真理而非普遍性的绝对真理,因为它的适用范围难免有特定时空的限制,加上时代和社会在进步,包括全球气候的变暖和信息技术的发达——现在即使在环县乡村,恐怕也家有电视、人有手机了,这些变化都提醒我们在运用农谚时,要注意吸取其精神而不必固守为教条。随手举一个教条主义的例子吧:在20世纪40年代的晋察冀解放区,出了一个优秀的乡土作家赵树理,他的短篇小说《小二黑结婚》所描写的农村进步青年小二黑,就有一个教条地固守老皇历的父亲二诸葛。二诸葛本名刘修德,是个有点文化的老农民,凡事都要掐指算算、务求合乎老皇历,才敢去做,乡邻们因此称这位乡村能人为二诸葛。但二诸葛的毛病是有点教条主义,常常固守经验性的老皇历,而不知因时因地有所变通,于是就不免闹笑话。比如——

有一年春天大旱，直到阴历五月初三才下了四指雨。初四那天大家都抢着种地，二诸葛看了看历书，又掐指算了一下说："今日不宜栽种。"初五日是端午，他历年就不在端午这天做什么，又不曾种；初六倒是个黄道吉日，可惜地干了，虽然勉强把他的四亩谷子种上了，却没有出够一半。后来直到十五才又下雨，别人家都在地里锄苗，二诸葛却领着两个孩子在地里补空子。邻家有个后生，吃饭时候在街上碰上二诸葛便问道："老汉！今天宜栽种不宜？"二诸葛翻了他一眼，扭转头返回去了，大家就嘻嘻哈哈传为笑谈。

其实，大多数农谚都是有根有据的"老皇历"，这些"老皇历"具有相对的真理性，却不宜把它们当成绝对真理和不二信条，因为条件和环境也在不断变化，"皇历"就不能不与时俱进、及时地有所修正。事实上，今日的环县虽然仍是干旱地区，但由于作物品种的改良、土地的大规模平整和耕作技术的改进如薄膜保墒技术的推广，先前那种完全靠天种地的传统也就渐渐打破了。正因为如此，传统农谚所特别强调的季节、气候与农事之关系，就不再是不可逾越的金科玉律了，所以人们也就不必像二诸葛那样固守传统经验、把"老皇历"当成不可稍违的教条，而应该在继承传统的同时，也适当地与时俱进、随机应变才对。我高兴地看到，这本《四季观风云》其实不仅收集了大量行之有效的老农谚，也采撷了一些反映时代变化、社会变迁和技术进步的新农谚。可以预期，新农谚是会不断产生的，因此也希望还有像李仕彦先生这样的有心人，能够继续留心搜集新农谚，使这本《四季观风云》过几年就能增补一次，庶几不负李仕彦先生的苦心首编之功。

李仕彦先生是我尊敬的乡前辈。20世纪70年代初期，当我还是个小孩的时候，就从亲友那里听说过他辛勤忘我工作、一心为民服务的事迹，只是没机会拜识。后来我外出读书多年以至于长期旅食异地，回乡探亲则匆匆来去，也无缘瞻望先生之风仪。最近终于有机会拜读先生搜集编纂的这本《四季观风云》，真是大开眼界，更敬佩先生老骥伏枥、为农民服务的苦心孤诣，乃顺手写下这点阅读感受，权算是对此书的介绍吧——我相信故乡的父老乡亲们一定会喜欢这本书的。

2015 年 6 月 28 日匆草于清华园

最关情处是故乡
——《捞柴》序

环县曲子镇的民间向来就有爱好文艺的传统。还在陕甘宁边区的时候，曲子镇的社火、小曲就名闻遐迩。更著名的事例是，1943年的岁末曲子镇刘旗村的劳动英雄孙万福到延安开会，见到了人民领袖毛泽东，他情不自禁，即席吟诵出一首朴素生动的诗章《高楼万丈平地起》，后来谱曲为《咱们的领袖毛泽东》，传唱全国。记得四十年前我初上大学的时候，读到现代文学史里关于"农民诗人"孙万福的记载，心里是很自豪的，因为我就是环县后生啊！

最近才知道，多才多艺的杨树岳兄也是曲子镇刘旗人。出身于普通农家的树岳刻苦自励，1985年考上了庆阳师范，1989年毕业后凭着出色的美术才华，分配到环县一中任教，是家里第一个吃上"国家饭"的人，后来调到新成立的五中任教并担负领导职责，在教学改革方面取得了不错的成绩。同时，他在书法艺术上也勤奋努力、成就显著，进而在推动学校的书法教育、推进环县的书画艺术方面，出谋划策、并著勤能、卓有贡献。更令人欣喜的是，树岳不以事业的成功为足止，自四十岁后笔耕不辍，写下了数十篇散文，记下了自己的生命感怀，结集成现在的这部散文集。作为同乡，我拜读这些文章，自然会频生共鸣与感动之情。

这数十篇散文大体可以分为四类：一是关于乡土人物的素描，二是关于乡土风俗人情的记事，三是关于乡土风景风物的记游文字，四是关于人生感悟的简短语丝。最后一类多近于网络上的博客或微博文字，写得简练有味、富于个性，但很可能是限于篇幅吧，往往让人有意犹未尽的遗憾。给人更深刻印象的，乃是关于乡土的前三类文字，它们均取材于作者的亲身经历和见闻，信手写来，亲切自然，畅所欲言，委曲周至，有一种不求工而文自工的美感，颇多引人入胜的佳作。

写人之作当首推《父亲的故事》一篇。这是树岳在其尊人去世二十三年后所写的长篇追念文字，文章缕述记忆中的父亲一生的事迹——从年轻时不忍妻儿老小忍饥挨饿而外出乞讨的悲哀，到力主全村迁移、带领全家建立新居、独力打井种田的倔强，以及支持子女求学学艺的苦心，直至积劳成疾、中年离世的不幸，一个有爱心有担当的父亲形象跃然纸上。如此平凡而伟大的父亲，在乡村社会里其实是很多的，却几乎无人记述，此所以树岳朴实亲切的叙述，成为意味深长、难得一见的佳作，他笔下的父亲也允称无数好父亲的典型。前不久我回乡奔父丧，树岳特来吊唁和慰问，晤谈之间树岳也曾回忆其尊人遽尔病逝于1991年，让年轻的他不胜悲痛，难以措辞，直至二十多年后的2013年，才痛定思痛，将一腔思亲之情付诸笔墨、撰成此篇。这让我感叹不已。人同此心心同此理。树岳长期压在心底的悲情及其释放，我是能够想象和理解的。其他写人的篇章也大都朴实写来，亲切感人。即如《谢文科其人其事》一篇，既写出了这位环县文艺界的老大哥循循善诱、奖掖后进的苦心孤诣，也为环县文艺的发展史保留了珍贵的史料。

写景而兼带记事的篇章，颇有些耐人寻味的好文章。如《刘旗鱼坝》《牯牛崾之殇》《岳父的果园》三篇，其打动人处与其说在写景倒不如说在叙事。环县地处苦寒而且干旱的陇东山区，农民历来习惯于土里刨食、勉强得活即足，鱼鸭之类水物，是想都不敢想的。可是，到了"文革"后期的1976—1977年，那时的曲子人民公社却依靠集体的力量改河造地，修建了一处鱼坝，使环县人破天荒地吃上了鱼，这个鱼坝也成为环县的一道美丽风景，刘旗因此被誉为环县的"小江南"。该篇的记事与《父亲的故事》里所记"文革"后期曲子人民公社将十八户人家从艰苦不宜生产的南沟集体迁移到生产条件更好的川道里的故事，都让我们记住并让年轻一代知道，在人民公社和"文革"时期，"为人民服务"和集体主义精神不完全是空话，农村的生产建设因此也得到了显著发展、农民的生活的确有很大改善，并非如今日的舆论一律所丑化的那样一无是处。《牦牛峁之殇》所写的牦牛峁真是一块宝地，在陕甘回乱的劫火中逃生的郭姓兄弟二人，在此重建家业，子孙兹甚，他们就是树岳的外曾祖父家，树岳的外祖父更进一步光大家业，儿孙辈又欣逢改革开放的好时代，乃努力经营牦牛峁，所产西瓜闻名遐迩，没想到开建高铁，"五千多平米的居住面积将被毁坏，亘古的牦牛峁将被腰斩"。此情此景，让树岳这个牦牛峁人的外孙悲喜莫名。同样的，《岳父的果园》所写岳父的果园也曾繁荣一时，现在却受到外地以至外国货的冲击，老岳父仍一心务艺着老果园，虽然果子早已卖不出去，甚至连自家人也不愿吃了。是的，中国的乡村在千百年的沉浮之后，又面临着现代化的冲击。现代化当然是好事，但乡土中国却可能因此受损。面对如此进退两难的困境，像我这样来自农村的读者，对树岳凝聚于文中的感慨也感同身受而欣慨交集，进而思索现代化给我们的家乡究竟带来怎样的得与失。

特别勾起我的乡土回忆的，是《过会》《过年情结》《我的"燎疳节"》《侄子结婚》等有关乡土风俗的篇章。我对"燎疳"的儿时记忆，就被树岳的文章再次激活了，只是我一直不懂"liaogan"二字该怎么写，读了树岳的文章，才知道当作"燎疳"，这是不错的。犹记在我的家乡虎洞乡刘解掌村一带，每到正月二十三的傍晚，家家户户都要在院外燃起一堆篝火，大人小孩一边依次从火上跨过跳过，一边随口把自己的和亲人的病痛送走，诚所谓"送瘟神"是也，而"燎疳"则很可能是更古老的说法。当此之际，少年儿童可以借机玩火嬉戏，所以无不欢呼雀跃、兴奋非常，让我至今记忆犹新。《侄子结婚》一篇所记结婚时候送亲—娶亲的风俗习惯，也与吾乡完全相同。虽然时代在变迁，而传统风俗仍然在民间变相地延续着，积淀在风俗里的郑重情义和美好祝福，值得我们永远珍重。

乡土文学是中国新文学中最具生命和美感的一脉。近百年来，一代又一代的新文学作家从乡村城镇来到都市通衢，甚至远赴异国他乡，自然不免要时时回望故乡、回忆故土，以至于情不自禁地提笔抒写记忆中的乡土社会和乡土人生，给我们留下了许许多多感情深挚、意味深长的诗歌、小说和散文佳作，这些乡土文学构成了新文学里最有成绩和生命力的一个传统。树岳是个有情人也是个有心人，他植根于乡土、工作于家乡，有情有心，形诸笔墨，乃近取诸亲身经历、身边见闻，娓娓道来，自然成文，成就了这部散文集。就其大体而言，此集几乎可说是一部关于环县的乡土人事、风俗传统的专题散文集，而朴素的文笔、真挚的感情，恰与所写的人事相得益彰，让人读来津津有味、不忍释卷。这无疑是对环县文艺的一个显著贡献，也堪称新时期乡土文学的可贵收获。树岳今年刚过五十，还是年富力强的好时候，以他的勤于笔耕，则更多也更美好的收获，是可以预期的。

祝福树岳，好自为之；祝福家乡，平安昌盛。

2018年2月12日晨于清华园之聊寄堂

探寻"中国特色的新诗"
——马正锋博士论文序

现有的新诗研究格局,还是20世纪80年代一批学者如孙玉石、蓝棣之先生等奠定的。此后的三十年里接踵而起的年轻学者们所做的工作,大抵是对既有格局的复议和修补,很少再有新的开拓,以至于使人不禁感叹:作为学术研究对象的中国新诗很可能被开掘得题无剩义了。可不是嘛,诸如胡适、郭沫若、徐志摩、闻一多、冯至、李金发、戴望舒、卞之琳、艾青、穆旦等新诗坛上的名诗人,以及新月诗派、象征诗派、现代诗派、七月诗派和所谓九叶诗派等,都迭经研究者反复研判、重复分析而难能出新,怎不让人有新诗研究确已"山穷水尽"之感?

这其实是个错觉。事实是新诗领域还有不少可探索的余地,只是人们囿于既有的研究格局,不再去"触摸历史、发掘未知",遂使应有的拓展被长期迟滞了。

本书《创造中国特色的新诗:三四十年代南方学院诗人群研究》所探讨的"南方学院诗人群",就是长期被忽视的新诗之一脉。这群新诗人大多出身于中央大学、金陵大学和南京美专,主要成员有汪铭竹、常任侠、孙望、滕刚、程千帆、沈祖棻、章铁昭、艾珂等(后来又有李白凤、吕亮耕等校外诗友)。1934年他们在南京组织"土星笔会"、创办同人诗刊《诗帆》,稍后并刊行了"土星笔会"丛书数种。全面抗战爆发后他们先后迁徙于湖南的长沙、四川的重庆和贵州的贵阳等地,继续在中央大学、金陵大学及其他文教机关工作,虽在辗转颠沛中仍不辍歌咏。1938年初他们在长沙与左翼诗人联合组建"诗歌战线社",创办《诗歌战线》附刊于左翼文人主持的《抗战日报》。同年夏他们又筹组"中国诗艺社",在长沙推出《中国诗艺》杂志。由于长沙大火,《中国诗艺》在那里只出版了一期,但1941年又在重庆复刊,并推出"中国诗艺社丛书"多种,此后又在昆明出版"百合丛书"一套,1945年并与带有左翼倾向的"诗文学社"愉快合作,1948年又在南京出版诗刊《诗星火》……这群诗人如此一路走来、不断拓展而又始终自成一体,成为抗战爆发前后十年间对新诗贡献良多的一支重要力量。鉴于他们一直活动在几所南方学院里,所以可称为南方学院诗人群。

最值得注意的,是这群诗人与众不同的诗学态度和诗学理想。无可讳言,现代中国的新诗人长期处在古与今、中与西的对抗关系中,而大多采取激进偏至的现代/西化立场。但南方学院诗人群则与此有别。这一方面是因为他们大都出自古典诗学气息浓厚的中央大学和金陵大学国文系,受到了较为扎实的古典诗学训练,并且那时集中在南京的新人文主义者以及正在崛起的新儒家如方东美的诗学主张,对他们也有所启迪,使他们有意接续古典诗学传统。这样的诗学背景是当时及后来的其他现代诗人所缺乏的。但另一方面,这群年轻的南方学院诗人也不甘心脱离时代,他们在诗学上并不封闭,而颇受西方浪漫主义诗歌传统和法国、俄苏现代主义诗风以及欧洲唯美派艺术的感染。正是上述两方面因素的交互影响,促使他们在抗战前就试图于南北各路新诗人之外另辟新路,那是一条既不乏现代性又具有中国特色的诗路。正如其骨干人物所宣称的那样:"他们既不喜新月派的韵律的锁链,也不喜现代派的意象的琐碎,标举出新古典主义,力求诗艺的进步,对于现实的把握,与黑暗面的解剖,都市和田园都有所描写。……以认真的态度,意图提倡中国新诗在世界诗坛的地位,并给标语口号化的浅薄的恶习以纠正。"(常任侠:《五四运动与中国新诗的发展》,原载《中苏文化》第6卷第3期,1940年5月出刊)所谓"力求诗艺的进步",就表明他们标举的新古典主义不同于其师辈的旧"古典主义",而是真正的"新"古典主义,而创造"中国特色的新诗"则是他们的诗学理想。抗战爆发后,这群年轻的学院诗人积极投身于"诗歌战线"的构建,并在时代的推动与左翼诗潮的影响下,显著地加强了诗作的现实感和社会性,其"创造中国特色的新诗"的诗学理想,进一步落实到更为坚实的层面、拓展到更为开阔的境界。由此,该诗人群拥有了三个成就不凡的代表诗人——汪铭竹、常任侠和沈祖棻,他们在新诗创作上确实都有独特的造诣。

新时期以来的学术界之所以长期忽视这群新诗人,一则可能因为该群诗人在四五十年代之交多转型为古典文学研究者,他们的新诗集长期未能再版,散佚诗作更得不到收集,只有个别人身后出版的文集里附收了一些新诗,但人们更关注的是他们作为古典学者的学术成就——就我眼目所及,新时期迄今论及该群诗人之新诗的论文也不过三五篇,而皆理有未周、影响甚微;二则可能还因为后来的新诗研究界多喜欢理论话语之发挥,而比较缺乏细心且肯下笨功夫的有心人吧。

马正锋恰好是这样一个细心且肯下笨功夫的有心人。说来有趣,正锋虽然爱好文学,尤其酷爱诗歌,可是阴差阳错,大学本科所学的却是行政管理专业。正是为了一偿夙愿,正锋在大学毕业数年之后,考取了首都师范大学张桃洲教授的硕士生。张老师是新诗研究专家,正锋因此即以中国新诗为研究方向,在诗歌艺术分析方面得到张老师的悉心指点,渐渐培养出良好的艺术感受力。2010年正锋硕士毕业后,留京从事文宣工作,而仍难以忘怀新诗研究,于是两次投考清华的博士生,足见其锲而不舍的向学之心,终于在2013年秋天获得了继续求学的机会。在清华园的四年间，正锋一方面转益多师，从王中忱、汪晖、格非诸位老师的课程里各有所得，大大开阔了学术眼界、增进了学术敏感，另一方面则不忘初心，继续致力于中国新诗史的探究，充分利用清华的学术便利条件，广泛阅读新诗史料、拓展研究视野，尝试撰写了多篇新诗论文，锻炼了自己的研究能力。在此基础上，我和正锋商定，他的博士论文即以"南方学院诗人群"为题，希望他通过自己的努力，切实弥补新诗史研究的这一薄弱环节。目标明确后，正锋为之努力奋斗了两年，收获委实不小，其成果就是这本博士论文《创造中国特色的新诗：三四十年代南方学院诗人群研究》，二十五万余言，一本沉甸甸的书。

这是第一本研究南方学院诗人群的学术专著，显著地拓展了中国新诗史的版图，其学术首创之功自不待言。看得出来，正锋在此书中，一方面以丰赡的文献史料和开阔的新诗史视野，对南方学院诗人群的诗学渊源、演变轨迹和艺术贡献，做出了清晰的梳理和恰当的论述，另一方面则以敏锐的艺术感受力和分析能力，对该诗人群的代表性诗人之诗作，进行了细致体贴的文本解析和风格描写。如此既见林又见木的观照，对一个年轻学者来说是很不容易的。论文答辩的时候，得到了方锡德、王中忱、格非诸先生的好评，答辩决议给出了这样的总体评价——

> 马正锋的论文《创造中国特色的新诗：三四十年代南方学院诗人群研究》，讨论的是中国现代诗歌史上一个几乎被淡忘的诗歌群体，拓宽了中国新诗的研究空间，具有重要的学术价值。特别是新诗与传统诗歌的关系，一直困扰着诗坛和学界，本文考察了"南方学院诗人群"与传统诗歌之间的关系，指出该群诗人的"新古典主义"诗路，"其实是努力兼容和打通古

典、浪漫和现代的新综合诗学倾向，归根结底他们是现代诗的一支，不是泥古不化的古典派"。这一判断不仅基于该诗人群体的诗学主张和诗歌创作实际，也是基于他们与三四十年代诗坛其他诗歌流派的比较分析而得出的，这是本文的一个重要学术贡献，显示出发现问题和深入分析问题的能力。论文对该诗群代表诗人的创作特点有准确把握，文本分析颇多精彩。如认为常任侠的"爱欲诗"是对"乐而不淫"的情诗传统的推陈出新，沈祖棻的家国情怀诗是对古代诗歌"温柔"传统的继承与扬弃等，都令人耳目一新，显示出敏锐的艺术感受力和艺术分析能力。论文从第一手文献的搜集整理做起，全面梳理出这个诗人群体的来龙去脉，表现出重视文献、论从史出的良好学风。

正锋的论文也因此获评为2017年度清华大学优秀博士论文，随后入选清华大学研究生院和清华大学出版社联合组织的"清华大学优秀博士学位论文丛书"出版项目，而就在最近，正锋申报的国家社科基金项目也获得了成功。此诚所谓双喜临门也。作为陪伴他读书四年的老师，我自然很为正锋在学术上的顺利发展而高兴，并且确信，以正锋的勤奋和灵气，他在学术上一定会有更为远大的前途。

当然，此书是正锋的学术初创之作，首次处理这样一个相当繁难复杂的课题，作者的经验和学养显然也有不足之处。如对中外古典诗学传统就未能真正融会贯通，论说起来也就不免吃力，对诗文本的分析诚然颇多体贴入微之见，可也不无烦琐细碎之处。对这些问题，正锋自己其实都有清醒的认识，所以我相信假以时日，好学深思的正锋一定会增进修养、拓展视野、实现学术上的自我超越。

我很欣赏正锋默默执着的为学志气，也喜欢他谦谦质朴的为人品格。正锋不是个好高骛远的人，其为学做人总是踏踏实实，学业初有成并没有让他忘乎所以，毕业后高高兴兴地回到家乡的湘潭大学工作，以便就近照顾家庭，也让我很欣慰。在此唯一想叮嘱正锋的，是抓紧解决婚恋问题吧。正锋是八〇后人，已年过三十，是该成家了，有了自己的小家庭，生活无疑会更愉快、更健全，当然责任也会更重些，而对文学的理解也会更亲切、更深入的——此则是所望也，正锋努力吧！

2018 年 7 月 29 日晚于清华园之聊寄堂

严肃认真地为人与为学
——在冯至110年诞辰纪念会上的发言

今天参加这个会,纪念冯至先生诞辰一百一十周年,觉得很有意义。冯先生在文坛学界是深受尊敬的前辈,他的人与文与学都特别值得我们纪念和学习。

我也是从研究、学习冯至先生的著作开始,但我没有佐藤普美子女士那样锲而不舍的坚持精神,也不像她那样与冯先生有那么多的直接交往。其实在20世纪80年代末我是有机会见冯先生的,但那时我是个乡下小伙子,比较腼腆,不好意思打扰他,也就没有去拜访。另外,我当时还有一点儿小小的固执,就是觉得作为一个研究者,与自己的研究对象,哪怕是我很尊敬的前辈,还是要保持某种适当的距离,因为直接交往之后,难免有个人感情,那会影响我的学术判断的。这种腼腆和固执,使我失去了和冯先生见面的机会。但是他给我的教诲,包括他的为人、他的著作,对我影响很深。这已经是二十五六年前的事情了。在去年年底,我跟我的一个学生通信讨论有关学术问题,还说到冯先生。我说:我当然是研究过冯至先生,反过来冯至先生对我的影响,从为文到为人,影响非常之深。我个人体会,冯先生是一个非常谦虚、朴素的人,又是一个非常严肃、严谨的人,为人、为文、为学,都是这样。

比如,刚才我翻开《冯至画传》这本书,前面有冯先生的一个自传,是20世纪80年代写的,大概是应哪个单位要求写的吧,一个简单的自传。他在里面提到一点,他是留学德国,是海德堡大学的哲学博士。但我们长久以来并不了解冯先生对哲学的关怀和用心,往往只把他单纯作为一个作家、一个诗人来看待。这样就难以解释冯先生的诗文里面那种深湛的情怀和深刻的思想。他是表现得很朴素、很克制的,却是很有深度的,那可不是一般性的感怀。但是他自己很少明确说出这些东西。由于他的表达很好,他把很多来自西方古典、现代哲学的修养,很中国化地很自如地转化到自己的作品中,有时候我们是不大能看清楚的,不大容易看出来。

但是在很早,在 40 年代的时候——刚才汝信先生也讲到他的老师贺麟先生,也是搞德国哲学的前辈专家——贺麟先生写过一本书,《近五十年来中国之哲学》,就是一个近现代中国哲学简史。那本书主要讲现代的哲学家、思想家以及政治家的哲学思想,作家只讲了一个,就是冯至先生。贺麟先生认为冯至先生的文学创作如历史小说《伍子胥》是有哲学深度的。我对贺麟先生那本书印象很深,我不知新版有什么变化,我看的是旧版,是抗战后期,1947 或 1948 年的时候出版的。《近五十年来中国之哲学》,专门讲到冯先生的文学创作里有哲学造诣。但冯先生自己很少说到这些,他是非常谦虚朴实的人,很不愿意"自我表扬"。

回想起来,80 年代后期,那个时候我是个业余的哲学爱好者,碰巧涉及冯先生和存在主义、和德国现代哲学的关系,便写了毕业论文的一章。当时不好意思跟冯先生打交道。答辩后我的导师严家炎先生说:"你既然研究他,冯先生又健在,为什么不把东西给冯先生看看呢?"我就抽出来那一章的打印稿,写了一封很简单的信给冯先生,连导师的名字都忘了说了,大概只是说我是一个学生,写了这么一个东西,请您看看。我当时没想到会有回信。但是不久,冯先生就给我来了一封长信,很诚恳、很谦虚地表示认可,他甚至说到一个批评家和一个作家之间的关系——有时批评家综合研究某个作家，会说出一些让作家本人也觉得恍然大悟的事情，他说对我的评论也有同感。这让我自己觉得很惭愧，也暗自庆幸遇到这么一个朴实、谦虚的老作家。

刚才陆建德兄、陈众议兄从冯先生严肃承担的人生态度，说到我们目前社会的一些不好的状况，一些人的那种特别任性的情况。是啊，这其实是古已有之的。我们中国人，要么得意了就飞扬跋扈；要么失意了就失意忘形。冯先生在三四十年代，对五四以来流行的那种热情的浪漫主义和任性的个人主义，他是有反感、有反省的。尤其留学回国参加抗战，他体念时艰、深自反省，特别强调一个人的为人之道，要尽其在我地自我承担其苦乐，也要尽量地分担同时同地的人们的苦乐，不论生者还是死者都与你有关系，你得承担这一切。为此，冯先生创造了一个非常好的汉语词——"关情"。我读了非常感动，从此铭感不忘。

我们知道，冯先生在德国文学研究上有很高的成就，同时在中国古典文学研究上也有很高的成就，比如杜甫研究、歌德研究。这是非常奇特的事情。一般人做不到，一般人只做一方面就不错了，冯先生两方面都有杰出的成就。这是为什么？我想，他是在德国受过很严格的学术训练，包括他那种追求思想的深度，对人生的反省。同时，还有德国兰克史学派那样的一种严谨的学术精神、实证的学术方法。所以冯先生在抗战的时候做歌德研究，他会去做年谱，那么精细的事情，在战乱中、在小草屋里，他做歌德年谱的编译，然后才有他的歌德论述。前不久出的新版《杜甫传》的附录里，收录了冯先生当年在一张草纸上画出的杜甫一路逃难、流离的路线图，冯先生做了多么精细的考证，那种实证功夫，一般学者不愿做也做不了。同时他又体贴入微地理解歌德和杜甫这样伟大的作家，体会他们的情怀、他们的关怀。这样他才会有那样杰出的研究成果。冯先生研究的这些作家，也都影响到他自己的为人、做事的方式，包括他的文学评论,他怎么看待前辈作家——凡所论及,都是认真分析、恳切批评,委实是有一说一,褒贬极有分寸,绝不虚美也绝不刻薄。冯先生在学术方面的成功经验,也是他留给我们的宝贵遗产,这些都让我非常怀念。我自己现在也从一个年轻人变成中年人,我很怀念冯先生对我的教诲,他的人生态度和学术态度,深深地影响了我。

最后,顺便纠正一下:刚才汝信先生提到的关于克尔凯郭尔在中国的情况,说冯先生之前,先有鲁迅,接着就是冯先生,冯先生主要在40年代介绍克尔凯郭尔。但实际上,早在1926年冯先生就翻译了克尔凯郭尔的随笔。而在30年代还有一个中国哲学家,叫李石岑,他在日本留过学,在二三十年代李石岑算是介绍西方哲学的权威学者,他在30年代就出版了一本《体验哲学浅说》,专门讲克尔凯郭尔的。在这里小小更正一下。

谢谢!

据2015年9月18日上午在中国现代文学馆的发言录音整理

博学于文　行己有耻
——杨绛、钱锺书先生的两封信及其他

"质本洁来还洁去"

2016年5月25日晨，百岁老人杨绛先生辞世。作为杨绛和钱锺书先生的母校，清华大学的文宣部门立刻做出反应，邀约本校中外文系的一些老师撰写纪念短文，其间也约我写几句话，于是我在26日以《杨绛先生：质本洁来还洁去》为题，写了下面这样两段话——

> 杨绛先生昨晨仙逝。听到这个消息，我心里自然不免黯然，但转念如此高龄的老人遽尔辞世，得以免受长期缠绵病榻之苦，这其实也是难得修来的福分。
>
> 杨绛先生的一生，总让我想起《红楼梦》中林黛玉《葬花吟》的一句——"质本洁来还洁去"。在现当代文人学者中，像杨绛和钱锺书两先生那样志行高洁而行事低调者，真是凤毛麟角。杨先生尤其令人敬佩。她是典型的贤妻良母，长期精心照顾夫女的生活，使他们各得成就、平静辞世，同时杨先生自己也尽其在我、勤奋著述、著译等身，是成就超卓的作家、翻译家和外国文学研究专家。到了晚年，钱、杨两先生都已是享誉中外的大名家了，可两位老人淡泊名利、远离浮华，却格外体恤贫寒学子、关心学术未来，因此把一生积攒的上千万稿费和

版权收入捐赠给母校清华大学，设立了"好读书"奖学金，扶助优秀的贫寒子弟求学。子曰："君子之德风。"杨先生高洁品德之流风余韵，必将嘉惠学林、启立后学。

这两段话就刊发在 5 月 27 日的清华大学校报《新清华》上。不待说，当日匆匆属笔，略表悼念之情而已，实在无暇斟酌措辞，故而言不尽意，诚所谓"秀才人情纸半张"也。

近日翻检旧文件，又看到了这则短文的电子版，连带着想起自己多年前也与钱锺书、杨绛两先生有几次通信联系，而且有幸得到两老的亲笔回复，此番检出重读，可谓手泽如新。应该说明的是，作为老辈学人的钱、杨两先生，其待人接物、信函存问，是极重礼数的，他们当日给我的回信中，对我这个年轻学子也不免有些过奖之词，那自然是客气话，不可当真的，而为免滋生误解，我一直没有披露，搁置箧中将近三十年了。而今时过境迁，似乎公布出来也无妨了，尤其是钱、杨两先生的两封回信，也说到当年《围城》创作的一些情况及其思想背景，学界还不甚清楚，所以现在就将这两封回信整理录出，并对昔日写信、复信的相关情况，略加说明，交付刊布，或者可供学界参考。而今年的 5 月 25 日是杨绛先生两周年忌日，12 月 19 日则是钱锺书先生二十周年忌日，在此也顺便说说钱、杨两先生在上海沦陷时期默存待旦之坚守，和对一些无聊无耻之人之事的坚定应对，聊表对钱、杨二先生的敬意和纪念。

《围城》与《汤姆·琼斯》：杨绛先生的一封回信

志熙同志：

　　来函及附件均收到，锺书和我都向你表示感谢。大文早在《文学评论》上看到，但不知是经编辑擅改过的。锺书对于有关

中国社会科学院外国文学研究所

志熙同志：来函及附件均收到，锺书和我都向你表示感谢。

大文早在"文学评论"上看到，但不知是经编辑擅改过的。锺书对于有关自己作品的毁誉，都不很关怀，因你花费那么大的心力，他很觉抱歉。有一点他愿意提供你参考。把"围城"和"汤姆·琼斯"比较是郑朝宗先生开始的，其实锺书对"汤姆·琼斯"并不太喜欢，必亦未受到影响（他读的小说何止这一种呢）。"围城"英译本译者序文早记载他在牛津时"发现"了黑格尔的哲学和法国普鲁斯脱的小说。

我们年老多病，未能详细作复，草此道谢即致

敬礼！

杨绛 十四日
锺书附笔问候

自己作品的毁誉,都不很关怀,因你花费那么大的心力,他很觉抱歉。有一点他愿意提供你参考。把《围城》和《汤姆·琼斯》比较是郑朝宗先生开始的。其实锺书对《汤姆·琼斯》并不太喜欢,也并未受到影响(他读的小说何止这一本呢),《围城》英译本译者序文早记载他在牛津时,"发现"了黑格尔的哲学和法国普罗斯脱的小说。

我们年老多病,未能详细作复,草此道谢。即致
敬礼!

杨绛 十四日
锺书附笔问候

杨绛先生"十四日"的这封回信,写于 1989 年 10 月 14 日,是对我几天前的一封道歉和求教的信之回复。那时我在北京大学读博,对钱锺书、杨绛两先生的道德文章当然很佩服,我的博士论文也涉及《围城》,但因为不愿打扰两位老人,所以一直没有与他们联系。而之所以在那时又冒昧写信给他们,是因为我在《文学评论》1989 年第 5 期上发表的论文《人生的困境与存在的勇气——论〈围城〉的现代性》出了差错,心里很不安,所以致信道歉。

我的那篇评论《围城》的文章,其写作和发表的过程有点曲折。按,1980 年 10 月,人民文学出版社重新推出了《围城》,次年初我就买到一本,读得津津有味,觉得与中国现代文学史上的其他著名长篇大不一样,可究竟有怎样的"不一样"处,我却想不清楚、无力解释。于是去看当时陆续刊出的一些著名学者和批评家的文章,然而奇怪的是,这些文章对《围城》的好评,几乎众口一词地把它说得与《阿 Q 正传》《子夜》相差无几,同样推举为现实主义以至于革命现实主义的杰作。这让我非常纳闷和失望。带着这样的纳闷

和问题,我后来到河南大学读研究生,视野渐渐开阔了,觉得与其说《围城》是一部现实主义的作品,不如说它更像一部现代主义的作品,更接近卡夫卡和加缪的杰作。于是我就依据自己的观感,在1985年写出文章的初稿,随后的1986年秋到北大读博,修改、充实,1987年初完成了全文,不久就被《文学评论》编辑部的王信先生要去了,说是有点新意,准备在《文学评论》刊用。恰好那时两岸关系转好,两岸学术界也想推动彼此的学术交流,想互相推荐一些文章在对方刊物上发表。王信先生又与我商议、想把这篇文章推荐到台湾发表,我同意了。可是,那时出刊周期比较慢,文章尚未刊出就遇上了风波,两岸交流也中断了,《文学评论》编辑部觉得耽误了我的文章,决定赶在1989年第5期上发表。由于我的稿子长达两万五千多字,其时《文学评论》积压的稿子较多,所以编辑部又与我商量,希望我删节一下,而我那时正在赶写毕业论文、没时间删订此文,于是托一位编辑朋友代为删削,结果是发表出来的文章,只留下开头和结尾的一万字。我理解编辑的不得已,但文章因此只剩下了开头和结尾,中间的具体分析全删了,我估计钱锺书和杨绛两先生也会看到,心里很感不安,所以立即写信给钱锺书先生解释此事。其时钱先生正在病中,乃由杨绛先生给我回了这封回信。杨先生的复信说,"大文早在《文学评论》上看到,但不知是经编辑擅改过的",指的就是此文此事。

同时,我在致钱锺书先生的信中也乘机向他请教了一个问题,那问题与郑朝宗先生有关。郑朝宗先生是钱先生的大学同学,也是好朋友。当《围城》初版之初,郑先生在1948年曾以"林海"的笔名,在《观察》第5卷第14期发表了书评《〈围城〉与"Tom Jones"》,认为《围城》主要取法于英国小说家菲尔丁的流浪汉小说《汤姆·琼斯》。20世纪80年代郑先生此文重新发表、在学术界影响广泛,几乎是被普遍接受的论断。可是,我基于自己对《围城》与

《汤姆·琼斯》的阅读体会,不大同意郑先生的看法,因此在致钱锺书先生的信中有所质疑也顺便向他请教,于是杨绛先生在复信中代钱锺书先生回答道:"有一点他愿意提供你参考。把《围城》和《汤姆·琼斯》比较是郑朝宗先生开始的。其实锺书对《汤姆·琼斯》并不太喜欢,也并未受到影响(他读的小说何止这一本呢)。"这个回答来自钱先生本人,而转述者杨绛先生则是菲尔丁专家,1957年就在《文学评论》第2期上发表了《论菲尔丁关于小说的理论与实践》的杰出论文。以钱、杨两先生的关系,我相信杨绛先生此函中所转述的钱先生的话以及她自己的进一步解释,足以祛除所谓《围城》取法于《汤姆·琼斯》的误解。这也正是杨先生这封回信的学术价值之所在——不知为什么,迄今的《围城》研究,似乎一直在重复郑朝宗先生的误解。

"默存"的存在主义:钱锺书先生的一封回信

志熙学人著席:

前读大文,高见新义,迥异常论,既感且佩。顷奉惠书并论文稿,欣悉已金榜题名,可喜可贺。不喜足下之得博士,喜博士中乃有学人如足下也。弟于存在主义,亦如弟于释老儒或西方诸哲学家然,皆师陆象山"六经注我"之法,撷取其可资我用者。犹忆四十年前征引 Kierkegaard(如《谈艺录》三一二页),十五六年前征引 Sartre, Heidegger(如《管锥编》一一五页、一〇六五页等),在当时吾国尚无先例,或且冒大不韪也。弟三年前大病后,精力衰退,患失眠甚剧,不能用心读书作文,遵医嘱谢事谢客。去年十一月由急性喉炎引起哮喘宿疾,幸治疗及时,未致狼狈,然迄今尚未全痊。故春节前足下来电话时,不克交谈,歉甚!垂询一事,自愧腹俭,又无书可检,

中国社会科学院文学研究所

志熙学人著席：

前读大文，高见新义，迥异常论。既感且佩，顷奉惠书并论文稿，欣悉已金榜题名，又喜又贺。无喜乎之得博士，喜博士中乃有学人如足下者。求於在主义、为中拾释老儒或西方诸哲学家，皆师陆象山"六经注我"之法，撷取可资我用者。犹忆四十年前，徵引 Sartre, Heidegger（《管锥编》二〇九页。"谈艺录"四三二页）十五六年前徵引 Kierkegaard（《管锥编》一〇六页等），在当时吾国方典先例，或且冒大不韪为此。中三年前失病，精力衰退，患失眠甚剧，不能用心读书作文，遂医疗，谢事，谢客。去年十一月复由急性喉炎引起哮喘宿疾，幸治疗及时未致狼狈，迄今为未全愈。故春节前吾足下来电话时，不克交谈，歉甚！番桐一束自愧腹俭，又无书可检，呈下之东垂请树，不吝弃品，幸何，草后即此

敬

近安

钱锺书 上 二月四日

只能曳白，奈何！草复即颂
近安

钱锺书上　二月四日

钱锺书先生"二月四日"的这封回信，当写于1990年的2月4日，乃是对我不久前一封去信之回复。记得我去信的开头用了"默存先生道席"的尊称，所以钱先生也开玩笑地回称"志熙学人著席"——似乎称一些年轻学者为"某某学人著席"，也是钱先生回信的通例。我自己的原信自然早已无存了，所以现在无法确定我去信的准确日期，但大体应该在1990年1月下旬到2月初这个范围内。至于我去信的缘由和大意，则至今记忆犹新：那时我的毕业论文《存在主义与中国现代文学》，涉及钱锺书、冯至和汪曾祺等前辈作家，他们当时也都健在，但我一则不愿打扰他们，二则我也担心与他们有了联系，反而会影响自己学术观点的表达，所以在论文写作过程中，我一直没有主动与这些前辈作家联系过。待到1990年1月上旬，论文答辩通过了，导师严家炎先生提醒我说："你既然研究这些作家，他们都健在，现在答辩通过了，何妨把论文的相关部分抽寄给他们看看呢？"我想想也是，所以在1990年的1月下旬或2月初，把讨论钱锺书、冯至、汪曾祺诸先生的部分，抽出来分寄给几位先生，很快就收到了他们的回音。钱先生的这封回信就是对我的去信及论文稿的答复。回信的开头所谓"大文"，指的是刊发于《文学评论》1989年第5期上的拙文《人生的困境与存在的勇气——论〈围城〉的现代性》的删节本，钱先生应该是从《文学评论》上读过、故而在此处顺便提及；回信中所谓"论文稿"，当即是我的博士学位论文《存在主义与中国现代文学》打印稿的第五章《钱锺书：人生的困境与创作的勇气》；至于回信中对我的祝贺和夸奖之辞，那当然是老辈奖掖后辈的客套话，不可当真的。信末所谓"垂询一事，自愧腹俭，又无书可检，只能曳白，奈何！"则是对我去信中顺便请教的一个问题之答复——那时，我正从美国学者 Irving Howe 的著作 Decline of the New（New York：Harcourt, Brace & World, 1970）中翻译其长篇论文"The Culture of Modernism"，该文末尾有几个字似乎是一个拉丁成语，我请教多人不得其解，于是乘机请教钱先生。钱先生抱歉的谦辞，给我留下了非常深刻的印象。

也就在这封信中，钱先生确认了他与存在主义的关系并强调了他对存在主义的态度——

> 弟于存在主义，亦如弟于释老儒或西方诸哲学家然，皆师陆象山"六经注我"之法，撷取其可资我用者。犹忆四十年前征引 Kierkegaard（如《谈艺录》三一二页），十五六年前征引 Sartre, Heidegger（如《管锥编》一一五页、一〇六五页等），在当时吾国尚无先例，或且冒大不韪也。

这是对我的论文的回应。那时，我研读《围城》，能感觉到其中隐含着存在主义的思想因素，却一直苦于找不到钱先生与存在主义发生关系的确证，所以我虽然在论文里解读了《围城》的存在主义意蕴，但心里还是有点发虚的。如今看到钱先生在来信中坦然肯认了他与存在主义的关系，我自然非常高兴，同时也感到，正因为钱先生对存在主义是"六经注我"式的创造性发挥，所以溶注于《围城》里的存在主义元素，就恰如"水中之盐"，你能感觉到它的味道，却无法把捉它的存在颗粒——这也正是《围城》作为"形象的哲学"的艺术特点。

钱先生给我回信时，年纪很大了、记忆不免模糊，加上大病之后，不宜多想多写，所以聊说一二线索，而未能尽述其详。其实，钱先生与存在主义的关系，并不止于他回信里所说的那几点。颇感庆幸的是，随后的 1990 年 7 月间的一天，我在北京大学图书馆的旧报刊室里重新翻阅《观察》周刊，细读钱先生当年的一篇书评，又有新的发现。按，20 世纪 40 年代中期竞文书局出版过一部《英文新字辞典》（葛传槼等编），先是英语专家戴镏龄先生在《观察》上发表书评，随后，钱锺书先生也在《观察》第 3 卷第 5 期（1947 年 9 月 27 日出刊）上发表了《补评〈英文新字辞典〉》。这两篇书评，我此前翻阅《观察》的时候曾经不止一次碰到过，但当时觉得那可能只是就词论词的评点文字，无关紧要的，所以屡次略过未读。这一次翻阅，又碰到了钱先生的这则短评，心想何妨一读呢，殊不料一读之下，却意外地发现此文最有意义的一条，恰是纠正《英文新字辞典》第 282 页对"存在主义"之误解的——

  第二八二页："Existentialism：现代法国文学里的一种哲学。"这不大确切，只能说一派现代哲学，战前在德国流行，战后在法国成风气。我有 Karl Jaspers: *Existenzphilosophie*，就是一九三八年印行的，比法国 Sartre: *L`Etre et le neant*，Camus: *Le Mythe de Sisyphe* 要早四五年。近来 Kierkgaard，Heidegger 的著作有了英译本，这派哲学在英美似乎也开始流行。本辞典为"存在主义"下的定义，也不甚了了。

  按，钱先生在清华学习的时候，就表现出对哲学的早慧，曾经在《新月》杂志上发表过关于西方哲学研究论著的评论文字，到欧洲留学时期更进一步加强了对西方古典哲学和现代哲学的修养，所以他对存在主义这种新哲学也接触甚早——他所谓"我有

Karl Jaspers：*Existenzphilosophie*，就是一九三八年印行的"，算起来，此书当是钱先生 1938 年 8 月回国前在欧洲购买的；后文又说"比法国 Sartre：*L'Etre et le neant*，Camus：*Le Mythe de Sisyphe* 要早四五年。近来 Kierkgaard，Heidegger 的著作有了英译本，这派哲学在英美似乎也开始流行"，这表明钱先生对存在主义诸大家的著作确实知之甚详、对存在主义哲学所讨论的问题相当关心。显然，这种关心被他艺术地转化到当时的文学创作——尤其是《围城》中去了。

"行己有耻"：临危有节的钱、杨二先生

当明清易代之际、家国危亡之时，著名学者顾炎武上承孔子之教，郑重提示学人："所谓圣人之道者如之何？曰'博学于文'，曰'行己有耻'。自一身以至天下国家，皆学之事也；自子臣弟友以至出入往来、辞受取与之间，皆有耻之事也。"（《与友人论学书》）顾炎武重新揭橥的"博学于文，行己有耻"八字语录，事实上是所有有心的中国读书人公认的行为准则。

钱锺书、杨绛两先生作为"博学于文"的著名学者和作家，当然是毫无疑问的，自 20 世纪 80 年代以来，他们的这一面得到了众口一词的肯认并在社会上广泛传播，一些宣传甚至有意无意地将他们塑造成"两耳不闻窗外事，一心只读橱内书"的书虫形象。由此带来的负面影响是，钱、杨两先生关怀家国、行己有耻的一面则被长期忽视了，以至于不了解实情的年轻学子，不免会有这样的错觉——钱、杨两先生不过是只会读书的"书虫"而已，而在一些高调的"批判知识分子"眼中，钱、杨两先生甚至成了谨小慎微、读书避祸的鸵鸟型人物。这是不应有的误解。其实，钱锺书、杨绛两先生都是洁身自好而又行己有耻的仁人君子，尤其在抗战时期身陷

沦陷区上海的艰难岁月里，他们默存待旦、坚韧守望，尽其在我地承担着国民的责任，在出入往来、辞受取与之间显示出可贵的人格风骨和道德操守。

抗战全面爆发时，钱锺书正在欧洲留学，其奖学金可延长到1939年，并且那时的钱锺书已在欧洲汉学界崭露头角、不难在欧洲找到工作，可是，钱、杨二先生还是决意尽早回归抗战的祖国。如杨绛先生在《我们仨》中所回忆的："我们为国为家，都十分焦虑。奖学金还能延期一年，我们都急要回国了。当时巴黎已受战事影响，回国的船票很难买。我们辗转由里昂大学为我们买的船票，坐三等舱回国。那是一九三八年的八月间。"回国之初，杨绛到上海侍奉老父，钱锺书在西南联大担任清华大学外文系教授，1939年11月又应其父钱基博之命，到湖南蓝田国立师范学院工作一年半，1941年暑期回上海治病并与妻子杨绛团聚，年末太平洋战争爆发、日军进占租界，失去归路的钱锺书不得不滞留上海沦陷区。在艰难的沦陷岁月里，钱锺书在一家私立学院任教，业余给一些仰慕他的大学生私下授课，收入微薄，家计艰难，杨绛先生不得不尝试撰写剧本、赚取演出费来贴补家用，但钱、杨二先生相濡以沫、相敬为国，绝不与敌伪妥协、绝不在敌伪刊物上发表一个字。那时，也有附逆文人来拉钱锺书下水，被他严词拒绝。钱锺书作于此一时期的歌行体长诗《剥啄行》就透露了此中消息。《剥啄行》写于1942年，那时沦陷区里的一些汉奸文人弹冠相庆，觉得自己侥幸走对了路，有些佞朋也来拉钱锺书下水。《剥啄行》的前半记述一位"过客"造访、极力劝诱钱锺书下水："迂疏如子执应悟，太平兴国须英才。"看得出来，这位"过客"显然是所谓"云从龙、风从虎"的"识时务"者，一个附逆文人，他所追随的"大力者"应该就是与日和平的汪精卫氏。这位附逆的"过客"力劝钱锺书不要迂疏固执，还是出来"咸与和运"为好——"太平兴国须人才"呀！那么，钱锺书是怎么回答这位"过客"之劝诱的呢？在《剥啄行》的后半，钱锺书回顾了自己在国难当头之际，与那些撒手西去欧美的人背道而驰，毅然挈妇将雏、奔赴国难的坚定意志，作为对劝降的"过客"之回答："彼舟鷁首方西指，而我激箭心东归。择具代步乃其次，出门定向先无乖。如登彼岸惟有筏，中流敢舍求他材。要能达愿始身托，去取初非视安危。颠沛造次依无失，细故薄物何嫌猜。岂小不忍而忘大，吾言止此君其裁。客闻作色拂袖去，如子诚亦冥顽哉！闭门下帷记应对，彼利锥遇吾钝椎。此身自断终不悔，七命七启徒相规。"其明心见性之旨趣、凛然不屈之节操，可谓掷地有声、断然不容纠缠！只是由于《剥啄行》对那位"过客"并未指名道姓，所以有人以为此诗或是钱锺书拟想之词，未必属实。

其实是事实俱在——当年蛰居沦陷区的钱锺书另有一些旧体诗，就抒写了自己如何在"出入往来、辞受取与之间"做出抉择的情志，这些旧体诗也曾寄到大后方的报刊上发表过。只是时过境迁之后，钱先生不愿自我张扬，也不想让一些当事人难堪，所以未予收集，以致后来人对他当年的立身行谊不甚了了。好在今日还可从蓝田国立师范学院的《国力月刊》等刊物上读到一些篇章，从中可以看出，那时已是享誉士林的青年学者钱锺书绝不把自己特殊化，而是尽其在我地自觉承担着国民的职守和为人的正道，展现出不屈的节操和凛然的风骨。

一方面，蛰居沦陷区的钱锺书在与师辈及小友的诗书交际中相濡以沫、相互砥砺、守望待旦，表现出真切的爱国情怀和可贵的担当精神。比如，1942年的重阳，钱锺书拜访老诗人李拔可而不值，乃如安史之乱中的杜工部之"花近高楼伤客心，万方多难此登临"一样，独登市楼，极目四望，遂兴"四望忽非吾土地，重阳曾是此霜风"之感怀——

重阳独登市楼有怀李拔翁病翁去岁曾招作重九

新来筋力上楼慵，影抱孤高插午空。
四望忽非吾土地，重阳曾是此霜风。
肃清开眼输宾客，衰病缠身念秃翁。
太息无期继佳会，借栏徙倚更谁同？

最让人动容的是1943年春季的某日，钱锺书私下听闻我军克复失地，兴奋如老杜喜闻官军收复河南河北一样，写下了喜极欲狂的诗章，表达了坚韧守望以待江山重光的情怀——

漫　兴

诗书卷欲杜陵颠，耳语私闻捷讯传。
再复黄河收黑水，重光白日见青天。
雪仇也值乾坤赌，留命终看社稷全。
且忍须臾安毋躁，钉灰脑髓待明年。

另一方面，钱锺书在上海沦陷区期间，也遇到不止一个佞朋来访、来函纠缠，多是为其附逆行径"诉委屈"的，其间也不无拉钱锺书一同"下水"之意。比如李释勘、龙榆生和冒效鲁之流，他们或曾是钱锺书的父执辈，或曾是青年时期的诗友，后来因为这样那样的"苦衷"而附逆。就中数龙榆生和冒效鲁最能黏人，他们登门拜访或常写诗函来纠缠钱锺书，而钱锺书答复他们的诗作，则直谅以待、委婉讽劝、克尽朋友之责。比如冒效鲁困居上海期间，写来《夜坐一首寄默存》一诗，慨叹生活无奈、流露妥协之意，钱锺书立即赋诗劝诫——

夜　坐

试扪舌在尚成吟，野哭衔碑尽咽音。
生未逢辰忧用老，夜难测底坐来深。
忍饥直似三无语，
（东坡以毳饭戏刘恭父，谓饭菜盐三者皆无）
偷活私存四不心。
（方密之削发为僧口号云"不臣不叛不降不辱"）
林际春申流寓者，眼穿何望到如今？

诗中"偷活私存四不心"一句及其夹注"（方密之削发为僧口号云'不臣不叛不降不辱'）"，可谓针锋相对的提醒。按，方密之即明遗民方以智，他入清后即披薙为僧，遁迹山林，而不忘恢复，节概可风。而钱诗末句所谓"眼穿何望到如今？"仍传达出殷切的瞩望之情。但冒效鲁并未听劝，不久，就去南京出任伪行政院的参事、成了伪府的笔杆子之一，而仍无耻地写诗来纠缠钱锺书，可能也试图拉钱锺书下水吧，钱锺书则毫不客气地将冒氏踢出了朋友圈，好几年置之不理。其实那时钱、冒二人的空间距离很近：一个在南京，间或也会回上海，而另一个则"默存"沪上，可是在《槐聚诗存》和《叔子诗稿》里却看不到二人在1943—1946年之间有任何诗书唱和之作，足证交道之不存了——对钱锺书来说，这是做人的原则问题。

词学家龙榆生也常写诗函来纠缠钱锺书。龙榆生此人名利之念甚深，好与汪精卫等政坛大腕交接。汪精卫出逃至上海之初，就派人与龙榆生接洽，双方达成默契，待到南京伪政府出台，汪伪即发表龙榆生为伪府"立法委员"、伪中央大学教授。龙榆生"考虑"不过一天，就赴南京就任了。可是，"佳人做贼"还要顾及脸面，所以龙榆生附逆之后，便频频向以前的师友写信写诗写词，反复表白自己的苦衷以乞求原谅。由于抗战前钱基博、钱锺书父子与龙榆生曾一同任教于光华大学，从年龄上说龙榆生也算钱锺书的父执辈，所以龙榆生在1942年的岁末也给蛰居上海的钱锺书寄去了乞怜的诗函，钱锺书则徇情给他回了一首诗——

得龙丈书却寄

缄泪书开未忍看，差堪丧乱告平安。
尘嚣自惜缁衣化，日暮谁知翠袖寒！
浩劫身名随世没，危邦歌哭尽情难。
哀思各蓄怀阙笔，和血题诗墨不干。

此诗写得皮里阳秋、语含讽喻。譬如"尘嚣自惜缁衣化，日暮谁知翠袖寒"二句，就婉而多讽。所谓"尘嚣自惜缁衣化"乃指龙榆生的词友吕碧城劝他信佛事——从1938年到1942年，吕氏多次致函龙氏劝其信佛，其实是教他以逃禅出家之法保全节操，但龙氏却一直因为尘念太深而犹豫不决，并可能将其犹豫告诉了钱锺书，而钱诗所谓"自惜"其实是有歧义或多义的："自惜"固然可以理解为"自爱"因而"缁衣化"，但"自惜"也可以理解为"自怜"，而一个"自怜"者是否能断然"缁衣化"，那可就不无疑问了。至于"日暮谁知翠袖寒"所檃栝的老杜《佳人》诗句"天寒翠袖薄，日暮倚修竹"，乃赞颂佳人不畏天寒日暮翠袖薄而独倚修竹不改高洁，而钱锺书的诗句却暗含疑问——试想一个自怜日暮翠袖寒的佳人还能保持高洁吗？此所以钱锺书最后有"哀思各蓄怀阙笔"之议，"怀阙笔"用古代遗民惯以"阙笔"暗寓铭感不忘之例，与龙榆生共勉身处沦陷而心存国家正朔也，但仔细体会"各蓄"一词，实含有你自你我自我、各自好自为之之意，可谓寓婉讽于劝勉而言尽于此矣——钱锺书其实并不相信龙榆生能够"哀思怀阙笔",所以有"各自"好自为之之分析。事实是,那时的龙榆生一边恬不知耻地发表政论、主编伪刊,积极支持汪伪的"和平"主张、兴高采烈地诱劝蛰居上海的文人"咸与和运",一边却装出一副可怜相,不断写诗写词给钱锺书"倾诉苦衷"、乞求谅解。对这样一个无耻的两面人,钱锺书再也不想搭理——双方的交际后来就中断了。

古人云"时穷节乃见",信然。在钱锺书的现存诗作中,《重阳独登市楼有怀李拔翁病翁去岁曾招作重九》《漫兴》以及与冒效鲁、龙榆生的应答诗,无疑最为坚定地表达了诗人"默存"待旦的爱国情怀、尽其在我的担当精神,和行己有耻、断然不与附逆文人同流合污的民族气节。不待说,钱锺书在彼时彼地写作这样的诗并且将它们寄回大后方发表,那是不无危险的,然而,他还是情不可遏地写了,寄了,发了。如此言行如一、诗人不二,足见钱锺书并非如今日的有些高人所说是什么"天下之至慎者",更非一些妄人所谓对民瘼国运等大是大非超然复漠然的"乡愿"云。如今遥想钱锺书先生蛰居默存之际、夜坐漫兴之时,竟然勇敢地写出笔挟风霜、风骨凛然的诗篇,不能不让人肃然起敬。此诚所谓:默存仍自有风骨,锺书何曾无担当。对这样一个在非常时期慨然担当、行己有耻的钱锺书,学界确实长期忽视了。

的确,钱锺书先生的这些诗作散佚在外,实在是太久了。我也是十多年前翻阅抗战时期的旧报刊,偶然发现了钱先生当年从上海寄给湖南蓝田国立师范学院刊物所刊发的这些诗作,它们大都作于1942—1943年之间的上海沦陷区。同时,蓝田国立师范学院的刊物也刊发了冒效鲁、龙榆生向钱锺书纠缠诉苦的诗与词,那当是钱先生一并寄到蓝田刊发的。由此,我才略略知道钱锺书、杨绛两先生在沦陷区的立身行谊之大节,非常敬佩其为人,当时就把这些诗作打印出来,但并没有想要就此写什么文章,搁置案头直至纸张发黄。后来看到一些高人和妄人信口雌黄、非议钱锺书先生是"天下之至慎者"、是明哲保身的"乡愿",而那些蝇营狗苟者却又沉渣泛起、咸鱼翻身,被吹捧为诗词名家以至于"国学大师",其附逆的劣迹则被化解为"文化与政治夹缝中的悲剧"云云,真是是非颠倒。于是勉力撰写了《"默存"仍自有风骨——钱锺书在上海沦陷时期的旧体诗考释》一文,交给2014年的《文学评论》发表,以便杨绛先生能就近看到,略慰老人积郁之怀也。这里再述事迹之大概,希望略广知闻、以正视听也。

2018年3月23日于清华园之聊寄堂

为了告别的纪念
——《陈涌纪念文集》与一种文艺运动的终结

2015年10月4日陈涌先生辞世。一位九十高龄的老人过世了，人们自然无须震惊；但随着陈涌先生的去世，严肃的社会历史批评和革命文艺思潮在中国也确实走向终结了——今后还会有陈涌先生那样严肃认真、富有卓见的社会历史批评吗？这很难预料，也更让人倍感陈涌先生的批评遗产之珍贵。随后的10月21日，陈涌先生追思会在中国艺术研究院举办，我也应约参加，知道陈先生还有不少未刊的遗文。再后来又听说中国艺术研究院马克思主义文艺理论研究所正在编《陈涌纪念文集》，酌收遗文和纪念文章。这是值得一做的好事，我很期盼。去年9月间拿到新出版的《陈涌纪念文集》（陈越编，文化艺术出版社，2018年版），非常厚重，却一直无暇拜读。直到最近暂时无课，才有空补读一过。全书分为上下两编。上编收录了陈涌先生的未刊手稿、怀人与自述文章、若干论学书信以及对陈先生的访谈录与采访特写；下编则辑录了关于陈涌先生的追忆与感怀文章以及学术界的评论、研究文章。全书内容丰富，颇多耐人寻味之处。这里，就谈谈自己阅读《陈涌纪念文集》尤其是陈涌先生重要遗文《漫谈周扬》的所感与所想。

鲁迅研究史之补正：陈涌先生并没有忽视"思想革命"

《陈涌纪念文集》上编所收论学书札虽然还不够丰富，但现有的几十封书信，还是透露出不少很有意味的学术信息。如打头的给陈尚哲的六封信，第二封就说到这样的事——

> 远的不说了吧。你关于×××的评论，我以为是对的，这位中国第一位文学博士，可说是现代文学研究领域里的×××。他开始时写的关于鲁迅与俄罗斯文学的专论，看来是好的，有见解，有分析头脑，而且学风也是比较严谨的，此后便越狂，越忘乎所以了。……中国几乎成了一个大染缸，许多有为的青年，包括青年作家和评论家，都这样被毁了的。……当然，只要改弦易辙，他们还会不像现在这样子，我们当然不应把人看死。
>
> ……有时我觉得，×××似乎在开始时也吹捧过我，似乎感到我对他有意见，是因为他后来不吹捧了，而且"分道扬镳"了。其实，我还不至于没有自知之明到认为我过去就是代表用马列主义去研究鲁迅的。我的文章不但数量不多，而且顶多也只能说是主观上打算用我认为是科学的马列主义的观点去研究鲁迅，如果这里也还有可取之处，又如何够得上是什么创造？因此需要把批评我个人和批评马列主义分开来。（本书第102页）

陈涌先生的鲁迅研究确实是率先把列宁评论托尔斯泰的观点和方法应用到鲁迅研究中，所以他不认为自己是创造，其实运用得好亦谈何容易；至于陈涌先生所说"×××"则指的应该是王富仁先生。看得出来，陈涌并不完全认同王富仁的观点，但宽厚的陈先生只在这封私信里流露对王富仁博士论文学风的不满。从陈先生的不满里可以感受到他真诚的惋惜。

在老辈学者中,这种不满也是还有的。记得二十多年前《唐弢文集》出版后,我读到唐弢先生1986年2月15日致陈安湖先生的一封信,发现下面的话显然是批评王富仁先生的——

> 目前文艺界、学术界情形很怪,对于少数人大吹大捧,非把他捧杀不可。比如您论到的那位同志,虽然文章漏洞很多,好好引导,我以为是可以写出一些有分量的文章的。据说为人也还不错(我很少接触,只听人说)。但目前有一批人,大捧特捧,捧得他本人飘飘然,旁人听了也浑身起疙瘩,实在是害了他。
>
> ············
>
> 我完全同意你这样一个意见,说鲁迅是"镜子",其实是贬低鲁迅,不过我的角度稍稍不同,我以为说托尔斯泰是"镜子",非常贴切,因为他的作品客观上是俄国革命的镜子;鲁迅不同,鲁迅有许多主动的、主客观相结合的东西,不是静止的、简单的镜子。把鲁迅的作品仅仅看作是社会生活的一个静止的反映,那是贬低了鲁迅的。我目前没有时间精力写论文,只能寄希望于比我年轻一些的同志。[1]

很可惜,这些善意的批评,王富仁先生听不到,他若听到,后来的研究当有所不同吧。

王富仁先生的早期著作《鲁迅前期小说与俄罗斯文学》严谨扎实,给我留下很好的印象,至于他的著名的博士论文《中国反封

---

[1] 唐弢致陈安湖、李逸涛(二),《唐弢文集》第10卷,社会科学文献出版社,1995年,第434页。

建思想革命的一面镜子：〈呐喊〉〈彷徨〉综论》，我当然也拜读过，只是那里面的观点，我早已在支克坚先生的课堂上和文章里接触到，所以并不像一般学界那样震惊。其实，从陈涌先生到王富仁先生之间的转换并非突然发生，其中支克坚先生担当了一个非常重要的"中间物"角色。从1979年到1983年，支克坚先生接连在《文学评论》《中国现代文学研究丛刊》等重要刊物上，发表了《关于阿Q的"革命"问题》《〈阿Q正传〉与新文学的现实主义问题》和《〈呐喊〉与新文学革命现实主义的形成》《一个被简单化了的主题——关于鲁迅小说及新文学革命现实主义发展中的个性主义问题》《论"为人生"的鲁迅小说》等重要论文，以及学术短论《从新的思想高度研究中国现代文学史》。这些文章从具体观点到思想方法，系统提出了一套完整的鲁迅研究新思路。作为支先生的学生，我有幸早闻绪论。所以，当我2000年初受樊骏和钱理群两先生之命，为支先生的论文集《中国现代文艺思潮论》写一篇评论时，乃溯源究委，指出在鲁迅研究由"政治革命说"向"思想革命说"转换途中支克坚先生的率先开创之功和王富仁先生的发展完善之绩——

> 显而易见，到这时（1983年——笔者按）一个注重从反封建的思想革命的角度来对鲁迅前期思想与创作进行再阐释的新体系——即启蒙说的鲁迅观——已大体具备，宣告诞生了。当然，这一新的鲁迅阐释体系还有待进一步的发展和完善。如所周知，这发展和完善的工作稍后在别的鲁迅研究者手中获得了成功的以至于可以说是辉煌的完成。古人尝言"后出转精"，良不诬也；而我们今天回顾鲁迅研究史上这一重大转折，亦不能不珍重支先生的开创之功——俗话说"创始为难"，岂可幸致！当我们考虑到当时学术上的禁忌尚多及学术界整体水平的限制，则不能不承认从政治说转向启蒙说，要远比后来从启蒙说到现

代性说的转变更为艰难。并且在这些公开的困难之外,支先生当时还别有所难——他所质疑的政治说的代表学者陈涌先生恰正是他尊敬的并深受其影响的前辈——在陈涌先生 1959 年被贬甘肃之后,支先生曾与之共事近二十年,他一直把陈涌先生当做自己学术上的老师。不难想象,要向自己尊敬的学术前辈提出质疑,这对支先生来说是一件多么为难的事。但支先生在深思熟虑之后,最终还是冲破了这一切——从公开的政治禁忌到私人间的感情——的束缚,公开发表了自己的学术观点,从而为鲁迅研究的历史性转折做出了发凡起例的原创性贡献。在这里,支先生过人的学术创造性和开拓精神固然令人赞叹,但更令人钦佩的是他的无私无畏的学术良知和学术勇气。[1]

这里说到了陈涌先生对支克坚先生的启发和支克坚先生对陈涌先生的质疑,支先生由此系统地提出了一条新的鲁迅研究思路,同时也点出了支克坚先生对王富仁的启发和王富仁更系统更雄辩的发挥和完善——所谓"这一新的鲁迅阐释体系还有待进一步的发展和完善。如所周知,这发展和完善的工作稍后在别的鲁迅研究者手中获得了成功的以至于可以说是辉煌的完成",说的就是王富仁先生的贡献。鲁迅研究在新时期的传承与转折就是如此发生的。

现在看来,这个转折并非没有问题,上引陈涌先生和唐弢先生的书信就含蓄地表达了不同意见。说来,陈涌先生的鲁迅研究一直被学界视为"政治说"的代表,因为他的研究显然很关注对鲁迅小说的社会政治经济分析,而 80 年代新倡的"启蒙说"则特别强调了"鲁迅的小说是现代中国思想革命的一面镜子"。如此鲜明的差异,

---

[1] 解志熙:《深刻的历史反思与矛盾的反思思维——从支克坚先生的革命文学研究说开去》(上),《中国现代文学研究丛刊》2012 年第 1 期。

确实新旧立判。问题是，包括支克坚先生和王富仁先生在内的研究者，在80年代新启蒙思潮的大背景下，着意突出鲁迅小说对国民性落后面的批判和对启蒙的强调，几乎完全无视不合理的社会政治经济制度对国民思想精神的制约，这显然有"唯心"之嫌并使所谓启蒙的精神革命成了无法落实的革命高论。反观陈涌先生当年的鲁迅研究，就比较完整地把握了社会政治经济革命与思想革命的关联，所以新时期的学界对陈涌的鲁迅研究之批评其实是不准确和不公正的。比如把陈涌先生视为所谓"政治革命的镜子说"的鲁迅研究之代表，仿佛他完全无视思想革命的问题，这就显然简单化了，而当人们更进一步把"政治经济革命"排斥于"反封建的启蒙主义的现代性"之外，那就更为盲目夸张了。实际上，陈涌先生当年并没有忽视鲁迅创作的反封建的思想意义。他在自己的鲁迅研究经典论文《论鲁迅小说的现实主义——〈呐喊〉〈彷徨〉研究之一》里，曾特别强调鲁迅的现实主义有两个非同寻常的特点，一是"从被压迫的群众的角度提出反封建主义的问题"，二是特别注重表现"被压迫群众所受的严重的精神戕害"，并以《祝福》里的祥林嫂和《故乡》的闰土为例，精准地揭示了鲁迅小说反封建思想的深刻性——

  在表现人民的被压迫的苦痛的时候，鲁迅的观察不是表面的，他善于抓住现实生活中的悲剧性的矛盾。如果说我们有不少作者，为了表现农民被压迫的苦痛，往往只注意收集许多例如关于饥饿、拷打等残酷的肉体上的刑罚，往往希望依靠这一类情节来激动读者，那么，鲁迅主要依靠的不是这些。像鲁迅这样真正透彻地了解农民的心灵的作家，他是清楚地知道，农民所受的苦痛，不是这些肉体的苦痛所能完全包括的。农民有许多苦痛，远比直接的肉体的苦痛更可怕，更难忍受得多。

  …………

鲁迅特别表现了阶级的和民族的压迫对于农民的严重的精神戕害，而这是使像鲁迅这样的伟大的人道主义者特别不能忍受的。阶级和民族的压迫，使人变得麻木，使人和人之间"隔了一层可悲的厚障壁"，使人完全忘记了自己童年和少年时代的天真的生活。被鲁迅鲜明地尖锐地加以表现的闰土从少年到中年这期间的变化，是始终强烈地震动读者的心灵的。[1]

这是单纯的政治革命论吗？显然不是，陈涌的观点无疑包含了对思想革命的关注。今天的学界不能再无视陈涌对鲁迅反封建的思想意义之强调，应该给他的鲁迅研究以更公正的评价。并且，新时期的学界对鲁迅小说思想启蒙意义的强调显然片面了，以致完全无视鲁迅小说对社会制度如阶级矛盾和阶级压迫的深入揭示，忽视了这后一面，鲁迅小说的革命意义就不完整了。如今回头看陈涌先生，真不愧是一个独立思考、严肃求真的真批评家，他研究鲁迅，注意全面把握鲁迅作品的丰富意义、力求深入实际的批评态度，都值得学界珍视。

公正的历史评价：陈涌先生晚年的"周扬论"

在中国现当代文学史上，周扬无疑是最有争议而又绕不过去的关键人物。陈涌是"鲁艺"培养出来的批评家，而"鲁艺"的负责人是周扬，所以陈涌也算是周扬的学生，并长期在周扬的领导下工作。可据说1957年"反右"的时候却是周扬把陈涌打成了"右

---

[1] 陈涌：《论鲁迅小说的现实主义——〈呐喊〉〈彷徨〉研究之一》，《文学评论二集》，作家出版社，1956年，第7—12页。

派",因此,陈涌对周扬很有些意见。本书收录的回忆文章于此多有记载。如鲁迅研究史专家张梦阳先生的回忆文章《陈涌侧影》就言之凿凿地说,他在1979年10月调到中国社科院文学研究所鲁迅研究室不久,就受刘再复之命去向陈涌约稿,于是听到了对周扬恶迹的指控——

> 我找陈涌转达这个意思。他对我说,在延安鲁艺时就与周扬、荒煤同志关系不好,1957年被打成"右派",主要是周扬嫌他靠近了冯雪峰。何其芳同志全力保,顶了一夜,到底没有顶住。现在周扬刚一出来就急不可耐地翻30年代的案,他也不满意,所以不愿意把重新出山后的第一篇有分量的论文交给"东鲁"。我则凭着与他个人的私交反复索稿,软磨硬泡,他才终于同意了。(本书第382页)

张梦阳先生又绘声绘色地说自己另一次拜访陈涌,又听他很褒冯雪峰而狠贬周扬云——

> 不说其他,集中谈冯雪峰:"雪峰同志的文章,应该说是历来鲁迅研究论文中最好的。1949年10月发表在《人民文学》上的《鲁迅创作的特色和他受俄罗斯文学的影响》,后来更名为《鲁迅和俄罗斯文学的关系及鲁迅创作的独立特色》,写得多么好啊!视野开阔,立意宏远,分析透辟,气势磅礴,我50年代的论文很受他的影响。但雪峰也实在胸无城府,耿直得可以!一次,周扬来,他竟然不理睬,还斜着眼说:'没有才能就别当领导。'周扬气坏了,恨透了他。57年周扬对我不满,就是因为我靠近了雪峰。我那时思想上也确实有'右'的倾向……"(本书第384页)

这些回忆似乎显示陈涌对周扬意见很大而且早从延安鲁艺时期就与周扬关系不好。不待说，张梦阳先生的回忆当然有所据而并非捕风捉影之谈，但他显然也像一切拥鲁派一样，习惯性地以鲁迅之是非为是非甚至以亲近鲁迅者的是非为是非——从"文革"到新时期以来，舆论界和学术界大都是以鲁迅及其追随者的是非为是非，对周扬的评价始终呈现出全然否定的简单化趋向，这并不符合历史的实际，只反映了学术界—舆论界迎合时势的势利作风而已。

　　其实，陈涌在周扬去世之后接受访谈，曾不止一次诚恳强调自己当年"进'鲁艺'，我打下了艺术修养的基础"，并亲切地回忆了周扬在"鲁艺"重视文艺教育的苦心——

> 　　周扬做了这个学府的领导人以后，有意克服过去"左"的教条主义的错误，不是像过去"左联"一样政治代替艺术，对"左联"成员主要不是看他笔下怎样，而好似看他对上街散传单、贴标语、参加"飞行集会"来判断他对革命的态度。现在的周扬却是要求学子们埋头业务，对文学系的同学就是埋头读书。几年当中，一直到延安整风以前，我们也是这样做的。
> 　　……我们学院收藏的文学艺术方面的书刊大概是延安市最丰富的。但《安娜·卡列尼娜》也只有周扬翻译的半部，这就掀起了文学系的"托尔斯泰热"，很有几个同学读了两三遍，我也是其中一个。
> 　　便这样，我们完全陶醉在外国古典文学的气氛中，对中国的作家，除鲁迅以外，是毫不顾及的，我们把自己封闭在一个外国教堂里，这是当时延安最华丽的建筑。周扬对我们能够埋头读书，看来是满意的。他只是告诫我们："要像蜜蜂一样地采百花，如果只读托尔斯泰，便只能成为小托尔斯泰！"
> 　　…………

那些年，我的确认真读了不少外国文学作品，在文学修养上打下了一些基础。以后像这样集中时间、这样认真学习的机会再也没有过了。（郝庆军:《陈涌：到延安，进"鲁艺"，在思想的高原——探访一位红色文艺理论家的心路历程》，以上引文见本书第218—219页）

这种教育诚然有偏颇，但陈涌仍肯定周扬培养人才的诚意，很感谢他对自己的栽培——

后来回过头来看，周扬当时显然是片面地看"左联"的经验，走向另一个极端。但就他自己说来，当时确实是诚心希望出人才，希望为党为革命培养有较高水平的文艺人才的。他奖掖后进的热情，是每一个受到过他关注和教导的人都会感觉得到的。甚至有时令人感到为了后辈他有一种自我牺牲的感情。我就曾经听见他在众多学子面前，感慨地说："我没有什么成就，愿意做你们的台阶，就看你们了！"

他令人感到，是一个有革命事业热情，有主见，不是人云亦云，只知道把上级的指示向下灌输完成任务的庸人。

....

我在文学系学习结束后，被调到周扬自己领导的文艺理论研究院。他对我说过：做文艺理论批评工作，第一要有党性，第二要有艺术感觉。他指示我要看文艺理论的经典著作，例如亚里士多德的《诗学》。他那时还翻译出版了车尔尼雪夫斯基的《生活与美学》（《艺术与现实的审美关系》）这部作品，还有当时还很少见的别林斯基的一些论文。自然，马克思主义经典作家的文论，便成了我当时学习理论的重要读物。（同上文，见本书第219—221页）

这些真诚的回忆，可以去除所谓陈涌"在延安鲁艺时就与周扬关系不好"的说法，表明陈涌对作为革命文艺理论家和领导者的周扬，是有亲切体认的，他绝非与时俱进的落井下石之流。也因此，我们才能理解，陈涌晚年的遗文《漫谈周扬》确是有感而发、出于公心而作的。

事实上，陈涌晚年接受郝庆军的采访时，就面对着如何评价周扬这个尖锐的问题——

> 周扬是"鲁艺"的领导人，他对延安文艺发展做出了很多有益的工作。现在我看到许多回忆文章，对他的批评较多，强调他的"复杂性"一面。但我觉得，周扬毕竟是一个革命者，说他"复杂"也是革命性里的"复杂"。您近距离接触过他，还在一起工作多年，可不可以顺便谈谈他在延安时期的相关工作，以及您对他的看法和评价？（郝庆军问，同上文，见本书第219页）

前面所引陈涌对周扬的回忆和评价，就是他对郝庆军问题的回答。但显然兹事体大，不可能在一次访谈里说清楚，长文《漫谈周扬》或许就是继此而作吧。本书也收录了陈涌为丁玲、冯雪峰、艾思奇、周立波等前辈所写的纪念文章，这些文章在陈涌先生生前都发表过，但写得最长也最为用心的这篇《漫谈周扬》却是未定稿的遗文，足证陈涌先生是多么慎重。

《漫谈周扬》对周扬的历史功过有很公正的评价，其中有三点堪称难得的公道之见。

一是强调周扬到延安后对上海"左联"时期的错误，做出了真诚的检讨和深刻的反思——"理论上教条主义，组织上关门主义，创作上公式主义"。陈涌认为"这个总结，现在看来，还是合理的，符合实际的""现在看来还是态度诚恳认真的，认识是相当深刻的，对我们的后辈也是一种很好很重要的教育"（本书第40页）。同时，陈涌还不忘提醒说，周扬的这个总结和检讨"主要是就当时'左联'工作的缺点和错误来说，'左联'当时对中国革命文学运动起过重要作用，他所说的并〔不〕是对当时的工作斗争〔的〕总体总结。"（本书第45页）这是非常重要的提醒。事实上，由于中国革命和革命文艺运动的复杂性和艰难性，从事这一运动的人谁都不可能是绝对正确无误的，包括鲁迅、冯雪峰、胡风，何尝没有犯过错误，可是他们却从未检讨过自己在"左联"时期的错误，而真诚主动地检讨、把错误全揽下来的是周扬，由此带来的问题是，周扬的检讨常常被人有意无意拿来作为对他自己以至"左联"的盖棺论定，这就很离谱了。所以陈涌才提醒说，周扬的反思和检讨只是就"左联"的错误而言，并非对"左联"的整体总结，他特别肯定"'左联'当时对中国革命文学运动起过重要作用"，这也就间接肯定了周扬对30年代左翼文艺运动的贡献。

二是指出正因为周扬对"左联"时期突出政治、忽视艺术的教训之反省，他在初掌"鲁艺"的那几年才特别强调艺术教育的专业性——他"对鲁迅艺术学院制定的方针，看来也是考虑过去'左翼'往往背离艺术规律，应该用埋头学习去加以救正"（本书第40页）。这意思在与郝庆军的访谈录中说得更明白——"周扬当时显然是片面地看'左联'的经验，走向另一个极端。但就他自己说来，当时确实是诚心希望出人才，希望为党为革命培养有较高水平的文艺人才的。"（本书第219页）所以"毛泽东在延安文艺座谈会里批评艺术教育'关门提高'，便是针对我们的"（本书第221页）。尽管陈涌认为周扬这样做是从一个极端走到另一个极端，但他公正地指出，周扬的新错误恰恰是试图认真改正"左联"时期错误的积极表现，因此他对周扬的这个新错误是很谅解的。这样一种评价角度和态度，是很少见的公道话,给我非常深刻的印象。

三是坦诚地肯定毛泽东在延安文艺座谈会上对"鲁艺"关门提高、脱离实际的批评非常及时和正确,并肯定毛泽东的批评深深地触动和推动了周扬,进而推动了延安和解放区文艺的重大改进——"这次整风运动,特别是毛泽东召开的延安文艺座谈会,对文艺界也是一次重大的思想革命,它不能不触动每一个真正愿意革命的同志,当时的事实可以看到,文艺界的主要领导人在思想上也受到很大的冲击,也发生了很大的变化。整风以后文艺运动和文艺创作的成就,是有目共睹的,这是毛泽东文艺思想影响的结果,是大多数文艺工作者努力的结果,同时文艺界的领导人思想政治上和党取得一致,力求真正坚持党的文艺路线,也是一个重要的原因。"(本书第 53—54 页)这里的"文艺界的主要领导人"指的就是周扬。陈涌写此文已到晚年,此时否定延安文艺整风、否定毛泽东和周扬,已成新的政治正确和艺术正确之论,陈涌先生却仍然理直气壮肯定延安文艺整风、肯定毛泽东文艺思想和周扬的贡献。这种实事求是的历史态度非常难得,与那些惯于见风使舵的学术投机之谈判然有别。

迟到的"补天"之思:《漫谈周扬》的理论探索

最值得注意的是,陈涌先生在《漫谈周扬》中多次提到,"即使在全国解放以后,周扬也仍然饱经沧桑,走着曲折的道路,既做了许多别人难于代替的卓有建树的工作,也犯过严重的错误。因为这样,到了晚年,他显然受到毛泽东关于中国革命战争问题的观点和方法的启发,提出了〔对〕建设中国化的马克思主义文艺理论体系,应该走的路径,进行研究。"(本书第 45 页)陈先生对此非常重视,再三肯定晚年周扬这一创造性设想的重大意义——

周扬学习了毛泽东的思想方法,提出的建设中国化的马克思主义文艺理论的路径,是合理的,有重要意义的,但周扬本人,还没来得及沿着这条路径进一步地思考,便去世了。自此以后,看来在文艺理论界也没有再思考这个问题。(本书第45—46页)

晚年的周扬,受到毛泽东关于战争规律的研究的启发,提出研究〔革命文艺〕问题也需要遵循:艺术规律—革命艺术规律—中国的革命艺术规律,这是值〔得〕文艺理论工作者认真对待的,这是周扬已经意识到毛泽东的关于战争规律的研究具有普遍的方法论的意义,他设想的艺术的研究方法开启了我们科学的研究方法的大门,但他来不及具体实现他的创造性的设想,便离开我们了。在我看来,这正是建设中国化的马克思主义文艺学的正确的途径。(本书第49—50页)

因此,陈涌先生郑重地把周扬未完成的这个遗愿作为《漫谈周扬》的主题——"本文,是试图根据周扬的设想,讨论有关这个问题的看法。"(本书第50页)这是极有意味的点题之笔,而这篇立意继承周扬遗志、着意讨论中国革命文艺规律的重要文章,又是以周扬领导中国革命文艺的成败得失、经验教训为研究对象的!这饶有意味而又不难理解——周扬是30年代左翼文艺、40年代解放区文艺、五六十年代新中国文艺的主要负责人,他在这过程中的成败得失、经验教训,岂不正好成为新的理论探索可以反思的历史实践?而通过对这些历史实践的反思也最有可能探索出恰到好处的"中国化的马克思主义文艺理论体系"啊!

从《漫谈周扬》可以看出,陈涌先生的探索的确是郑重其事——他不仅力图对周扬的历史功过做出公正的评价,而且对周扬问题的复杂性有充分的体会，提出的看法就非同一般了。

在文章的开头，陈涌先生就引用了两个人对周扬的不同评价：一个来自冯雪峰——"冯雪峰常背地里说周扬不懂文艺，周扬确实在中国政治斗争白热化的时令，发表了不少背离艺术规律的看法。"（本书第 38 页）另一个来自何其芳——"何其芳曾对我说过，周扬的艺术口味是很高的，他主要以周扬的《安娜·卡列尼娜》中译本为例，这在我也有同感。"（同上页）这两面正显示了周扬的矛盾性和复杂性，陈涌对这两种看法似乎都表示某种认可。可问题是，"艺术口味很高"的周扬为什么会发表"不少背离艺术规律的看法"？陈涌探索的结果是，周扬有理论上的教条主义，这使他有时不免"脱离中国实际，脱离人民，而且还加上脱离艺术规律"（本书第 39 页）。然则，为什么周扬会犯教条主义、脱离实际和违背艺术规律的错误？综合《漫谈周扬》中的思考，陈涌先生似乎认为这与三个方面的因素有关：中国革命的复杂性、周扬比较强的"党性"（"不能否认，周扬是相信党的，主观上是要求和党保持一致的。"——见本书第 54 页）以及周扬认为革命文艺必须为革命党—执政党的政策服务（"在全国解放以后，周扬发了一篇文章，说文艺应该表现政策。"——见本书第 38 页）。应该说，陈涌先生的这些分析相当中肯，但仍给人一间未达之感。

"漫谈周扬"，当然不能不涉及周扬在反胡风及冯雪峰和丁玲事件的责任和原因问题。在这些敏感问题上，陈涌不像一般论者那样把胡风、冯雪峰、丁玲视为完全无错无辜者而把周扬看作蓄意整人的左棍党棍。他反复指出周扬其实也曾经是力图慎重、力求公正的，而胡风、丁玲等人也未尝没有问题。即如关于胡风，陈涌就提到周扬在延安鲁艺讲课时的看法——

> 也是在为我们讲课时，他（指周扬——引者按）也提到胡

风,看来他也带着一种讽刺的口吻,说现在的胡风不下于提倡革命文学时期的钱杏邨,但他始终是肯定胡风在抗日战争以后,在大后方重庆的文学活动的。(本书第50页)

这里说到周扬认为抗战及40年代的"胡风不下于提倡革命文学时期的钱杏邨",真是一针见血之论,但周扬又始终肯定胡风派在抗战以来的进步作用,也显示出公正的态度。我十年前在一篇论及胡风问题的文章里也曾指出,20世纪40年代胡风派关于"主观作用"的夸夸其谈和据此开展的对其他左翼—进步文艺的批判,"最耐人寻味的是其批判的逻辑,与20年代后期提倡'革命文学'的论者对鲁迅之落伍的批判逻辑,几乎完全一样"。[1] 只是那时没机会看到陈涌先生的文稿,现在才知道周扬在延安时期就有此论,真是于我心有戚戚焉。

然则,新中国之初开展对胡风派的斗争,周扬是不是蓄意整人呢?陈涌为此问题写了三小节,足见慎重。其实,胡风之成为"问题",首先不仅因为他在文艺思想上另搞一套,更因为他拒绝服从党的领导和安排,这按执政党的原则就成了不得不"批判"和由"组织"处理的问题。《漫谈周扬》的一节说到此事,特意强调周扬对胡风问题的认识比胡乔木要客观和谨慎——

> 看来周扬对胡风的问题要谨慎些,他和胡风,特别是在两个口号的论战中,不但思想有分歧,而且徐懋庸致鲁迅的信,揭示了一些所谓"四条汉子"的内幕,这就使周、胡彼此的怨恨更深,

---

[1] 解志熙:《胡风的问题及左翼的分歧之反思——从"胡风与鲁迅的精神传统"说开去》,《文学史的"诗与真"——中国现代文学文献校读论集》,北京大学出版社,2013年,第432页。

但看来周扬毕竟意识到在新中国成立以后自己在文艺界中的地位,在当时的文艺界是比较谨慎,比较客观的。(本书第48页)

另一节写到展开"斗争"后,周扬认为胡风40年代的文艺主张对毛泽东文艺思想的传播"客观上起了反动作用",陈涌在此特别强调周扬"对胡风群体的评论有理、有节"——

> 〔周扬〕说胡风甚至〔客观上〕起了反动作用,这就不是诛心之论,而指出尽管他未必有意和毛泽东的思想对立,但在当时的情势下,他的实际意义是对宣扬毛的文艺思想不利的。
> 对受胡风思想〔影响〕最深的路翎,他(指周扬——引者按)的评论是"才能是重要的,但同样重要,甚至更重要的是才能发展的方向",这使人看到的是深知艺术规律,但同时又坚持正确的思想方向的周扬。
> 当时,也很少有像他那样〔用〕比较求实的精神评论胡风这个群体的。当时主要是一种对他们扫地出门的态度和做法。……而周扬是有理有节的。(本书第46—47页)

晚年的陈涌先生重审这桩公案,仍然对周扬的表现有所肯定,而不像一般论者那样简单搬用阴谋论、权力论来完全归罪周扬。这种实事求是的态度和不趋时附众的勇气让人敬重。

同样的,对于丁玲与周扬的关系,陈涌先生的看法也不同于简单的翻案论者。所以,他一方面批评新时期以来的一些丁玲研究者道——

> 在他们的心目中,丁玲成了一个没有缺点、不可超过的作家,凡是对丁玲有过不满,反对过她的人都是完全错误的,特

别是周扬也就很容易成为一个不足道的人，成为一个反面人物。我认为，正是这种思想支配下，他们是不可能写出一部真正客观的、实事求是的丁玲传的。（本书第42页）

另一方面，陈涌先生回忆了延安初期知识界思想的复杂情况，含蓄指出当年对丁玲以至王实味的批评，首先源于前方将士对小资产阶级思想情绪的不满，未必有什么不妥的——

> 前方和敌〔人〕做生死斗争的革命将士，显然看到小资产阶级知识分子，在困难时期沉不住气了，丁玲的《三八节有感》，据我所知，是正在前方和日本侵略者浴血奋战的贺龙首先提出批评的，在延安的文化界特别是妇女，却对丁玲多的是同情。延安物质条件不好，娱乐活动也受到限制，在假日休息的晚上，开过〔个〕友谊舞的舞会，受到欢迎，也不见发生什么问题，正在艰苦抗战的将士，也没听说有过什么不以为然的意见，倒是王实味说延安"歌啭玉堂春，舞回金莲步"，认为是革命的党在变质了。在延安，令人感到思想的分歧也是复杂的。……但大多数人正如毛泽东批评的，"内心还有一个小资产阶级的王国，歌颂光明也免不了小资产阶级的气息"。（本书第49页）

陈涌认为"直到丁玲创作了《桑干河上》以前，周扬和她的关系是正常的，相当密切的友谊的关系"（本书第51页）。此后丁玲因《桑干河上》没能获得周扬的首肯而对他不满，这在周扬"主要是思想认识问题"（本书第52页），而并非有意打压丁玲。其实，周扬之所以犹豫不决，是因为《桑干河上》涉及土改的政策问题，兹事体大，不是他能决定的，他也不好拿一部小说去打扰正指挥作战的毛泽东，因此拖了一阵。可丁玲等不及，越级去找最高领袖毛泽东，毛泽东只得委托胡乔木、江青等代读,使此书获准出版。丁玲因此对周扬不满,周扬只能隐忍她的这种个人主义行为。这也说明政策确是影响革命文艺的一个重要因素。

然则,这样一个有马克思主义修养和很高艺术趣味的并且也尽可能公正待人的周扬,为什么后来还是在处理胡风、冯雪峰、丁玲等问题上犯了严重错误呢?综合《漫谈周扬》全文,可以看到陈涌先生反思的初步结论,此处删去其间的重复之处,似乎可以归纳为以下三点。

一是"周扬的思想也不很稳定,这和中国革命的复杂性有关"(本书第42页)。这一条看来简明,但非常重要——面对中国革命以及革命文艺运动的复杂性,任谁都难免出错的。

二是周扬作为领导人的主观主义和个人主义。这是陈涌分析的重点所在——

> 在全国解放以后,周扬在文艺〔界〕居于最高的领导地位,受到许多人的尊敬,也受到党的信任,但是,正是在这样的时候,一个资产阶级、小资产阶级知识分子的主观主义、个人主义的思想就最易暴露出来。
>
> 资产阶级、小资产阶级思想,主要是主观主义和个人主义,这本来是延安整风所克服的主要思想,在整风期间,周扬对自己这方面的思想也做过自我批评,但在全国解放以后,在对待许多问题,特别是对待冯雪峰和丁玲的问题上,主观主义和个人主义思想得到了难以置信的发展,伤害了一大批同志,造成文艺界的思想混乱,对(给)文艺的发展带来极不利的影响。(本书第54页)

三是周扬的党性——陈涌肯认"周扬是相信党的,主观上是要求和党保持一致的"（本书第54页），所以才如毛泽东所说"党犯错误了，周扬也跟着犯错误"（本书第43页）。

就事论事、知人论世，陈涌对周扬的这些分析和判断，都是言之有据也言之有理的。

可是，这篇通过周扬的成败得失来探索中国革命文艺实践之所以不完美的文章，却蕴含着对一种完美的革命文学之可能性的想象。陈涌先生虽然没有明说，但其言下之意，似乎只要革命文艺的领导人始终恰到好处地把握中国革命和革命文艺的实际，不那么主观—教条主义和个人主义，既能坚持"党性"原则又能团结和维护所有文艺工作者的个性，那么，中国革命文艺运动和新中国的文艺就能幸免错误了！

但问题是，会有这样完美的人、完美的事吗？！

周扬显然不是这样的人。尽管与那些纷纷指斥周扬的新时期论者不同，陈涌先生反复强调周扬作为一个革命文艺家的可贵品质，就是知错必改、诚恳纠正自己的教条主义、主观主义乃至宗派主义。其实就我所见，在主动地纠正错误方面，周扬比其他著名的左翼文学理论家都更有党性也更为虚心，甚至比鲁迅也坦诚多了。可在陈涌先生看来，周扬还是不够好。然则，其他著名的左翼文艺领导人会不会比周扬好些呢？比如胡风和丁玲？陈涌显然不这么看，从他涉及胡风和丁玲的文字里，就可以看出，他认为此二人尽管后来受了不应有的冤屈，但他们自身其实还是颇有毛病、不无错误的，不可能担当领导革命文艺运动健康发展的重任。

陈涌先生真正另眼相看的人是鲁迅和冯雪峰，他似乎认为这俩人没有也不会犯重大错误。

其实，鲁迅也是人，自然也会犯错，只是他的错误被他的伟大掩饰了也被他的崇拜者忽视了而已，更无论褊急固执的冯雪峰了。与周扬一样，他们之所以也会犯错误，既有个人性格的问题，也有对复杂紧急的时代现实的认识问题,而且这两者往往相伴而生。即如鲁迅后来曾经语重心长地教导左翼作家"辱骂与恐吓绝不是战斗",但其实鲁迅恰恰对左翼文人的这种"左倾"幼稚病起过启发作用——从批判《现代评论》派起始,鲁迅使气骂座、辛辣无情地贬斥其思想论敌如狗如猫,而他在左翼初期所写的名论《论丧家的资本家的乏走狗》,不就是"辱骂与恐吓"的典范之作吗?即使鲁迅后来在政治上趋于成熟之时,他对时代现实的认识仍有理不胜情的时候,更难免自我画线的宗派主义情绪了,连茅盾和郑振铎这样好脾气的资深作家,也常受他的冷遇。30年代中期民族危机迅速加剧,鲁迅虽然也表示支持中共的抗日统一战线政策,但实际上由于对国民党政权的憎恶和不信任,鲁迅在感情上并没有转过弯来。因此看到周扬等响应中共"八一宣言"、提出"国防文学"口号,鲁迅便心生闷气以至决意一争:他先是让本来就对周扬心怀不满的胡风提出了"民族革命战争的大众文学"口号,而刚以"钦差大臣"身份来到上海的冯雪峰则居中推波助澜,完全不与周扬等"国防文学"论者沟通和解释,蓄意激化两个口号的论争;并且鲁迅又强拉茅盾为之背书,非常固执己见而且"派同伐异"。那时的周扬由于不像鲁迅弟子们那么一味尊崇鲁迅,因此与鲁迅之间的沟通不那么顺当和愉快,但也没有什么大不了的过节。可是鲁迅却因此积郁了过多的愤懑而借机发作。冯雪峰本来是衔中共之命来上海进行调研和调解的,如大旱之望云霓的周扬等努力与党代表冯雪峰联系,希望他帮助与鲁迅沟通、消除纷争。没想到,冯雪峰一屁股坐在了鲁迅、胡风一边,冷冷地拒绝了周扬等人见面沟通的要求,也不做调查工作,而完全以鲁迅的喜怒爱憎为据,与鲁迅合作撰写了几篇讨伐的檄文,尤其是《答徐懋庸并关于抗日统一战线问题》一文,对周扬等几个难免有缺点但毕竟在国民党白色恐怖之下坚持左翼文学的年轻领导人痛下大杀手、极尽妖魔化，给他们加上"奴隶总管""四条汉子"的恶名，将双方的矛盾进一步激化。这不能不说是极为意气用事、很不负责任的主观主义和宗派主义行为，严重损害了左翼文艺界的团结和文艺方针的调整，并成为隐埋在左翼文艺界的定时炸弹。幸亏被污名化的周扬出于党性和革命文艺的大局而退避三舍，后来也一直反复检讨自己"不尊重"鲁迅和三个主义的错误。而冯雪峰、胡风、萧军等鲁迅的弟子们却一直趾高气扬，从未检讨自己的主观主义和宗派主义错误。后来，冯雪峰甚至因为不满中共联蒋抗日的政策而自行离队，这种极富"个人自由主义"意识的行为，对他自己和中共都造成了很大的危险。新中国成立之初，中共并未因为冯雪峰的错误而弃置他，仍让他担任文艺界高级领导、负责《文艺报》和文学理论批评工作，同时他的好友丁玲是中宣部文艺处的处长，二人实际上掌握着文艺界的实权，几乎把周扬架空了。周扬遵守组织原则，并没有抱怨，倒是手握实权的冯雪峰与丁玲常常明里暗里说些瞧不起周扬、不服其领导的话，那其实是很"个人自由主义"的。并且，他们联手发起批判萧也牧短篇小说《我们夫妇之间》，不也造成了一桩"不应有"的冤案吗？当然，我们有理由相信冯雪峰及丁玲是出于一种纯洁的革命情操来批判萧也牧的，唯其如此才足以说明，即使自以为真懂文艺的冯雪峰和丁玲，也同样会犯"左倾"幼稚病，同样会组织大批判去压制他们认为不够"革命"的作家，只是冯雪峰和丁玲当领导的时间短，又不幸地成了被批判者，却"幸运"地避免了犯更多错误。……此处说这些，当然无意用"天下乌鸦一般黑"来为周扬开脱，而是想补充被陈涌先生忽视了的一个重要情况：革命者和革命实践都难免出错，文艺界尤其如此，因为中国革命和革命文艺运动的实际很复杂、政策的制定和掌握很不容易，文艺人又那么有个性，谁当领导敢说管得一切都好、不犯任何错误?

坦率地说,指望一场真正的革命运动进行得完美无误,乃是不可能的奢望——即使有人提早高明地掌握了符合中国革命文艺运动规律的马克思主义文艺理论,也不可能在复杂的现实里时时处处运用得当、不犯任何错误。这是因为中国革命和革命文艺是个新事物,开展革命和革命文艺运动的环境条件很不理想,情况复杂而又随时变动,所以革命和革命文艺运动也必然是一个试错过程,不可能不犯错误。在这一过程中,负有组织领导之责的人更比一般人犯错误且犯大错误的几率大得多。为什么?就因为他是组织领导者啊!这就不能不说到中国革命文艺及紧随其后的新中国文艺的特殊性。按照一般所谓的艺术规律和中外文艺史,文艺活动向来大多是个人的自由自发行为,即使有所谓雅集、结社、沙龙、协会等,也都是文艺人的一时风雅事或松散的联谊组合,其实是很随性自由的,并不强求思想的统一性和组织的约束力。可是,中国革命是一次真正的政治经济革命,不是知识分子的革命清谈,而由于中国革命所可利用的现代资源极其有限,它也就极为需要也必然要求革命文艺与它配合、为它服务。于是,中国的革命文艺就与一般的文艺迥然不同了——革命文艺必须成为具有统一性和组织化的革命文艺运动,那当然也就需要有人去组织领导、需要统一指导思想、要求行动上的步调一致,以至于必须遵守革命的组织纪律、制定指令性的文艺政策,如此等等。应该说,中国革命文艺运动及后续的新中国文艺的种种矛盾问题也就因此而来,而不能不呈现出矛盾的两面性。其中的一组矛盾显示着革命文艺的特性:努力配合着中国革命的革命文艺运动,当然也分享了中国革命的正义性,所以它无疑是最能抓住中国现代社会现实问题也最能反映广大人民群众的利益、愿望和要求的文艺,并且由于它的组织性——所谓"组织就是力量",其革命威力和动员感召力,也就远非一般自由主义文艺所可比；但与此同时，革命文艺对社会生活的书写，也就比较倾向于集中在政治经济方面而导致过度政治化和阶级分析，而有意无意地忽略生活的丰富性和文艺的趣味性，并且由于自觉占据道义的上风和组织的力量，革命文艺运动也就容易在集体发声过程中偏至得难免"革命的霸气"。另一组矛盾则内在于革命文艺的组织结构里：正因为革命文艺是有组织性和统一性要求的革命运动，而具体的文艺写作却大多是个人性的，文艺作家也大都是很有个性，甚至不无个人自由主义的人，于是负有组织领导职责的领导人就勉为其难了——他如何既对党的组织负责又能组织引导文艺作家们采取一致步调，那是很难事事都处理得宜的。当然，在革命文艺阵营里，各人对现实和文艺问题自然会有不同的观点，也容许一些讨论和争鸣，但革命不可能听任人们长期清谈、各行其是，革命组织必须统一思想、统一步调，于是诉之于认识上的整风改造、组织上的层级管理及纪律上的处理机制，也就是必有和必然的事了。这样一来，也就难免出现误断和压抑、造成这样那样的错误，以致酿成某些悲剧性的事故。倘要不犯错，那倒是当普通的文艺作家好些，即使犯了错误，影响也不大，不用负多大责任。反而越是高阶的领导人所负的责任越大，而他的党性越强也就越不能推责，只能把责任背起来，事后被追责的几率也就大多了。周扬就是这样的"大人物"，他长期担任革命文艺运动和新中国文艺的组织领导，此所以人们事后诸葛亮地追责革命文艺运动的错误之责时，周扬便成了最受讨伐的"冤家债主"，也成了最难自辩的"冤大头"——他不负责谁负责啊！即使当年一些确实有过错而没被错批的人，时过境迁后也会跳出来与他算旧账——谁让你来管我、你有什么权力处理我啊！

所以，陈涌先生苦心孤诣撰写《漫谈周扬》，企图通过对周扬几乎全程参与领导的左翼文艺运动—解放区文艺运动—新中国文艺运动的成败得失之检讨，来完成周扬未完成的遗愿——建立一套符合中国革命文艺运动实际的马克思主义文艺学的宏愿，其实在《漫谈周扬》里仍付阙如，陈涌先生所悉心论列的一切，仍然只是就事论事之论，根本构不成一种系统的符合中国革命文艺运动实际的马克思主义文艺理论之框架。这当然不是陈涌先生的理论能力问题，而是因为中国革命和革命文艺运动，实在是人类历史上的特殊事件，没人能够从中总结出一套具有普遍意义的理论，而又能使这个理论畅通无阻地适用于复杂的历史实践。并且我还想说，即使陈涌先生很好地总结抽绎出来这样一套理论，也只能是面对无可挽回的历史的马后炮，而不可能成为继续指导中国和中国革命文艺运动的指南针。此无他，只因为无产阶级领导的工农大众参加的中国革命和建设运动在人类历史上具有空前绝后的特定性，不可重复和继续，此后肯定不会再有这样的革命了，所以即使能够总结出恰好的理论也将无用武之地。这只要看看新旧世纪之交，"告别革命"不仅是一种舆论话语而且也成了社会现实，就不难明白此中消息了。

就此而言，陈涌先生的《漫谈周扬》无意中成为一场真正的革命文艺运动终于走向终结的挽词——惋惜惜别之辞，而窃以为陈涌先生其实是无须惋惜和遗憾的。我们得承认，能顺利地完成从革命到后革命的转型，也算是中国的幸运。而在一个后革命的时代，革命文艺思潮终于退潮，种种小资性的文艺思潮成为主导，甚至出现一些诋毁革命的文艺，也都是必然的事。事实上，当今小资文人越是执拗地反思革命以至反对革命，倒越是证明中国革命乃是真正成功的革命，相反的，被小资们一再叹惋的革命，则一定是失败的花架子革命。当然，告别革命之后，人们还是应该珍惜并有同情地理解中国革命和革命文艺运动。毕竟，那样真正为着劳动人民的革命和革命文艺，是空前绝后的历史性存在，此前没有今后也不会再有了。

不约而同的探索：从陈涌先生说到支克坚先生

陈涌先生的《漫谈周扬》及其理论宏愿，也让我不禁想起自己的现代文学启蒙老师支克坚先生的周扬研究——支先生乃是陈涌先生的私淑弟子，他的最后一部著作恰是《周扬论》。

按，陈涌先生1957年8月被打成右派之后，即下放河北平山县农村劳动，1960年春被调往兰州艺术学院任教，与年轻的支克坚先生成了同事；不久两人又一同调入甘肃师范大学（现西北师范大学）中文系，同事达十八年之久。陈涌先生的这段贬谪岁月成就了他与西北师大的缘分。在此，陈涌先生带动了不少青年教师的成长，支克坚先生就是突出的一位。虽然在1964年夏天支克坚先生和几位年轻教师一起写过批评陈涌文艺思想的文章，但那是组织安排的任务，支先生不能拒绝，陈涌先生明白的，他们的关系并未受到影响，师生之谊一直存在。2000年初我受樊骏、钱理群两先生之命，为支克坚先生的论著《中国现代文艺思潮论》写一篇学术评论，乃请支先生写一点学术自述，供我参考。于是支先生给我写了一封长信，详细回顾了自己的学术历程，最后特别强调了陈涌先生对他的学术影响——

> 最后我谈谈我的学术思想和研究方法受到过一些什么影响。这方面可以说的，值得说的，主要就是陈涌的影响了。……我当大学生的时候，读过一大堆19世纪俄国批判现实主义的文学作品，也读过几乎所有当时能找到的别、车、杜的重要文章。但只是到了后来，在陈涌的影响下，我才真正懂得了一点别、车、杜的文学批评的精神；他们的文艺思想，在我这里也从教条变成了生动活泼的东西。陈涌是1959年从北京调到甘肃的，一来就分配在兰州艺术学院文学系当教师。开始我们接触不多，

后来文学系回兰大，我们几个人留下来单独成立教研室，接触就比较多了。但学术上受到影响，还是到师大以后的事。"文革"以前，他在师大开过两门课，一门是《曹禺研究》，一门是《列宁论托尔斯泰》。后一门课我未能从头到尾听，前一门课则是系统地、认真地听下来了。听这门课，以及日常的许多交谈，不仅使我在有关曹禺、有关中国现代文学，以及有关一般文学艺术的一些或重大、或具体的问题上"茅塞顿开"，而且还在无形中，帮助我形成了后来表现在我的研究中的一些重要的特点。……至于进入新时期之后，我在研究工作的实践中一些观点的形成，又各有各的原因、过程。我认识到陈涌无论在我国文艺理论的发展中还是在鲁迅研究的历史上，都是一个特定阶段的代表，他——以及任何人——也都只能做一个特定阶段的代表。关于对鲁迅小说的认识，我提出与他不同的看法，就反映着我这样的认识。也正因为如此，这丝毫没有减少我对他的尊敬。[1]

新旧世纪之交，支克坚先生也像他的老师陈涌先生一样，意识到研究周扬的必要性和重要性，于是决意转向周扬研究。对这个选题及其思想背景，支先生在给我的那封长信里也有说明——

> 写完《胡风论》之后，我感到我的研究应该有一点变化。过去我说到底还是站在革命文学的立场看问题、想问题；现在我想应该站得再高一点，即从今天回过头去，对当时的各种思潮流派作一番真正的"俯瞰"。比如革命文艺运动，它本来要造

---

[1] 支克坚：《答解志熙问》，《从鲁迅到毛泽东——支克坚中国现代文学思潮论集》，甘肃教育出版社，2010年，第286—288页。

成一种什么样的文学,结果又造成了一种什么样的文学?

……就是在这样的情况下,前年到太原开会见到一位我尊敬的朋友。他强调研究周扬理论的重要性,而我这时忽然"大彻大悟":通过研究周扬,不正可以回答上面说的中国现代革命文艺运动本来要造成一种什么样的文学,结果又造成了一种什么样的文学的问题么?于是我又转而写《周扬论》。[1]

支先生信里所说的"一位我尊敬的朋友",指的是著名现代文学史家樊骏先生,他是支先生的挚友,曾经不止一次向我当面称许说:"支克坚是我们这一代最有理论水平的学者。"而支克坚先生深入思考问题的理论能力,显然与陈涌先生的熏陶有很大关系。我们从支克坚先生的上述回忆里可以看出,他确是深受陈涌先生学术思想影响和启发的私淑弟子。正是在陈涌先生的影响和启发下,支克坚先生努力地独立思考、于新时期之初发表了一系列鲁迅研究论文,开启了鲁迅研究从政治革命说到思想革命说的先河,标志着鲁迅研究思路的大转折,而支克坚先生所批评的恰是陈涌先生,新时期以来支先生每到北京必去看望陈先生,陈先生当然明白支先生的批评是针对他的,但他对自己弟子的观点没有公开表示异议,支先生也并未因为思路的改变就失却对陈涌先生的尊敬。这不能不说是当代学术批评史上的一段佳话。

最有趣的是陈涌先生和支克坚先生在研究周扬上的不约而同。支克坚先生转向周扬研究始于 2000 年初,至 2003 年 8 月完成了专著《周扬论》,由河南大学出版社于 2004 年 9 月出版。至于陈涌先生的《漫谈周扬》,因为是未发表的遗文,目前还难以确定具体的写

---

[1] 支克坚:《答解志熙问》,《从鲁迅到毛泽东——支克坚中国现代文学思潮论集》,第 285—286 页。

作时间,只是从《漫谈周扬》与陈涌先生2011年接受郝庆军的专访《陈涌:到延安,进"鲁艺",在思想的高原——探访一位红色文艺理论家的心路历程》里的看法很接近这一点,大致可以推知《漫谈周扬》可能也写于这一时期。我不知道支克坚先生是否把他的新著寄呈陈涌先生,但至少可以肯定地说,他们师弟二人是差不多于同一时期转向了周扬研究的,而最有意思的是他们研究周扬的旨趣几乎完全相同:陈涌先生写《漫谈周扬》是抱着为中国革命文艺运动"纠错救过"的理论旨趣,而支克坚先生写《周扬论》的学术追求,则如他自己所说,"通过研究周扬,不正可以回答上面说的中国现代革命文艺运动本来要造成一种什么样的文学,结果又造成了一种什么样的文学的问题么?"也就是说,陈涌和支克坚两位先生的周扬研究,都怀抱着一种为中国革命文艺运动"补天"之宏愿,都旨在通过对周扬大半生领导中国革命文艺运动之成败得失的总结,进而探索出一种更符合中国革命文艺运动实际的因而能够更好地指导中国革命文艺实践的"中国化的马克思主义文艺学",他们相信只要有这样一种"中国化的马克思主义文艺学"之指导,中国革命文艺运动就会更好而不出那么多错误!

陈涌和支克坚先生的这种学术理想,证明他们是马克思主义文艺理论的忠诚信仰者。这在今天是很难得也很令人尊敬的。但窃以为,他们的"补天"之举既不可能也不必要。前面已就陈涌先生的宏愿略述己见。支克坚先生是我的现代文学启蒙老师,在支先生晚年潜心撰写《周扬论》的过程中,我几乎是他的第一个读者和唯一的对话者,待到《周扬论》出版后,他仍然常和我通信讨论周扬以至毛泽东文艺思想的问题,尤其痛感文艺为政治服务这一条是革命文艺的百病之源,很惋惜周扬和毛泽东的错误,因而提出一些"革命文艺本来应该"如何如何的好想法。我读后既很感动又对他的"补天"之论不以为然,于是写了一封很长的信却一直犹豫着没有发给他，还存在我的电脑中。这里就节录"针锋相对"的最后一段——

  总之，我以为，为革命的政治服务和为工农兵服务，乃是中国现代革命的特定实际与马克思主义文艺理论的基本原理相结合的必然产物，中国现代革命文艺的真正核心问题只能是这样两个问题，不可能如您所认定的那样，把具有独立自由的精神作为革命文艺运动优先预约的前提；也不可能像您强调的那样依据恩格斯的"美学观点和历史观点"，把"自觉地发掘现实的历史内容，和艺术上创造性的高度发挥相结合"作为"马克思主义文艺理论对文学的基本要求，作为它自身的核心问题"。这并不是说，现代中国的革命文艺运动完全不讲艺术自由，完全没有美学观点，而是说它既然是适应着现代中国革命的实际需要而产生的，是实际的革命运动的组成部分，它就首先必须接受革命运动的政治原则和组织原则的要求，必须接受革命政党的领导，必须支持、歌颂革命政党和政权，在这样的前提下，它才会有自由、创造和批评的权利。在这里，所谓文艺为政治服务的口号或文艺服从政治的原则，归根结底就是文艺必须服从党的领导的问题。而文艺为工农兵服务的问题，也只有接受党的领导，按照党的思想路线、群众路线和组织原则，才能真正付诸实践、结出果实，而为此，作为知识分子的作家就必须接受思想改造，彻底改变自己的思想立场和感情态度，才能成为无私的为党献身的文艺战士，成为全心全意为人民服务的人民文艺工作者。但现代中国革命文学阵营中有相当一些人原是坚持启蒙主义和知识分子主体立场的左翼文艺家，或者说他们骨子里是一些带有自由主义和个人主义倾向的小资产阶级革命者，要他们放弃自我的自由而完全服从党的领导，要他们放下自以为是的启蒙姿态全心全意为人民服务,要他们这些一直以改造者自居的人首先改造自己,这几乎是要了他们的命。这样一来,现代中国革命文艺运动中就难免纷争了:有些左翼文人自以为是革命的,但却不愿意接受共产党的领导,倒是想在文艺上领导共产党,至少是要与党的领导分庭抗礼;有些左翼文人甚至向党要求自由批判的权利,却不认为自己也应该接受党的思想原则和组织原则,不认为自己有支持革命政权的义务而却天然地拥有批判和暴露革命政权缺点的权利;还有些左翼文人自以为是为人民的,却又自视是高于人民大众的启蒙者,他们追求的是对人民精神愚昧之批判的深度,根本不会想到要把立场、感情真正转换到人民大众那边,他们热衷于宣扬人民的原始的生命的强力和自发性反抗,不会意识到这种强调个人"自发性""主观战斗精神"的革命主张其实是与党的立场背道而驰的,而且事实上也不可能成功,而只成功在想象中,他们没有意识到自己所要求的那种超越于党之上的自由批评的权利,和真正站在党的立场、人民的立场上来进行批评与自我批评,会有严重的差别:前一种批评往往是自以为是的指手画脚、带着革命的旁观者或革命清流高高在上的腔调,后者则是作为党和人民的自家人出于对党和人民爱护之心的带着满腔热情的自我批评。这样说并不表示我是"站在党的立场上"说话,而只是就事论事,以为从革命文艺是整个革命运动的组成部分、必须为革命运动服务、必须接受革命政党的领导这个角度看,对胡风、对王实味、对萧军等人的整肃就是必然的。因为带有启蒙主义和自由主体精神的作家们如胡风等人,是绝不会心甘情愿地服从党的领导、绝不会"全心全意"地去创作为工农兵服务的文学的。这就是为什么在对胡风的批判中会反复揪住他的"立场"问题和"态度"问题不放手的原因。我觉得胡风的悲剧就在于他至死都不明白他一方面自视为革命文人，甚至是革命党的自家人，另一方面却长期拒不服从党的领导而在文艺上自己搞一套。他自己大概以为他的问题只是由于周扬等宗派主义者跟他过不去，至多只是毛泽东等领导人还不理解他的文艺主张的苦心孤诣。其实，今天的人们以至于高层都愿意承认这些整肃是完全错误的或至少是有错误的，许多的人甚至认为共产党在当年根本就不应该管文艺，让文艺自由放任好了。但我以为这在当时是不可想象的，而且即使共产党当年对文艺的领导有错误，那也不难理解——怎么能够设想那样一场几乎是空前绝后的大革命不犯错误，把什么事情都处理得尽如人意？我有时倒觉得就其革命的规模与难度及复杂性而言，中国的现代革命，尤其是毛泽东领导的那一段，所犯错误之少，倒是近乎奇迹。换个人来领导，恐怕错误就会多得多了，甚至革命不成功也说不定呢。没有错误的革命只存在于理论设想中。您在甘肃曾经领导过一段文艺工作，您大概能够体会到那领导起来是多么为难和麻烦。

所以解决问题的办法只有两条：要么坚定不移地坚持党对文艺的领导，把它完全纳入有组织的革命事业和"颂扬革命"的事业中，要么就索性放弃领导，任其自由发展好了。（2005年7月）

在我看来，中国的革命运动和新中国的建设事业，之所以那么需要并坚决要求文艺为它服务，归根结底不是由于什么"文以载道"的"封建意识形态"在革命党里或执政党身上作怪，而是因为旨在推动现代化的中国革命和建设事业缺乏足够充裕的现代资源可用，新文艺乃是它可以运用的很有限的现代资源之一，所以革命党才特别重视文艺、要求文艺为它服务，从而将之纳入有组织的革命队伍中，统一领导、统一思想、统一组织。这既使革命文艺运动极有力量，但也极容易出现有悖"艺术自由规律"的差错。但革命文艺运动只能这样，不可能是另外的样子，再好的马克思主义文艺理论也无法使这样一种有组织的革命文艺实践不出错。到了新旧世纪之交，中国由革命时代转型到后革命时代，国家毕竟富强些了，人民也富裕些了，生活也相对自由些了，文艺的重要性自然大大减弱，甚至有没有革命文艺都不打紧，所以不如从此放开手——既不必再要求文艺为政治和政策服务，也不必对文艺的好歹负责，那不正是各自好自为之、两全其美的好事吗？何须再苦心探求什么合规律的革命文艺思想呢？即使苦心寻找到那么一套好的文艺指导思想，也实在是往者不可谏、来者不可追了！

真正对支克坚先生产生冲击的，是他自己的亲身遭遇。由于在20世纪80年代初的出色学术成就，支克坚先生先后被委以负责甘肃省文艺和社会科学研究的领导重任——从1983年起，他担任过甘肃省委宣传部文艺处处长、甘肃省文联党组副书记、副主席，甘肃省社会科学院院长、甘肃省社会科学联合会副主席等职，直到1998年7月退休。我知道，支克坚先生其实并不想当这样的文艺官和学术官，但他是个党员，只能服从组织安排，一干就是十五年。在这十五年里，支克坚先生作为一个开明的革命文艺理论家，实在想做一个好领导，但他遭逢了上上下下的压力，上下难调、左右为难。上面的压力，他不能不服从，但不想那么生硬地贯彻，于是不得不勉强对付；更大的是下面的压力，因为作家们和学者们都不是好侍候的主，加上资源有限，支先生也不可能使每个人都满意，于是遭到埋怨以至备受攻击，就是常有的事了。他自己的学术研究则不断被打断，以至于一本《胡风论》断断续续地写了五年。当《胡风论》即将出版的时候，他悲哀地写下了这样一段后记，记述了一位上级领导的警告——

我只想说说我因此而感到的悲哀。不过再仔细想想，诉说这种悲哀的意义又在哪里？假使我在一年里写完了这本书，或者在半年里写完了这本书，它就成了对中国学术的贡献？怕也未必。于是，剩下的只有当我为避免这样的命运而不愿接受调我去某个单位的决定的时候，一位负责同志对我说的话：

老支呀！你去。去了之后，周扬和胡风到底是怎么一回事，你就明白了。

这似乎是一句不着边际的话。但我知道他不纯是开玩笑。别国的情况姑且不论，在中国，理论问题的背后，起作用的因素太多了。[1]

辛苦领导了一个省的文艺界和学术界十五年之后，支克坚先生终于明白，不论他有多大的善意和多高的理论水平，他都当不成一个"好周扬"，而他面对的作家们和学者们，则似乎一个个都成了争名夺利好闹事的"胡风"，让他倍感难以安抚、身心疲累。我查了一下，支克坚先生写下这段话是在他退休后的两个月——1998年的9月。前一年的9月间，我们师生俩在石家庄的一个学术会议上见面，期间支先生曾经郑重地征求我的意见："我快到届了，省领导还希望我继续干下去，你的意见如何？"我毫不客气地说："还是下来吧！都什么时代了，文艺界和学术界哪里还需要什么领导？谁又能领导好！您勉为其难地当这样的官，实在是于人无益、于己有损，作为学生，我更希望您多留点自己的著述。"支先生听了，很爽快地说：

---

[1] 支克坚：《胡风论·后记》（写于1998年9月13日），《胡风论》，广西教育出版社，2000年，第208—209页。

"好，那就不干了！"次年夏天届满，他就坚决地下台，重新回归学术，晚年埋头笔耕十载，迎来了自己的第二个学术高峰。作为学生，我很欣慰支先生有这样的决断。

记得1978年春天我刚上西北师范大学的时候，就听说有一位"杨思仲"先生要调到中央去，还说他有个很有名的笔名是"陈涌"。有一天系里叫几个学生去他家帮着收拾行李、送往兰州七里河火车站，那送行的学生中，就有我这个小毛头大学生。后来读研究生，自然接触到陈涌先生的著述，读了他50年代的两本文学评论集，很是佩服。1986年我北上读博，陈涌先生主编的刊物《文艺理论与批评》正好创刊。看得出来，陈涌先生很想借此重振革命文艺思潮，可是却既受到上层的压抑也因为"思想落后"而不被学界看好。到了1990年，该刊第1期集中刊登了曾经被压抑的革命文艺家们在"涿州会议"上的发言，似乎终于迎来了复振之机。而我看过后却窃以为历史毕竟已经过去，重演辉煌是不可能的，暗叹那不过是最后的回光返照。所以当年10月离开北大前夕，看到街头旧书摊上恰有该刊的1990年第1期，虽然失去了封面，我还是掏钱买下、收于箧中，作为革命文艺思潮终结的存证。自那以后的陈涌先生日渐沉静、从容著述，毋必毋固也绝不随时浮沉，让人倍感尊敬。1994年由陈涌先生主编、重庆出版社计划出版的"中国现代作家评传丛书"组稿，樊骏先生热情推荐我承担《冯至评传》的撰写任务，固辞不获，勉强从命，但实在无意于此，所以拖了两年未着一字，到1996年6月樊骏先生来开封期间，我不得不告诉他实情，请他代向陈涌先生和出版社道歉、辞去了撰写任务。这是很对不住陈涌先生的，至今仍感歉然。此次看到这本《陈涌纪念文集》所收纪念文章，不少篇章都出自西北师范大学的老师之手，如李文瑞先生、王尚寿先生、党鸿枢先生等，他们都是陈涌先生昔年的老学生，也都是我的授业老师。由此可知陈涌先生在逆境中为西北培养了不少文艺研究人才，这是不应忘记的。本书编者陈越为此曾经亲到西北师范大学拜访、约稿于我的老师们，而陈越正是我的学生，这也是难得的缘分。

鲁迅的《为了忘却的记念》是纪念"左联"五烈士的，他们有的人就是因左倾"盲动主义"之误而牺牲的，但其献身革命与革命文艺的热情仍然让人尊敬，所以鲁迅并没有真的"忘却"他们。当革命文艺和革命一并成为历史且遭受着冷漠或否定之时，陈涌和支克坚先生却不约而同地探索着革命文艺本该更好的样子，这虽然于事无补而仍让人同情。所以，就仿照鲁迅的宏文，把这篇散漫札记题为《为了告别的纪念》，聊表对陈涌和支克坚先生的纪念和敬意。

2019年4月3日草成于清华园之聊寄堂

难得是认真

——悼念赵明先生

快近春节的一天,突然接到河南大学一位老同学的电话,说赵明先生去世了。我深感哀痛,急忙询问葬礼的安排,准备回去送老师最后一程,可是听说家属遵照赵先生的遗嘱,不发讣告、不举行公开悼念仪式,而很快悄然安葬,我回去也赶不上了。事已至此,我非常歉疚,可是也没有办法——这就是赵老师的为人风格,他总是不愿麻烦人,连去世也是如此,就那么悄悄地走了。

今天是2016年的正月初十。回想三十三年前,我从甘肃的环县考入河大中文系,跟随任访秋、赵明和刘增杰三先生攻读中国现代文学,师生相从的点点滴滴,还是那么清晰地保存在记忆中。三位先生的风格各不相同——任先生学问淹博、文史兼通,给我们丰富的学术启示,刘先生宽厚开明、循循善诱,常给我们亲切的开导和创新的鼓励,而赵先生为人为学则一丝不苟、特别认真,给我们严格的学术训练,帮助我们打下了比较扎实的文字功底。

那时的赵先生,将近六十岁了吧,已是满头白发,梳理得一丝不乱,平素穿戴整整齐齐,说话做事从容不迫,给人极为儒雅严整之感。他的教学是非常认真的。他给我们开了一门专业课——"鲁迅思想研究",其中并无当时流行的"非常惊奇可怪"之论,而一本鲁迅的思想实际,做出了朴实而且详实的疏解,把最基本的东西教给了学生,他所讲的至今仍然是我理解鲁迅思想与文学的基础。

赵先生那一代学者，外语都不怎么好，记得他在讲课的时候说到达尔文，于是缓慢地一笔一画板书达尔文的英文名"Darwin"六个字母，写得那么吃力而认真，让我们看了觉得可爱可乐。这门课程的讲稿后来经过整理，即以《鲁迅思想发展论略》为题，由河南大学出版社于1988年正式出版。赵先生在该书"后记"里有这样的交代——

> 鲁迅思想是个老的研究课题，也是个没有穷尽的研究课题。对此课题，在前人研究成果的基础上，应该而且可以研究出些新意来。但限于自己的学力，我没有能够真正做到这一点。堪可告慰的，是我严格从鲁迅作品的实际出发，来论述鲁迅的思想及其发展，尽量把自己的论点牢固地建筑在客观材料，主要是鲁迅自己的有关论述的基础上，努力做到言必有据，力求不说空话，或少说空话。至于是否做到了这一点，以及从材料中抽象、概括出来的观点是否符合鲁迅思想的实际，那只有留待专家和读者去评说了。
>
> 鲁迅思想的分期，也是一个老问题。当前的鲁迅研究早已跨过这个问题向新的领域开拓，向更高的层次攀登。不过，鲁迅研究界对此问题的见解，迄今并不一致，但也不必非取得一致意见不可。学术问题，见仁见智，古往今来，莫不如此。我的意见，是分为早期、前期（或叫中期）和后期。据此，全书的内容相应地分为上、中、下三篇。但鲁迅的改革国民性思想是贯穿早期和前期的。比较起来，前期表现得更为明显和突出，为避免重复和割裂起见，故把此问题放在中篇，即前期思想内统一论述。出于同样原因，前期、后期的文艺思想也没有分别论述，而是统一在下篇，即后期思想内论述，后期的鲁迅对此问题讲得更多更充分一些。这是需要加以说明的。

鲁迅，是现代中国的圣人，是中华民族的骄傲。他的思想博大精深，异常丰富，既像一片汪洋大海，又像一座无尽宝藏。这本小书的所得，如能是从这大海中汲出的一滴小小的水珠和从这宝藏中取回的一块小小的矿石，那我总算在宣传、普及鲁迅思想方面做了一点很微乎其微的工作。这也是我开设这门专题选修课和出版这本书的目的。

这是非常谦虚朴实的学术自白，表达了赵先生严谨认真、实事求是的学术态度。

认真，确实是赵先生教学和研究的本色，而且是一贯认真，这是极不容易的。近日偶然从孔夫子旧书网上搜得赵先生在20世纪七八十年代的《中国现代文学史讲稿》手稿，一章章蓝笔书写、红笔修改的痕迹，历历在目，即使注明"定稿"的曹禺一节，仍然多所修改，反映出赵先生严谨认真、一丝不苟的教学态度，再想想今天许多教师用PPT东拼西凑对付学生，真是不可同日而语了。再看家属保存的先生论文《论"非物质，重个人"——鲁迅思想初探之二》原稿，细心修改，丹蓝灿然，同样可以看出先生为文的认真。

赵先生也将认真手把手地教给学生。20世纪80年代中期，我们一帮后生小子受当时学术创新之风的影响，在课程作业中也往往喜欢独标新见。对我们幼稚的新见，赵先生即使不很赞成，也宽厚地表示理解，但对我们行文的逻辑是否合理以及文字是否通顺恰当，赵先生是绝不马虎放过的，发回的作业都有他认真的修改和疏通。这给我们师兄弟深刻的教育，让我们不敢对自己的文字再马马虎虎。

那时，随着政治上的拨乱反正和思想上的渐趋解放，过去许多不能看、不能讲的现代作家作品都可以看、可以讲了。与此同时，中文学科的大学自学考试热蓬勃开展，社会上也需要一些文学导读书。于是——记得是我们读研的第二年吧，我向同学袁凯声、李天明以及师兄关爱和提议，我们自己不妨编一本《中国现代文学名作提要》，以情节提要和内容解题的方式，介绍现代文学作品，一来可以督促我们自己多读原著，二来集结起来的"提要"出版了，也可供参加文学自学考试的社会人士阅读。这个提议获得了大家的积极认可和热烈响应，袁凯声很快和河南人民出版社的编辑徐豫生兄联系，迅速达成了出版协议，进而扩展为一套包括了"古典""现代""当代"和"外国"四分册的《中外文学名作提要》，其中"现代"分册就由我们师兄弟五人编写，并请赵明先生和王文金先生担任主编和副主编，负责把关。编写这样一本现代文学名作提要，在当时的学界也算是"创举"，所以没有多少先行成果可资借鉴。为此，我们同学五个差不多花了近两年的时间，四处寻觅书籍、认真阅读原著、再撰写提要。有些书当时在河大找不到，如张爱玲和路翎的作品，是我负责编写的，记得还是到老北图设在国子监的旧书库里借出来，就坐在那里的阅览室里匆匆阅读、草草记录下来，回去后再整理提要的。提要草稿写出来了，负责主编的赵老师和王老师再做审订。王老师那时还是年轻教师，对我们同学几个比较宽松，一般不驳我们的面子。赵先生则非常严格，他审订我们的稿子，那真是认真到一丝不苟、一个字也不轻易放过，发下来的稿子往往有他亲笔的修改润色和疏通删节，大家看看，只有惭愧。于是也就日渐认真仔细起来。应该说，幸亏有赵先生的严格把关，才保证了此书的质量。1987年3月，厚厚一大册、多达四十万字的《中外文学名作提要·中国现代文学分册》率先出版了。书前有这样一段出版说明——

《中国现代文学名作提要》分册，选取了五四至建国前三十多年间在中国现代文学史上有一定地位和影响的一百二十一位作家的著名作品。入选注重体裁、内容、风格的多样化，并兼及各流派的代表性,较全面地展现了现代文学创作的基本面貌和发展轨迹。这些被提要的作品,是本分册的执笔人关爱和、李天明、袁凯声、章罗生、解志熙同志,从几百位现代作家的大量作品中遴选出来的。在撰写提要的过程中,他们又反复阅读了原著,几易其稿,花费了巨大的劳动。最后由本书主编赵明同志和副主编王文金同志审阅定稿,其间还得到了河南人民出版社诸位同志的指导和帮助。尽管我们做了这些努力,入选的作品以及内容提要也未必精当,疏漏和错误之处在所难免,恳请广大读者批评指正。

这段说明文字当是出于赵明先生的手笔,写作时间是"一九八六年七月十日",那正是我们刚毕业的时候。赵先生在其中多说我们几个学生"反复阅读了原著,几易其稿,花费了巨大的劳动",而对自己的认真审改之劳则一笔带过。其实,赵先生的认真审改,不仅保证了此书的质量,而且他的一丝不苟的认真作风,也深刻地影响了包括我在内的同学诸子的学术态度,真可谓一生受用。即如我自己,此后为学作文,撇开观点的孬好不论,至少在为文的文献根据上是否可靠、文字的表达上是否文从字妥,从此不敢再马虎,如果发现错误,也一定及时改正声明,绝不会文过饰非。这些都是拜赵先生的示范和教诲,所以至今铭感难忘。

记得有一段毛主席语录,是小时候的语文中的一段,背得很熟的——"世界上怕就怕'认真'二字,共产党就最讲认真。"赵先生是老河大的学生,青年时期就追求进步,执着多年后方始入党,为人为学虽不免拘谨,但认真是一贯的本色,几十年如一日,此所以难能可贵也。正是怀抱着信仰、秉持着认真,赵先生在20世纪七八十年代之际和几个同事一道,毅然承担了中国现代文学资料中最繁难的一种——《抗日战争时期延安及各抗日民主根据地文学运动史料》的编纂任务。这是一项拓荒性的学术工作，为此，赵先生及其同伴东奔西走、躬自抄录、历时数年，终于编成三大册近百万余言的资料，出版后受到学界的好评，为解放区文学研究做出了重大贡献。没有认真的精神和执着的信念，很难设想这项繁难的工作会如期完成。

1990 年我回到母校河大工作，此时赵先生已经退休，安度晚年。我有几年和他同住在苹果园老区，几乎每天都能够看到他安步当车、从容闲适，对学术则完全放下了。有时和他聊天，发现他在学术上其实并未停止思考，但面对浮嚣日甚的学风，他自感难以适应——认真理论，无人理会，附和时风，非他所愿，于是也就索性不再着笔了。新世纪之初，我调往清华工作，每回河大，都会去看看他老人家，而眼见先生暮年不免寂寞，心里不禁黯然。说起来，一贯严谨的赵先生是不善于也不好意思表达感情的，但是，暮年的他似乎也容易动怀旧之情。记得有一年，我和一位阔别多年的老同学去看赵先生，此时先生已不良于行，坐在轮椅上，看到我们两个老学生来了，高兴得伸出胳膊与我们拥抱，激动得热泪盈眶，难得地展现了他性情的另一面，让我们两个老学生感念不已，在心里永远地铭刻下那温暖的一幕。

近日翻检旧书，没想到在书柜底下看到了陈涌先生的《鲁迅论》。此书出版于 1984 年，我不记得自己曾经买到过，可是怎么会有它呢？于是拿出来翻翻，见扉页上有赵明先生的购书题记，乃想起还是在河大工作的时候，向赵先生借阅的，而忘记归还了，于是与我的书一并带到了北京。去年初冬和冬末，陈涌先生和赵明先生相继去世了，这本赵先生购买的《鲁迅论》，我想请求师母和师妹能允许我不还——我希望保存它在自己手头，作为永远的纪念。

2016 年 2 月 18 日晨于清华园

进退辩证法
——挽孙中田先生

东北师范大学文学院王确教授：

惊悉孙中田先生辞世，清华中文系同人不胜痛惜。先生于革命烽火中入大学，稍后参与创建东北师范大学中文学科，学有专攻，成就显著，教书育人，桃李繁茂，晚年恬退，老骥伏枥，专心学术，精进发煌，是深受学界爱戴的前辈。请阁下代我们向孙先生遗属表达慰问之情，还望节哀顺变。谨撰挽联，请献祭于先生灵前——

孙中田先生千古

　　无畏艰险，于烽火中进入革命大学，学有专攻，卓然东北学界之砥柱；

　　不求闻达，当巅峰时退隐书斋治学，思致发煌，巍然现代学科之宗师。

清华大学中文系同人敬挽

2015年9月1日晨

附记： 去年9月1日晨惊悉孙中田先生遽尔去世，我受王中忱兄之嘱，代清华中文系同人撰写了上述唁函和挽联。可能因为这个挽联比较完整地概括了孙先生的经历和人格，所以治丧委员会在9月2日发布的孙先生逝世讣告，就以此联作结。惭愧的是，当时匆匆属词、勉强达意而已，不及推敲声调和字词。现在略微调整几个字词，辑录在此，聊存一点学术因缘吧。

孙中田先生（1928—2015）出生于黑龙江的安达（今属大庆市），是地道的东北人。他1947年入东北大学、参加革命，1950年毕业于东北大学（当年更名为东北师范大学）文学院，留校任校报编辑，1951年起执教于中文系，1983年任教授，1986年任中文系主任、校学术委员会委员、校务委员会委员，是东北师大德高望重的元老。讣告说："孙中田先生是中国现代文学界的著名学者，在现当代文学史研究、鲁迅研究、茅盾研究、东北沦陷区文学研究、美学研究等多方面均有赫赫成就，曾多次到境外讲学，在中国现代文学研究领域享誉海内外。尤其是在茅盾研究领域，孙中田先生是屈指可数的奠基性学者之一。孙中田先生从20世纪50年代从教，为现代文学学术事业和教育事业贡献了毕生心血，是全东北首个中国现当代文学博士点的创始人，培养了一大批优秀人才，深受广大师生爱戴。"这些都是实情，绝无夸张和虚誉。

孙先生主编的《中国现代文学史》是20世纪80年代出版的优秀教材之一，我曾认真拜读过，他在茅盾研究方面的著述如《茅盾研究资料》《〈子夜〉的艺术世界》等，更是专业研究的必读书，我从中颇受教益。只是我一向疏于交往，当面向孙先生请益的机会很少。记得与先生见过两次。一次是在1992年的夏秋之际，《新编中国现代文学史教学大纲》编委会在吉林大学开会，也与近邻东北师大的老师们举行过座谈。那时孙先生身体健朗、言谈开朗、平易近人，我远观风仪，很是感佩。第二次是在2002年的什么时候，我与王中忱兄出差东北，一起去拜访孙先生。其时先生已退休家居，作为名教授的他就住在一套老旧而且狭小的公寓里，却安之若素、潜心学术，乐陶陶地给我们俩看他亲自用计算机为其美学新作《色彩诗学》制作的插图，让我顿生敬意——如此从容进退、行直戒得，当今学界能有几人啊！

2016年2月23日追记

"观人于微而知其著"
——我所见到的王富仁先生

王富仁先生去世的次日,我就从他的学生孟庆澍那里得悉噩耗,并获知5月6日上午要在八宝山举办告别仪式,而那日上午我恰恰有课而不能去送王老师最后一程,心里是很难过和歉疚的。于是匆匆草拟了一副挽联,托庆澍带去……从那之后,学界同人发表了不少纪念文章,我大都看过,这些文章从不同的侧面展现了富仁先生独立不羁的人品与学术,留下了珍贵的永恒的记忆。我自己则由于生性疏懒,与富仁先生的交往并不多,留在记忆里的交往也只有下面的几件小事,虽然不过雪泥鸿爪,也可约略见出富仁先生为人为文的可贵与可爱。

我初见王富仁先生,已迟到20世纪80年代末了。那时富仁先生已是名满全国的学者,我对他的鲁迅研究当然很佩服,按说80年代后期数年间我正在京求学,早有机会与他见面的。可是,怕打扰名人也怕开会发言的我疏于交际,也就一直未能与并不难见的富仁先生见面。直到1989年年末,我匆忙完成毕业论文准备答辩了,导师严家炎先生确定的"同行评议人"中有王富仁先生,论文是托一个同窗送给他的,一个礼拜后我登门去取他写好的评议书,第一次见到了他。让我暗暗敬佩的是,富仁先生没有一点名学者的架子,他的朴实和热情,让人一见如故,使我顿时放松了下来。他递给我评语,我立刻被他那特别刚劲有力的字吸引住了,从此再难忘记。

闲谈之间，富仁先生对我这个年轻学子不吝给予热情鼓励，以至于过奖地说我"真懂哲学"，这让我很不好意思。其实我的毕业论文讨论所谓存在主义与中国现代文学的关系，只是顺手偷巧、敷衍作业而已，哪里谈得上真懂哲学，所以从此闭口不谈此道。此外，还记得我当时顺口说到我的本科论文指导老师支克坚先生，富仁先生立刻尊敬地说："支先生是很有思想的学者，我的博士论文就曾受惠于他的鲁迅研究。"这让我很为支先生高兴，因为支先生僻居西北，学术界不大了解他，所以我后来也向支先生转达过富仁先生的话，支先生说："他也曾经当面对我说过这话。"富仁先生如此不吝奖掖一个年轻学子，又如此坦率地肯认前辈学者对自己的启发，这与同时的有些著名学者之崖岸自高迥然有别，给我留下了非常深刻的印象，从此很愿意与他交往。而说来值得纪念的是，我因为此前送给他的毕业论文稿有一些未及改正的打印错误，稍后去取评议书的时候就把改正的一份给他，而从他那里换回的那份有错的打印稿，则成了我手头存留至今的唯一原件。今日翻出来，看见富仁先生当日审阅时画下的一条条线，真是手泽如新，不能不感佩他的认真不苟。

随后，我回河南大学工作了十年，其间很少外出，与富仁先生很久未能再见。而让我特别感动的，是富仁先生为河南文化和河南人的仗义执言——他给自己的得意弟子梁鸿的博士论文《在边缘与中心之间——20世纪河南文学》写了数万言的长序，不仅率直肯定河南的现当代文学及学术研究之成就，而且纵论上下数千年河南文化的辉煌历史，更慷慨仗义为河南的民性说了许多公道话。这样的奇文也只有富仁先生能为和肯为，充分表现了他为人为文的正直、重情和仗义。同时，我觉得这篇"志深而笔长、梗概而多气"的奇文，也典型地表现了富仁先生为人与为文的一个可爱的缺点，那就是在阔大雄辩之余，于细心考证则略有不足。其有趣的例证之一就是，富仁先生在这篇长序中论列河南籍学者时涉及我，说了这样一段话:"最后不能不提的一个河南籍的中国现代文学研究者是解志熙教授,他是北京大学中文系的博士,现任教于清华大学,至少在我的感觉里,在这两个最'洋气'的名牌大学中,他身上依然保留着河南农村的'土气'……"文章发表后,有学生传给我看,见富仁先生如此夸奖河南籍学者,我当然很高兴,可我并不是河南人啊——富仁先生可能见我长期在河南读书和工作,遂以为我"当然"就是河南人,而疏于求证了!自然,这个小失误其实不足为病,并且把我算作河南人,我也是很高兴的。后来富仁先生大概也知道有误,在梁鸿的书正式出版时,删掉了这段话。这里说说,足见富仁先生为人为文的识大体而不拘小节之可爱。

富仁先生是现代文学研究界公认的大烟枪,关于他的嗜烟有不少传说。据说他上课或开会的间隙出来过烟瘾,竟至于同时点燃两支烟猛抽,这恐怕是真的。当我2000年调到清华工作后,与富仁先生离得近了,见面的机会渐多,于是成了同好的烟友,每次聚首,都一同大抽特抽,不亦乐乎。我比他年轻得多,但烟瘾似乎后来居上,每天抽吸的总量比他要多些——这也是我很少去开会的一个原因,因为既不能在会场抽又碍难忍耐,所以就只能"离群索居"、自抽自乐了。自然,也有例外出席的情况。记得2004年9月在徐州师范大学召开的中国现代文学研究会第九届理事会上,我就和富仁先生碰上了。那时富仁先生已经接任中国现代文学研究会会长一职,他自然得耐着性子去主持会议、做学术报告以及被拉去讲学等等,不能像我一样虽然与会却整天逃会,只在会议室外面逍遥抽烟了。中间休息的时候,富仁先生急忙出来补抽过瘾,那副急不可耐的样子真是可爱可乐。就在我们几个烟鬼喷云吐雾之际,他开玩笑说:"解志熙,我们来成立'烟民党'吧,我当顾问委员会主任,你来当主席!"我至今还记得他说这话时的快乐神气。据说,富仁先生得的是肺癌,这肯定与他的嗜烟有绝大关系。人生的乐与苦、利与害总是相关的，有其乐必有其苦，有其利必受其害。以富仁先生的明达，当然深明嗜烟的利害得失，而仍然难以克制自己，这与鲁迅倒是很相似。其实，每个人都有自己的嗜好，即使洞明嗜好之害也难以割爱者，这大概就是人之所以为人的弱点吧。

说到鲁迅与富仁先生，有一点题外的感想，也顺便说说。鲁迅的伟大当然无可怀疑，而鲁迅显然是富仁先生的挚爱与信仰之所在，他几乎把大半生的心血都用来研究鲁迅的著述、弘扬鲁迅的精神，做出了重大的学术贡献、产生了广泛的社会影响，这些都有目共睹，此处不谈。让我觉得惊异而且敬佩的是，当富仁先生十五年前把他的鲁迅研究新著《中国文化的守夜人——鲁迅》送我一本，我读后印象最深的乃是自序中的一句话，"当然，鲁迅也没有使我聪明起来"，并在序中有所申述。这是不是多少暗示了他与鲁迅之不同呢？我觉得富仁先生似有此意，而未必都是谦虚，因为鲁迅及其著作确是常常使人特别聪明也即特别深刻的，有时就难免失去质朴性与平常心。比如鲁迅晚年数次病危使他明白自己即将逝去，乃多次作文谈论病与死的问题，从《病后杂谈》《病后杂谈之余——关于"舒愤懑"》，到《"这也是生活"……》以至于《死》，等等。这些文章固然颇能见出鲁迅直面死亡、坦然自若、战斗不息的勇气，然而如大病后醒来命妻子走走让自己看看以验证尚在生活，又留遗嘱对仇敌们"一个都不宽恕"，如此等等的言论文章就颇有点做张做致了，显见得他对人生的爱恨情仇以至存殁显晦，还是耿耿于怀而未能释然。而自觉不聪明的富仁先生却对自己的辞世做了那么镇定果决而又质朴从容的安排，然后静悄悄地去了，唯余沉默，亦息众口，让那些惯于别有用心地拿此类事情大做发挥文章的人再难做什么文章。这真让人肃然起敬，比鲁迅可明达多了。

2017 年 10 月 22 日晚匆草于聊寄堂

真正的问题不在"西式论文"的形式

顷阅2014年9月18日《文汇报·笔会》有谢泳先生的《西式论文的负面影响》。此文对当下中文学术论文过分强调西化格式以致出现烦琐无谓之弊痛下针砭,是很有道理的。但谢先生因此倡导学术写作重回中国古典学术文体(如笔记、札记、诗文评和考证学)的路子,恐怕有些因噎废食,不免"形式主义"之嫌,仿佛学术的形式足以决定学术的内容;而把胡适、陈寅恪、傅斯年、钱锺书的论作视为中式论文之典范,也有些不明实情,不免皮相之谈。

诚然,目前学术论文的西化、烦琐无谓之弊,确实与学术量化的评价体制等因素有关,但所谓西化、烦琐也只是表面现象,因为此类论文大量的是并无史料新发现也无学术真见解的浮泛之论,其所谓西化也者,做的都是表面功夫,倘能真正把西方常规学术的严谨扎实、前提清楚、言必有据、纵深分析的优点学到手,则纵使烦琐一点,又有何妨?反过来看,中国古典学术著作之中,除了个别如《文心雕龙》《文史通义》体大思精外,其余笔记、札记、诗文评大都是一点个人的随兴感想而已,写的人并没有系统论述、深入分析的意思,也未必有那个能力,再者,那时的此类写作也不是为了公开发表、取信于人、推进知识创新,而是自娱自乐,但今天的文学评论怎么可能就止步于零散琐屑、肤浅率意的记述?至于传统的考证学,原是从经学中发展而出,扩而及于子学和史学,至清代汉学家发展到顶峰，取得了辉煌成就，但一般来说，考证学仍限于文献学（philology）、古典学（classical scholarship）的范围，除了戴震的《孟子字义疏证》等书用心于思想问题，其余大多是对于某经、某子、某史的文献疏证，这与现代学术的注重综合分析距离尚远。在现代学术中，考证只是论证的方法之一，现代学术不可能只局限于文献学的范围，而必然走向对人文历史问题的综合分析。

胡适、陈寅恪、钱锺书的学术文章之所以比今日的学术文章好，一则因为他们本人确实学养好、见识大，二则也因为他们处在现代学术的发祥期，"破天荒"地运用新观念、新方法来重新审视旧文献，自然别开生面、发现甚多，并且他们除了原始文献，也没有多少现成的研究可资利用，所以他们在援引原始文献的基础上就可以自下判断，自出机杼。具体到各人，也各有特点：胡适、陈寅恪的著述，是在西方实证学术的前提下借鉴了传统的考证学而作，所以他们的论著也都不是简单的古典诗文评或小考证、札记体，而是系统论述问题、分析史实的现代论著，即使做考证也比一般旧学者绵密精细、严格交代史料出处并且对史料时时加以批判，那归根结底乃是正统的西方实证学术的路子。胡、陈的学术论著之差异在于，胡适本自专攻哲学和逻辑，所以为文清通明了、畅达无间，而陈寅恪则过受实证主义史学的影响，且有一点名门公子卖弄旧学的趣味，所以他的主要著述大多累赘、滞涩、烦琐，甚至挟带着旧式文人学士好炫耀自家博学的气息，正因此胡适才说陈寅恪学问很好、文章不行，陈寅恪比较好的著述反而是他的一些纵深分析的论文、学术评论以及简短的考证和札记，既富有见识又直言所见，比较简练清通而且隽永耐读，比旧学者随笔为之的札记、考证等当然大大前进了一步。钱锺书正规的学术论文虽然不多，但他的那几篇著名长文既引证浩繁而正文却清通明快，且不无风趣，避免了陈寅恪的累赘、滞涩之病，至于他的《谈艺录》《管锥编》其实因为要讨论的问题太多，当时不可能也来不及都写成论文发表，所以才采取高度浓缩的札记、笔记的形式，把相关的文献集中引录、略加比较疏解即止，这在他乃是不得已而为之，后人未必可以效法。至于傅斯年，虽然是民国学界的领袖人物之一，但本人并无多大学术成就，除《性命古训辩证》为规模阮元之作外，几乎没有留下多少可读的学术文章，他的集子多是随谈、讲义和著述提纲之类，在学术上陈义过高而实践乏力，可谓志大才疏者也。

窃以为学术的形式虽然不必那么西化，但学术的现代化却是不必抗拒也不可抗拒的。盖自五四以来，不仅文学和文化思想要现代化，学术也同样要现代化，即必然要走综合分析、系统论述的路子，而在这方面，西方学术仍是我们的榜样，它的独立发现问题的问题意识、综合分析的学术思路、学理化地呈现思考过程的述学方式，都应该是我们努力学习的，而不必一概拒绝也。至于具体怎么写学术文章，那其实并没有千篇一律的规定，而只能视具体情况而定——既可以写成系统分析的论著，也可以写成简练的札记、精悍的考证，以及有趣的诗话、书话之类，都无不可，要之，相体裁衣、取便表达即可，而必须明白真正重要的是言之有物，倒不必拘泥于学术文体的必中或必西也。当然，身为中国学人，我们为学不仅要有真发现、真见识，还应努力把学术文章写得有点中国味道、汉语风度，这是自不待言的。

总之，真正的问题并不在所谓"西式论文"形式的负面影响，同样的，单纯援用中国固有的学术文章之传统，也不能保证我们的学术必有起色——除非我们能有真见识、真学问，否则，中式学术文章之传统也像"西式论文"一样，都救不了当今中国人文学术的虚妄之疾。

附记：这篇学术短论发表在 2014 年 10 月 12 日《文汇报·笔会》上，

乃是对谢泳先生发表在2014年9月18日《文汇报·笔会》上的文章《西式论文的负面影响》的一点补充意见。其实，我并不想对此类问题发表什么意见，只是一个上海的年轻朋友专门传来谢泳先生的文章，征询我对这个问题的意见，于是我在回信里顺手写了上面几段话，算是对他的答复。而那位年轻朋友可能觉得我的意见多少可供参考吧，于是代我拟了一个题目，并为我起了"陆风亭"的笔名投给《文汇报·笔会》，同时为了软化我在文末对当今中国人文学术的批评，也好心地删掉了"除非我们有真见识、真学问"之后的"否则，中式学术文章之传统也像'西式论文'一样，都救不了当今中国人文学术的虚妄之疾"这句很可能刺激人的话，而代之以"当然，身为中国学人，我们还应在学术文章中有对中国语言文字的守护与更高追求，这是不待多言的"这样柔和的一句作结。文章发表时略有删节，此处是信函原文。我很感谢那位年轻朋友的抬爱和《笔会》刊发的好意，只是从后来刘绪源先生发表在2014年11月5日《文汇报·笔会》上的文章《"西式规范"之我见——兼说"专家之上的文人"》来看，那位年轻朋友给此文代拟的题目《真正的问题不在"西式论文"》，还是引起了本不应有的误解。其实，我最不以为然的恰是仅从学术的形式规范角度看问题的"学术形式主义"，所以为了免除这种形式主义的误解，现改题为《真正的问题不在"西式论文"的形式》——当然同样的，真正值得我们学习的也不是中国古典学术的形式，而是其实事求是的学术精神。

探寻文学行为的意义
——基于文献的文学研究和文学批评

中国现代文学的文献研究,似可分为常规性的文献整理和基于文献的校读批评两个层面。这两个层面当然是相关的——前者为后者提供了文献基础,后者则是对前者的批评性推进。

第一个层面乃是古典文献学的常规方法在中国现代文学研究中的应用。文献学作为中外学术传统中的常规治学方法,包括版本、目录、校勘、辑佚、训诂、辨伪、考证诸方法,它们当然都可以在现代文学研究中发挥作用。比如搜集整理现代文学佚文和遗文,就是特别重要、急需开展的工作。大体说来,经过历代学者千百年辛勤的反复的工作,中国古典文学文献的搜集整理,现在已接近饱和的极限程度,很难再有重要的佚文和遗文之发现了。但现代文学佚文和遗文的搜集整理才刚刚开始,还大有文章可作。这是因为中国现代作家的作品大都是在报刊上先行发表,然后才结集出版的。其中也有不少作品在报刊上发表之后,却未能及时收集出版,以致长期散佚在外,有些散佚的作品是非常重要的;还有一些现代作家身后留有未曾刊布的遗文,也相当重要。过去的现代文学研究界对作家佚文和遗文的搜集整理是比较忽视的,直到近年这方面的工作才逐渐开展起来,所可开掘的空间、可补充的余地还很大。不言而喻,发掘出一些现代作家的重要佚文、整理出一些现代作家的重要遗文,既会使有关作家的创作成果更为完整,也是对整个现代文学宝库的补充和丰富。近三十年来，这方面的研究已有不少重要成果，如孙玉石和方锡德二先生发掘出鲁迅的佚文《自言自语》，方锡德先生独立发掘出冰心的中篇小说《惆怅》，陈子善先生对张爱玲、梁实秋等作家佚文的持续发掘，还有宋以朗先生等整理出版的张爱玲遗作，旷新年、张勇、杨新宇等学者对穆时英长篇小说《中国行进》的接力性追踪，以及裴春芳对沈从文中篇系列小说《看虹摘星录》原本的发掘等，都是很有价值的文献整理成果。同样的，对现代文学的目录学、版本学、校勘学和考证学的研究也渐次展开。这些常规性的现代文学文献整理工作，早就该做了而长期未做，今天开展此类研究，是按照文献研究的常规在现代文学研究中做补课工作。开展得晚，正所谓"后发优势"，是可以大有作为的，也是功德无量的——比如编纂出比较完备的现代文学出版书目、文学期刊目录、报纸文学副刊目录及其他专题性的文学书目，比勘重要的现代文学作品的不同版本，进而校理出比较完备的汇校本，以及对一些事关重要作家作品和文学行为的疑难问题做出得当的考辨——这些常规性的文献整理工作自具价值，它为读者提供了可靠可读的文本，也为文学研究者和批评家的阐释提供了比较完备的文献，其价值自不待言。

第二个层面的工作，就是依据有关文献及其相关语境和连带信息，对现代作家作品以至于文学思潮流派的变迁等重要文学现象进行校读性的批评阐释，以揭示这些文学行为（包括作家创作在内的所有文学现象，其实都是有特定意义的文学行为）的意义及其得失。这是一种牢牢把握文献及其历史关联的文学意义阐释工作，是一种基于文献的现代文学研究或文学批评。或许由于这个层面的研究和批评超出了古典文献学的常规，所以在目前还不大被人注意和注重，其实乃正是文献学传统的现代发展，有很大的发展前景，在此就多说几句吧。

先不妨回顾一下古典文献学的常规研究之限度和困境,那限度和困境在其鼎盛时代已显露无遗。按,中国古典文献学集大成的黄金时代是清代,其时所谓朴学或汉学的主体就是文献学,自乾嘉以来人才辈出,流风余韵一直延续到晚清和民国,研究的范围则由经学逐渐扩展到子学、史学以及集部的研究。清代文献学在经学方面最有成就的是所谓古文学派。古文学派在儒家经典的校理训诂方面诚然成就巨大,可是却止步于此,而未能上升为对经典意义的批评性阐释——在古文学派那里,文献的校理训诂只是一种探求文献准确性的博雅学问,而非探寻其意义的批评性阐释,只有戴震的《孟子字义疏证》和阮元的《论语论仁论》《性命古训》等少数著述,试图超越校勘训诂在意义阐释上的"支离破碎"而走向整体性的意义阐释,可是他们的努力并未成气候。稍后的今文学派,尤其是清末的康有为和廖平等人,不满古文学派囿于文献校注因而对儒家经典的意义阐释"支离破碎""不成体统"之局限,且有意别求儒家经典的微言大义来为现实的维新政治服务,于是转而采取"六经注我"的解读方法,然而其解读大胆武断有余而乖违了实事求是的文献学宗旨,往往流为捕风捉影、牵强附会之谈,甚至为了自圆其说而不惜曲解文献、妄断是非,所以他们自以为是的创新性阐释虽然震动一时,甚且不无"解放思想"之功,但事过境迁,很快都成了过眼烟云。

　　古典文献学尤其是经学研究的局限和困境,可以给中国现代文学的文献研究有益的教训和启示——现代文学文献的搜集、整理、校勘、训诂等常规性的学术工作,固然可为而且可贵,但对现代文学的文献研究不应止步于这些常规性的基础工作,而应进一步走向基于文献的文学意义阐释即文学史的研究和文学批评,同时必须注意的是,基于文献的文学史研究和文学批评,一定不能背离文献及其语境的历史规定性做望文生义的解说、捕风捉影的发挥,而应努力深入有关文献及其历史语境来考量,才能得出既合乎文献实际也合乎历史实际的批评判断。倘能如此，则基于文献的现代文学史研究和文学批评必定是前景广阔、大有可为的。

空谈无益，就举一个具体事例来说吧。

这个例子就是著名作家沈从文在抗战及 40 年代的两本代表作——散文文论集《烛虚》和中篇小说集《看虹摘星录》——的意义问题。由于这两部作品几乎写于同时，而前者多是文论，后者乃是创作，所以不少研究者都喜欢把前者所表达的文学—美学—生命观念简单地照字面全收，并将之"光滑连接"到后者上来，以为这一时期沈从文最用心的这两部作品，突出地表现了他超越世俗政治和鄙俗现实，致力于抽象的抒情，达到了玄深的生命境界。乍一看，这种高调的阐释似乎怡然理顺而且有一种高深玄远之美，但其实这种高调的解释不但对沈从文的两部文本做了望文生义的理解，而且不自觉地陷入了作者布下的文献迷魂阵。"解铃还得系铃人。"研究者只有仔细校读有关文献及其相互关系，才能破解沈从文布下的文献迷魂阵，也才可望准确理解沈从文这两部作品的真义，进而揭示出他这一时期的文学行为之真相。

首先应注意的是，当沈从文 1941 年把他写于 1938 年至 1940 年间的那些自剖自析的文字编入《烛虚》一集时，不仅有所删削和刊落，而且对入集的文字也做了倒置的编排——写作在后的比较外向的文字编在前头，而那些写作在前的比较内向的文字则编在后边，并且对各篇的写作时间之交代也很含糊。正因为如此，读者如果"顺着"作者的编排从前往后看，则不免会有错觉和误解。即如比较重要的《生命》一篇，研究者常常引用，但多循着作者"抽象的抒情"之"抽象"思路，解说得越来越玄乎，这反而启人疑窦——沈从文的思想真有那么玄乎吗？他的抒情当真是那么"抽象"吗？未必。只要按文章发表的时间顺序来看，并参读同时相关的其他文字，也就有可能还"抽象"于"具体"，而沈从文当年焦虑的问题之眉目也会逐渐显露出来。比如,最早显示了某种端倪的,是沈从文用笔名"朱张"发表在1938年9月26日香港《星岛日报·星座》第57期上的《读书随笔》。就其性质而言,此篇也属于《烛虚》第一辑的自剖自析散文系列,尤其与《生命》一篇很相近,可是却被作者刊落于《烛虚》集外,长期不为人知。正是在该文中,沈从文表达了自己对来自"某种有教养的中产阶级女子,对于具有乡下老(佬)精神之男子"的诱惑以及由此引发的男女风情"战争"之感怀。三天后的1938年9月29日,沈从文仍以"朱张"的笔名在香港《大公报·文艺》第417期上发表了《梦和呓》一文,该文虽然被编入《烛虚》集的《生命》篇里,但有所删节并更动了原文次序。很有意趣的是,沈从文在《梦和呓》的前半篇叙述了自己的一个奇美凄艳的梦境,和梦醒后怅然若失,乃以文笔描摹,而又写了复毁、毁了又想以小说转喻的过程——看得出来,沈从文的这场奇梦其实是一次爱欲行为的象征性表现,这让他难以忘怀,所以他随即预告说:"法朗士曾写一《红白(百)合》故事,述爱欲在生命中所占地位、所有形式,以及其细微变化。我想写一《绿白(百)合》,用形式表现意象。"由此可见《梦和呓》对理解沈从文当年的心态和创作具有很重要的意义。而最值得注意的是,沈从文还以"雍羽"之名在1940年8月19日的香港《大公报·文艺》第907期上发表了《莲花》一文。这是一篇自我剖白其爱欲真情的散文,沈从文在其中鼓足勇气坦白道:"我也应当沉默?不,我想呼喊,想大声呼号。我在爱中,我需要爱!"对人到中年的沈从文来说,发出这样一声爱之苦闷的绝叫,委实不是一件容易的事——就其性质而言,《莲花》也属于《烛虚》集中的《生命》篇之列,但很可能也正是因为它将此前隐隐约约、含糊其辞的隐情说破了,所以稍后从感情危机中恢复过来的沈从文在编辑《烛虚》集时,便将《莲花》一篇刊落在外。

综合《烛虚》以及与其相近的自剖散文,还有当年知情者的证言，大体可以肯定：从1938年八九月间到1940年七八月间，沈从文深深地纠结在与两个女性的婚外恋之中——先是与高青子的婚外恋渐近结束，随即又痴恋上了另一个更美丽且关系更亲近的年轻女性，如果说与前者多年的旧情让沈从文铭心刻骨，那么对后者的新恋情则更让沈从文特别痴狂，并且因为这个新恋情别有隐情、非常忌讳，所以沈从文苦恼之极，以至于觉得"爱与死为邻"。而不论是新爱的激情也罢，还是旧情的回忆也罢，对沈从文来说当然都是值得骄傲和铭记的，所以他在1938年9月就计划着追步法朗士撰写自己的爱欲小说《绿百合》而未果，待到1940年的七八月间他所谓的"情感发炎症"渐趋平复，怅然若失的他便决意用"情绪的体操"之创作来处理自己的"情感发炎症"，其结晶便是系列性的新爱欲传奇《看虹摘星录》：最初一篇《梦与现实》完成于1940年7月（连载于1940年8月20日、9月5日、9月20日、10月5日香港出版的《大风》杂志），随后写了第二篇《摘星录》（连载于1941年6月20日、7月5日、7月20日香港出版的《大风》杂志），最末一篇《看虹录》初稿于1941年7月（1941年11月5日初刊于香港《大风》杂志百期纪念号），重写于1943年3月（1943年7月15日重刊于《新文学》杂志第1卷第1期）。其中一篇恰好多次以百合花喻女主角，如"低下头，（一朵百合花的低垂）"，另一篇则径直以"绿的梦"作为副题，而该篇也恰如《梦和呓》所设想的"用半浮雕手法，琢刻割磨"之爱欲故事《绿百合》，将女主角的色相之美刻画得无遗无憾。这表明沈从文的文学行为和人生行为之"诗与真"确乎打成一片了。

更耐人寻味的，是沈从文对《看虹摘星录》诸篇表现方式的精心选择及其随后不止一次的改换与掩饰行为。由于这三篇小说带有自叙传特色并且写的是很私密的爱欲经验，所以沈从文在小说叙述形式上做了一些试验和改造，把过于明显地主观宣泄、自曝苦闷的"自叙传"，改为看来比较客观的他叙形式和比较戏剧化的角色表演，特别加强了角色的性心理独白和男女主角之间的性心理博弈，并尝试运用了音乐主题逐次展开与反复变奏的作曲法。经过这样别出心裁的客观化、戏剧化以及音乐化的处理，于是也就有了在形式上虽非自叙传，却暗藏着作家自我爱欲经验和爱欲想象的"新爱欲传奇"《看虹摘星录》，其中的三篇作品共同构成了一个新爱夹杂着旧情的爱欲传奇抒情序列。这样一种新的叙述形式既达到了抒发爱欲、平衡身心的目的，也给了沈从文一种自觉安全的艺术保护色，诚如他在《〈看虹摘星录〉后记》里所说："时间流注，生命亦随之而动而变，作者与书中角色，二而一，或在想象的继续中，或在事件的继续中，由极端纷乱终于得到完全宁静。科学家用'热力均衡'一名词来说明宇宙某一时节'意义之失去意义'现象或境界，我即借用老年人认为平常而在年青生命中永远若有光辉的几个小故事，用作曲方法为这晦涩名词重作诠注。"这也就意味着《看虹摘星录》确实带有自叙传色彩，融入了作者切身的爱欲经验和基于经验的爱欲想象。然而，也正由于《看虹摘星录》都是些写爱欲、写性的苦闷与发泄的作品并且带有自叙的色彩，所以沈从文还是不免担心读者会从道德的维度来看待这些作品，以至于把"作者与书中角色，二而一"的关系理解得过于狭窄，所以他随后便采取了一些移花接木、自我掩饰的措施：先是把《梦与现实》改为《新摘星录》重新刊发，接着又改为《摘星录》而再次重刊。这样一来，《梦与现实》失去了初名，被移花接木地改装成了《摘星录》，而原本的《摘星录》则从此销声匿迹了。1944年5月，沈从文将他重新处理、精心修饰过的三篇小说编为《看虹摘星录》，并撰写、发表了序言，后来也声称在抗战后期的西南某地出版了此书，但其实是故布迷阵，该书并没有出版。由于作者的有意掩饰和精心改装，读者和研究者长期难睹《看虹摘星录》的真相，新世纪之初出版的《沈从文全集》所收仍是沈从文改装为《摘星录》的《梦与现实》，没人知道《摘星录》别有真本，直到2008年裴春芳找到《梦与现实》

和《摘星录》的香港初刊本,才使《看虹摘星录》复为完璧,而整个事情之实情和过程之曲折也于焉显现。

总之,不论在文学观念上还是生活实际上,沈从文在抗战及40年代的相当长一个时期里都执着于"爱欲"之探寻。在那时他的心目中"爱欲"是最具力与美的人性,他甚至觉得男女风情"战争"的重要性堪比正在进行的中国抗战和世界大战,认为只有发扬"爱欲"的力与美才能促进"人的重建""民族的重建"和"国家的重建"。此所以沈从文虽然支持抗战却并不热心抗战文学,而独自坦然地"看虹""看云""摘星",倾心以"述爱欲在生命中所占地位,所有形式,以及其细微变化"作为他战时创作的主要追求。他所谓"抽象的抒情"云云则是出于自我保护而对爱欲抒情的掩饰,究其实并不像乍一看那么"抽象"的。显然,沈从文的这些文学行为对爱欲文学在现代中国的发展有独到贡献,同时也难免奢华和偏执。

应该说,上述对沈从文这一时期文学行为之意义的批评判断不是轻易得出的,而是基于对大量文献的批评性解读,并且对文献的解读严守解释的限度——既注意从文献的具体语境、版本变异、修辞策略来辨析作家的心声,也兼顾了作家人生情结、文学观念和文学创作的相互参证,才得出这个不得不然的结论(具体分析可参阅解志熙:《爱欲抒写的"诗与真"——沈从文现代时期的文学行为叙论》,《中国现代文学研究丛刊》2012年第10期、第11期、第12期连载)。如此基于文献校读的文学史研究当然也是文学批评,文献则不仅是批评的基础,也是批评的方法——"一种广泛而又细致地运用文献语言材料进行比较参证来解读文本的批评方法或辨析问题的研究方法",我过去曾称之为"校读批评"(解志熙:《老方法与新问题——从文献学的"校注"到批评性的"校读"》,《考文叙事录》,中华书局2009年,第17—21页)。

2016年9月1日草成于清华园之聊寄堂

虚荣时代的学术守望

——《文学评论》创刊六十周年随感

当《文学评论》在1978年初复刊的时候，我刚上大学，因为读的是中文系，所以也订阅了它，常常翻阅，受益匪浅。在那个思想文化渐趋解放、政治经济逐渐改革开放的新时期，《文学评论》以严肃纯正而又勇于创新的学术姿态，成为引领全国文学研究与文学评论的头号刊物，在学术界享有崇高地位，其影响之大恐怕是今日的年轻学者无法想象的——那时一个学者或评论者能在《文学评论》上发表一篇文章，真是如登龙门、广受瞩目，而凡是《文学评论》推出的新作者，也确乎都有自己的独到见解。那时《文学评论》的审稿虽然很严，但编辑思路却很开明，尤其注意发现和推出年轻学者和批评家。诸如王富仁、钱理群、陈平原、黄子平、王晓明、汪晖等许多学者之成名，大都得益于《文学评论》的热情助力，由此形成了80年代批评的繁荣与学术的活跃，让人感叹那真是一个"不拘一格降人才"的时代。

我年纪小一点，但还是侥幸地赶上了光荣的80年代的尾巴，得到《文学评论》的扶助。记得是1986年的4月末吧，我在河南大学的硕士论文完成了，写的是中国现代散文化抒情小说的艺术问题，那是唐弢先生公开点名、希望有人能去研究的题目，我在导师刘增杰先生的鼓励下完成了它，师兄弟们看过后觉得还有点新意，建议我给《文学评论》投稿。可是我很不自信，觉得自己一个无名小卒的投稿，编辑先生恐怕不屑一顾。几位师兄鼓励我说，就因为咱是无名小卒，投不中也算不上丢人啊，何不试试？于是我在 6 月投寄了论文的提要，随即就受刘增杰先生之命到北大投考严家炎先生的博士生，临行前心想那寄出的提要肯定是石沉大海了。可是当我从北大返回河大，一打开门就看见门缝里塞进的一封信，是《文学评论》编辑部邢少涛兄的来信。他在信里说虽然没有看到论文全稿，但从提要来看是有创新的，所以决定选用论文的核心部分——论艺术的那一部分，建议我把那一部分压缩到一万四千字给编辑部刊发。这真是出乎我的意料，心里自然很高兴。而信早已被我的一位师兄拆开看过，他还郑重其事地提醒我：认真改稿，这是比考上博士生更重要的事情啊！随后，我到北大读书，改出了稿子，就是发表在《文学评论》1987 年第 6 期上的《新的审美感知与艺术表现方式——论中国现代散文化抒情小说的艺术特征》。因为这个投稿的机缘，我逐渐与《文学评论》编辑部的王信先生、邢少涛兄都熟悉了，他们时常会问我有什么新文章可以给刊物。我关于《围城》现代性的论文，就是王信先生要去的，他看了前面一段关于研究方法的议论，还建议我单独写成一篇短论《方法：在综合中达到互补》，说是可以作为那几年新方法讨论的一个结论，把它刊发在《文学评论》1988 年第 3 期，只是校样把我的姓名误排为"解志熊"，我改过来，正式刊发时又误为"熊志熙"，所以有些同行可能注意到这篇短文，但不知道"熊志熙"就是"解志熙"，这说来不免好笑。再后来《文学评论》又发表了我关于《围城》现代性的论文，并连载了我的博士论文的两章。那时我是一个没有任何资历的年轻学子，而能够比较顺利地走上学术之路，确实得益于《文学评论》不拘一格的热情扶助。如今回想这些旧事，真是感怀那个时代的解放与开放，感念这个学术刊物的纯正与开明。

令人惋惜的是，在随后的一个时代——新旧世纪交替之际的十多年间，社会的和学术的风气发生了很大的变化，尤其是市场经济的风潮似乎有冲决一切之势，《文学评论》也不免受到一些影响：由于办刊经费的困难，它不得不与人"合作"，而一些地方也乐于利用《文学评论》的名头，于是所发文章渐多水分，应景文章也不少，刊物的学术质量明显下滑。这让关爱它的人不禁叹息而且惋惜，我有一次甚至当着刊物主持人的面直言不讳地说："好好一个刊物，怎么糟蹋成这样啊？"幸好再后来刊物有了充足的经费，不必再做妥协的"合作"了，学术的严肃性渐渐有所恢复。如今《文学评论》面对的问题，显然不再是"经济问题"了，但计划指令性的批评意志和抬轿子批评的诉求还是时有所见，仍然给这个刊物带来一些困扰。看来，把学术真正还给学术、让批评变得干净纯正，还是不得不继续努力的理想目标。

应该说，如何把学术真正还给学术、让批评变得更为干净纯正，负有责任的其实不仅仅是如《文学评论》这样的刊物及其编者们，还有作为作者——批评家或学者——的我们。而在目前，作者们首先遇到的学术考验，就是能否拒绝学术的虚荣之诱惑与虚假的批评之招徕。

虚荣以至虚假无疑是当今时代的普遍疾患，文学批评和文学研究也难免此疾。

"虚荣"并非说那繁荣是假的，从表面看倒是真的——经济建设的大肆铺张、繁荣热闹之景象，国人经济生活的烈火烹油、火热消费之状况，在事实上都确然是真，却如此明显地缺乏真善美的质地，缺乏公正性与可持续性，无不显现出虚荣、势利、自欺的病状和难以为继的困窘，繁荣背后的生态代价、社会不公和强大背后的虚肿、腐败已无可掩饰。并且欲壑难填、纵情任性的风气席卷全社会，消费主义颠倒众生，斗富争狠、自炫自恋、寻求刺激，人人忙得不亦乐乎，他人以至自己的一切都成为欲望和消费之具，所谓人的自由与解放之尺度终于拓展到动物般的境地，人的尊严和人性的底线差不多扫地无余。这一切诚然都是真实的存在，可在价值上又是多么虚浮与低劣！至于文学和文化，则更是一片虚荣。比如据说当代中国一年出版的长篇小说多达两千部，几乎超过了现代文学三十年的总和，而且不少长篇长到百万字以至数百万字。这数量确乎超越既往、繁荣无比，可是货真价实的能有几何？不少作家为获奖获利而写作，绞尽脑汁去制作适合在国内外获奖获利的作品，迎合热点与卖点，炒作热销、欺世盗名，他们粗制滥造的所谓杰作巨制尚在印制中，即召开新闻发布会、拉拢评论家成群结队写评论，夸张得像花儿一样好。如此等等的行为渐成创作界的流行做派。这种虚荣造作的做派也传染到学术界和评论界。近些年来不仅抬轿子的批评畅通无阻，而且批评与学术也沦为一些学者和批评家赚取个人名利的工具。诸如某些学阀的"学术思想讨论会"，某些批评家和学者新著出版后连篇累牍的学术评论专栏，以及一些不学无术却小有权力的学氓的"学术研究专辑"，等等，都纷纷出笼，热闹得不亦乐乎。文学与学术评奖及科研项目申报也花样频出，抢重大多拿钱，可谓盛况空前，其实每况愈下，甚至流为文学与学术的权势集团暗箱操作的分赃牟利之举，堕落到不堪入目的境地，获利者们却还在沾沾自喜呢。

当文学、批评和学术如此虚荣自是之时，一个批评家或学者将何以自处？这是不能不自问的问题。追随风气、与有荣焉，是一种选择；拒绝时尚、严肃自守，也是一种选择。不待说，在虚荣的时代里坚守批评的严肃和学术的纯正，那只能是寂寞的事情。好在时间是最无情的打假者。从以往的历史经验可知，当代最走红的学者和最著名的批评家，到了后世未必会继续享受霸权和荣耀，而当虚荣的烟云过眼之后，真正的学术和批评自会浮出历史的地表。所以严肃的批评和纯正的学术或者仍可守望。《文学评论》是一个重要的学术与批评刊物，希望编辑们能够珍重自己的权力和眼力，也希望包括我自己在内的作者们能够自重自守。

2017 年 3 月 31 日草于聊寄堂

清华园里谈读书
——洪子诚、解志熙对谈

地点：清华大学图书馆邺架轩书店
时间：2018 年 4 月 23 日（15:00—17:00）

洪子诚：感谢清华大学图书馆、邺架轩书店和北京大学出版社邀我和解志熙老师一起跟大家座谈。开始，我要说一点我对解志熙教授的印象，不是八卦，跟我下面要讲的内容相关。我们都是从事文学研究的，文学阅读带有公共性质，但同时也是很个人化、有私密性质的行为。在我写的文学史中，可以看到我对一些作家作品的看法，不过私下问我最喜欢哪些作家、作品，我可能不告诉他，或含糊其辞。

阅读——选择什么，怎么读，有什么感想——跟个人的生活经历、修养、性格有密切关系。我想，今天跟解老师座谈，可以是一个显示差异性的对话。我们都研究现当代文学，他侧重现代部分，我侧重当代部分，在专业研究的阅读的动机、方法上，肯定有共同点。但是我们也有很大不同。这个不同，粗粗想来有这样三个方面。

第一，我出生在 1939，他是 1961，我们相差有 22 岁，22 岁是什么概念？我生长的年代，或者世界观、思维方式形成是 50 到 60 年代，按照电视剧说法是"激情燃烧"的革命岁月。解老师上大学是在 80 年代，改革开放，整体的环境，社会文化氛围，可以说和五六十年代形成对比。这在我们的性格里面会留下深刻印痕。

其次，虽然我年长22岁，但是很惭愧，他当教授比我要早一年，他是1992，我是1993年。这说明在基础和学识上存在差距。记得解老师1990年获得博士学位，钱锺书先生曾给他信，对他有很高的评价，说他的博士论文"高见新义""迥异常论"，而"既感且佩"；说"欣悉已金榜题名，可喜可贺。不喜足下之得博士，喜博士中乃有学人如足下也"。大家知道，钱锺书先生高傲、轻易不表扬人，他对解老师的表扬发自内心，这可以见出解老师的学问。没有广泛、深入的阅读、思考不可能做到这一点。

第三，经历、生活地域不同。这一点很重要。解老师家乡是甘肃环县，昨天我还查了地图，环县在甘肃东部。环县我没有去过，但是紧靠环县西边的固原我去过。固原在宁夏南部，它和西吉、海原等六个县统称"西海固"。这是黄土丘陵地带，干旱，水土流失，土地贫瘠，70年代被联合国粮食计划署确定为不适宜人类居住的地区。张承志90年代初写有《离别西海固》的散文，里面这样说："西海固，若不是因为我，有谁知道你千山万壑的旱渴荒凉，有谁知道你刚烈苦难的内里？西海固，若不是因为你，我怎么可能完成蜕变，我怎么可能冲决寄生的学术和虚伪的文章……"——是的，我就是因为读了张承志才知道西海固。这篇散文在90年代初很出名，在人文精神大讨论中，张承志和张炜被认为是占据精神高地，以笔为旗的作家。环县的地理环境、气候可能和西海固差不多。解老师父亲是乡村教师，在网上我见过他的照片，就是西北乡村老农民的样子。解老师从那块土地，从父亲那里，不仅继承了质朴，也培养了对传统文化（古典文学、书法等）的热爱，写得一手漂亮的毛笔字，对古典诗词很有素养。这里提出的问题是，质朴和高雅是如何在一个人的性格中融合的？也许，真正的高雅原本也就是质朴。

我不一样，我出生在粤东的揭阳。这个地方大家可能不知道，但是汕头、潮州应该听说过：揭阳和汕头等过去称为潮汕地区。我对解老师家乡，包括中原、西北的乡村可以说没有什么了解，一星半点的知识、印象，基本上是从书本，特别是小说里得来的。在生活、观念、情感方面，用现在的流行语，解老师很"接地气"，我却常常有悬浮在半空的感觉，因此常茫然、慌乱。解老师没有寻根的问题，我就有一个总也不能落实的虚构"家谱"的焦虑。

我讲的第一个问题就是，这些不同影响了我们对作品的选择、评价。举个例子说，最近跟他通信，谈到对当代两部作品的评价问题，一部是柳青的《创业史》，一部是路遥的《平凡的世界》。解老师虽然主业是现代文学，但是写了评论这两部作品的文章。他评价都非常高，而且确是从心里喜爱，他的文章投入了炙热的感情，联系他生活经历的体验。但是我对《创业史》和《平凡的世界》，说老实话并不是太喜欢。或者说，我认为它们是当代文学里面的重要作品，但是评价不如解老师那么高。

平常聊天或者到学校讲课，这个问题经常会被问到：你的文学史里面为什么没有《平凡的世界》？每次我都支支吾吾。2013年的时候，《文艺报》的李云雷跟我有一个对话，也提到这个问题。其实，《中国当代文学史》1999年的初版本，应该写到却漏掉的，不只路遥，还有王朔，还有王小波。修订版补进去王朔、王小波，但是《平凡的世界》还是没有关注。这大概是一个失误。后来怕又被问到，我就准备了答案。我说，当代人写当代史肯定有很多疏漏，很多失误、偏见——如同唐人选唐诗。还有一个理由，我说，19世纪40年代的别林斯基，他敏锐地发现普希金、果戈理，正确肯定他们的价值，但是也有看走眼的时候。我说，才华横溢的人尚且这样，就不要说我们平庸之辈了。这个回应，其实不大厚道，属于狡猾搪塞之类。

前些天在网上看到阅读排行榜，《平凡的世界》在我国好几所著名大学的学生中，都名列前十之内。这让我很感慨，不大明白是应该高兴还是悲哀。不过，这么多人喜爱这部书，评价这么高，真理肯定是在多数人这一边。我的问题出在哪里，还需要我认真想想。

类似的还有《创业史》。最近好像对它评价也越来越高，或者说是在一个圈子里面，不一定整个当代文学研究界都是这么认识。60年代初我刚大学毕业，对这个作品还是很喜欢的，对西北农村的风俗、农民心理的描写达到的成就，在十七年作品中属于屈指可数之列。而且当时也喜欢叙述人那种"强势"的、居高临下的议论和抒情。当时年轻，内心其实狂放，喜欢这种叙述的口吻。"文革"前夕，在《创业史》论争时，也认可柳青那种证明社会未来规划的创作理念，所以写过批判严老师的大字报。到八九十年代写文学史的时候重读，感受发生微妙的变化，尤其是叙事口吻上。这里我用一个可能不恰当的词，觉得这种叙述有点"自恋"。这个感受无关政治意识形态，也不涉及合作化运动的功过。许多人认为它是社会主义现实主义的一个范例，但我不是从这个角度来谈问题。

阅读的第二个问题是，读书的人选择书籍，书本也选择、塑造人。台湾大学周志文教授在他谈音乐的书《冬夜繁星》里有这样一句话，他说："这个世界真好，不让你只活在现在"——我们的生活乐趣，我们的幸福感不只来自当下。"当下"自然很重要，美景，美味佳肴，与喜爱的人相伴，事业有所成就……但是我们的快乐、幸福也来自过去，来自历史。周志文举例说，如果怀念以赛亚·伯林，我们可以从书架上拿下他的书来读，如果喜欢施纳贝尔，他的CD就在案头。施纳贝尔是出生于波兰的犹太裔钢琴家，我对他不熟悉，他主要活跃在20世纪上半叶，所以唱片很少，大多是单声道的。周先生说这不妨碍他的演奏的精彩。我们生活在21世纪，却能容易地读埃斯库罗斯，读《堂吉诃德》，能听到施纳贝尔钢琴、富特文格勒指挥的交响曲——细想想，能不感到幸福吗？

跟过去、跟历史建立的联系,对我们的生命是重要线索,也是我们的思想情感、感受、思维方式的重要来源。所以我们读书、听音乐、寻访古迹,从过去时代留存的器物里发现微妙的信息。我住在蓝旗营,走过围墙的小门就是你们学校,经常到清华园散步。清华园里面的建筑、树木、池塘,如果不知道它们的历史,那就平淡无奇。了解它们的历史线索,感受可能发生很大变化。比如西边那个不大的湖和小河,因为朱自清的《荷塘月色》就熠熠生辉,大家就在旁边流连忘返。万泉河流经北大蔚秀园、承泽园旁边,然后贯穿清华园。我上大学的时候,还是沙土的河岸,泥沙杂草柳树,水流也充沛。不知什么时候用水泥砌成笔直的河堤,大多数时间河里没有水,还不时散发臭味。不过,在介绍清华园的文章里,你会读到这样的描写:清澈河水蜿蜒其间,西山叠峦在望,这是吴宓读书所称的"世外桃源"。这样,我们即使走在发出臭味的河边,也会很"文青"地产生"先知的话语在寂静中传递"的幻觉。这让我想起美国学者斯维特兰娜·博伊姆在《怀旧的未来》这本书开头讲述的细节,一对德国夫妇第一次到苏联访问他们父母居住的柯尼斯堡,也就是加里宁格勒,在普列高利雅河边,蒲公英和干草的气味,让年事已高的男人感动地跪在河边,捧起故乡的河水洗脸……而这条河,据俄国记者说,有多少垃圾和有毒废料倾倒在里面。

阅读有可能织成个人的"怀旧"的网,不过,对过去的幻想、怀念、追忆,也直接影响我们的现实和未来。检讨我自己,虽然这辈子读的中外文学作品不少,说起来,留下更深刻印象的,可能还是19世纪下半叶的俄国文学;恍惚间以为是个从未去过的家园。这真是容易让人忘却现实地沉落,"混淆实际的家园和想象中的家园",如博伊姆说的,是对错位和时间的不可逆性的哀悼……这在解老师那里就不可能存在。我想他不需要,他有稳定的生活和精神的根基。

1998年,我主编过一套丛书,叫《九十年代文学书系》,这套丛书由先锋小说、现实主义小说、女性小说、诗歌、学者散文、作家散文六个选本组成。丛书完全是社科院文学所的贺照田、吴伯凡他们的功劳，我其实没有做什么事，和另一位主编李庆西先生至今也没有见过面。这套书的编辑过程很有意思，不在这里说了。学者散文卷《冷漠的证词》中，选了陆建德先生的《麻雀啁啾》。陆先生是研究英美文学的，原来是社科院外文所所长，后来担任过文学所所长。《麻雀啁啾》讨论的是《日瓦戈医生》这个小说，就是俄国帕斯捷尔纳克的一个长篇。

《日瓦戈医生》1997年有了首个中译本后，中国文学界普遍评价很高，包括对小说的主人公。陆建德先生提出了质疑："日瓦戈医生不是一个精神完美的形象。"陆先生说，日瓦戈最后回到莫斯科时，他蓬头垢面，心力交瘁，妻儿流亡巴黎，也就是我们常说的是个落难公子，全靠在他岳丈家当用人的马克尔的帮助才有栖身之地。马克尔的女儿玛琳娜深爱他，和日瓦戈一起生活七年，几乎牺牲自己的一切来含辛茹苦照顾他。但是这部小说里，陆先生说，没有玛琳娜的位置，日瓦戈既不爱她，叙事者也不肯给她丝毫的同情和尊严。这种阶级偏见限制人的想象力，也影响对社会问题所做的处理。

陆建德的分析、批评是有道理的。他从单一叙事视角的文本的光滑表面，发现了裂痕，阶级偏见的裂痕。不过，在另外一些问题上，我也有不同的看法：这些看法写在《一部小说的延伸阅读》里，收入《我的阅读史》。陆先生将日瓦戈和书中另一个人物斯特列尔尼科夫比较，说后者是海燕，日瓦戈则是燕雀。我们熟悉高尔基的《海燕之歌》，在激变的时代果敢决断，把暴风雨当成千年盛世的前奏，在风暴雷电中毫无惧色地飞翔，而日瓦戈这只燕雀，在暴风雨来的时候，寄居檐下，"避世且以庸乐自居"。

我的异议有两点，一个是他对这人物思想性格的概括，并不符合书中的描写。斯特列尔尼科夫并不那么光辉，而日瓦戈也不是那么低俗。另外一个是，即使承认日瓦戈是燕雀，那也是值得尊敬的物种，至少在我这里是这样。在人格上、精神高度上，一点也不比那个被称为"海燕"的人物低，甚至更高。当然，我也不赞成好莱坞电影将斯特列尔尼科夫漫画化，帕斯捷尔纳克对他没有这样丑化的动机。所以，我做了这样的辩护：做这样的燕雀并非易事；在那样的时势中，那样的乱局中，不愿趋炎（潮流），拒绝附势（权力），坚持自己确立的志向，这哪里是"庸乐自居"的燕雀能够做到的？我说，正是有这样的勇气，他才能察觉到以无情的手段来推进人性理想的设计的虚妄和危险。

这种解读角度，以及对燕雀的更多的同情，当然来自我的生活经验，我的性格、世界观，而这种看问题的方式，也部分来自俄国文学。80年代读这部小说的时候，日瓦戈这样一段话触动我，他——那是他参加革命，而对革命产生的精神损害有深刻体验之后——这样说，在俄国文学里头，我最喜欢的是普希金和契诃夫的天真，他们不空谈世界的未来，而且也无须他们去谈；果戈理、陀思妥耶夫斯基为死亡做了很多准备，他们一直在探索人生的意义，不断进行总结，而普希金与契诃夫潜心于自己的艺术活动，度过他们的一生。不应该把日瓦戈，或帕斯捷尔纳克看作不关心世事的"纯文学"信仰者，讲这些话有特定的背景。书里还引用了普希金的诗句，"我现在的理想是有位女主人，/我的愿望是安静，/再加一锅菜汤，锅大就行……"一百年后的瞿秋白也有类似的话，"……中国的豆腐也是很好吃的东西，世界第一"——这是《多余的话》的结尾。这些话都包含着令人深思的苦涩和无奈。

俄国文学的阅读经验，会延伸、辐射到我对中国当代作品的评价上。譬如说，对统一模式、历史必然性的质疑，对偶然性、现实无法预见性、历史悲剧性的感知，对个体价值的重视，以及对苦难的态度、处理方式，等等。我不大喜欢渲染苦难的作品，包括80年代的伤痕文学，不喜欢张贤亮那样的炫耀苦难，将它作为索取情感和利益资本的写作心态。"文革"期间有一个朝鲜电影《卖花姑娘》在中国很轰动，大家说看这个电影要多准备几条擦眼泪的手绢。我也带了手绢，可就是怎么努力也没有哭出来。看到周围流泪的观众，当时觉得很不好意思，为自己的冷漠真不安。俄国的诗、小说，较少以表现苦难作为关注点，虽然从19到20世纪，许多俄国知识分子的遭遇很悲惨。如19世纪20年代贵族出身的十二月党人，60年代的平民知识分子，许多人经受监禁、苦役的磨难，不少人流放西伯利亚，以至萨哈林岛，也就是库页岛；有的没有走到终点就死掉了。契诃夫的《第六病室》写了黑暗和残酷，但也不是聚焦于苦难的哀诉。这个情况可能跟宗教的传统有关系。别尔嘉耶夫在《俄罗斯思想》中有一句话，当俄国作家都背叛基督教的时候，他们写作的主题将是基督教的。他们有一个观念，认为人生来就是为了受苦的；这跟我们的生活哲学不大一样。这是一个传统问题。

最后，谈谈阅读的乐趣。我跟解老师都是做文学研究的，我们阅读大部分和专业相关，可以说是专业性阅读。这种阅读有它的乐趣，但也很痛苦。夸张地说，研究当代文学史特别痛苦。那么多枯燥无味、没有个人性情的社论、报告、长篇文章，不少当代作品怎么咀嚼也索然寡味。由于政治环境，要发现冗长文章中暗藏的"歧义"，真的要费相当的功夫。其实无论哪个时段、哪个领域的研究，都不会轻松，都要有忍受痛苦的过程。只有当你从纷杂的对象中寻绎到它们内在的线索，有所发现，才有了快乐的感觉。黄子平先生跟我说过，无论怎样公式化、枯燥的东西：文章、小说、电视剧，他都能读、看得津津有味，那是他透彻知晓这些"文本"的编码程序、技术，这种程序里面的计谋、无奈、苦涩……快乐就来自对它们的拆解。我就办不到；或者说，要等到鼻孔里塞满无人光顾的书刊积聚的灰尘之后，快乐才慢慢获得。

这种"专业阅读",已经极大损害正常的阅读习惯、感受。当拿起一本书的时候,已经有一个预设目标(写论文、准备讲座、跟上形势免得落伍的焦虑……)在前面等待。虽然要改变这个习惯为时已晚,但还是要争取能有一种放松、快乐的阅读。不一定事先预设一个目标,或一定从里面提取什么概念,发现什么人生意义或写作技巧。不必那么自找苦吃。但就是不知道能不能实现。

这类阅读,牵涉两个问题。一个是刚才说到的态度,另一个是对象。有些书,需要下功夫才能了解,不是随意地阅读就能把握,包括背景的、相关的外缘性的知识,作家思想传记,以至文学史上的情况。有一些,可能这方面的准备就不那么必要。

前些天偶然读到以赛亚·伯林的一篇文章,叫《威尔第的"素朴"》,收在他的《反潮流:观念史论文集》里。他说,从任何寻常意义上说威尔第"素朴"是荒谬的,他这里的"素朴",来自席勒1795年的《论素朴的诗和感伤的诗》。席勒这篇文章很有名,上大学学西方文论是必读材料。过去,我们通常将席勒说的素朴和感伤,看作对古典主义和浪漫主义文学的区分,其实不完全是这样。素朴的诗人,在他们自身和环境之间或他们内心,意识不到有任何裂痕,而意识到这种裂痕的是感伤的诗人。因此,感伤的艺术家的效果不是快乐祥和,而是紧张,是和自然、社会的冲突,难以满足的渴求,现代人的神经质。伯林说,读感伤艺术家的作品,听他们的音乐,通常需要有相关的外缘性知识,包括对艺术家身世、思想的了解。而"素朴"的作品就不大必要。"理解莎士比亚的历史剧,不一定非得了解他的政治观点,这种知识或许有益,但并非必不可少。"伯林将埃斯库罗斯、荷马、莎士比亚、塞万提斯、巴赫、亨德尔、莫扎特、海顿、歌德、普希金、"忘记他的信条和负罪感时"的托尔斯泰,以及威尔第、普契尼等,归入"素朴"艺术家的行列,说只要对人类的基本感情、问题有了解,就能理解他们的作品。伯林的说法虽然有点绝对，但我想是能成立的。威尔第的歌剧，是各国歌剧院现在上演剧目频率最高的，《纳布科》《弄臣》《茶花女》《游吟诗人》《阿依达》，等等。而且不必听（看）全剧，也可以将选曲分离开来。我们听巴赫、莫扎特、海顿的音乐，作曲家个人的观点或态度，他的生活或其社会历史环境等，这些知识都并非必要。我记起台湾的吕正惠教授——他也是解老师的好朋友——用"纯净"两字来概括莫扎特的音乐性格。他说，听了他的钢琴协奏曲慢板，"就仿佛他在跟你说，我知道你很难过，我也很难过，然后他就哭了"；"莫扎特是个天使，当天使来安慰你的时候，还有什么好说的呢？"是的，真没什么好说的。这是因为他的安慰，是真诚的、孩童式的安慰，不涉及任何深奥的人生哲理。

可是，我们身处的是冲突、渴求、欲望、神经质和内心分裂的时代，因此，"高贵、简单、具有一定整体活力与组织的天然力量"的作品很难再出现。所以，伯林说，"威尔第是一个已然消失的世界所发出的声音"，是最后的一位素朴诗人。

解志熙：我首先得抱歉地说明一下，我本来就不善言谈，普通话也说不好，而且最近半年一直在治牙，安了临时性的假牙，很不稳当，说话更加口齿不清，其实是不适合在公众场合讲话的。但张雅秋约我陪洪老师座谈，我还是很高兴地答应了。因为洪老师是我尊敬的老师，他对我的夸奖，体现了前辈的善意，其实我是个很普通的学者。下面我就接着洪老师说点话。我是1986年到北大读博的。那时洪老师多大年纪？

洪子诚：40多吧。

解志熙：那时候还算是"中青年教师"啊！

洪子诚：那时候是中年吧。

解志熙：不过我在北大念书的时候，与洪老师交往不多。我们那时候读博是不上课的，我又住在校外，在中关村北大技术物理系的院内租了一个房子住，与系里的老师交往不多。我们知道，洪老师在退休之前主要做当代文学史研究，他的《中国当代文学史》和《问题与方法——中国当代文学史研究讲稿》等著作非常有名。但我念书的时候，这些书都还没有出版。我说一句不很恰当的话吧，洪老师大概是属于"大器晚成"的学者，在我念书的时候，好像比起北大的其他几位先生，洪老师的名气不是很大，这其实跟他个人的那种很沉稳、很深切、很内向的气质有关。

洪子诚：我插一句话，活跃一下气氛——我退休的时候，大概有一个河南的硕士生，说要来报考我的博士生，我的学生贺桂梅对他说，洪老师已经退休了。这个考生非常吃惊，说，他不是刚冒出来的新人吗？

解志熙：这个事情怎么造成的？其实有两个原因：一方面是跟洪老师的性格有关——据我了解，在北大，他这样性格的学者是不多的，北大大部分学者是比较能够领先的，总是能够赶在一个个学术、思想浪潮的前面。洪老师好像不是这样，他是慢几拍。另一方面与他的学术品格有关，洪老师是一个非常沉稳、深切，追求深度、追求精度、追求确切性的学者，所以他慢。但是慢有慢的好处。洪老师自90年代以来出了几本好书，比如说《中国当代文学史》《问题与方法》等，特别有名，一下子把整个当代文学研究，从那种即兴的粗糙的评论推到真正有历史感的文学史研究。这几部书写的非常好，有大量的材料，有他独特的着眼点，有对文化制度的研究，而且他往往隐在后面写，很客观。将当代文学研究历史化，是从他那儿开始的，对整个当代文学学科的科学化、学术化起了很大的推进作用，所以是典范的作品。

刚好把这几部书写完之后，洪老师就退休了。刚才洪老师也说到他当教授比我晚，这其实是莫名其妙的原因造成的。在北大、清华这样的地方评教授很难。我当年在北大毕业以后，回到河南大学。那时候河南大学没有一个博士点，校内大部分教师都是本地学者，在外面念过书的人很少，所以我回去大概算是新人，学校格外优待，评职称就比较快，这是占了一个便宜，而且不是我愿意占，我说我申报一个副教授就可以了，学校命令说，那不行，副教授可能还要占名额，还有老先生跟你竞争的，你干脆申请教授吧。为什么呢？因为申请教授可以破格啊，破格就不占学校的名额，如果成了，你给咱们学校多争一个名额；不成，你还年轻，你明年再申报副教授。这是学校的命令，必须这么填，我就这么一填，稀里糊涂的，第一次申报，就被破格成教授了，所以这是一个很荒唐的幸运故事。反过来讲，北大的洪老师、钱理群老师都是非常有名的学者，他们是我的师长，却被压到这儿了，这是不公平的。"地方"和"中央"在评职称上是有这样的差别，在"地方"上倒占些便宜，我自己也感到很惭愧。好在洪老师的性格和职称虽然慢一点，但是他沉着深思，对一段文学史做非常深切、客观的富有历史感和学术性的研究，这样的著述一出来，就成了里程碑式的著作。反过来看那些先进的弄潮儿，可能就是一时的热闹议论，甚至可能就是乱说而已，与洪老师是不能比的。

　　但我觉得《中国当代文学史》和《问题与方法》这两本书也有局限。这个局限并不是洪老师造成的，而是因为当年他写这几部书是为了讲课而编的教材，编教材是有特定要求的，只能讲大的文学史背景，大的文学思潮、诗歌思潮，包括文学生态、文学生产机制等大问题，而对具体的作家和作品反而解析少了，这是限于时间和篇幅，不可能讲得那么细致。我觉得这对洪老师是一个很大的损失，因为洪老师是一个非常有感受力的、有艺术敏感的、很能体察作品奥秘的人，可是文学史写作不允许他那样做，他由不得自己。幸好退休以后，洪老师又继续做这个工作，写了现在我们拿的这两本书，一本是《我的阅读史》，一本是《读作品记》。在这两部书里面，我们看到，他弥补了此前的文学史研究由于主客观原因造成的局限。这里面大量讲的是洪老师自己的阅读史，他对当代文学、外国文学，甚至包括音乐作品的阅读理解。在精细解读的过程中，体现出洪老师作为一个批评家的那种敏感，那种深入体察作品的能力，同时他又是作为一个文学史家来写这样的阅读史，体现的是个人阅读史的脉络和某一个重要作品在学术史上的脉络，这两个着重点非常好，很有深度和启发性。

洪老师的这两部书出版后，我也认真拜读了，真是受益匪浅。我实话实说，洪老师，我还真不是当面恭维您，我实在是更喜欢这两本书，它们正好体现您作为一个批评家，作为一个高级读者对这些重要作品的理解，而且写得那么深切、体贴入微，并且又是那么含蓄婉转，我看了非常喜欢，所以我也很乐意向同学们推荐这两本书。刚才正好洪老师把这两本书赠给咱们图书馆，同学们在这里借阅，不仅可以分享阅读的快乐，而且可以领受到阅读方法的启迪。

这一次对谈，本来应以洪老师为主，我来陪他聊，原以为补补缺、帮帮腔就可以了。可是，洪老师坚决要求我们两个"对等平分"时间。洪老师是北大人，特别讲究平等，坚持给我一半时间，这其实是不必要的，但是师命难违，我也只好恭敬不如从命了，就说点话填填空吧。关于专业阅读的问题，洪老师刚才讲了，我们两个研究的都是现当代文学，这方面的问题，洪老师讲得很好，而既然老师在场、有言在先，我岂能再班门弄斧！所以我在这里就不讲现当代文学的问题了。好在洪老师刚才还说到，业余爱好的阅读跟专业的阅读不一样，业余的阅读可能更愉快。我很赞同这样的观点。我恰好是一个古代文史的业余爱好者，在座的同学可能也对古典文学感兴趣。我这里就举几个古代诗文的例子，基本上是大家在中学就读过的，对这些诗文都有常规的解读，可是那样理解就对吗？借此可以说说我们在阅读古代文史的时候会遇到什么问题、该怎么处理它们。

第一个作品很有名,是晚唐词人温庭筠《菩萨蛮》词的第一首:"小山重叠金明灭,鬓云欲度香腮雪。懒起画蛾眉,弄妆梳洗迟。照花前后镜,花面交相映。新帖绣罗襦,双双金鹧鸪。"这首词并不难懂,写的是什么呢? 写的是一个美女,大概家境不错,生活条件很好,应该是很年轻漂亮,可是盛年未嫁,还没有遇到良人,也可能是良人外出,她一个人寂寞地独守空房,情绪有些不佳,所以这天早晨醒来就有点想赖床,"懒起画蛾眉,弄妆梳洗迟"。当然,她也不能老闹情绪啊,何况是个年轻美女,凡事总会往好处想,正如孙犁的短篇小说《荷花淀》所写的那样——"可是青年人,永远朝着愉快的事情想,女人们尤其容易忘记那些不痛快。不久,她们就又说笑起来了。"于是她起来,梳妆打扮,又是个快乐的美女了:"照花前后镜,花面交相映。新帖绣罗襦,双双金鹧鸪",衣服上贴绣着双双金鹧鸪,那是成双成对的意思,寄托着她对生活的理想。整个作品很简单,没有什么复杂的东西。

可是我上了大学后,突然发现这个作品第一句就有问题:"小山"是什么东西? 据教材里的注释,"小山"居然有好几种不同的讲法。其实我们不去求解那个"小山",也完全无碍我们理解这个作品,欣赏的阅读是不必把什么都考证清楚的。可是一些专家、学者非得把那个"小山"考证清楚,而历经考证,有人说是"山眉"——像山一样的眉毛,有人说是"山枕"——像山一样的枕头,有的人说是美女头上的梳子,有人说是"山屏"——美女旁边的屏风,屏风上面有山,有人说是香炉,有人说是美女的发髻,总之有五六种说法。可是我们得注意,"小山重叠金明灭"里的"小山"是个暗喻,要证明它所暗喻之物即是"山眉""山枕""山屏""山炉"或小梳、发髻等实物,那些东西就得合乎"像小山"且能"重叠"并能"金明灭"三个条件才行。而"山眉"等等都是明喻,它们虽都能合乎一个条件，甚至不无合乎两个条件的，却没有全合三个条件的。所以哪一种解释都说服不了我。

其实我们阅读文学作品，有时候需要点想象力，有时候还需要点生活经验。我对"小山"有点自己的理解是在十七岁的时候，我上大学的头一年。那是来自我的一种生活经验的启发。我们那时候上大学，是要带被褥等东西的。我有一个堂兄，我上大学时他送给我一个绸被面，我母亲给我做了一个绸被子，这是我生平第一次盖绸被子。那时候我年纪小，喜欢赖床，有时候早上没课，就不起床，醒来后看到外面的光亮透过窗户照在我的被子上，或者是屋里的灯光照到被子上，是不是层层叠叠像山峰一样，而且金明灭呢？我于是恍然大悟，温庭筠《菩萨蛮》词里的"小山"不就是美女身上盖的绸被子、当时叫做"罗衾"的吗？我们看第一句"小山重叠金明灭"，就是一个全景镜头，写这个美女早晨醒来了，不想起床，绸被子堆叠在身上像山峰、浪峰一样。然后移到美女的头脸上来了个特写镜头："鬓云欲度香腮雪"，多么美丽啊！所以我觉得把"小山"解释成美女身上的绸被子，一切情境都符合。当然，我这个想象也未必是确定的解释，但基本上符合词的情境。这个例子提醒我们在阅读文学作品时要注意的第一点：就是要有一点文学想象力，并且要尽可能联系自己的生活经验来解读作品。

可是，也有些作品确实事关重大，牵涉历史上的重大人事，而不是一般的儿女情长，那我们的阅读就不能想当然，而需要参考专家的考证和注释的。但是我们也要注意，专家们的考证和注释，也不一定对，我们得独立思考，不要人云亦云。这里我举的第二个例子，也是一首非常有名的词——范仲淹的《渔家傲》。大家应该在中学里就学过这首词，上片是"塞下秋来风景异，衡阳雁去无留意。四面边声连角起。千嶂里，长烟落日孤城闭"，下片是"浊酒一杯家万里，燕然未勒归无计。羌管悠悠霜满地。人不寐，将军白发征夫泪"。这首词写得很好也很有名，因为范仲淹是北宋的名臣，又出任边帅，也是一个军事家，他在西北率领大军抵抗西夏的时候写了这首词，可是我们历来对它的理解是有一些问题的。

通常认为，这首词是范仲淹率军守延州即延安时（康定元年到庆历元年即1040—1041年）所作，并且通认"将军白发征夫泪"就是范仲淹的自述，范仲淹当时也将近六十岁了，他自叹"人不寐，将军白发征夫泪"。于是人们就觉得这首很苍凉悲壮的好词，结尾不免有点"衰飒之气"，有人甚至讥笑范仲淹是个可怜的"穷塞主"，不像个"真元帅"。这成为这首词的一个遗憾，现当代的词学家也都觉得这首词虽然好，可惜结尾不够劲，太悲凉了。可是，向来这样理解，就对吗？其实，范公之守边非止一年，其间北宋与西夏的战争也有一个攻守易位的曲折过程，达六七年之久，岂能一概而论、笼统解词？看得出来，《渔家傲》着重抒写的是守边将士日对千嶂之艰苦与深夜思乡之寂苦，这表明此词的历史背景当是宋军解除危机、处于以守代攻以逸待劳阶段的情况，时间比较靠后了，大体的写作时间可能在庆历二年的秋天到庆历四年的秋天之区间，词里所谓"塞下""千嶂""孤城""羌管"也不可能出现在延州区域，而应该是临近西夏的前线环州之风物。而最重要的，是词里所写的将军根本不可能是范仲淹。范仲淹是以文臣的身份出任边帅的，整个北宋是重文轻武，文臣地位很高，而范仲淹是开整个宋代儒学先河的，他也是儒臣，是瞧不起军职的。他在西北帅边时，绝不可能把自己当作一介将军。词里面的将军其实很可能是范仲淹手下的一个将领，叫种世衡。种世衡比范仲淹大两三岁，当时确实是白发老将了。因为种世衡与环州边境上的诸羌关系很好，所以庆历二年（1042）范仲淹特意奏调种世衡知环州，大大改善了与环州诸羌的关系，使他们成为宋军边防力量的一部分；庆历四年（1044）范仲淹又命种世衡在环州诸羌所在地重筑细腰城，此时已是白发老将的种世衡带兵昼夜奋战，帮助范仲淹完成了这项重大的战略举措，巩固了西北边防。可是种世衡筑好了城，自己却"城成而疾作"，时间正到了庆历四年的秋天。当范仲淹得知爱将种世衡病剧的消息，当然很关心也很感念。所以这首词准确来讲，是因怀念种世衡这个边疆老将而作的——这首词的词题正是"秋思"，则"秋"应即是庆历四年的秋天，所"思"的人正是病剧的白发老将种世衡以及跟随他戍边的兵士。也就是说，词中所谓"将军白发征夫泪"，实乃身为统帅的范公对守边将士寂寞与苦辛的同情体谅之词，正表现了范公的仁人忠厚之心，与"衰飒"有什么关系呢！转眼到了庆历五年的正月，种世衡就病逝了，范仲淹为他写了情深意长的墓志铭，我们看看那个墓志铭，就不难知道《渔家傲》写的是谁。可历来对这首词的解读都有误解。这提醒我们，对一些涉及重大历史事件、历史题材的古典词章，我们的阅读不能掉以轻心，只靠想象力去读解，而应联系具体的历史背景和人事关系等，才能求得比较准确和中肯的阅读理解。

除了古典词章，有时候我们会读到古代的一些历史文献，我们也得想想，历史记载就一定可靠吗？不一定。也就是说，我们的阅读还需要一点批判性的反思。下面举两段历史文献，两个著名的历史故事，从来没人怀疑它们，其实是很可疑的，借此说明我们读古书，也要有点批判和反思的精神，不要不假思索地全盘接受，所谓"尽信书不如无书"啊！

一个著名故事，在小学历史课本里就选过，那就是东汉著名清官杨震"四知却金"的事。《后汉书》的杨震传里面就记载说，有一年杨震调任东莱太守，"当之郡，道经昌邑（今山东巨野），故所举荆州茂才王密为昌邑令，谒见，至夜怀金十斤以遗震。震曰：'故人知君，君不知故人，何也？'密曰：'暮夜无知者。'震曰：'天知，神知，我知，子知，何谓无知者！'密愧而出。"原来，昌邑令王密是杨震以前举荐的青年才俊，如今杨震路过昌邑，王密自然要尽心接待，白天来看望一次，没问题，晚上又来一次，出事了——他送了杨震"金十斤"，这触怒了清廉的杨震，他严词拒绝了王密，留下了"四知却金"的故事，从东汉流传到现在，成了反腐倡廉的典范事迹。这是"真实"的历史故事，历来都那么理解它，可它真是那么回事吗？我有些怀疑。第一点，我要纠正一下，所谓王密送给杨震的"金十斤"，一般都理解成"金子十斤"，这不一定对，千万不要简单地望文生义。其实，东汉流通的钱币是"铜"，但通称为"金"，所以"金十斤"就是"铜十斤"，并且我们要知道东汉的一斤大约相当于我们现在的半斤，这样算来，王密送给杨震的"金十斤"，也不过"五斤铜"罢了，那就是一个小小昌邑令正常积攒下来的俸禄而已。第二点，我们要注意，杨震明知道自己路过昌邑，他举荐过的王密肯定要感谢他，那他为什么还要在那里停留？我猜他是做好了拒绝王密"送礼"的准备，计算好了这是一定会发生的事，所以他就耐心地等着，后来果然不出他的所料。说来，杨震大半生以清廉自许，自奉甚俭，有时让人看了很不忍心。王密就是这样，他白天去看杨震，并没送什么也没想送什么，可是他白天一看，发现杨震过得太苦了、太俭省了，心有不忍，于是晚上又去一次，我估计他是把自己节省下来的俸禄——五斤铜——送上，其意不过是略助杨震的行程而已，哪里是什么贿赂！可是，早就准备好的杨震不由分说，斥责他一顿，让他羞惭而退。第三点，最耐人寻味的是，这事除了天和神，只有杨震和王密知道，可是为什么后来变成天下皆知的事情，那么是谁说出去的呢？我想，羞惭的王密不会给人说，剩下的也就是杨震自己了——当然是他自己传播出去的啊，除了他还会是谁？发现这一点让人震惊，真是人心难测啊！由于这个故事，杨震真是声名大振，以至于他的后代都受这个光辉事迹的恩惠，在东汉末年到三国时期他家是"四世三公"，成了世代簪缨的名门望族。看来，杨震精心设计的这个故事让他一家赚了个够，可怜的王密则被他算计后惨遭世人唾弃而遗臭万年,那是很冤枉的。大家看,这个历来无人质疑的著名故事背后,很可能掩盖着不甚美好的真相——有人为了成名,不惜设计他人,想想多可恶。当然,我的解读也可能是一种谬说,我举这个例子,只是想启发大家,"尽信书不如无书",读书得留点心眼。

再举一个例子,就是东晋王子猷雪夜访戴的著名故事,《晋书》和《世说新语》都有记载。后者是这样记载的:"王子猷居山阴,夜大雪,眠觉,开室,命酌酒,四望皎然。因起彷徨,咏左思《招隐诗》。忽忆戴安道。时戴在剡,即便夜乘小舟就之。经宿方至,造门不前而返。人问其故,王曰:'吾本乘兴而行,兴尽而返,何必见戴?'"王子猷即王徽之,他是王羲之的五儿子,王家本来是琅琊名门望族,后来移到江南也是名门望族,就住在会稽山阴即今天的绍兴。故事说是有一晚下大雪,王子猷半夜醒来喝酒赏雪,吟咏左思《招隐诗》,很风雅的啊,后来他觉得还不过瘾,想起一个朋友戴安道在剡即今天的浙江嵊州,于是他就命令仆人驾着小船送他到那个地方去访他的朋友。可是刚到戴安道家门口,王子猷突然说回去,不见戴安道了。为什么呢?他说我乘兴而来,兴尽而返啊!这个故事很有名,成语"乘兴而来,兴尽而返"就是从这个故事来的。大家应该都知道这个故事是不是?这是魏晋风流的一个典范事例,多么潇洒、多么放达,于是成了千古美谈!可是我们仔细想想,一个人半夜里让仆人驾船出行,下雪天一路上也不会遇到人,何况是晚上出行,朋友戴安道也不知道他来,那么这个故事是怎么传出去的?说是"人问其故",可既然没人知道,谁会来问啊?我想只有一种可能,那就是王子猷提前安排好了采访的人,就在岸边等他回来,给他传播这个故事。于是乎,王子猷成名了——他一辈子别无建树,就是造作了这么一个故事,成了那时著名的"网红",并且"流芳百世"。从这个故事可以看出,王子猷兀自风流自赏、高自标置,根本不关心、不在乎朋友，可怜的戴安道只是被他"乘兴"利用，成了他成名的垫脚石。

这里我要补充说明一下：我为什么会对这些达官贵人、风流才人有所质疑呢？这就说到我跟洪老师的区别了。归根到底，洪老师出自南方文化发达的地区，而且是基督教家庭出身，有深挚的宗教信仰，有更深厚的知识背景，读书论文就比我宽容得多。我是从西北最偏僻的、不适合人居住的地方来的，是农民家庭出身，哪怕是上了北大、成了博士、当了清华教授，我骨子里的农民根性还是在的，读书论文不免偏狭些，往往会自觉不自觉地用农民的眼光来看那些名士美谈，不大能够欣赏。顺便说一下，我年轻的时候写过一本书叫《美的偏至》，研究唯美—颓废主义。这本来不该我这样的人来研究，只是因为那时没有人研究，我就"承乏"写了那本书，后来有个西方学者高利克先生看了，还专门找到我，很高兴地说：解教授，你写了一本非常好的书，唯一不好的是名字。我说怎么了？他说：那明明是美的高峰呀，你怎么说是美的偏至呢？我听到他的批评就笑了。高利克是西方的一个著名汉学家，人和学问都很好，就是有点天真。我说高利克先生，我是以一个农民的眼光来看这些东西的，我作为一个农民，以我的趣味和教养，怎么会喜欢唯美—颓废主义那样病态和变态的东西？所以我不会认为它是美的高峰，自然觉得它只是美的偏至，你要认为它是高峰，你给它评价高点不就行了吗？于是高利克高兴地说：你是个中国农民的后代，我是个欧洲农民的后代，我们两个农民且来讨论唯美—颓废主义吧。我说这有点煞风景、伤大雅啊。说实话，有时候我的确会不由自主地用一个农民的眼光来看社会上层阶级和文人雅士的一些行为，因此不免对那些高大上的做派有些质疑，这质疑来自农民的朴素常识和生活直觉，这在我真是根深蒂固、禀性难移，很难改变了。

我就简单地说这么点，归纳一下：一是我们欣赏文学作品的时候，需要一点想象力、领悟力，要贴着作品去理解它，并且要尽可能地要调动自己的生活经验去参悟作品。第二，有些作品牵涉历史与古典，阅读它们就需要相应的背景知识，当然可以参考专家学者的考证和注解，但我们自己也要动动脑子、独立思考。第三，我们阅读古代文史，有时候也需要一点批判性的眼光和反思的态度，不要盲目地相信书本、简单地全盘接受，尤其当你面对那些名人美谈的时候，当你读到那些风流潇洒的作品的时候，一定要留点心眼，要留心它们到底是什么趣味，反思它们高大上背后的真相如何。这样的质疑和反思，可以让我们少上点当。

书信背后有故事
——评龚明德的民国文人书信研究

在现代文学研究界,龚明德先生是公认的实干家。他多年来坚守西南,编辑出版了许多很有价值的现代文学书籍,其中不少都成为学界必读的文献;后来更进一步成为著名的收藏家和研究专家,在现代文学文献考证方面成就尤为卓著。明德兄长我近十岁,对他的学术成就,我的确是久仰了,只是我生性疏懒,交游极为有限,至今与明德兄尚未见过面,就连通信交往也还是近一年来才有的事。

我和明德兄的通信就缘于一份现代文学文献——卞之琳先生的一篇短文。卞之琳、何其芳1938年在成都编辑出版《工作》半月刊时,何其芳在该刊第5期上发表《论周作人事件》一文,据一些研究资料透露,卞之琳作为《工作》的编者也在何其芳文后写了一则编者按语,表达了他对周作人事件的态度和看法。这则按语无疑是一篇比较重要的卞之琳佚文。这几年我一直在搜集编校卞之琳先生的集外佚文,《工作》半月刊上的这则编者按语当然也在收集之列。可是,几年来我查询国内各大图书馆及各种现代报刊数据库,都找不到这期《工作》半月刊。正在无奈之际,去年6月间乐山的廖久明兄来京召开郭沫若的文献座谈会,也约我与会,我因此拜托他回川后代为查找卞之琳的这则编者按语。久明兄回去不久,就转来了《工作》半月刊第5期的完整照片,并说这是明德兄的收藏,照片就是明德兄拍照惠赠的。看到久觅不得的文献,我自然是喜出望外,当然也非常感激明德兄的慨然相助，于是立即要来通信地址，驰书向他致谢，很快就得到明德兄的回信。从此，我们两人书信不断，彼此交流文献、商略学术，非常亲切愉快。在这过程中，我也有机会读到明德兄的学术论作，即如他的数十篇民国文人书信考释，大部分我都曾先睹为快，真佩服明德兄干起活来又快又好。

说起来，书信对人的重要性，乃人情之所同然。特别在战乱时期，家人、友人之间通过信函往来通报平安、沟通情愫，更是殊为难得的事。此所以杜甫才会有"烽火连三月，家书抵万金"的感叹，也因此元稹在接到贬谪的好友白居易的信后竟至于喜极而泣："远信入门先有泪，妻惊女哭问何如。寻常不省曾如此，应是江州司马书！"研究者当然都明白，作家的书信对理解他们的生平、思想和创作尤为重要。事实上，许多作家只有在私下的书信里，才会坦露其心灵的隐曲、坦白其创作的初衷，所以他们的书信就成为读者和研究者认识其为人与为文的第一手文献。正因为如此，作家的书信在近代以来很受研究者的重视。国外的例子，有英国浪漫主义诗人济慈的书信——济慈不幸早逝，后来人们陆续发现了他写给弟弟、妹妹、未婚妻以及其他诗人、朋友与出版商等的170封书信，这些书信成为研究济慈本人以至于整个英国浪漫主义诗歌史最为重要的文献。国内的例子则莫过于鲁迅的书信，鲁迅生前出版的《两地书》及其去世后人们陆续发现的大量鲁迅书信，对理解和研究鲁迅生平、思想和创作的重要意义，是怎么估计都不过分的。

可是，对作家书信的研究也别有所难。一难在收集——作家生前发表出版的书信不会很多，有些发表过的书信也长期散存于报刊，更多的书信则往往"有去无回"，散存在收信人及其后人手中，今天发掘和收集这些书信，自是很困难的事。二难在考释——作家的书信背后往往隐含着复杂的背景和故事，然而时过境迁，今天的读者只从字面去理解，就难明所以、甚至难免误解了，这就需要研究者博览文献、仔细考释，才能挖掘出书信背后的背景和故事，进而揭示出掩映在字面之下的复杂意味。明德兄的现代作家书信研究，在这两方面都有过人的成就。

在现代作家书信的收集上，明德兄的确是少见的有心人。他多年来博览现代文学的旧书报刊，从中发现了不少曾经刊布过的现代作家书信，渐积渐多；明德兄也很留心网上不时出现的现代作家书信手迹拍卖的情况，他虽不能像一些富有的藏家那样豪掷竞拍，却乐得不花一分钱从网上"档"下有关书信扫描件供研究之用——他所录存的不少书信手迹，就是这么得来的；并且明德兄多年前在出版社从事现代文学的编辑出版工作，与一些文坛前辈多有交往，手头也就保有不少著名现代作家的亲笔书信，如他最近给我的两封卞之琳先生亲笔函，就是从他自己积存的旧信中检出的。正因为明德兄见多识广而且处处留心，所以他收藏和收集到的现代作家书信也就非常丰富，这当然为他的深入研究提供了丰厚的文献基础。

当然，更难得的是明德兄对现代作家书信的精彩考释。本来，作家的书信多是写给亲近或熟悉的人，由于收信人对信中说及的人与事往往有所了解，所以作家在书信行文中就可能有所省略，至于有些可能涉及人事是非的情况，作家也许不愿或不便直说，故而行文亦不免曲折，当今的读者未必了然这些情况，这就需要研究者仔细考释和疏解。并且，作家的书信手迹在被过录、排版以至重刊的过程中，也常常会因为主客观的原因而被删改或被误排，致使后人读来不免多有费解之处，这一切也都需要研究者的考证、补正和还原。诸如此类的工作是颇为繁难的，没有博雅丰富的学术修养和精细入微的考证功夫，是无能为力的。博览文献、见多识广的明德兄，在这项工作中正可谓找到了用武之地。不少著名作家语焉不详的简短书信，经过他的考证和阐释，其背后隐含的真相才得以彰显。

即如关于巴金1946年9月22日致夏景凡信之考释，就是典型的文例。该信收在《随缘集——夏宗禹书札》（华夏出版社，1997年7月出版）里，也收录在《巴金全集》第二十四卷（人民文学出版社，1994年2月出版）里，两书所收该信的文字是相同的。其中好几句都涉及吴朗西，明德兄敏锐地感到"朗西来沪数次，不便请他代为接洽"两句在语意逻辑上有问题，构不成前因后果的连接。因为"按照常识，'来沪数次'，正好'请他代为接洽'。在写给朋友的私人书信中，晚年大力倡导'说真话'的巴金，四十岁刚出头的壮年时期会如此吞吞吐吐地说话？"正是带着这样的疑虑，明德兄一直留心搜求原信手迹，终于在北京匡时2013年秋季艺术品拍卖会印制的一本拍卖图录《百年遗墨——二十世纪名家书法专场》里，看到了巴金此信原件手迹的彩色缩印全文，发现被他疑为语意逻辑连接有问题的"朗西来沪数次，不便请他代为接洽"两句，手迹上是"朗西来沪数次，又作要人状，不便请他代为接洽"三句。显然，《随缘集——夏宗禹书札》和《巴金全集》第二十四卷都删去了"又作要人状"一句，当是有意为巴金讳，以掩饰其与吴朗西的矛盾，致使此处上下文语句不通，而两书对此都没有作任何交代。于是，明德兄进一步追溯了巴金和吴朗西矛盾的由来与曲直：巴金与吴朗西合力打理文化生活出版社有十二三年，但1946年4月底，他们彻底闹翻了，而事情的起因和经过是，巴金用各种手段强力挤走了吴朗西和吴朗西方面的人，然后独揽这家声名很大的民间出版社的大权，下面各部门的负责人也都是巴金的亲戚和亲信。并且，巴金一方还在1951年春向外发表了《我们的呼吁》，对吴朗西"颇多污蔑"，吴朗西则被迫印了小册子《巴金与文化生活出版社》据实予以反驳。到了1984年，巴金致夏景凡的信重现了，然则这封信能如实入集吗？那时看到此信的姜德明先生大概觉得巴金用"又作要人状"来形容合作多年的吴朗西不够宽厚，乃建议巴金删去这五个字，巴金同意了，从此巴金致夏景凡的这封信就以悄然删削的样子出现在世人面前。诚如明德兄所批评的，姜德明乃是好心办"坏事"，他的建议不仅使此信语句不通，而且遮蔽了一段历史真实。在对此中曲折进行了一番详细考察之后，明德兄感慨地说——

  仔细读了吴朗西的《巴金与文化生活出版社》这本"小册子"，我觉得吴朗西毫无"攻击"巴金的意思，他仅仅是"摆事实"，连"讲道理"都没有。奇怪得很，无论是巴金的胞弟李济生，还是专事研究"巴金与文化生活出版社"公开发表、出版的相关文章甚至学位论文和论著，都只字不提关键文献《我们的呼吁》和吴朗西《巴金与文化生活出版社》，绕来绕去都是在维护巴金的所谓"正面形象"。从通晓"内幕"的人在网上发布的文字中得知，这些维护在文化生活出版社史实言说领域所谓巴金的"正面形象"的人认为：巴金和吴朗西晚年已经和好，作为研究者，求真的同时更要求善。——哎呀！何来这方神圣呀……

明德兄就这样由一封巴金书信五字阙文的复原补正，进而揭示了一段文坛矛盾的是非曲直，真可谓"书信背后有故事"。这故事对认识巴金的成就和局限很有启发性——即使像巴金这样著名的大文人，其争自由、说真话的精神诚然可嘉，但他也不是神圣的完人，作为一个真实的人，他的说真话其实也是有选择、看时候的，所以同样是有限度的。这才是求真务实的学术态度。回看我们的学术界，不仅粗枝大叶望文生义成风气，而且常常情不自禁地为尊者讳，因而有选择地运用文献来论事说理，那论事就难免片面性，说理亦不免是偏理了。

  需要特别注意的是，作家有时在书信中所说也可能是客气话，不一定代表他的真实态度，这就需要博览文献、仔细辨正，而不能按书信表面的文字意思照单全收。明德兄的《朱光潜1934年3月3日致林语堂》一文就是考释精审、别有洞见的好文章。说来，1934年的朱光潜还是文坛新秀，大名鼎鼎的林语堂创办小品文刊物《人间世》，也把朱光潜列为"特约撰稿人"并向他约稿，于是作为后辈的朱光潜写了一份回信，说"与先生为初次文字交，不敢方命，检旧稿一篇聊为贵刊塞白可也"。乍一看，朱光潜的态度是很谦逊也很配合的。但明德兄却敏锐地发现，朱光潜在对林语堂表面尊敬之下其实并不很配合——他在整个《人间世》存活的四十二期一年半的时间中，只提供了两篇文章，而且那两篇文章（包括此封回信里所说的诗论旧稿《诗的隐与显》）"都不是林语堂倡导的严格意义上的'小品文'"，于是就产生了一个问题："何以朱光潜要把与《人间世》的《发刊词》公开宣称的'以自我为中心，以闲适为格调'等用稿标准不太协调的长稿投给《人间世》创刊号，这不是偶然的现象，是朱光潜对文学恒定认识的流露。"随后，明德兄就准确指出，朱光潜真正的文学态度确然有别于林语堂——

> 再过不到两年，仍提倡《人间世》《宇宙风》之类小品文风格的《天地人》杂志创办者徐訏，先后两次致信邀约朱光潜供稿，朱光潜写了《论小品文（一封公开信）——给〈天地人〉编者徐先生》，公开表白了他的观点："《人间世》和《宇宙风》所提倡的小品文，尤其是明末的小品文，别人的印象我不知道，问我自己的良心，说句老实话，我对于许多聪明人大吹大擂所护送出来的小品文实在看腻了。……《人间世》和《宇宙风》已经把小品文的趣味加以普遍化了，让我们歇歇胃口吧。"

朱光潜的意思很明白，他请求林语堂、徐訏们的专门发表"幽默""闲适"和"自我"的小品文的系列杂志不要那么强势地推销。"歇歇口胃"就是说，不要让全国的读者只一味地读

《论语》《宇宙风》《人间世》乃至马上又要创办的《天地人》这类小品文杂志。

文章就这样把朱光潜的一封客气的短简和他随后的一封不客气的公开信联系起来,深入揭示了朱光潜这个严肃的京派理论家与林语堂一派趣味主义的小品文家的立场之差异,从而彰显出自由主义文学阵营也不是表面所看到的那样一道同风、一团和气,在它的内部其实也存在重要分歧。这真是切中肯綮的辨析。

诸如此类以小见大、引人入胜的作家书信考证与考释,是明德兄的拿手文章,可谓精彩纷呈,与那些人云亦云、充满教条的现代文学研究论著大异其趣,别有一种具体切当、精警透辟之感,让人读得津津有味、深受启发。

顺便也给明德兄提点意见。或许正因为明德兄学养博雅、笔力锐利,有时用力过头就难免有过度阐释之处。即以《郭沫若1942年2月11日致顾佛影》一文为例,该文确证了"郭沫若的信中说顾佛影《还朝别杂剧》'与事实不尽符合',应该不仅仅指把二十四岁的郭和夫写成了'以丑角饰之'的人物,恐怕还有他告别妻儿时的具体描述与真实的情景方面的差异"。这是很中肯的见解。但文章随即却说"顾佛影把佐藤富子即郭安娜写得非常通情达理,而此杂剧交给郭沫若'拜读'的时候,作为佐藤富子二十年的丈夫且夫妻俩前后共生育四儿一女的五个孩子的父亲郭沫若却跟另一个青年女性于立群在五年前已结为婚配且已生育子息了……",这几句就有点多余了,而这多加的几句似乎倒是文章的真正用心之处,所以后文便着力揭露郭沫若回国后的行为如何不检点。如初归上海"就是奔赴前线也由轿车接送,轿车中还有女作家谢冰莹以及还没有改为'于立群'的二十一岁的女青年黎明健等人陪同……这等生活,与他在日本与佐藤富子守着五个孩子的生活,该作如何比较呢",等等。据此，明德兄肯认顾佛影描写郭沫若归国的《还朝别杂剧》之意图云："他要创作一件作品，就让郭沫若记得他还有一个日本妻带着他们的五个孩子生活在日本，他要让郭沫若读到这剧本。现今看来，顾佛影的目的是达到了……郭沫若的反驳没有太多的道理，所以顾佛影没有改动。"这让我有些纳闷了——难不成顾佛影以及明德兄是要郭沫若无论如何都应留在日本与妻子相依为命吗？难道使郭沫若不得不"别妇抛雏"的不是日本帝国主义而是他自己的薄情寡义吗？以明德兄的明达，应该不难明了其间的轻重是非啊。并且，明德兄也知道，佐藤富子并非真像顾佛影所美化的那样深明大义、很赞同丈夫回祖国参加抗日的。复检明德兄所引佐藤富子发表在日本《新女苑》杂志1938年4月号上的长文《怀外子郭沫若先生》，其中分明有这样的话："在这平和安乐之中，忽然发生中日事变了，南京政府催促郭沫若急速回国，我们都坚决反对。"既然妻儿坚决反对，心系祖国存亡的郭沫若也就只能悄悄地"别妇抛雏"，这有什么错误吗？何况，回国抗日的郭沫若也并非对其日本妻儿今后的生活没有安排——据田汉转述，在抗战胜利后谈到周作人附逆问题时，"沫若又说到他自己在日本十年来卖文所入省吃省用积了将近万元。那时候一万元是一个不小的数目。他在千叶每月开销不过百数十元。拿那笔储蓄可以稳吃六七年。他很可以不离开日本的。但倘使当时不下决心而因循下去，日子久了，因环境压迫也难免要软化的。他慨乎言之，实在很值得我们警惕。"（田汉：《从周作人、林语堂谈起》，原载《华商报》，此据《文萃》第2卷第29期的转载，1946年5月9日出刊）正是有鉴于此，郭沫若断然"别妇抛雏"、奔赴国难，临走时自然把积蓄留给妻儿维持生活了。而当上海尚未失守之时，郭沫若在上海坐轿车奔赴前线慰问，这又何过之有呢？至于郭沫若后来与于立群结为夫妻一事，其实也不难理解和谅解——他当日"别妇抛雏"实无异于与日本的妻儿生离死别，持久的战事更不知何时才能结束，独自归国的他已四十有五且因为耳聋而生活不便，即便不说是需要一个爱人，至少也需要一个女性照顾他的生活，而他与于立群的结婚既得到中共党组织的同意，二人从此携手度过艰苦的抗战岁月，这又有多大的过错而不能谅解呢？并且郭沫若和于立群的正式结合就发生在佐藤富子发表了谴责郭沫若的文章（明德兄此文中也引用了佐藤富子谴责郭沫若归国的文字）之当月，这恐怕也不是巧合。顾佛影既然关心郭沫若战时的私生活，他在那时的报刊上也不难看见佐藤富子指责郭沫若的言论（佐藤富子文当年迅即被译出发表，并被多种报刊转载过），可他却只顾着要求郭沫若一心一意苦等已为文谴责自己的日本妻子，这苦行僧般的要求是不是有点苛求，有点不近情理？究其实，顾佛影的《还朝别杂剧》不过是一个小冬烘文人刻意传奇、显摆才情之作，不仅叙事与事实严重不符，而且按明德兄的阐释，顾佛影的真正用心乃是谴责郭沫若变心别娶，敦促他为深明大义的日本妻子改过自新。面对这样一个幼稚的作品及其迂腐的道德要求，郭沫若居然不以为忤而听任其出版，甚至同意作者把自己的复信也附录进去给他装门面，这不正显示了郭沫若的坦然大度和宽容后辈吗？事实是，郭沫若并没有要求顾佛影改动剧情中"与事实不尽符合"的最关键处，即美化佐藤富子深明大义的情节设计，因为他知道那只是一个少不更事的青年文人的浪漫幻想而已，至于他顺便指出顾佛影把二十岁的郭和夫写成"童子"且"以丑角饰之"，那只是无足轻重的小毛病，改不改都无所谓的。不难想象，看到郭沫若如此宽厚地不予计较，顾佛影自然乐得不改，那只表明他的自以为是而已——我觉得，这些恐怕才是郭沫若与顾佛影通信往来之真相，至少在明德兄所谓"郭沫若的反驳没有太多道理，所以顾佛影没有改动"之说外，另算一种解释吧。看得出来，明德兄对作为左翼文人的郭沫若是比较嫌恶的，我也知道郭沫若的一生确有这样那样的毛病和问题，那些都无须为他讳饰，但设身处地想一想，郭沫若的"别妇抛雏"及与于立群结婚事，还是应该具体情况做具体分析才对，而不宜用一种连我们自己身当其时也未必能做到的高标道德去苛求。要之，知人论世，谁也不是道德上的完人，评论前人，褒贬臧否还应体贴人情实际才是，不知明德兄以为然否？

我和明德兄交往不算久，至今尚未谋面，但读其文想见其为人，深感他是一个正直而且直爽的学人，所以在此也顺便提了一点不同意见。我的意见当然不一定妥当，但觉得只有坦率写出，才对得住明德兄的学术劳作。明德兄是中国现代文学研究界当之无愧的劳模，以他的深厚学养和勤勉笔耕，必定会给学界一个又一个新的惊喜，且让我们翘首以待吧！

2017 年 8 月 5 日于清华园之聊寄堂

补记：其实，郭沫若"别妇抛雏"回国抗日之后，对留居日本的安娜和子女还是很惦念的，曾发表《遥寄安娜》诗云："相隔仅差三日路，居然浑如万重天。怜卿无故遭笞挞，愧我违情绝救援。虽得一身离虎穴，奈何六口委骊渊。两全家国殊难事，此恨将教万世绵！"此诗当年曾广为流传，顾佛影应该看到过，并可能很受感动，所以特意写作《还朝别杂剧》表彰郭安娜兼慰郭沫若之离恨，而未必对郭沫若与于立群的结婚有什么异议——大概在顾佛影这样怀抱传统风流—风雅趣味的人看来，郭沫若在异国妻子之外又有个抗战夫人，并非什么过错，倒可能是让他同情和羡慕的事呢。此所以郭沫若看了《还朝别杂剧》亦不以为忤也。这是我最近才想到的一个"别解"，补记于此，以求正于明德兄。解志熙 2020 年 3 月 7 日记。

后　记

　　近年意兴阑珊，渐次疏离专业。只是关系毕竟一时难断，在各种机缘凑迫下，还是写了一些长长短短的杂感杂谈文字：有些是对现当代作家作品的评论，有些是会议座谈的发言，有些是为师友著作写的序言，以及几篇纪念文字，此外还检到失收的几篇早年短文。其中，《任慧眼不如多用心——关于读诗的通信》是我与清华研究生冯雯莉的谈诗书札；《新诗律问题的再商略——十二封谈诗书札》是我与李章斌兄的谈诗书札，由章斌兄整理发表的；《清华园里谈读书——洪子诚、解志熙对谈》则与洪老师共同署名，与有荣焉——在此一并说明，目录上不再标示作者。把这些杂感杂谈汇集起来，初名《寄堂丛谈——新文学杂论集》，或觉不便发行，乃改为"新文学论说集"。谢谢三联书店同意出版它。

解志熙　2020 年 4 月 1 日校订后记